도불의 연회

연회의 준비

塗仏の宴 宴の支度
京極夏彦

NURIBOTOKE NO UTAGE UTAGE NO SHITAKU
by KYOGOKU Natsuhiko

Originally published in Japan by Kodansha Ltd., Tokyo.
Korean translation rights arranged with RACCOON AGENCY INC., Japan
through THE SAKAI AGENCY and SHINWON AGENCY.

도불의 연회

京極夏彦

연회의 준비 上

교고쿠 나쓰히코 지음 | 김소연 옮김

책세상

도불의 연회

연회의 준비 上

次例

귀신의 덕이란 참으로 대단한 것이라

그 목소리를 들으려 해도 들리지 아니하되—.

그 모습을 보려 해도 보이지 않고,

塗仏の宴 ◎ 宴の支度

○塗佛
ぬりほとけ

저것은.

저것은 나다.

나는 나무 아래에 서 있다.

대체 무엇을 하고 있는 것일까.

공허한 눈을 하고 그저 우두커니 서 있다.

저것은 무슨 나무일까. 매우, 매우 큰 나무다.

무성하게 우거진 잎과 가지가 상쾌한 초여름의 바람을 받아 굼실거리고 있다.

아침 해인지 저녁 해인지, 위쪽의 구름 사이에서 몇 가닥 비쳐드는, 몹시 서늘해 보이는 광선을 윗잎 한 장 한 장이 튕겨내며 옥색이 연두색이, 여러 가지 녹색이 가느다란 빛의 입자가 되어 떨면서 깜박이고 있다.

녹색 때문에 눈이 시려 아플 정도다.

나무 맞은편은 하얗게 부예진, 가키와리[1] 같은 하늘이다.

---

1) 무대의 배경이 되는 대도구의 일종으로 나무틀에 종이나 천을 바르고 자연 풍경이나 건물 등을 그린 것.

지평선은 길게 깔린 구름에 흐릿해지고 산 사이로 애매하게 녹아, 아래쪽의 깊고 어두운 녹색으로 이어지고 있다.

이상한 광경이다.

묘하게 선명하고, 그러면서도 묘하게 거무데데하고, 그렇다, 잠에 취한 눈으로 본 외국의 새벽 풍경 같다. 적당히 현실감이 부족한 주제에, 그러면서도 그저 현실적이다.

지금은.

지금은 언제일까.

현재일까, 과거일까.

나는 왜 그런 생각을 하는 것일까.

어떤 경우에도 지금은 현재인 것이 틀림없다.

현재 이외의 지금은 있을 수 없다. 있을 리가 없다.

그것은 말로서도 개념으로서도 모순되어 있다.

그러나.

그렇다, 예를 들어 과거의 추억이 그대로 현실로 재현된다고 해도, 그 한가운데에 있는 경우 그것은 과연 자신에게 지금일까.

그것은——아니, 그것은 역시 지금이다.

지금이라는 실제의 시간 속에, 과거라는 허구의 시간이 통으로 들어 있는 것에 지나지 않는다.

그리고 만일 그것이 과거의 재현이라면 반드시 한 번은 체험한 일이고, 그렇다면 아무리 현실적이더라도 어차피 반복에 지나지 않는 셈이니 그것은 금세 알 수 있을 것이다.

그런데——이 기묘한 감각은 무엇일까.

마치 한 번도 체험하지 않은 과거를 엿보고 있는 것 같다.

이것은.

이것은 꿈일까.

나는 나무 위를 올려다보고 있는 것 같다.

시점이 고정되지 않는 눈으로 무언가를 물끄러미 바라본다.

무엇이 보이는 것일까.

나는 내게서 내 시선이 향한 곳으로, 천천히 시점을 움직인다.

나무줄기. 가지. 잎. 하얀 다리. 다리. 다리다. 다리가 늘어져 있다.

나는 분명히 저 다리를 보았다. 그것이 틀림없다. 그렇게 생각한 순간, 등 전체의 솜털이 일제히 곤두서는 듯한, 도망치고 싶은 기분이 든다.

싫다. 몹시 싫다. 그래도 나는, 나무 위의 다리를 올려다보고 있는 나를 멀리서 그저 바라보고 있을 수밖에 없다.

아아, 내가 도망친다.

도망쳐서는——안 된다——.

나는 내 뒤를 쫓기 위해 조금 저릿저릿한 다리를 내딛는다.

다리가 꼬인다. 잘 뛸 수가 없다. 솜 위를 달리는 것 같다.

역시 이것은 꿈일까. 나는 점점 멀어진다.

간신히 나는 내가 서 있던 나무 밑에 다다랐다.

여기는.

여기는 어디일까.

나는 이제 완전히 보이지 않게 되어 버린 나의 잔상을 쫓는 것을 그만두고, 천천히 나무 위를 올려다보았다.

인형이다. 책형(磔刑)[2]을 당한 나체의 여성 인형이다.

---

2) 죄인을 기둥에 묶어 놓고 창으로 찔러 죽이던 형벌.

비칠 듯이 하얀 피부가 나무 사이로 비쳐드는 햇살을 받으며.

얼마나 아름다운가.

그때——내 뇌리에 순식간에 수많은 이형(異形)들의 슬픈 듯한 모습이 나타났다.

울음을 그치지 않는 젖먹이 아기들. 영원히 바닥에서 일어나지 못하는 남자. 상자 속에 넣어진 수많은 여자. 기어 다니는 팔. 관을 안고 있는 피투성이의 남자. 미래를 말하는 해골. 머리 없는 병사. 얼굴을 알 수 없는 여자. 무간지옥에서 고행을 계속하는 수행자들. 찬불가를 부르는 이치마쓰 인형[3]. 송아지만큼이나 큰 쥐. 길게 뻗는 팔. 새까만 이국(異國)의 신. 눈알을 좋아하는 거미 남자. 타락천사. 양성구유(兩性具有)——이것은——이들은 모두 죽은 사람이 아닌가.

그리고——나는 깨달았다.

아아. 지금의 내가 바로 아까 내가 보고 있던 나다.

그렇다면——빨리 도망쳐야 한다.

---

3) 나무 부스러기를 반죽하여 굳힌 후 호분(胡粉)을 바르고, 손발이 움직일 수 있게 만든 인형. 어린아이의 모습이며, 옷을 갈아입히면서 놀았다.

塗仏の宴 ◎ 宴の支度

눗펫포

ぬっぺっぽう

◎ 눗펫포

신조(神祖)[4]가 쓰루가[駿河][5]에 계셨을 때, 어느 날 아침 정원에 모습은 어린아이 같은, 살덩어리라고나 해야 할 것이 나타났다. 손은 있으되 손가락은 없고, 손가락이 없는 손으로 위를 가리키며 서 있지 않겠는가. 이를 본 사람들이 놀라 요괴가 나타났다고 야단을 떨었으나, 어찌해야 좋을지 몰라 우왕좌왕할 뿐이었다. 정원이 소란스러워지자 나중에는 공(公)의 귀에까지 들어가, 어찌하면 좋겠느냐고 여쭈니, 눈에 띄지 않는 곳으로 쫓아 버리라고 하셨다. 이에 성에서 멀리 떨어져 있는 작은 산에 이를 내다 버렸다 한다. 어떤 사람이 이 이야기를 듣고, 참으로 아까운 노릇이구나. 주위 사람들에게 배움이 없어, 둘도 없는 선약(仙藥)을 신군께 바치지 못하였구나. 이는 백택도(白澤圖)에 나오는 호(封)라 하는 것이다. 이것을 먹으면 힘이 세지고 무용(武勇)도 크게 는다고 하였다. (후략)

—— 일소화(一宵話) 제2권
하타 가나에[秦鼎] (1810)

---

4) 도쿠가와 이에야스의 존칭. 신군(神君)이라고도 한다.
5) 현재의 시즈오카 현 중앙부를 가리키는 옛 지명.

1

내가 가지고 있는 마지막 기억은 현실과 매우 동떨어진 것이다.

나는 그때, 두 남자와 폐가의 안쪽 방에 있었다.

한 사람은 후치와키[淵脇]라는 이름의 젊은 경관이다. 다른 한 사람은 도지마[堂島]라는 오십 대 남자로, 직업은 잘 모른다. 향토사가(鄕土史家)라고 했던 것 같기도 하다.

장소는 이즈[伊豆]의 니라야마[韮山]에서 길도 없는 길을 헤치고 들어간 산중이다. 날짜는——내 기억이 틀림없다면——6월 10일이었을 것이다. 6월 4일에 이즈로 들어간 것은 확실하고, 엿새를 취재에 썼으니 그 계산이 틀림없을 것이다.

이곳은 마치——.

마치 이공간(異空間) 같다——.

후치와키가 혼잣말처럼 그렇게 중얼거린 것을, 나는 아주 똑똑히 기억하고 있다. 확실히 이공간이라고, 나도 그렇게 생각했다. 그만큼 기이한 상황에 있기는 했다. 그렇다고 해서 그곳이 부조리하고 불가사의한 장소였던 것은 아니다. 부조리한 불문율에 지배되고 있었던 것도 아니다.

그래도——그때, 나는 이공간 속에 있었다.

달리 적당한 말은 찾을 수 없었다.

이공간——.

이공간이라는 말은 대단히 엉성한 말이라고 생각한다. 쉽게 읽으면 다른 공간이라는 뜻이겠지만 무엇이 어떻게 되어 있다는 것인지 확실치 않다. 우선 공간이라는 단어부터가 만만치 않다. 최근에야 당연하다는 듯이 들을 수 있게 되었지만, 본래는 일상적인 대화에 등장할 단어가 아니었던 것이다. 술어로서 한정적으로 사용되는 경우 이외에는 말뜻이 복합적이어서 이렇게도 저렇게도 받아들여질 수 있다. 바꾸어 말하기에 적당한 단어도 찾을 수 없다. 그 '공간'에 '이(異)'를 붙였는데 아무렇지도 않게 뜻이 통하니 말이라는 것은 신기한 것이다.

이것은 엄밀한 말뜻을 제쳐 두고 어감으로만 버젓이 통하는 말이다. 아공간(亞空間)이니 이차원(異次元)이니, 비슷한 말은 있다. 말은 살아 있는 것이라, 고사(故事)와 내력을 가진 유서 깊은 말도 민의(民意)에 따르지 않으면 사어(死語)가 되고, 반대로 설령 역사적, 학문적으로 정합성이 없는 조어(造語)라도 그 시대의 요구에 합치하면 충분히 기능한다.

이공간과 이차원은 말로서 유효했던 것이리라.

이런 어군(語群)이 정착된 이유로는, 역시 공상과학 이야기가 일반에 보급된 점을 우선 꼽을 수 있을 것이다.

학술용어를 학문 이외의 언설(言說)로 전용(轉用)했다는 의미로는, 오락소설의 영향력은 과학기술의 진보 발전 이상으로 크다. 다만 용어의 엄밀한 의미나 개념은 그러면서 많이 사라지고 말았지만.

다만 한편으로는 정의(定義)를 애매하게 만들었기 때문에 더더욱 살아남았다——는 견해도 성립할 것이다. 예를 들어 우리는 좁은 뜻의 이공간을 체감하는 것은 절대로 불가능하다. 아마 앞으로도 영원히——.

설령 이론상 가능하다고 해도, 현실 문제로서 우리는 우리가 존재하는 공간에서 우리가 존재할 수 없는 다른 공간으로 들어갈 수는 없을 것이다.

그러나 정의되지 않았기 때문에——.

우리는 때때로 이공간을 엿볼 때가 있다.

물론 그것은 특별히 불가사의한 공간은 아니다.

공연히 보기 드물거나 훌륭한 경치를 찾을 필요까지도 없이, 여행지의 평범한 거리 풍경이나 평소에 다니지 않던 뒷골목 등에서도 그것은 쉽게 나타난다. 그뿐만 아니라 눈에 익은 방의 한구석에도, 꽃병 바닥에도, 이공간은 있다. 그것은 아주 사소한 차이로 야기되는 것이다.

빛의 가감, 희미한 향, 작은 온도 차——.

아니, 그런 것조차 필요 없다. 그저 보는 각도만 바꾸어도 세상은 달라질 때가 있으니까. 평범하게 말하자면 이공간은 자신 안에 있는 것이다.

그래서 사람은 항상, 아무 데도 가지 않고서도 여행자가 될 수 있는 것이다.

그렇다면——나는 그 어둑어둑한 움막 같은 작은 방 안에서, 자기 안을 여행하고 있었던 것인지도 모른다. 그래서.

그곳에 구르고 있었던 것이 정말로 시체였는지 아닌지——.

그래서 나는 단정할 수가 없다.

그것은──.

발단은 5월 하순이었다.

그날은 오랜 장마 기간 중의 흐린 날로, 별로 유쾌하지 않은 날씨였던 것 같다.

아직 해는 높이 떠 있는데도 실내는 잔뜩 흐려서 탁하고, 전혀 명료하지 못했다. 전등을 켜 보아도 그 탁함은 사라지지 않고, 오히려 노란빛을 띤 것 같은 느낌이 들어 그것이 또 불유쾌했다.

그날 나는 기온 때문인지 습도 때문인지, 평소의 아침보다도 더 일어나기가 힘들었다.

일어나서 한동안은 사람 구실도 하지 못했고, 세수를 해도 입을 헹구어도 전혀 효과가 없고, 자, 일을 하자──하고 필요 이상으로 분발하며 만년필을 쥐어 보아도 손끝은 이완되고 눈은 침침한 것이, 전혀 집중할 수 없었던 것으로 기억하고 있다.

요컨대 그날의 흐트러짐은 날씨 등의 외적 요인에서 유래하는 것이 아니라 전부 내 내부의 문제였을 것이다. 몸 상태가──특히 머리의 상태가 좋지 않았던 것이다.

일하는 사람이라면 어쩔 수 없이 정해진 시간에 집을 나갈 수밖에 없고, 전철의 혼잡이라도 한바탕 겪고 나면 상태도 나아질 거라고 생각한다.

회복하지 못하더라도 이동을 함으로써 싫어도 모드는 바뀐다. 바뀌지 않더라도 일터에 있는 것만으로도 우선 모양새는 난다.

그러나 나처럼 그저 빈둥빈둥 억양 없는 생활을 보내는 자유업의 경우는 그렇게 되지는 않는다. 부자유가 있어야만 자유가 있는 법. 구속 없는 해방은 있을 수 없는 노릇이라, 타율적 지배를 받지 않는 몸인 이상 자유를 획득하려면 모든 일을 자율에 맡길 수밖에 없다.

그 경우 스스로에게 가해지는 중압은 압도적이다.

자유업이란 이름뿐이다.

무절제한 인간에게 스스로를 통제하는 것은 준마(駿馬)에 올라타는 것보다 훨씬 더 어려운 일이다.

깊고 긴 한숨을 쉬었다.

책상만 마주 보고 있어 봐야 한 글자도 쓸 수 없다. 원고지는 언제까지나 새것 그대로이고, 그 방대한 수의 눈금이 메워지는 일은 영원히 없을 것 같다는 생각이 든다.

나는 책상에 팔꿈치를 괴고 손등에 턱을 올려놓은 채 창밖을 바라보았다.

창유리 표면에는 티끌과 먼지가 층을 이루고 있어 마치 간유리 같다.

거기로 내다보이는, 전혀 볼품이라곤 없는 옆집 마당의 부연 풍경에 흐릿하게 비치는 자신의 얼굴을 겹쳐 보고——그리고 나는 꽤 오랫동안 망아(忘我)의 상태에 있었던 것 같다.

그때 시든 내 뇌리가 천천히 생각하고 있었던 것은, 자신은 왜 소설가일까, 소설을 쓰는 의미란 무엇일까, 소설이란 무엇일까 같은 그런 부류의 일견 심오해 보이지만 실은 그렇지도 않은, 명쾌한 해답은 얻을 수 없는 그런 것들뿐이었다. 기능하는 얼마 안 되는 부분은 소위 말하는 쓸데없는 사고(思考)에 허비되고 있었던 것이다.

그런 상태에 한창 빠져 있을 때였다.

현관이 열리는 소리가 들렸다.

순간, 내 안에 싹튼 감정은 후회였다.

삯일로는 답이 나오지 않아 아내는 봄부터 일하러 나가고 있다.

그래서 낮 동안——이 집에는 나 혼자밖에 없다.

나는 현관문을 잠그지 않은 것을 후회한 것이다. 다른 사람을 만날 수 있는 상태가 아니었다.

그러나 문단속도 하지 않고 안에 있으면서 이제 와서 아무도 없는 척할 수도 없으니, 누가 부르면 나가지 않을 수도 없을 것이다.

잠깐 사이에 거기까지 생각하고, 그러다가 아니나 다를까 실례합니다, 하는 목소리가 들렸다.

선생님, 세키구치 선생님, 댁에 계십니까——하고 침입자가 부르는 소리는 인정사정도 없고 그칠 기미도 없자, 나는 별수 없이, 아마 이상할 정도의 성가시다는 듯한 기색으로 몸을 돌려 매우 느릿느릿한 동작으로 복도로 나갔다.

복도는 눈동자에 얇은 막이 한 장 낀 듯한 상태로, 방보다 더 칙칙해 보였다.

광량이 적어서일까.

"이런——."

방문자는 세노 도모노리였다.

"——이제——일어나셨습니까아."

세노는 안경 속의 약간 처진 듯한 가느다란 눈을 더욱 가늘게 뜨며 웃었다. 그리고는,

"주무시고 계셨군요오——."

하고 못을 박았다.

"아니."

자고 있지 않았다는 것을 주장하고 싶었지만 말이 잘 나오지 않아, 나는 뭔가 이해할 수 없는 미지의 언어로 웅얼웅얼 말했다. 세노는 다시 실실 웃으며, 세키구치 씨는 저녁형이었습니까아――하고 말했다. 오해는 끝내 풀리지 않은 채, 나는 설명을 포기하고 세노를 안으로 이끌었다.

세노가 찾아오는 것은 드문 일이다.

세노는 사장 한 명에 사원이 두 명 있는 작은 출판사에서 가스토리 잡지[6]를 편집하고 있는 남자다. 나는 일단 소설 쓰는 것을 생업으로 삼고 있지만, 어쨌거나 붓이 느린 데다 전혀 팔리지 않아서 문예지 이외에도 추잡한 실록기사를 써 대며 입에 풀칠하고 있다. 세노가 편집하는 '실록범죄'에도 이름을 바꾸어 기고하고 있다.

"별일이군요――."

나는 겨우 말 같은 말을 내뱉었다.

"――도리구치 군은?"

도리구치 군이란 세노의 부하 직원으로, 평소에 찾아오는 사람은 대개 그다.

"도리구치는 바쁩니다. 그 왜, 그 점쟁이."

"아아."

잘은 기억나지 않았지만 도리구치는 지난 몇 달 동안 가짜 점쟁이를 추적 취재하고 있다.

"그건 아마――."

---

6) 제2차 세계대전이 끝난 후 일본에서 출판되던 삼류잡지의 총칭.

내가 하는 말은 몹시 짧다. 그러나 무의미한 말을 많이 하는 것보다는 잘 통하는 것 같다. 듣는 사람이 멋대로 의미를 붙여 대답하는 것이리라. 세노는 몇 번인가 고개를 끄덕였다.

"맞아요, 맞아. 그건 터무니없는 일이었으니까요오. 우리는 지금 타사를 머리 하나쯤 추월하고 있어요. 그렇게 될 거라고는 아무도 생각하지 않아서인지, 선행취재를 한 건 우리뿐이었어요."

"하아. 그렇지요."

그렇게가 어떻게인지, 나는 모른다. 신문도 읽지 않고 라디오도 듣지 않는다. 지난 며칠간, 아내 이외의 인간과 말조차 나누지 않았다.

"그래서?"

"그래서——라니요?"

"아, 그——."

그래서, 라고 물어도 확실히 곤란할 것이다.

"——오늘은 무슨 일로?"

"다른 일입니다. 세키구치 씨, 마감이라든가 취재라든가, 그런 예정은 근간에——."

"예에, 그."

"없군요. 없는 거지요? 하아, 그거 다행입니다."

전혀 다행이 아니라고 생각한다.

"어차피 저는 한가합니다. 세노 씨야말로 데스크인데, 몸소 돌아다녀도 되는 겁니까? 사장님한테 혼날 텐데요."

"그 사장님의 용무입니다——."

하고 세노는 즐거운 듯이 말했다.

세노는 나보다 연상이지만 입만 다물고 있으면 상당한 연배로도 보인다. 그러나 이야기해 보면 전혀 달라서, 어떤 화제도 어린아이처럼 기뻐하며 듣고, 또 말도 많다.

잡담만으로도 두 시간은 버틴다.

"사장님의 용무라니 또 야단스러운 볼일이군요. 그 용무랑 저와 무슨 상관이 있습니까?"

"예에. 뭐, 그건 들어 보시면 알 것 같기는 한데——아아, 당연하군요. 그런 것은."

"그야 당연하겠지요."

아무래도 대화가 멍청하다.

세노도 도리구치도, 무참하기 짝이 없는 끔찍한 사건만 기사로 쓰고 있는데도 어딘가 초탈한 데가 있다. 안 그래도 속세와 동떨어져 있는 차에, 나 같은 타고난 바보가 이야기에 끼어들면 전혀 긴장감이 없어지고 마는 것이다.

"그럼 뭐——."

그때까지 새우등처럼 웅크리고 있던 세노는 등을 얼마쯤 펴더니, 낡아빠진 가방에서 커다란 서류봉투를 꺼내면서,

"——세키구치 씨, 쓰야마 30명 살인사건[7]을 기억하십니까?"

하고 물었다.

"예에, 기억하는데요——."

그렇겠지요——하고 세노는 말했다.

---

7) 1938년 5월, 오카야마 현 쓰야마 시의 가이오 · 사카모토 양 촌락에서 발생한 대량 살인사건. 범인은 도이 무쓰오라는 21세의 마을 청년으로, 자택에서 자고 있던 본인의 할머니를 도끼로 쳐서 죽인 것을 시작으로 마을 사람 전체의 삼분의 일에 해당하는 30명을 개조 엽총과 일본도로 살해한 후, 본인도 자살했다.

"알고 있겠지요, 보통."

"글쎄요, 그건——그건 1938년이었던가요?"

그렇습니다, 겨우 15년 전입니다——하고 세노는 몹시 기운차게 주장했다.

"저는 당시 스물셋이었습니다."

"예에?"

나는 몇 살이었을까.

"범인인 도이 아무개와는 동년배였으니까요."

"그게 무슨——."

"쓰야마 사건은 연속 살상사건으로는 기록적인 사건입니다. 단시간에 대량으로 살해했다는 점에서는 견줄 예가 없지요. 겨우 한 시간 만에 서른 명이니까요."

"그런 사건과 그렇게 견줄 수 있다면 곤란합니다, 세노 씨. 전말은 처절한 것이었다고 해도, 그건 세상 사람들이 생각하는 듯한 엽기사건과는 양상이 조금 다르잖습니까."

"그야 다르지요——."

"범인도 성실한 수재였다면서요."

"그건 그렇습니다만. 제가 말하는 다르다는 것은, 그런 사건과 다르다는 게 아닙니다. 세키구치 씨는 세상 사람들이 생각하는——이라고 하시지만 말이지요. 세상 사람들은 아무것도 생각하지 않는답니다."

"생각하지 않는다——니요?"

"잊었단 말이지요. 모르는 겁니다, 젊은 사람들은. 쓰야마 30명 살인사건을."

"예에——."

그래서 우선 아느냐고 물은 것이리라.

"하기야 그렇지요. 뭐라고 해도 전쟁이 있었으니까. 서른 명 정도가 아니라 수만 명이 죽었지 않습니까. 그건."

흐려져 버렸다고 해야 할까요——하고 숙연한 목소리로 말하더니 세노는 더욱 기묘한 표정까지 지어 보였다.

"대사건이었는데 말이지요. 저는 고향이 간사이라, 도쿄보다는 가까웠기 때문일까요."

"대사건은 대사건이겠지요. 당시에는 꽤 시끄러웠던 것 같기도 했지만요. 하지만 제 생각에 아베 사다[阿部定][8]보다는 오래가지 않았던 것으로 기억하고 있습니다."

세노는 서류봉투를 든 채 팔짱을 끼고 고개를 기울였다. 게다가 입도 시옷으로 일그러뜨리며 으음, 하고 신음했다.

"세키구치 씨의 말대로 전쟁 때문일지도 모르지만 말입니다. 그런 큰 사건을 잊을 수가 있을까요——."

"오히려 잊고 싶겠지요. 어두운 기억은. 이런 시대니까요——."

그저 어둠에 눈을 감고, 무조건 밝은 방향으로만 얼굴을 향하려고 하면서 이 나라 사람들은 살아가고 있다. 그것은 어쩔 수 없을 것이다. 그렇게라도 하지 않으면 이렇게 단기간에 그런 허허벌판에서 이만큼 부흥할 수 있었을 리도 없다.

내가 그렇게 말하자 세노는 다시 한 번 고개를 기울였다.

---

8) 1936년 5월, 여관 종업원이었던 아베 사다라는 여성이 성교 중에 애인인 남성의 목을 졸라 죽이고 국부를 잘라낸 사건. 사건의 엽기성 때문에 당시 서민들의 많은 흥미를 끌었다. 아베 사다는 사흘 후 체포될 때까지 남자의 국부를 가지고 다녔으며, '그를 너무 사랑해서 다른 여자가 그를 건드리지 못하게 하려고 죽였다, 국부를 잘라낸 것은 항상 그의 옆에 있고 싶었기 때문'이라고 진술했다.

"하지만 그렇다면 왜 우리 잡지 같은 범죄 잡지가 나오면 그럭저럭 팔리는 겁니까? 엽기 변태 범죄물은 세상에 넘쳐나고 있습니다. 우리 잡지도 공포를 스멀스멀 부추기는 짓을 하면 부수가 더 나올 겁니다. 취향이 아니지만요."

"그건——."

눈을 감아도 뚜껑을 덮어도, 어둠이 사라진 것은 아니기 때문——이라고 나는 생각한다.

겉만 꾸미고 그럴싸하게 호도하고 이치로 봉인해도——있는 것은 있다. 그것은 분명히 아주 약간만 균열이 가도 일상의 표면을 찢고 넘쳐날 것이다. 그 사실을 모두가 어렴풋하게는 알고 있다. 어디에선가는 잘 알고 있으면서도 모르는 척을 하고 있을 뿐이다. 그래서 적어도 이 세상의 어둠은 남의 일입니다, 허풍입니다, 라고 생각하고 싶은 것이리라.

"——잡지는 어차피 만든 것이니까요."

"우리는 일단 실록이라고 주장하고 있는데요."

세노는 끝까지 납득이 가지 않는다는 표정이다.

"그건 그렇고 세노 씨. 아까부터 이야기가 전혀 진전이 없군요."

내가 그렇게 말하자, 아, 이거 실례했습니다, 혹시 사모님이 돌아오실 시간입니까——하고 말하며 세노는 고개를 빼고 주위를 둘러보았다. 이야기가 진전되지 않는 것에 대해서는 별로 아무렇지도 않게 생각하는 모양이다.

"아니, 집사람은 아직 오지 않을 겁니다. 저녁때나 돼야 집에 오지요. 그보다 그, 슬슬 본론을——."

"본론? 아? 그, 뭐 지금 하는 이야기도 본론의 일부인데요."

“예? 쓰야마 사건이 말입니까?”

으음, 하고 팔짱을 고쳐 끼며 세노는 신음한다.

그리고 쓰야마 사건 자체는 상관없습니다만——하고 말했다.

“도무지 무슨 말씀이신지 하나도 모르겠군요, 세노 씨.”

“음——뭐 그렇겠지요. 그럼——.”

세노는 망설인 후에 좌우로 한 번씩 고개를 흔들고, 그럼 단도직입적으로 결론을 말씀드리지요——하고 말했다.

그리고,

“마을을——찾아 주시지 않겠습니까.”

하고 말했다.

“마——마을? 그게 뭡니까?”

무슨 이야기인지 모르겠다. 모르는 정도가 아니라 맥락이 너무 없어서 나를 놀리고 있다는 생각도 들지 않았다.

세노는 기쁜 듯이 웃으며, 모르시겠지요——하고 말했다.

“그야 모르지요. 사장님의 용건이고, 쓰야마 사건과 관련이 있고, 그러니 마을을 찾아달라고 하시면 이건 선문답입니다. 그것만 듣고 알 수 있다면 엄청난 고승(高僧)이지요.”

아하하, 정말 그렇군요——하고 세노는 머리를 긁적이며 다리를 풀고 편하게 앉았다.

“실은 그, 우리 사장님——아카이 서방(書房)의 오너인 아카이 로쿠로 씨는 말이지요, 아시겠지만 본직은 학습교재 판매업입니다. 뭐, 출판은 도락(道樂) 같은 것이지요. 어디까지나 도락이기 때문에 돈벌이는 이차적인 문제이고, 그러니 제대로 된 일을 하라고 말해 주는 것은 좋아요.”

"괜찮은 일 아닙니까."

"예, 그건 좋은데, 반면에 망해도 아쉬울 것은 없지요. 그래서 우리 사원들은 안절부절못한다는——이런, 또 삼천포로 빠졌네요."

"예에."

무슨 이야기가 하고 싶은 것인지 알 수 없으니 삼천포로 빠졌다고 해도 알 리 없다.

아카이 사장과는 몇 번인가 면식이 있지만, 언동이 부드러운 청년 실업가 같은 풍모로 출판업계 사람 특유의 냄새는 느껴지지 않았던 것을 기억하고 있다.

"뭐 그렇지요. 우리 아카이 사장님은 자동차 수리나 개조, 발명품 특허 같은 그런 취미가 많은 것이 가끔 흠인데——어쨌든 그 아카이 사장님의 오랜 친구 중에 미쓰야스 씨라는 사람이 있습니다."

"미쓰야스? 이름입니까?"

"성이지요. 미쓰야스——고헤이였나? 머리숱이 허전하고 약간 뚱뚱한, 매끈매끈하니 혈색이 좋은 아저씨인데요. 이 미쓰야스 씨는 전직 경관입니다."

"경관——이라고요."

"경관입니다. 옛날에 시즈오카에서 순사인지 파출소 순경인지로 일했던 모양이에요. 이 사람이 옛날에 파견되었던 마을이 말이지요, 없어져 버렸어요."

"그게——."

그게 이해가 안 된다.

"——없어졌다는 것은, 폐촌이라는 뜻입니까? 아니면 댐이 생겨 수몰되었다거나, 이웃 마을과 합병되어 이름이 바뀌었다거나——."

세노는 기도하듯이 한 손을 세우더니 좌우로 흔들었다.

"아닙니다."

"아니라고요?"

"폐촌——은, 폐촌이겠지만 으음, 어렵네요. 정말로 사라져 버렸단 말입니다."

"사라졌다니, 세노 씨."

"사라졌다고 말할 수밖에 없지요. 먹고 자던 파출소——랄까 주재소랄까, 그 무렵에는 뭐라고 불렀는지 잘 모르겠지만, 어쨌든 경찰기구 자체가 지금과는 달랐겠지요. 아마 내무성이 관할하던 시대가 아니었을까요."

"아니었을까요, 라니 세노 씨. 그게 언제 일이기에?"

"아아. 그러니까 쓰야마 사건과 같은 해입니다. 15년 전. 1938년 5월까지 근무하고 있었다나요."

"그렇군요——."

그것뿐일까.

30명 살해는 단순히 시간 경과를 가리키는 전제에 지나지 않았던 모양이다.

"그래서 뭐, 작은 산촌이었다고 하는데요. 면적은 넓지만 호수(戶數)는 적다고 합니다. 어쨌거나 18호라고 하니까요. 그렇다면 인구는 고작해야 쉰 명 안팎이겠지요. 작은 촌락입니다."

"마을의 이름은?"

"헤비토 마을이라나요."

"헤비[蛇]에 토[戶]——라고 씁니까?"

잊어버렸습니다——하고 세노는 말했다.

"미쓰야스 씨한테서는 들었지만, 잊어버렸습니다. 으음, 토[戸]는 붙어 있었지요. 하지만 뱀 사(蛇)라는 글자는 기억에 없으나——두 글자인 건 맞습니다. 적어둘 걸 그랬네요. 그래서 말이지요, 마을 한가운데에 커다란 집이 있었다고 하고, 지주인지 쇼야[庄屋][9]인지, 그런 거겠지요. 사에키[佐伯]라는 사람의 집이었다고 하는데, 이건 기억하고 있더군요. 그 주변에, 꽤 떨어져서 드문드문 집인지 오두막인지가 서 있고요. 대부분은 농가고, 거간꾼이 있고 잡화와 우편 같은 것을 취급하는 집이 마을 입구에 딱 한 집 있고, 그리고 의원이 한 집, 이 의원은 사에키 씨의 친척이었다고 합니다."

"예에. 아주 자세히 아시는군요."

"뭐 18호밖에 안 되니까요. 파출소 순경으로 있다 보면 모든 집을 기억하지요. 실제로 지금도 기억하고 있다고 하고."

그것도 그럴 것이다.

"다만 미쓰야스 씨는 그 마을에는 1년도 있지 않았다고 합니다."

"전근되었나요?"

"출정(出征)했다고 합니다. 출정 결원이라는 것 말입니다. 닛카 사변[日華事変][10]이지요. 그 해는 아마 국가총동원법[11]이 시행된 해 아닙니까——."

거기에서 세노는 입을 다물고, 으음 하고 코로 소리를 냈다.

"——그리고 복원(復員)되어 돌아오니 마을이 사라지고 없었던 겁니다."

---

9) 에도 시대에 영주가 임명한 지방 관리로 다이칸[代官] 밑에 있으면서 마을의 납세와 사무를 맡아보던 촌락의 장.

10) 중일전쟁을 당시의 일본에서 부르던 호칭.

11) 중일전쟁 때 인적, 물적 자원을 통제하고 운용하는 광범위한 권한을 정부에 부여한 위임입법. 1938년에 공포 및 시행되어 1945년 말에 폐지되었다.

"그러니까 세노 씨."

나는 몸을 앞으로 내밀었다.

"없어졌다는 게 무슨 뜻인지 가르쳐 주십시오. 방금 사라졌다고 말할 수밖에 없다고 하셨는데, 연기처럼 마을이 사라질 리 없지 않습니까."

"그게 그렇습니다."

"그렇습니다, 라니. 그럼 마을이 있던 장소는 어떻게 되었습니까? 들판이 되기라도 했습니까? 아니면 커다란 구멍이라도 뚫려 있었다거나."

"구멍은 없습니다."

통 이해하기가 어렵다. 이야기하는 사람이 잘못인지 듣는 사람이 잘못인지, 도무지 알 수가 없는 이야기다.

세노도 아무래도 이야기가 전해지지 않는다는 것을 깨달았는지, 잠시 생각에 잠기는 것 같더니 자세한 설명을 시작했다.

"정확하게 말하면요, 미쓰야스 씨가 귀국한 시기는 태평양전쟁이 끝나고 나서고, 더 정확하게 말하면 1950년입니다. 겨우 3년 전의 일이지요. 다시 말해 미쓰야스 씨는 12년 동안이나 중국을 전전하고 있었던 셈입니다. 마지막에는 말레이 반도에 있었다더군요. 뭐, 무엇을 하고 있었는지 모르겠습니다만. 실은——미쓰야스 씨는 작년에 한 번 그 그리운 마을에 가 보았다고 합니다. 지명이나 교통 사정도 바뀌었겠지요. 그런데 사정은 조금도 개선되지 않았어요. 아직 버스가 있는 것도 아니고 철도도 다니지 않는 벽지였다고 하는데, 어렴풋한 기억을 더듬어서 가보니——이게 전혀 없더란 말이지요. 12년 사이에 헤비토 마을은 흔적도 없이 사라지고 말았어요."

"산——이 되었나요?"

"그렇다면 그나마 이해는 갑니다. 예를 들어——그렇지, 마을 입구에 있던 잡화점."

"우편도 취급한다는?"

"그래요. 그 잡화점은 미쓰키야라는 이름이었던 모양입니다. 이게 이웃 마을이 되어 있더래요."

"이사했나요?"

"그게 아닙니다. 장소는 바뀌지 않은 모양이에요. 모양이라고 한 건 기억이 명료하지 않기 때문인데요, 그 어렴풋한 기억에 우선 충실히 따라서, 거의 기억 그대로인 장소에 대체로 기억 그대로의 건물이 있었으니, 이건 우선 틀림없을 거라고 생각했나 봅니다. 그런데."

"그런데?"

"그 건물의 번지수를 보니——마을 이름이 달랐어요. 그 주소는 그의 기억으로는 이웃 마을이었습니다."

"그건 흔히 있는 일이겠지요. 인접해 있는 인구가 적은 촌과 합병되어서 주소 표기가 바뀌었나 보군요."

"뭐, 그렇지요. 하지만 그것만이 아니에요. 그곳은 잡화점도 무엇도 아니고, 전혀 다른 사람이 살고 있었어요."

"그 잡화점 일가가 이사했거나 돌아가셨거나 해서 다른 사람이 이사를 왔겠지요."

"그것도 아니에요. 그곳에는 전혀 기억에 없는 노부부가 살고 있고, 자신들은 이곳에 벌써 70년은 살았다고 말했어요. 아시겠습니까, 70년이라고요."

"그건——."

거짓말이거나, 아니면 그 미쓰야스 씨의——.

"——착각이라거나. 길을 잘못 들었겠지요."

"네. 그렇지요. 우연히 비슷한 장소, 비슷한 지형에 비슷한 집이 있었던 건지도 몰라요. 그래서 미쓰야스 씨는 약간 혼란스러워져서 마을 중심부를 향해 걸음을 옮겨 보았어요. 사에키의 본가가 있는 곳이지요. 그랬더니——."

"그랬더니?"

"길이 똑같았어요. 갓길의 지장보살이나, 감나무, 전부 기억하고 있었지요."

그건 데자뷔, 즉 기시감(旣視感)이라는 것이 아닐까.

본 적이 없는 풍경이 낯익다, 가 본 적이 없는 장소가 그립게 여겨진다——그것은 대체로 뇌의 속임수다. 기억이 어지럽혀져 있을 뿐이다.

현재라는 것은, 실은 가장 새로운 과거를 말한다.

인식한 시점에서 그것은 이미 약간의 과거가 되는 것이다. 따라서 시간을 양적으로 파악한다면 무(無)와 유(有)의 접점이 바로 '지금'이다. 접점이라는 것은 존재는 하지만 질량은 없다. 즉 엄밀한 의미로의 '지금'은 수량적으로는 0이나 마찬가지다. 그리고 과거는 쉬지 않고 늘어 간다. 미래는 물론——무(無)다. 우리는 항상 우글우글 증식하는 과거라는 대열의 선두에 서 있는 것이다. 얼굴을 향한 곳에는 아무것도 없다. 그러니 미래 예지 같은 것이 가능할 리도 없다. 기시감이라는 것은 그 희미한 과거와 조금 더 오래된 과거가 어쩌다가 겹칠 뿐인 것이다. 소위 말하는 착각——이다.

나는 세노에게 그렇게 말했다.

편집자는 몇 번인가 고개를 끄덕였다.

"바로 그 착각이라고, 미쓰야스 씨도 생각했어요. 하지만 말이지요, 걷다 보니 그 생각은 흔들렸습니다. 기억에 있는 집들이 기억 그대로 모두 있었어요. 잡화점과 마찬가지로 다른 사람이 살고 있는 집도 있었지요. 많이 사는 건 노인이고, 물어보니 역시 옛날부터 그곳에서 살아왔다고 그에게 말했고요."

"옛날부터라면?"

"뭐, 옛날부터겠지요. 노인이니까요. 그중에는 폐가가 된 곳도 몇 집 있었는데, 미쓰야스 씨는 참지 못하고 그 안에 들어가 보았어요. 모양은 기억 그대로여도, 실내는 전혀 기억이 없었어요. 가구가 남아 있는 집도 있어서 서랍 같은 걸 열어 보면, 전혀 모르는 사람들이 찍힌 빛바랜 사진이 들어 있기도 했다고 합니다."

그것은——.

그것은 역시 착각이다.

쓸데없는 억지 이유를 갖다 붙이면 초자연현상이 될 수도 있고, 잘못 들으면 괴담 이야기가 된다.

그래도 역시 그것은 착각일 것이다.

다시 비유하자면 시간은 급류다. 급류의 맑은 물은 본래 같으면 멈추지 않고 흘러가야 하는 법이다. 그 흐름 속에 둑을 쌓고 설령 잠시라도 물을 담아두려고 하면, 둑에는 상당한 부하가 걸린다. 그뿐만 아니라 고이면 물은 탁해진다. 그리고 서서히 새어 나가, 결국은 흘러간다. 기억이란 빗의 이가 빠지듯이 너덜너덜하게 풍화되는 법이다.

하지만 빠진 부분은 어떤 형태로 보충된다.

결락(缺落)과 보완을 되풀이하면서, 기억은 수정되어 간다.

그것도 자신에게 유리하도록——.

"그건——그러니까 열 가지 사실을 열 가지 전부 기억하고 있는 것은 아니지 않습니까. 열 중 다섯을 기억하고 있었다고 합시다. 그리고 그 다섯 중 둘이 우연히 일치했다고 해 보십시오. 셋은 틀린 셈이지만, 잊어버린 다섯은 틀렸는지도 알 수 없겠지요. 그러면 겨우 둘밖에 부합하지 않았는데도, 잊어버린 것까지 포함해서 일곱이 들어맞는 게 틀림없다고 생각하지 않을까요. 그러니까 세노 씨, 그건 다른 장소입니다."

"그렇겠지요."

세노는 선선히 인정했다.

덕분에 내 어리석은 생각은 허탕을 치고, 구름처럼 안개처럼 흩어지고 말았다.

"그, 그럼——."

"그래요, 착각이겠지요. 미쓰야스라는 사람은 어딘지 모르게 정체를 알 수 없는 데는 있습니다. 하지만 상식적인 판단력은 가지고 있어요. 그러니까 이건 자신이 길을 잘못 든 것이거나, 자신의 기억이 잘못된 걸 거라고, 그렇게 생각하고 있었던 모양입니다. 그리고 그렇다고 해도 지나치게 비슷하다고——그런 생각도 하면서 산길인지 논길인지를 걸어갔어요. 하지만 미쓰야스 씨는 가까이 다가감에 따라 분위기가 이상하다고 느끼기 시작했어요. 밭이 없었거든요. 잡초가 우거지고 나무까지 자라 있었어요. 마을 한가운데를 향하고 있는데 풍경이 마을 변두리처럼 되어 버렸지요. 이제는 전혀 비슷하지 않았어요."

"역시 잘못 찾아간 거로군요?"

"그렇게 확신했다고 하더군요. 그리고 드디어 마을의 중심부인 사에키 본가 부근인 듯한 곳에 이르렀어요. 그런데——."

"그——그런데?"

"그냥 산이랄까 숲이랄까——인기척이라고는 없었던 모양이에요. 하지만."

"뜸 들이지 마십시오."

"뜸 들이는 게 아닙니다. 그래도 미쓰야스 씨는, 잘못 찾아왔다고 해도 지형만 보면 이곳도 역시 눈에 익다고 생각하면서, 주위를 둘러보았습니다——."

세노는 그렇게 말하며 얼굴과 시선을 천천히 돌렸다.

"——그리고 거기에서 갑자기 무서워져서, 그곳을 도망쳐 돌아왔다나요."

"예에?"

"있었던 거지요. 사에키 본가가. 대문에서부터 지붕 기둥까지, 기억 그대로인 건물이. 오랫동안 아무도 산 흔적은 없었던 모양입니다만. 폐허였습니다."

"그건——."

"네. 그것도 착각인지, 환각인지, 아니면 아주 비슷한 건물이었는지, 그건 알 수 없습니다. 하지만 기억 그대로의, 한층 커다란 건물은 있었다고 해요."

문득 오한이 들었다.

"자, 잠깐만. 방금 이야기가, 마을이 사라진 이야기——입니까?"

세노는 고개를 끄덕였다.

"아니, 세노 씨. 옛날이야기라면 모를까, 지금은 쇼와[昭和][12] 시대입니다. 겨우 그것만으로 마을이 사라졌다고 하는 건 이상하지요. 물론 이상한 이야기로 들리지만, 역시 우연입니다. 그냥 그 미쓰야스라는 사람이 길을 잘못 들어 매우 비슷한 조건의 다른 마을로 가 버렸을 뿐인 게 아닐까요?"

"하지만 세키구치 씨. 지형과 건물만이라면 뭐 착각이겠지만, 이웃 마을의 이름은——미쓰야스 씨의 기억과 똑같았습니다. 그 점이 말이지요."

"뭐, 그건 그럴지도 모르지만, 반대쪽 강가로 가 버린 건지도 모르잖습니까. 우선 그 점을 확인해야지요. 지도가 있을 텐데요."

"없습니다."

"없어요?"

"없어요. 원래 실려 있지 않았습니다. 오래된 지도에는 인구가 너무 적어서 그냥 산으로 나와 있어요."

"하지만 세노 씨. 참모본부의 육지측량부——지금은 건설성인가요. 거기에서는 메이지 시대부터 계량이니 조사니 하는 것을 끊임없이 해 오지 않았습니까. 전쟁 후에도 지리서와 지도의 조속한 복구 작업을 연합국이 명령했을 겁니다. 축척에 따라서는 집 한 채까지도 실려 있을 텐데요. 마을이 실려 있지 않다니 그런 바보 같은 일이 어디 있습니까."

하아——세노는 등을 웅크렸다.

"그게 아무래도, 그 지역은 애매하다고 합니다. 최근의 지도는 물론 있습니다. 거기에는 이웃 마을이 나와 있을 뿐이라고 하지만요."

12) 1926~1989년까지의 일본 연호.

이웃 마을은 틀림없이 존재하는 것이다. 그런데──지도에 없는 마을──그런 것이, 이 나라에 있을까.

"──도대체가 지도 복구니 지리서 조사니 지형 측량이니 해도, 우선 도시 쪽부터 진행하잖아요. 산림은 나중으로 미뤄집니다. 아무리 자세히 조사해도 수해(樹海)의 지도라는 건 없지 않습니까?"

"그건──없겠지요──하지만."

"수해만큼 심한 곳은 아닌 것 같지만 말입니다."

"겨──경찰은 어떻습니까? 경찰에 기록이 남아 있겠지요. 주재소까지 두고 있었고."

"그게 말이지요, 전화(戰禍)로 자료가 불타 버린 모양입니다. 경찰 관계자도 전사하거나 퇴역했고, 게다가 경찰법이 몇 번인가 개정되었기 때문에 당시의 일을 기억하는 사람은 몇 명 남아 있지 않았다고 하더군요. 그것도 제대로 기억하는 사람은 없었어요."

"그렇다면──관청이라든가. 그렇지, 관청입니다. 관청이 모르는 주소는 있을 수 없지 않습니까. 호적도 있을 테고. 주소가 없으면 세금도 걷을 수 없어요."

"네. 물론 미쓰야스 씨도 알아보았어요. 그게 말이지요, 관청의 기록에도──없었다고 하더군요. 그런 마을은──."

"없다고요?"

그런 바보 같은 일은 없다.

"하지만 없었대요. 우체국도 찾아가 보았지만 없었어요. 뭐, 이건 어느 정도 추리할 수 있지요. 아마 그 헤비토 마을이라는 건 통칭이었을 겁니다. 실제로 등기된 지번은 다른 이름이었겠지요. 그러니 애초에 이웃 마을과 같은 명칭의 땅이었을지도 모릅니다."

"주민들의 호적은? 이름을 기억하고 있었다면서요."

호적이 없을 리는 없다. 산촌이나 외딴 섬에서도 골고루 징병하기 위해, 국민들의 이름과 주소, 친족 관계를 샅샅이 조사한 것이다. 호적이 없는 사람이 이 나라에 있을 리는 없다. 이 나라에 사는 인간은 반드시 등록되고 관리된다.

"호적도 전시 중에 거의 사라진 모양이에요. 그 주변은 도쿄와 달리 공습도 그렇게 심하지 않았던 것 같다고 생각하는데, 그건 편견이라는 걸까요. 물론 일찌감치 호적 등등은 수복된 모양이지만, 전부 지금 살고 있는 사람들의 것으로 되어 있고 미쓰야스 씨의 기억에 있는 이름은 없었다고 합니다."

"사에키——인가 하는 사람은?"

"없습니다."

"없다——고요?"

"없다기보다, 이제는 알 수 없는 거지요. 주소는 고사하고 생사 여부도, 아니, 이제는 존재했는지 아닌지도 확실하지 않은 겁니다."

세노는 그렇게 말한 후 투덜거리듯이,

"이렇게 쓸데없이 사람이 많으니, 나라에서는 한 명도 남김없이 알고 있는 것은 아니겠지요——."

하고 말했다.

복잡한 심경이 되었다.

강한 주장을 가진 것은 아니고 매우 막연한 것이기는 하지만, 나는 전부터 국민으로서 등록되는 것에 반감이 있었다. 징병되어 심한 일을 당한 탓도 있다. 그 이전에 국가라는 잘 알 수 없는 것에 의해 관리당하는 것이 싫었다.

그러나.

가령 호적이 없나는 것만으로 존재조차 증명할 수 없다면——.

그것은 그것대로 싫은 기분이 들었다.

이유는 알고 있다.

사회를 대해(大海)라고 하면 개인은 그곳에 떠 있는 바닷말에 지나지 않는다. 역사를 사막이라고 하면 인생은 한 알의 모래일 뿐이다. 그래도 사람에게는 자신의 인생만이 세상의 전부다. 자신의 눈을 통해서 아는 세계만이 유일하고 절대적인 세계다. 따라서 한 알의 모래와 사막을, 바닷말과 해원(海原)을 같은 가치로 규정하지 않으면 사람은 살아갈 수 없다. 자신은 영원히 자신으로 존재하는 것이라고, 어떻게 해서라도 믿고 싶은 것이다. 개인의 부정은 개인에게는 세계의 부정이나 마찬가지다.

따라서 개인은 항상 주장한다. 나는 나다——라고.

하지만.

정말로 나는 나일까——나는 확신을 가질 수 없게 될 때가 있다. 앞으로 나는 계속 나 자신일 수 있을까, 알 수 없게 된다. 그래서 증거가 필요해진다. 너는 너라고, 누군가가 보증해 주기를 바라게 되는 것이다. 객관적 기술(記述)은 그런 때에 유효하다.

기록됨으로써 개인은 우선 역사적으로 인지된 듯한 착각을 느끼고 안심하는 것이다.

존재하기 때문에 기록이 있는 것이지, 기록이 있으니 존재하는 것이 아닌데도.

——본말이 전도되어 있다.

나는 한숨을 쉬었다. 역시 인정하고 싶지 않다.

"호——호적이 없어서 존재조차 확인할 수 없다니——그런 일은 없습니다. 호적이란 겨우 몇 줄의 기술이 아닙니까. 그런 걸 태운다고 해도 그 사람이나 그 사람의 과거가 사라져 없어지는 건 아니잖아요. 그 사에키인가 하는 사람을 기억하고 있는 사람도, 반드시 어딘가에 있을 겁니다."

"네. 뭐, 간신히 미쓰야스 씨는 기억하고 있었습니다만——다만 말이지요——."

그 전쟁은——하고 말하고 나서 세노는 또 큰 한숨을 쉬었다.

"——뭐, 많은 것을 잃었지요."

분명히 이 나라는 많은 것을 잃었다. 인명도, 재산도, 건물도, 자원도——하지만.

——과거까지 잃어버렸다는 것일까.

"그럴 수가——세노 씨."

"왠지 싫어지긴 합니다. 정말로 아무도 기억하지 못하고 있었거든요. 사에키 씨는 물론이고 헤비토 마을도."

——그러면.

"그 사실을, 그럼 대체 어떻게 이해하라는 겁니까?"

세노는, 네——하며 공손하게 말했다.

"드디어 가경(佳境)에 들어왔는데 말입니다. 뭐, 일반적인 해결은 하나밖에 없지요. 간단한 겁니다. 미쓰야스 씨가 미쳤다——즉 애초에 헤비토 마을이라는 마을은 존재하지 않았다. 헤비토 마을은 그의 머릿속에만 존재하는 마을이었다——라는 해결입니다."

"아아."

그것은 하나의 해결이기는 하다.

다만 그렇게 말해 버리면 인정미가 없다는 기분도 든다.

"미쳤던——겁니까?"

"전면적으로 미치지 않았더라도 착각이나 잘못 기억하고 있거나 환각이거나, 뭐 그런 게 겹치면 무엇이든 있을 수 있겠지요."

"뭐——그렇지요."

그런 일은 없는 것도 아니다.

"미쓰야스 씨의 뇌수가 시간을 거슬러 올라가고 공간을 밀어 넓혀서 가공의 마을과 체험하지 않은 과거를 만들어냈다. 따라서 기억하고 있는 마을의 모습도 인명도, 모두 다 가공의 것이었다, 그런——해결이지요."

"하지만 부합하는 부분도 있지 않습니까."

"애초에 이 세상에 존재하지 않는 마을이니 그런 사소한 기억은 나중에 얼마든지 수정할 수 있잖아요. 세키구치 씨도 말하지 않았습니까. 그야말로 기시감입니다."

그 말이 옳을 것이다. 나는 신음하고 말았다.

신비 현상에 대해서 회의파였던 내가, 어느새 긍정적인 발언을 하고 있었다는 것을 깨달았기 때문이다. 신비 현상을 인정하고 싶어진 것은 아니다. 다만 석연치 않을 뿐이었다.

"게다가 이렇게 생각할 수도 있습니다."

세노는 말을 이었다.

"예를 들어 그——미쓰야스 씨는, 사실은 그가 말하는 이웃 마을의 순경이었다——라거나."

"즉, 만들어진 부분은 마을과 사람의 이름이나 속성뿐이고, 그 외의 풍경과 지리 조건 등의 무대장치는 진실이었다——는 겁니까?"

"그래요. 그렇기 때문에 그곳에 간 겁니다."
설득력은 있다. 나는 납득할 뻔했다. 하지만.
"그래서 —— 이겁니다."
세노는 줄곧 만지작거리고 있던 서류봉투를 다다미 위에 내려놓고, 내 쪽을 향해 내밀었다. 나는 손을 뻗어 봉투를 집어 들었다. 뭡니까 —— 하고 묻자 세노는 정중하게, 열어 보십시오 —— 하고 대답했다. 끈을 풀고 봉투를 연다. 안에는 색이 바랜 오래된 신문이 들어 있었다.
"보십시오. 빨간 연필로 표시되어 있는 기사입니다만."
세노가 턱을 내민다. 나는 기사로 시선을 떨어뜨린다.
표제를 더듬는다.
시즈오카 현의 산촌에서 대량 살육이라 ——.
"대량 살육?"
"네. 그건 전국지인데, 미확인 정보라고 전제되어 있지요. 장소는 시즈오카의 산촌이라고 되어 있습니다."
"대량이라니 ——."
"대량입니다. 한 마을 전원."
"그, 그런 바보 같은 ——."
【미시마에서 기리하라 기자】 시즈오카 현 모처의 산촌에서 마을 주민 전원이 통째로 실종되었다는 엄청난 일이 발생한 듯하다. 사실은 아직 확인되지 않았지만, 증언에 따르면 대량 살인사건일 가능성도 있고, 니라야마를 비롯한 인근의 경찰도 협의하여, 풍문이라 해도 민심을 현혹하는 짓이라고 판단하기에 이르자, 하루 이틀 안에 수사를 시작할 방침을 굳혔다.

"그건 1938년 7월 1일 자 기사인데, 속보는 없습니다. 아마 거짓 정보였던 건지, 아니면 뭔가 이유가 있었던 건지는 모릅니다. 그래서 지방지 같은 것을 찾아보았습니다. 그랬더니 그것, 다음 장의——."

다른 신문에도 빨간 연필로 테두리가 쳐진 기사가 있었다.

"6월 30일 자 지방지입니다. 거기에도 비슷한 기사가 나와 있는데——이쪽은 조금 자세해요."

【니라야마】마을 주민 전원이 홀연히 사라져 버렸다는 기분 나쁜 소문이 현 내 일부에서 그럴듯하게 퍼지고 있다. 사라졌다는 H마을은 현 내 나카이즈[中伊豆]에 있고, 18호 51명이 살고 있는 작은 촌락이다. 소문의 발단은 나카이즈를 돌고 있는 순회 연사(研師), 쓰무라 다쓰조 씨(42). 쓰무라 씨는 반년에 한 번 H마을을 도는 것이 습관이었는데, 지난 6월 20일에 찾아갔을 때 한 명도 없다는 것을 알아차렸다. H마을은 평소 다른 마을과의 교류가 거의 없었기에 발견이 늦어진 것으로 추측된다. 일설에는 실내에 대량의 혈액이 흐르고 있었다고도 하고, 시체가 산더미처럼 쌓여 있었다고도 전해지지만 사실 여부는 확인되지 않았다. 쓰야마 사건 직후인 만큼 대량 살인이라고 술렁거리는 목소리도 들려오지만, 그 외에도 집단 야반도주설, 식중독설, 역병설 등 유언비어가 퍼지기 시작하고 있어, 당국에 의한 신속한 수사 및 발표가 요망된다.

"이 기사는——."

당장은 믿기 어렵다.

나는 허둥지둥 속보를 찾아보았지만 빨갛게 둘러쳐진 기사는 두 개뿐이었다.

"의심하시는 거지요? 날조는 하지 않았습니다."

"날조라고는 생각하지 않습니다. 도리구치 군이라면 모를까, 세노 씨를 의심하지는 않아요. 하지만——하지만 그렇다고 해도 이런 이야기는——."

들은 적이 없다.

대량 살인사건은 과거에도 몇 번인가 일어나기는 했겠지만, 이 정도 규모의 큰 사건은 없었을 것이다. 내 인식으로는, 세노가 말한 대로 쓰야마 사건이 최악의 기록을 보유하고 있을 터였다. 기사가 만일 진실이라면 아무리 뭐라 해도 모를 리는 없다. 설령 살인이 아니더라도, 역병이든 야반도주든 대사건이다.

세노는 싱글벙글 웃으면서, 어떻습니까——하고 말했다.

"어떠냐니요?"

"그러니까 미쓰야스 씨가 말한 헤비토 마을이라는 것은 바로 그 기사에 적혀 있는 부근이거든요."

"H마을이——헤비토 마을이라고요?"

세노는 한층 더 대담하게 웃으며, 아무래도 그런 모양이더군요오——하고 말했다.

"하지만 세노 씨, 그런, 이것만으로는 그, 그렇다는 보장은 없지 않습니까."

H마을이라는 것뿐이다. H가 머리글자인 마을이라면 어디든 좋은 셈이다.

"아니, 조건에 해당하는 H로 시작하는 마을은, 현재 그 인근에는 없습니다."

"하지만 헤비토 마을은 미쓰야스라는 사람의 머릿속에만 존재하는 마을이잖아요. 그런——."

날조된 기억이 흘러나와 과거의 사실로 결실을 맺기라도 했다는 뜻일까.

"——그런 바보 같은."

세노는 담담하다.

"그렇게 바보 같지도 않지요. 미쓰야스 씨가 미쳤다는 건 어디까지나 가설입니다. 본인은 지극히 정상입니다."

"하지만 미쓰야스 씨에게는 미안하지만, 그 가설을 인정하는 것 외에 현실적으로 유효한 결론은 끌어낼 수 없어요, 세노 씨."

"그럴까요? 그렇지도 않은 것 같은데요. 게다가 무엇보다 기묘한 건 그 기사가 그걸로 끝이라는 겁니다. 후속 기사는 아무것도 없어요."

"풍문이었던 거겠지요. 그게 선동이라면 후속 기사도 실을 수 없을 테고요. 대량 살육이 실은 허풍——이라는 멍청한 기사를 실을 수 있을 만큼 느긋한 시대도 아니었으니까요."

"그럴까요? 저한테는 아무래도 마음에 걸리는 게 있습니다. 만일 정말로 대량 살육사건이었다면, 이건 쓰야마 사건과는 비교도 되지 않겠지요. 피해자가 쉰 명 이상이니까요."

"그건——아니겠지요. 그런 이야기는 소문으로도 전혀 듣지 못했습니다. 아무도 몰라요. 쉰 명이나 죽은 대참사를 아무도 기억하지 못한다는 건 납득이 가지 않지 않습니까."

"그러니까요."

"그러니까 뭡니까?"

"그러니까, 그건 쓰야마 사건도 마찬가지 아닙니까? 실제로 일어나고 보도되어 큰 소동이 일어난 대사건도——이제는 기억이 옅어지고 많은 사람들은 잊어버렸습니다. 만일 보도되지 않았다면."

"보 —— 보도되지 않았다고요? 왜."

글쎄요 —— 세노는 고개를 갸웃하고는 곧 바로 했다.

"예를 들어 대본영(大本營) 발표[13]의 예도 있지요. 보도 조작."

"그건 —— 하지만 그건 전쟁 중이 아닙니까."

"이것도 전쟁 중입니다. 닛카 사변이요."

"하지만 ——."

그런 사건을 은폐해 본들 국익으로 이어지지는 않고, 반대로 발표한다고 해도 전황에 영향이 생길 것 같지도 않다.

세노는 미소를 지었다.

"어쨌든 —— 보도되지 않았다면 어떤 대사건이라도 대부분의 사람들은 알 수 없겠지요."

"하지만 지역 사람들은 알지요. 사람의 입에는 자물쇠를 달 수 없습니다. 금세 퍼져요."

"다른 마을과 교류가 별로 없었다고, 신문에는 적혀 있어요."

"그렇다고 해도 한도라는 것이 있어요. 친척이나 지인은 있겠지요. 완전히 고립된 촌락은 있을 수 없습니다. 교통수단이 끊긴 바다 한가운데의 외딴 섬도 아니고요. 설령 자급자족하고 있었다고 해도, 그래서는 생활이 되지 않습니다."

진정하십시오, 하며 세노는 손을 들었다.

"그렇게 발끈하실 것까지야. 저는 말이지요, 꼭 그렇다고 결론을 내리고 있는 것은 아닙니다. 아시겠습니까, 세키구치 씨. 여기에 기사

13) 태평양전쟁 때 일본의 대본영인 육군부 및 해군부가 실시했던 전쟁에 관한 공식 발표. 애초에는 거의 사실 그대로를 발표했지만, 미드웨이해전 무렵부터는 피해를 축소화하는 발표가 눈에 띄기 시작했고, 패전 직전에는 승패를 정반대로 발표하는 등의 조작이 일상적으로 이루어졌다. 현재는 '내용을 전혀 신뢰할 수 없는 허위 공식 발표'라는 뜻으로도 쓰인다.

가 있어요. 기사는 마을 주민 전원 살해라는 역사에 남을 대참사를 시사하고 있는데도 후속 기사는 뚝 끊겨 있지요. 저는 그 전말을 알고 싶어요. 한편으로 거의 비슷한 지역에서 마을이 하나 사라졌다는 의심을 품고 있는 남자가 있어요. 전원이 살해된 마을과 사라진 마을은 머리글자가 같지요——."

"겨우 그것뿐입니다. 공통점은."

"그것만으로 충분합니다. 읽을거리의 기사를 쓰는 데에는——."

"아아."

원고 의뢰였던 것이다.

세노는 싱글싱글 웃으면서 목덜미를 긁적였다.

"그러니까 아니었다고 해도 전혀 상관없지요. 예를 들어 그 기사가 엉터리였다는 것을 안 것만으로도 수확이겠지요. 그리고 미쓰야스 씨도, 자신의 착각이 확정되면 속이 후련해질 테고요. 그 김에 자신이 정말로 원래 있었던 마을의 장소를 알게 되면 일석이조 아닙니까."

"그 원고를——제게?"

"다른 사람은 없습니다. 도리구치가 쫓고 있는 사건은 이미 이야기가 커져 버렸고, 하지만 슬슬 내야지요. 〈실록범죄〉 존망의 위기입니다. 취재비는 미리 가불해 드리겠습니다. 싫으십니까?"

"아니."

솔직히 나는 곤란해지고 말았다.

며칠에 걸친 흐트러짐으로 완전히 썩어 있었던 것은 사실이다. 이쯤에서 기분 전환이 필요하다고도 생각하고는 있었다.

게다가 그저 책상을 향해 앉아 원고지를 노려보고 있어도 엉덩이만 아파질 뿐이다.

억지로 써도 졸작밖에 나오지 않고, 그렇지 않다고 해도 쓴 원고가 반드시 잡지에 실린다는 보장도 없다. 지난달에 게재된 원고의 원고료는 빚을 갚는 데 써 버렸고, 가계는 이제 몹시 어려워 가까운 시일 안에 손을 쓰지 않으면 머잖아 곤란해질 것도 명백했다.

"하지만."

뜬구름을 잡는 듯한 이야기이기는 하다.

어디에서부터 손을 대야 좋을지 모르겠다. 이것은 취재라기보다 조사다. 나는 작가이지 탐정이 아니므로 조사 방법은 모른다. 대답을 망설이고 있자니 세노는 맡아주신다면 미쓰야스 씨를 소개해 드리겠습니다——라고 말했다.

"아니, 그래도요."

"미쓰야스 씨는 자신의 머리가 이상해진 건 아닐까 하고, 그야말로 석연치 못한 나날을 보내고 있다고 합니다. 만일 작년에 자신이 간 그곳이 헤비토 마을이라면, 왜 자신이 모르는 거주자가 있는 건지, 왜 마을의 이름이 없어진 건지 꼭 알고 싶다고 해요. 그리고 어딘가 다른 곳에 진짜 헤비토 마을이 있다면, 어떻게 해서라도 그곳에 가고 싶다고 합니다."

"왜."

"사에키 가에 볼일이 있다고 하더군요."

"볼일이라."

그때 나는 문득 생각했다.

처음부터 논리로 이해할 수 있을 거라고 생각하고 느긋한 자세로 듣고 있었지만, 이것이 만일——.

이 세상에 이상한 일은 없다——.

친구가 자주 하는 말이다. 나도 그렇게 생각할 때는 있다. 하지만 그렇게 생각되지 않을 때도 있다. 이 일이 이상한 일이 아닐 가능성은, 과연 없을까.

나는 묵묵히 더러운 창문을 보았다.

2

미쓰야스 고헤이는 붙잡을 데가 없는 달걀 같은 남자였다. 세노가 말한 대로 혈색이 좋은 피부는 매끈매끈하며 탄력이 있고, 꽤 넓은 이마 위에는 상당히 위태로워진 솜털 같은 머리카락이 형식적으로 얹혀 있다. 아기 같은 둥글고 작은 눈과 작은 코, 그리고 작은 입, 눈썹은 거의 없었다.

"나는 말이지요, 겁쟁이입니다――."

미쓰야스는 그렇게 말했다. 웃으며 말하고 있는 것 같지만 곤란한 듯하기도 화난 듯하기도 한, 요컨대 안면의 표정에서는 기분을 거의 읽을 수 없는 남자다.

"――어린 시절, 밤길을 걸을 때 뒤에서 귀신이 쫓아오는 듯한 기분이 들어서요. 그 무렵에 나는 후가시[麩菓子][14]를 좋아해서, 집에 돌아가면 후가시가 있다, 후가시가 있다고 스스로에게 들려주면서 부지런히 걸었다오. 말의 코앞에 당근을 매다는 감각이지요."

"예에."

실례지만――하고 미쓰야스는 갑자기 큰 소리로 말했다.

14) 밀기울을 흑설탕으로 코팅해서 단맛을 낸 과자. 전통적인 막과자의 일종이다.

"예에?"

"난청——이십니까?"

"예에?"

난청입니까, 하고 다시 물으며 미쓰야스는 자신의 귀를 가리켰다. 아무래도 내가 너무 반응이 없어서 청각에 장애라도 있나 보다고 생각한 모양이다.

"아, 그, 그게——아닙니다."

"이거 실례했소. 실은 폭격으로 오른쪽 귀를 다쳐서, 나도 조금 귀가 나쁘거든요. 세키구치 씨도 그런가 싶어서. 실례가 많았구려."

"예에."

"아, 작품은 읽었습니다. 그런데 귀가 어두우면 자연히 목소리가 커지지요. 밀담에는 적합하지가 못합니다."

미쓰야스는 껄껄 웃었다.

"그런 이유도 있어서, 나 자신도 상이군인이지만——상이군인 지원 단체에도 들어 있습니다."

"예에, 그러시군요."

나도 성격과 인격에는 큰 결함이 있지만, 그것만으로는 미쓰야스의 지원은 바랄 수 없을 것이다.

"이게 어렵습니다."

"뭐가요?"

"그러니까 지원 말입니다. 나는 성심성의껏 지원하고 있다고 생각하지만, 지원을 받는 분은 차별의식을 느끼고 말 때가 있나 봐요. 동정하는 거라고 생각하는 거지요. 정말 어렵다오. 너는 가볍다, 나는 무겁다, 그러니까 깔보고, 동정하고, 손을 내밀고, 우월감에 젖어 있는 거겠지, 이렇게 말한다니까요. 이쪽이 상처를 받을 지경입니다. 뭐 자기만족이라고 한다면 그건 그럴지도 모르지만, 나는 차별할 생각은 없는 데 말이오."

"예에, 무슨 말씀이신지 알겠습니다."

신경질적으로 보이기는 하지만 마음씨 좋은 남자인 것은 틀림없는 것 같았다. 악의와는 아무래도 인연이 없는 인종이다. 그렇다면 선의로 하는 일일 것이다.

하지만 마음이라는 것은 상대방에게 전해지는 경우가 훨씬 더 드물다. 그러니 만일 정확하게 전해졌다면 그때는 우연이라고 생각하는 편이 좋다.

다시 말해서 전해질 때는 아무것도 하지 않아도 전해지지만, 전해지지 않을 때는 무엇을 어떻게 해도 전해지지 않는 법——이라는 뜻이다.

"뭐, 문제는 말이지요, 단순하지 않습니다. 분명히 세상은 편견과 차별로 가득 차 있습니다. 발하는 사람에게 그런 마음이 없어도, 피차별의식이라는 것은 왕왕 발생하지요. 반대로 아무리 편견이나 차별을 받아도 받는 쪽이 느끼지 않는다면 어떨까요."

"그건 그렇습니다만."

"어떻게 생각하십니까, 세키구치 씨. 작가로서."

"예에."

시작부터——내게 적합하지 않은 화제다.

고심 끝에, 잘 알 수 없는 의견을 말했다.

뜻을 알 수 없을 뿐만 아니라 말 자체가 통하지 않았을 가능성도 있었다. 횡설수설이다.

미쓰야스는 일단 흠흠, 하며 진지하게 듣고 있었지만 이윽고, 과연 문학을 하시는 분이라 난해한 말씀을 하시는군요——하고 말했다. 나를 과대평가해서 지나친 억측을 한 것이리라. 어이없어하는 것보다 낫다는 기분도 들지만, 오십보백보이기는 하다.

어쨌든 미쓰야스가 진지한 자세로 그런 문제와 씨름하고 있는 것이라면, 나의 멍청한 의견은 참고가 되지 않을 것이다.

나는 결국 고개를 숙였다.

실내장식을 직업으로 삼고 있다는 미쓰야스의 사무소 바닥은 묘하게 반짝반짝했다.

좀처럼 본론으로 들어가지 못한다.

나는 몹시 담배가 피우고 싶어져서 안주머니에 손을 넣었다. 갑자기, 혹시 미쓰야스는 흡연을 싫어하는 인종이 아닐까 하는 의심이 부스스 머리를 든다.

그러면 흡연 허락을 얻기 위한 발언을 한 것만으로도 경멸당할 듯한 기분이 들기 시작해서, 결국 나는 억지로 그 욕구를 억눌렀다.

"놋페라보[15], 라고 있지 않습니까."

미쓰야스는 다시, 역시나 갑작스럽게 그렇게 말했다.

"네?"

"이렇게, 미끈한."

"그, 그게 왜요?"

"굉장히 닮았다는 말을 듣습니다."

후후후후후, 하고 미쓰야스는 웃는다.

나는 어떻게 대답해야 좋을지 알 수가 없다.

---

15) 키가 크고 얼굴에 눈, 코, 입이 없는 귀신.

"젊었을 때는 말랐었는데, 그 무렵부터 그런 말을 듣곤 했지요. 제게는 눈도 코도 틀림없이 있지만 닮았었지요, 닮았었어요. 싫었던 건 아니지만 말입니다. 이런 얼굴 말이냐——하고, 만담 흉내를 내기도 하고, 그리고, 으음, 야쿠모의 그 이야기를 흉내 내면서 인기를 얻었지요. 다들 좋아했거든요."

야쿠모란 고이즈미 야쿠모——라프카디오 한[16]이고, 그 이야기란 그가 쓴 괴담 〈오소리〉를 말하는 것이리라.

그것은 소위 말하는 재차의 괴이를 다룬 단편소설이다.

재차의 괴이란, 괴이한 일을 당해 한 번 놀라 도망쳤다가, 겨우 안심해서 한숨 돌렸을 때 똑같은 일이 되풀이되어 재차 깜짝 놀란다는 구조의 괴담 이야기다.

괴이를 반복시킴으로써 숨통을 끊는 셈인데, 대개는 서서히 목소리를 낮추다가 결말 부분에서 깜짝 놀라게 한다는 기술과 병용되는 경우가 많다.

그 경우는 깜짝 놀라기는 하는 셈이고, 이 수법이라면 몇 번을 되풀이해도 되지만, 한 번 놀라게 하고 나면 다음에는 대개 수법이 들통나 버리기에 쇼크가 반감되고 만다는 약점도 있다. 그래서 괴이를 이야기하는 효과적인 회수는 첫 번째를 포함한 두 번이고, 그래서 재차의 괴이라고 부르는 것이다.

다만 한 번 위협을 당했으니 두 번째는 없을 거라고, 그렇게 생각하게 만들 수 있다면 세 번째도 유효하다.

---

16) 본명은 패트릭 라프카디오 한(Patrick Lafcadio Hearn). 그리스 출신의 신문기자, 기행문 작가, 소설가. 1890년에 미국 출판사의 통신원으로 일본에 건너왔고, 그 후 일본에서 영어 교사가 되어 일본의 영어 교육에 힘쓰면서 유럽과 미국에 일본 문화를 소개하는 저서를 많이 남겼다. 1896년에 일본 국적을 취득하고 '고이즈미 야쿠모'라는 이름을 썼다.

그리고 화자(話者)에게 몇 번이라도 듣는 이를 안심시킬 수 있는 화술이 있다면 네 번, 다섯 번 반복하는 것도 가능하다. 다만 횟수를 거듭하면 전개에 부자연스러움이 생기는데, 그렇게 되면 그렇게 되는 대로 —— 이것도 물론 화자의 기량에 따라 다르지만 —— 온다, 온다 하고 높아지는 기대감으로 상반된 공포감을 부추긴다 —— 는 고도의 연출 효과도 얻을 수 있다.

요컨대 재차의 괴이는 한 번 흐트러뜨린 질서를 원래대로 회복시켜 두고 뒤집는다는, 뒤집기 괴담이다.

하지만요 —— 미쓰야스는 말을 이었다.

"그 이야기에서 놋페라는 아마 너구리가 둔갑한 것으로 되어 있었지요. 너구리 맞지요?"

오소리입니다 —— 라고 고쳐주려다가 그만두었다.

왠지 말투가 즐거워 보였고, 그런 것으로 이야기에 찬물을 끼얹는 것도 내키지 않았기 때문이다. 너구리든 오소리든, 그야말로 그 나물에 그 밥이다. 미쓰야스는 말을 이었다.

"하지만 내 생각에, 놋페라보라는 건 그 이야기에 나오는 것과 같은 존재가 아닐 겁니다, 아마."

"아닙니까?"

아닙니다 —— 미쓰야스는 왠지 만족스러운 듯 고개를 끄덕였다.

"야쿠모의 이야기는 너구리의 이야기입니다. 길가에서 여자의 협박을 받고 메밀국숫집에 갔더니 메밀국숫집 아저씨도 똑같은 얼굴이 되어 —— 라는 이야기잖습니까?"

"그렇지요."

라프카디오 한은 재차의 괴이의 패턴을 정확하게 답습하고 있다.

〈오소리〉는 다음과 같은 이야기다.

어떤 남자가 기노쿠니자카 언덕을 가던 중, 길가에서 웅크리고 있는 여자를 발견하고 말을 건다. 여자는 고통스러워하며 좀처럼 얼굴을 보여주지 않지만, 남자가 보살펴주자 돌아보며 얼굴을 슬쩍 문지른다. 그러자 눈도 코도 입도 없다.

남자는 놀라서 허둥지둥 그 자리에서 도망치고, 이윽고 밤에 영업하는 메밀국숫집의 불빛을 발견하고 그곳으로 도망쳐 들어간다. 메밀국숫집 주인은 의아한 듯이 허둥거리는 이유를 묻는다. 남자는 상대방이 묻는 대로 지금 본 것을 이야기하는데, 설명이 여자의 얼굴 대목에 이르렀을 때 메밀국숫집 주인은 얼굴을 슬쩍 문지른다. 그러자 눈도 코도 입도 없어지고 만다——.

그리고 불빛이 훅 꺼진다.

갑자기 이야기는 끝난다.

미쓰야스는 얼굴을 슬쩍 문질렀다.

"그건 그, 메밀국숫집 주인도 놋페라라는 이야기지요."

"그렇지요."

"그게 틀렸습니다."

"틀렸다니요?"

뜻을 알 수가 없었다.

소설이니 틀릴 것도 맞을 것도 없을 것이다.

미쓰야스는 말한다.

"놋페라가 메밀국숫집 주인으로 둔갑해서 영업하고 있었던 건 아니지요? 그건 아니겠지요?"

"그건——그럴 거라고 생각합니다만."

"분명히 그럴 겁니다. 놋페라가 인간으로 둔갑해 있다가 정체를 드러냈다——는 이야기가 아닌 겁니다. 마지막에 불빛이 훅 꺼지면서 끝나지요."

"그런데요."

"그 뒤에 어떻게 되었을 거라고 생각하십니까?"

"뒤——는 없겠지요."

거기에서 돌발적으로 끝나기 때문에 괴담인 것이다. 괴담을 쓰는 사람으로서 라프카디오 한의 수완은 멋지다고 생각한다. 외국인이라고는 생각할 수 없고, 본래 외국어로 쓰인 텍스트라고도 생각되지 않는다. 게다가 애초에 텍스트가 거기에서 끊긴 이상, 그다음은 없다.

그렇게 말했다.

"그건 쓰지 않았을 뿐이겠지요. 이야기니까 거기에서 끝났을 뿐이고, 그다음은 있을 겁니다."

"그건——그, 그런 것——일까요."

"나는 말이지요, 이렇게 생각합니다, 세키구치 씨. 불이 훅 꺼지지요, 그리고 정신이 들어 보니 첫 장면으로 돌아가 있는 것이 아닐까——하고요."

"처음이라니, 기노쿠니자카 언덕 말입니까?"

아아, 그 언덕이요, 그 언덕——하고 미쓰야스는 말했다.

"——처음에 여자를 발견하고 보살펴주었던 장소에 아직 있는 것이지요. 다시 말해서 전부 가짜인 겁니다. 시간도 거의 지나지 않았다거나, 아니면 아침이 되어 그 언덕에서 자고 있었던 것을 깨닫는다거나, 그렇게 되어 있는 거지요. 그 이야기는."

"그렇게 된 겁니까."

"그렇게 된 거지요. 그래서 이것은 너구리인 겁니다. 흔히 있잖아요. 여자인지 뭔지를 도와주고 답례로 저택에 초대를 받아서 실컷 먹고 마시다가 정신이 들어 보니 말똥을 먹고 있었다거나, 온천이 아니라 분뇨 구덩이였다거나——."

"같은 곳을 몇 바퀴나 걷고 있었다거나?"

"맞아요, 맞아. 다실이라고 생각했는데 네 평짜리 거시기[17]이었다거나——그런 거 있지요. 그것과 똑같은 걸 겁니다. 마찬가지지요."

확실히 너구리는 상황을 통째로 제공한다. 그리고 그 안에서는 시간도 마음대로 늘이고 줄인다. 몇 시간이, 며칠이 때로는 몇 년이나 겨우 한순간 안에서 펼쳐지기도 한다. 미쓰야스의 말대로 〈오소리〉의 이야기는 많은 너구리 이야기의 바리에이션으로 파악할 수도 있다.

아니——그렇게 파악해야 할 것이다. 어쨌거나 소설의 제목은 〈오소리〉다. 일부러 그런 제목을 붙인 데에는 어떤 의미가 있을 것이다. 작품의 성질상 요괴의 종류는 덮어두고 싶을 테니 역시 〈놋페라보〉라는 제목을 붙이는 것은 곤란하겠지만, 그렇다고 해서 요괴의 정체를 제목으로 가져올 필요도 없을 것이다. 예를 들어 〈기노쿠니자카 언덕의 요괴〉나 〈메밀국숫집 주인의 얼굴〉 등, 그 비슷한 제목은 얼마든지 있다.

게다가 작자는 너구리라는 제목을 붙였을 뿐만 아니라 이야기의 서두에서 이것은 너구리의 이야기다——라고 미리 알리기까지 하고 있다.

---

17) '너구리의 거시기는 네 평'이라는 말이 있는데, 이는 너구리의 음낭이 매우 큰 것을 이르는 말이다.

작품 중에서 요괴의 정체를 알릴 필요도, 이 또한 전혀 없다. 이것은 어쩌다가 라프카디오 한이 채집한 전승이 너구리의 전승이었기 때문——이라는 이유 외에 작위적인 기교도 있을 거라고 나는 생각한다.

놋페라보가 나오기 때문에 무서운 소설이 아니라 재차의 괴이라는 그릇이 무서운 소설이다, 라는 주장이 있지 않았던가.

내가 동의를 표하자 미쓰야스는 의기양양한 얼굴로 기뻐하며,

"그럼 놋페라라는 것은 첫 번째라도 괜찮은 게 아닙니까."

하고 말했다. 나는,

"그건 아마 상관없겠지요."

라고 대답했다.

물론 라프카디오 한이 채용한 '눈도 귀도 입도 없는, 달걀 같은' 얼굴이라는 것은 연출상 효과가 뛰어나기도 하지만, 재차의 괴이의 구조를 우선한다면 특별히 놋페라보일 필요성은 없다. 사실 민간전승이나 옛날이야기에서 이야기되는 재차의 괴이는——분명히 놋페라보인 경우도 많은 것 같지만——반드시 꼭 그런 것도 아니다.

미쓰야스는 말을 이었다.

"나는 아이즈 출신인데, 우리 고향에서는 이것과 똑같은 이야기가 슈노반[朱の盤]이라는 요괴로 전해지지요."

"슈노반?"

"네. 붉은색이지요. 반이라는 건 쟁반이나 뭐 그런 것을 말하는 모양입니다. 이렇게, 얼굴이 새빨갛답니다. 아주 붉지요. 새빨개요. 그리고 거대한 눈이 형형하게 빛나고 있어요. 무섭지요? 무섭습니다. 어릴 때 몇 번이나 꿈에 나왔다오."

"예에. 그런 이야기는 많이 있습니다. 친구의 이야기로는——저는 제목을 잊어버렸지만——중국의 오래된 책에 이미 원형은 나와 있다나요. 그것도 붉은 옷을 입은 여자 놋페라보와 마주치는 이야기인 모양인데, 다른 책 같으면 그냥 괴물로 나온다고 하니 딱히 정해진 건 아니겠지요."

호오, 그렇습니까——하고 미쓰야스는 감탄한 듯이 말했다.

"그런 것을 잘 아는 친구분이 있으시군요?"

"뭐, 한 명 정도."

모든 것은 친구 추젠지가 했던 말을 그대로 옮긴 것이다. 추젠지라는 남자는 요괴와 괴물에 관한 고서와 한서에 정통하다. 요물에 관해서는 매우 상세하게 알고 있는 남자다. 그렇게 말하자 미쓰야스는 기쁜 듯이, 꼭 좀 소개해 주었으면 좋겠군요——라고 말했다.

"그 중국 고전의 이름을 알고 싶네요. 정말 알고 싶습니다. 읽어보고 싶어요."

"예에. 그 친구는 저와 달리 무엇이든 기억하고 있는 친구이니, 그런 건 물어보면 금방 알 수 있을 테지만——저어, 미쓰야스 씨, 실례지만 그, 왜——?"

아무래도 놋페라보에 집착하고 있다.

미쓰야스는 머리를 긁적였다.

의외로 붙임성 있는 얼굴이다.

"뭐, 눈치채셨다시피 내게 놋페라라는 별명이 있었기 때문에 흥미를 가진 부분은 있지요. 그래서 여러 가지로 신경을 쓰다 보니, 자연스럽게 귀에도 들어오고 눈에도 들어오고요. 그런 거겠지요. 정신이 들어 보니 자세히 알게 되었다오."

"뭐, 그럴 수는 있을 테지요."

"그렇지요. 그래서 내가 말하고 싶은 건 말이오, 내 생각에 놋페라보는 너구리가 아니다, 그런 겁니다. 그런, 놀라게 하기만 하면 되는 느긋한 존재가 아니란 말이지요. 깜짝 놀라게 하기만 하는 경우는 어디까지나 너구리가 인간으로 둔갑하듯이 놋페라보로 둔갑했을 뿐인 게지요."

"예에."

그것은 그럴 것이다.

모르시겠소, 이해하기 어렵겠지——하고 미쓰야스는 몇 번이나 되풀이했다.

"이건 내, 그, 고작해야 일개 실내장식가의 의견이고 학자의 말이 아니니, 코웃음을 치셔도 상관없습니다. 예를 들어 너구리는 여러 가지로 둔갑하지 않습니까?"

"둔갑하지요."

"외눈박이 도깨비라든가."

"예에. 오뉴도[大入道][18]라든가요."

"맞소. 로쿠로쿠비[19]라든가 말이지요. 하지만 이건 외눈박이 도깨비나 오뉴도나 로쿠로쿠비의 정체가 바로 너구리다, 라는 뜻은 아니라고 생각합니다. 너구리는 처녀로 둔갑하지만, 처녀는 너구리가 아니지 않습니까. 세상 처녀들의 정체는 모조리 너구리라고 주장하는 사람이 있다면 상당히 위험한 사람이지요."

---

18) 덩치가 큰 승려라는 뜻으로, 일본 각지에 전해지는 요괴의 이름이다. 사람을 위협하거나, 목격한 사람은 병에 걸린다는 전승이 많다. 여우나 너구리가 둔갑한 것이라고도 하고 석탑이 둔갑한 것이라는 이야기도 있으나 대개는 정체불명으로 되어 있다.

19) 일본 요괴의 일종으로, 크게 나누면 목이 자유자재로 길어졌다 짧아졌다 하는 것과 머리가 목에서 떨어져 나와 자유롭게 날아다니는 것 두 종류가 있다.

"뭐, 폭론이군요."

"진짜 처녀라는 건 따로 있는 셈이지요. 외눈박이 도깨비와 오뉴도와 로쿠로쿠비도 마찬가지입니다. 듣자 하니 외눈박이 도깨비라는 놈은 엄청난 역사가 있다고 하지 않습니까. 게다가 오뉴도도 그, 다이타 법사[20]인가요? 그런 게 옛날부터 있지 않았습니까. 그리고 나는 중국에 오래 있었기 때문에 누케쿠비[飛頭蛮][21] 이야기도 잘 알고 있습니다. 무서웠지요. 그러니까 각각 달리 진짜가 전해지고 있는 게 아니겠습니까. 너구리는 그걸로 둔갑할 뿐이지요."

"아아, 그렇군요——."

"이해하시겠습니까? 너구리와 상관없는 외눈박이 도깨비라든가, 너구리와 상관없는 오뉴도도 있겠지요. 아, 나는 정말로 존재한다고 말하고 있는 건 아닙니다, 세키구치 씨. 오해 없으시길."

"그건 압니다만."

"알아주시는 겁니까? 뭐, 있다고 할까, 전해지고 있겠지요. 하지만 놋페라보에 관해서는, 이건 아무래도."

"아무래도?"

"별로 듣지 못했습니다. 그래서 저는 너구리가 둔갑한 것이 아닌 놋페라를 찾았던 거지요. 아, 이것도 정말로 찾아다닌 건 아니지만 말이오. 그 부분도——."

"알고 있습니다."

"안심했습니다, 안심. 뭐, 지금 말씀드린 건 어렴풋하게나마 20년

---

20) 다이다라 법사라고도 하며, 일본 각지에 전승되는 거인. 산이나 호수를 만들었다는 전승이 많다.

21) 비두만이라는 중국의 요괴. 고전의 기술에 따르면 평상시에는 인간의 모습과 다를 것이 없지만, 밤이 되면 머리만 몸통에서 떨어져 나와 공중을 날아다닌다고 한다.

쯤 전에 이미 생각하고 있었던 거라오. 당시에는 아직 열 여덟아홉이었지요. 젊었다오. 청년입니다. 다만——내 본가는 생선가게인데, 가업이 가업인지라 학문을 할 수는 없었어요. 차남이어서 집안을 물려받을 일은 없었지만, 돈이 없었거든. 어쨌든 그런 걸 조사하는 건 취미로."

"그렇겠지요——."

놋페라보의 조사 연구를 본업으로 삼을 수는 없을 것이다.

"그리고 제가 스물두 살 때였습니다. 하늘의 계시를 받았어요."

"하늘의 계시라고요?"

"하늘의 계시입니다. 마침 내가 경관이 된 해의 일이었어요. 우연히 오래된 에마키[絵巻][22]를 입수했지요. 입수했다고 해도 호사가인 외삼촌이 돌아가셔서 그 유품을 물려받은 거지만——."

미쓰야스는 엉거주춤 일어나서 몸을 돌리더니 방 오른쪽 위쪽 구석을 확인하듯이 살폈다. 시선이 향한 곳을 더듬어 가니 작은 가미다나[神棚][23]가 모셔져 있었다. 미쓰야스는 일어서서 가미다나 앞에 서더니 배례하면서 합장하고, 절을 한 번 하고 나서 아래에 놓여 있던 의자를 딛고 올라가 가미다나에서 무언가를 꺼냈다.

"——이겁니다. 이 두루마리. 값나가는 건지 아닌지, 감정을 받은 적이 없으니 모르지만 메이지 시대 이전의 것이라는 사실은 틀림없습니다. 도바[鳥羽] 승정(僧正)[24]의 진필(眞筆)이라고 적혀 있어요. 도바 승정이라는 게 어떤 사람인지도 모릅니다만——."

---

22) 이야기나 전설 등을 그림으로 그린 두루마리. 흔히 설명하는 글과 번갈아 그려져 있다.

23) 집 안에 신위(神位)를 모셔 두고 제사 지내는 선반.

24) 헤이안 시대 후기의 천태종 승려 가쿠유[覺猷]를 말한다. 일본 불교계의 중직을 맡았던 고승일뿐만 아니라 글과 그림에도 정통한 인물이었다.

"아아, 그건——."

——알고 있다.

"——아마."

——어디에서 알았을까.

미쓰야스는 아십니까, 과연 대단하십니다, 대단하십니다——하고 집요하게 말했다.

"도바 승정을 아신다고요?"

"아아, 도바 승정도 알고는 있지만——그렇다기보다 그 에마키를, 으음——그건."

"이것을 알고 있다고요? 이건 요괴 그림인데요."

"역시 그렇습니까——."

아마 추젠지에게서 들었을 것이다. 언제 어떤 상황에서 들었는지는 전혀 기억나지 않지만, 도바 승정이 그렸다고 전해지는 요괴 그림이 어딘가에 전해지고 있다는 이야기만은 분명히 들은 기억이 있었다.

하기야 아마 도바 승정의 진필이라는 말은 거짓말일 것이다——라고 친구는 말했던 것 같지만.

"알고 있다고 할까, 그 친구에게서 들은 적이 있습니다. 그것뿐입니다만."

미쓰야스는 미간에 한 줄기, 작은 주름을 지었다.

"그렇습니까. 뭐, 세상은 넓으니 여러 가지를 알고 있는 사람이 있겠지요. 그리고 이런 것까지 알고 있는 사람이 내 눈앞에 나타나는 것을 보면, 이 또한 세상이 좁은 것 같다는 생각도 드네요. 대체 어느 쪽인지, 생각하면 알 수가 없어지는군요."

묘한 논리를 늘어놓으면서 미쓰야스는 어느 모로 보나 소중한 듯이, 두루마리를 테이블 위에 펼쳤다.

"아신다면 이야기가 빠르겠습니다. 이것은 〈백귀도(百鬼圖)〉라는 제목의 두루마리입니다. 요괴가 몇 마리나 그려져 있지요. 세어본 적은 없습니다만, 무서워서요. 보십시오, 무서운 그림이지요. 상당히 오래된 것입니다. 종이가 벌써 너덜너덜해졌소. 이건 뭐라고 읽는 걸까요. 나는 이런 지렁이가 기어가는 듯한 글씨는 잘 못 읽거든요. 이건 한자가 아니니 그나마 읽을 수 있으려나."

미쓰야스는 자그마한 안경의 귀걸이 부분을 잡았다.

"으음, 이건――무, 인가? 히, 인가. 하우스베리, 로군요. 이건――우완우완. 무서운 얼굴입니다. 이건 덴구[天狗][25]겠지요. 참 그로테스크해요."

눈이 빛나고 있다.

내 존재 따위는 제쳐 두고, 미쓰야스는 두루마리의 그림에 몰두해 간다.

약간 틀에 벗어난 그 태도에 처음에는 움츠러들었지만, 호기심이 많은 나는 결과적으로 몸을 내밀다시피 하며 낡은 두루마리를 들여다보았다.

변색된 종이 위에는 어딘지 모르게 이국적인 디자인의 괴물들이 마구 날뛰고 있었다. 빛바래고 군데군데 벗겨지기는 했지만 강렬하고 야단스러운 채색의 요괴 그림은 세월이 지났어도 충분히 요기를 내뿜고 있었다.

---

25) 깊은 산에 살며 하늘을 자유로이 날아다니고 신통력이 있다는 상상의 괴물. 얼굴이 붉고 코가 큰 것이 특징이다.

"자, 굉장하지요. 보십시오, 세키구치 씨. 기분 나쁘지요. 이것이, 으음, 우부메입니다. 한자를 읽는 방법이 적혀 있네요. 이것이 으음, 오도로오도로, 인가요? 왠지 잡아먹힐 것 같습니다. 이건, 못 읽겠군 ── 누리, 인가? 누리 ── 호토케, 인가."

나는 어렴풋이 떠올리고 있었다.

진위는 알 수 없지만 이것들의 그림은 가노[狩野] 파[26]의 어쩌고라는 화가가 그린 것을 제자들이 차례차례 필사하여 전한 것인 듯하다 ── 고 친구는 설명해 주었다. 아마 추젠지가 소장하고 있는 〈화도백귀야행〉이라는 에도 시대의 요괴 그림 전집의 밑그림도 되었다는 이야기였던 것 같다. 나는 〈화도백귀야행〉 쪽은 그야말로 몇 번이나 보았지만, 비교적 세련된 선으로 능숙하게 그려진, 소위 말하는 잘 그린 그림으로 기억하고 있다.

그 기억에 비추어 본다면 지금 테이블에 펼쳐져 있는 〈백귀도〉에 그려진 요괴들은 ── 확실히 그려져 있는 요괴들의 모습은 닮기는 했지만 ── 어느 것이나 전혀 세련되지 못한 그림처럼 여겨진다. 문외한의 눈으로도 그것은 알 수 있었다.

그러나 나는 세련되지 못한 만큼 〈백귀도〉의 그림 쪽에 더욱 귀기 넘치는 박력을 느꼈다.

이거다, 이겁니다 ── 하고 미쓰야스는 말했다.

"자, 눗페라보입니다. 이거 읽을 수 있으시지요, 세키구치 씨. 누, 입니다. 그리고 페라, 지요. 그리고 보입니다. 보십시오 ──."

나는 미쓰야스의 부은 손가락 끝으로 시선을 떨어뜨렸다.

---

26) 일본 회화사상 최대의 화파(画派)로 무로마치 시대 중기(15세기)부터 에도 시대 말기(19세기)까지 약 400년에 걸쳐 활동했던 전문 화가 집단. 무로마치 막부의 어용화가가 된 가노 마사노부[狩野正信]를 시조로 하며, 일본 미술계에 큰 영향을 미쳤다.

덩어리였다. 말랑말랑하고 부드러워 보이는 것이다.

회갈색 살덩어리다. 썩은 살이라고 표현하는 것이 좋을까.

불어서 늘어져 있다. 부어서 주름이 가 있다.

하지만 자세히 보면 덩어리에는 팔다리 같은 것이 있다.

살덩어리에 코끼리 다리 같은 것이 돋아 있다.

덩어리의 추한 늘어짐이나 주름은 얼굴처럼도 보인다.

웃고 있는 듯한, 슬퍼하는 듯한 얼굴.

거대한 얼굴에——팔다리가 붙어 있는 것이다.

이 세상의 생물이라고는 도저히 생각할 수 없다. 그것은 꼴사납기 짝이 없는, 추하고 기괴한 덩어리였다.

"이것이——놋페라보——입니까?"

"놋페라보입니다. 놋페라보라는 건 얼굴이 없는 요괴가 아닙니다. 얼굴이 없기는커녕 이건 커다란 얼굴이 아닙니까. 그러니 얼굴이 있고 없고는 상관이 없고, 이렇게, 펀펀한 질감이 중요한 게지요. 놋페라보라는 건 높낮이가 없는, 종잡을 수 없는 매끈한 요괴입니다. 그러니 이것으로 충분한 겁니다."

"얼굴이 없는 요물——이라는 뜻이 아니라고요?"

"왜냐하면, 얼굴이 있으니까요. 얼굴밖에 없지 않습니까."

그것은 그렇다.

놋페라보의 오래된 그림 중에서 사람 모양을 한 건 본 적이 없습니다, 나는——하고 미쓰야스는 말했다.

"그렇게 열심히 조사하지는 않았으니 뭐, 있을지도 모르지만 말이오. 요괴 딱지 같은 데에도 실려 있지 않지 않습니까."

"예에, 저는 그 요괴 딱지라는 것은 모르지만——."

그 말을 듣고 보니 그런 기분도 든다. 라프카디오 한의 소설에 나오는 요괴——얼굴이 없는 인간의 그림은 그다지 본 기억이 없다. 이것은 요괴를 좋아하는 친구의 의견을 꼭 들어보고 싶은 부분이다.

"그럼, 미쓰야스 씨는 놋페라보라는 이름이 사람 모양의 얼굴 없는 요물을 가리키게 된 것은 후세의 일이다, 이런 말씀이시지요?"

"그렇습니다. 내가 그, 중국의 고전을 읽고 싶다고 생각한 이유는 바로 그것이지요. 그 중국 책에, 얼굴이 없는 여자는 나오겠지요. 하지만 그것은 놋페라보라고는 불리지 않지 않습니까?"

"그건——중국이니까요——."

중국어로 놋페라보에 해당하는 말이 있을까. 내가 묻기 전에 미쓰야스는 말했다.

"나는 중국에 오래 있었습니다. 말도 배웠어요. 하지만 얼굴이 없는 사람이라는 단어는 없었던 것 같아요. 일본도 그랬겠지요. 놋페리(펀펀하다)나 놋페리(뻔뻔하다)라는 말이 먼저 있었던 겁니다. 그리고 우선, 여기에 그려져 있는 살덩어리의 요괴가 그렇게 불리고, 나중에 얼굴 없는 요물도 그렇게 부르게 되었지요——."

"예에."

"——놋페라보라는 말은 말이지요, 요괴의 이름이라기보다 이건 형용사입니다. 매끈매끈하고 굴곡이 없는 것을 가리키는 거지요. 이 녀석은 놋페라보다——라고들 하지요. 멍청하다는 뜻도 있어요. 놋페라폰이라고도 하지요. 노라리쿠라리(반질반질)하다거나, 누라쿠라(미끈미끈)하다거나, 그렇지, 놋페리(뻔뻔하다)라고들 하지요. 그것이 요괴의 이름이 된 것입니다. 방언으로 조사하면 놋펫포라거나 놋페라포라거나, 놋헷호라거나."

"예에."

큰 차이가 없다.

"아시겠습니까, 세키구치 씨——."

그러나 미쓰야스는 흥분한 것 같다.

"——놋페라보의 보는 보상[坊さん][27]의 보[坊]가 아닙니다. 놋페라보[坊]로 하니까 왠지 모르게 인간 같지만, 스님의 보라면 호나 포가 되지는 않을 거라고 생각하거든요."[28]

"예에, 뭐 그럴지도 모릅니다."

그렇습니다, 그렇다니까요——하고 미쓰야스는 얇고 작은 입술 끝에 거품을 물며 말했다.

"스님을 포상이나 호상이라고 하지는 않지 않습니까. 포즈나 호즈라고도 하지 않지요."[29]

"우선 그런 말은 없지요."

"그렇지요. 그리고 즌베라보라거나 즈베라보라는 것도 있습니다. 이것은 야무진 데가 없다는 뜻의 즈보라(칠칠치 못하다)라든가 즈베라(야무지지 못하다)에서 온 것 같습니다."

"예에, 그래서——."

"그러니까 즌베라보라는 것은 칠칠치 못한 보겠지요. 마찬가지로 놋페라보라는 것은 펀펀한 보가 아닐까, 하고——."

"보?"

무슨 소리인지 전혀 모르겠다.

"보, 란 무엇입니까?"

---

27) 스님을 친근하게 부르는 호칭.
28) 히라가나 '호[ほ]'는 탁음화할 때 '보[ぼ]', 반탁음화할 때 '포[ぽ]'가 된다.
29) 보즈[坊主]는 승려, 까까머리, 어린 사내아이를 두루 가리키는 말이다.

미쓰야스는 어디에선가 수건을 꺼내더니 이마와 입을 닦았다. 그리고는, 이제야 본론으로 들어갈 수 있겠군요, 하고 실로 무뚝뚝하게 말했다.

"본래는 호, 일 거라고 생각합니다."

"호——라니요?"

"예. 보즈의 보는 어떻게 해도 호가 되지 않겠지만, 호는 보가 될 거라고 생각하거든요. 앞에 다른 글씨가 붙으면 울림소리로 바뀔 때가 있지 않습니까. 후로[風呂][30]도 이치반부로[一番風呂][31]라든가 고에몬부로[五右衛門風呂][32]처럼 ——후로가 부로가 되지요. 후톤[蒲団][33]도 하네부톤[羽根蒲団][34]이라고 하잖습니까. 헤이[塀][35]도 이타베이[板塀][36] 구로베이[黒塀][37]로 울림소리가 되고요. 하지만 이케부쿠로[池袋]는 이케후쿠로가 아닙니다. 하히후헤호는 바비부베보로 바뀌지요."

"그건 그렇겠지만——그러니까 그, 호라는 것은 대체 뭡니까. 저는 호라는 것은 모릅니다. 큰 새[鳳]라는 뜻입니까?"

아니, 아니——미쓰야스는 손을 내민다.

"그 호란 무엇인가, 라는 것이 내 오랜 과제였던 셈입니다——."

미쓰야스는 얼굴을 한 번 쓰다듬었다.

30) 목욕.
31) 방금 더운물을 받은 욕조에 제일 먼저 들어가 목욕하는 것. 일본에서는 목욕통에 한 번 더운물을 받으면 한 명만 목욕하고 나서 물을 버리는 것이 아니라 온 가족이 차례차례 욕조에서 몸을 데운다. 따라서 주로 가장이나 집안의 어른이 제일 먼저 새 물에 목욕하고, 손님이 왔을 경우에는 손님이 제일 먼저 목욕하게 하는 것이 보통이다.
32) 가마솥 밑에서 직접 불을 때는 무쇠 목욕통. 이시카와 고에몬이 솥의 뜨거운 물로 형에 처해졌을 때 사용했다는 속설에 근거해 이런 이름이 붙었다.
33) 이불.
34) 깃털이불.
35) 담장.
36) 판장담.
37) 검은 담.

땀을 닦은 것이다.

"—— 오랫동안 알 수가 없었지요. 나는 일개 생선가게 아들일 뿐이니까요. 조사하려고 해도 조사할 수가 없었어요. 하지만 그런 건 모르면 죽는다는 것도 아닙니다. 하지만요, 세키구치 씨——."

하고 미쓰야스는 한 번 자세를 바로 하더니 몸을 앞으로 숙였다.

"나는, 아까 말했듯이 이 에마키를 손에 넣은 해에 아이즈에서 시즈오카로 건너가 경관이 되었는데요, 왜 시즈오카냐 하면 그곳에 외삼촌이 계셨고, 외삼촌이라는 분이 이 두루마리를 준——."

"호사가이신?"

"그래요. 어머니의 오라비인데, 국학(國學)인가에 심취해 있어서 이런저런 오래된 물건을 모으느라 외숙모에게 싫은 소리를 듣곤 했지요, 외삼촌은. 이 외삼촌이 빈둥거릴 바에는 나라에 도움이 되는 일을 하라——면서 내 밑에서 단련시켜 주마——그렇게 말씀하셨어요. 내가 가자마자 심장병으로 돌아가셨지만. 그런데 세키구치 씨——."

미쓰야스는 뭐라고도 표현하기 어려운, 복잡한 표정이 되었다.

"우연히도——열쇠는 시즈오카에 있었습니다."

"열쇠——라고요?"

"열쇠요. 외삼촌이 돌아가셨을 때, 나는 이 에마키와 함께 외숙모에게서 오래된 책을 몇 권 받았습니다. 물론 받아 봐야 읽을 수 있는 건 아니지만——읽을 수가 없어요, 고문서 같은 건. 그래서 모조리 처분해 버렸는데, 그중에 〈일소화(一宵話)〉라는 에도 시대의 수필이 섞여 있었지요."

미쓰야스는, 이번에는 사무용 책상의 서랍을 열고 한 권의 재래식 장정으로 된 책을 꺼냈다.

"이건데요. 이것만은 되찾아왔지요. 이것도 우연이라면 우연입니다. 내가 책을 판 고서점 주인이 외삼촌의 책을 노리고 있었던 모양인데, 이 고서점 주인이 또 특이한 걸 좋아하는 사람이라——."

"고서점 주인은 대개 특이한 걸 좋아합니다."

"그런 것일까요. 뭐, 그래서 사들인 책을 심심풀이로 읽었다고 합니다. 이 책은 오와리 번에 소속되어 있던 학자인 하타 가나에라는 사람이 쓴 수필인가 본데, 얼마 전까지는 모종의 이유로——자세한 건 잊어버렸지만——다른 사람이 쓴 것으로 여겨지고 있었다고 하더군요. 그러다가 모리 어쩌고라는 선생이 오래된 원본을 발견해서 정설이 뒤집힌 셈인데, 이건 그 오래된 쪽의 책이었던 모양이에요. 그러니 꽤 값은 나가고, 사연도 있는 책이라, 무심코 읽었다고 합니다. 그런데 이게 재미있었어요. 너무 재미있어서, 나한테 연락해 왔더군요."

"일부러?"

"예. 편지를 보내왔더군요. 내가 귀한 책을 선선히 내놓아서 나를 좋아하게 되어 버린 걸까요. 지금 생각하면 나는 바가지를 쓴 건지도 모르겠지만. 책의 시세도 알지 못하니 아무튼 상관없습니다만. 뭐, 그러니까 아마 귀한 책을 생각 외로 싸게 구해서, 양심이 켕겼던 건지도 모르지요, 그 고서점 주인은. 그리고 나는 그 무렵엔 미시마의 파출소 순경으로 있었는데, 외삼촌의 집도 그 고서점도 누마즈에 있었기 때문에 비번인 날 그 책방에 갔습니다. 잊을 수도 없는 18년 전, 1935년 정월이었습니다."

신임 경관이었던 미쓰야스가 찾아가자 고서점 주인은 기뻐하며 수필의 내용을 재미있게 이야기해 주었다고 한다.

“지루하게 듣고 있다가, 나는 어떤 말이 마음에 걸렸습니다. 그건 이 부분인데, 세키구치 씨는 작가이니 이런 것을 읽을 수 있겠지요. 작품을 읽어 보니 이런 것이야말로 세키구치 씨의 세계 같더군요. 세키구치 씨의 세계지요?”

억양을 바꾸어 같은 말을 되풀이하는 것이 미쓰야스의 버릇인 모양이다.

“나는 모릅니다, 못 읽습니다.”

하고 나는 끊어질 정도로 손바닥을 흔들며 과장되게 반응했다.

“그래요? 읽을 수 있을 줄 알았는데. 이것은 말이지요, 〈이인(異人)〉이라는 작품의 한 대목입니다. 옆에 무엇인가 적혀 있지요? 이건 게이초 14년 4월 4일의 일인 듯하나 잘 알 수 없다고 적혀 있는 거라더군요.”

“게이초라면――1600년대인가요. 에도 막부가 열렸을 무렵 아닙니까?”

“그렇지요. 그렇겠지요. 나는 그야말로 잘 모르지만. 그리고 여기에는 이렇게 적혀 있어요. 신조(神祖)――이것은 이에야스 공을 말하는 거라고 합니다. 신조가 쓰루가에 계셨을 때――.”

“쓰루가란 슨푸 성[駿府城][38]입니까?”

“그렇겠지요. 그때 이에야스 공은 슨푸 성에 있었을 겁니다. 우연히――인지 아닌지는 모르겠지만. 그때 정원에 이상한 것이 나타났다고 해요.”

“이상한 것이라고요?”

38) 시즈오카 시에 있던 성. 1586년에 도쿠가와 이에야스가 입성하였고, 1607년에 은신처로 다시 지었다.

"예. 으음, 모습은 어린아이 같고, 육인(肉人)이라고나 해야 할 것——이라고 이렇게 적혀 있어요. 손은 있지만, 손가락은 없다고 하고요. 그 손가락이 없는 손으로 위를 가리키고 있었다고 하는군요. 요괴일 것이라며 일동은 놀랐다고요. 무섭지요, 갑자기 그런 것이 나타나면. 하지만 아시겠습니까, 세키구치 씨. 이것은 육인(肉人)이라고 적혀 있어요. 여깁니다, 여기. 정말로 적혀 있어요. 글씨를 읽을 줄 아십니까?"

글씨는 읽을 줄 안다. 나는 고문서를 읽지 못하는 것이다. 옛날에 쓰이던 히라가나나 고문(古文)이 조금 다루기 어려울 뿐이다.

보니 분명히 육(肉) 같은 글자를 확인할 수 있었다.

육인이란 무엇일까요——하고 미쓰야스는 물었다.

"글쎄요."

"평범한 표현은 아니겠지요. 뭐, 육인이라고 하는 것을 보면 사람에 가까운 형태였겠지만, 인간의 모습으로 육(肉)이라니 말입니다, 그렇지요——."

그렇지요, 라고 내게 말해도 곤란하다.

"사람도 짐승도 살은 있습니다. 일부러 육이라고 단언하는 이유는——털이 없었던 걸까요."

"그렇겠지요. 모피를 벗긴 동물의 이미지가 아닐까요?"

"나도 그렇게 생각합니다. 하지만 육——인(人)이니까요. 사람은 보통 털이 없습니다. 아, 내가 머리털이 별로 없어서 하는 말이 아니라, 몸에 말입니다. 아아, 세키구치 씨도 나이를 먹으면 위험하겠는데요. 머리는 어느 날 갑자기 벗겨지거든요."

"예에?"

"뭐, 이게 멧돼지라거나 원숭이라면 이해가 갑니다. 육저(肉猪)라거나 육원(肉猿)이라거나——체모가 없는 동물이겠지요. 하지만 육인(肉人)이잖습니까? 예를 들어 피부가 없다는 것과는 다르겠지요. 근육이 드러나 있는 것이라면, 오히려 가죽 없는 사람이라고 쓰지 않을까요. 살이 많다——는 것이라면 살쪘다는 뜻이 될 테니, 이건 단순한 거한(巨漢)이고요. 그리고 손가락이 없다고도 해요. 즉 이것은 매끈하고 굴곡이 없는, 말랑말랑한 것이었던 게 아닐까. 그리고 일단 팔다리는 있어요. 그러니까 살덩어리인 사람, 즉——."

미쓰야스는 눗페라보의 그림을 손가락으로 가리켰다.

"이게 아닐까 싶어서요."

"아하. 확실히 이것은 육인이라는 느낌이네요."

그렇지요, 그렇지요——미쓰야스는 몇 번이나 고개를 끄덕였다.

"하지만 미쓰야스 씨. 그것만으로는——."

문제는 그런 게 아닙니다——하고 미쓰야스는 눈썹을 찌푸리고 손가락을 미간에 대어 안경의 위치를 고쳤다.

"——그 후의 기록이 문제지요. 이 육인은 기분 나쁘니 어딘가로 치우라는 이야기가 나와서, 산 맞은편으로 쫓겨났다고 적혀 있는데요, 쫓아낸 후에 어떤 남자가 찾아와서 말합니다. 이거 아까운 짓을 했다고."

"아깝다고요? 왜?"

"그 육인을 먹으면 백 명 분의 힘을 갖게 되고 무용(舞踊)이 뛰어나게 된다는 거지요, 그 어떤 남자가. 여기에는 그렇게 적혀 있어요."

"먹는다? 먹는 겁니까——이것을?"

나는 그림을 본다. 엄청나게 맛이 없을 것이다.

"먹는 겁니다. 그리고 그 남자의 말로는 이것은 〈백택도(白澤圖)〉에 나와 있는 호[封]라는 것이 틀림없다――고."

"호――?"

"그래요. 호――입니다. 봉건시대의 봉, 봉투의 봉입니다. 여기에 적혀 있어요. 보십시오! 봉이지요. 이것은 후라고 읽지 않고 호라고 읽어요. 나는 드디어 발견한 겁니다. 호를."[39)]

"예에――."

참으로 긴 여정이었다.

이야기를 약 한 시간 정도 들었을 뿐인데, 이미 나는 완전히 미쓰야스에게 동조되어 마치 몇 년이나 걸려 답을 만나게 된 것 같은 묘한 만족감을 느끼고 있었다.

"이게 호였다면, 이야기는 빠르지요. 펀펀한 호는 놋페라보, 야무지지 못한 호는 스베라보 아니겠습니까? 누루리보[40)]나 누리보라는 것도 있다고 하는데, 모두 이 호일 겁니다. 분명히."

"――그, 그럴까요?"

그렇습니다――하고 미쓰야스는 자신만만하게 말했다.

"나는 쾌재를 불렀지요, 18년 전에. 이거라고 생각하고, 고서점 주인의 어깨를 저도 모르게 껴안으며 소리를 질렀습니다. 고맙다고요. 아무래도 상관없는 일인데 말입니다. 뛰다시피 돌아왔고, 한동안은 기뻤소. 어쨌든 오랜 수수께끼였으니까요. 하지만 시간이 조금 지나니, 이것만으로는 뭔가 불안해지기 시작했어요――."

미쓰야스는 〈일소화〉를 덮었다.

39) 한자 封은 일본어로 '후'라고도 읽고 '호'라고도 읽는다.
40) '누루리'는 '미끈미끈하다'라는 뜻.

"달리 기록이 없는 건 이상하지 않은가, 하고. 정말로 그렇다면, 호에 관한 기록이 전혀 없다는 게 이상하지 않습니까? 놋페라보의 보가 호라면, 그 외에도 더 기록이 남아 있을 겁니다. 애초에 이 책의 기술(記述)——이랄까, 어떤 남자의 이야기라는 것이 진실이라면 〈백택도〉라는 것에도 호는 실려 있을 테니까요. 적어도."

나는 한층 더 추젠지에게 물어보고 싶어졌다.

그라면 뭔가 알고 있을지도 모른다.

"기록은 있었습니까?"

미쓰야스는, 이번에는 몇 번이나 고개를 가로저었다.

"없었습니다. 대학 선생님에게 물어보기도 했지만——없어요."

"그 〈백택도〉인가 하는 책은?"

"예. 〈백택도〉라는 건 말이지요, 백택이라는 이름의 신령스러운 짐승이 먼 옛날에 중국의 위대한 왕, 황제(黃帝)[41]였나——에게 이야기한 것을 적은 것으로, 실로 만 수천 종류나 되는 요괴의 이름과 특징이 적혀 있는 책이라고 하는데, 그 이야기 자체가 이미 신화라고 하니——그러니까 그런 책은 현존하지 않는다고 합니다."

"황제——그럼 없다."

"예. 백택이라는 신령스러운 짐승은 한약의 수호신이라나 그렇고, 현재 말하는 〈백택도〉라는 건 그 영묘한 짐승 자체의 모습을 적은, 마를 쫓는 부적 같은 것이라고 하는군요."

"하지만 그, 어떤 남자——인가요? 그 남자는 그렇게 자신만만하게 말하지 않았습니까. 현재는 어떨지 몰라도 그 옛날에는——있었던 게 아닐까요."

---

41) 복희씨, 신농씨와 더불어 중국의 삼황으로 꼽히는 중국의 전설상의 제왕.

있었습니다, 하고 미쓰야스는 아무렇지도 않게 말했다.

너무 태연했기 때문에, 나는 얼핏 흘려듣고 말 뻔했다.

"지금 —— 뭐라고 하셨습니까?"

"있었습니다. 백택도는. 그리고 —— 호도."

"어디에 말입니까?"

"그러니까 ——."

미쓰야스는 말했다.

"—— 헤비토 마을의 사에키 가에, 말입니다."

"아아 ——."

뭐라는 걸까. 그때 나는 입을 칠칠치 못하게 벌리고, 아마 상당히 멍청한 얼굴을 하고 있었을 것이 틀림없다.

애초에 나는 그 헤비토 마을 이야기를 들으러, 이 미나미센주의 미쓰야스 장식점까지 온 것이다. 이야기가 서툰 나는 아무리 시간이 지나도 본론에 들어갈 수가 없었고, 미쓰야스가 이야기하는 열띤 놋페라보 이야기가 재미있었던 탓도 있어서 그만 묻지 못하고 있었을 뿐이었다. 아니, 그만 묻지 못하고 있었을 텐데 ——.

"아아 —— 그래서 —— 그."

생각해 보면 내가 찾아온 이유를 미쓰야스는 처음부터 알고 있었을 것이다. 본래 의뢰인인 미쓰야스가, 아무리 이상한 사람이라고 해도 상관없는 이야기를 끊임없이 늘어놓을 리가 없다. 줄곧 무관하다고 믿고 있던 내 쪽이 정상이 아니었다는 뜻이다.

"예. 그렇습니다. 나는 그, 16년 전, 1937년 봄부터 헤비토 마을의 순경으로 파견되었 —— 을 텐데, 그와 관련된 사정은 세키구치 씨도 아시지요?"

"예에. 들었습니다."

세노가 말한 대로라면——말이다. 단 그때 나는 아직 어디에선가 의심하고 있었지만.

"그럼——어떤 상황인지는 설명하지 않겠습니다. 아시다시피 모든 게 내 망상일 가능성도 있거든요. 그럴 경우, 나는 상당히——랄까 완전히 미친 것이 되겠지만——나로서는 판단이 되질 않아요. 나는 우선 내가 알고 있는, 내가 진실이라고 생각하는 것을 말하겠습니다."

자신의 기억을 전혀 신용할 수 없는 상황이라는 것은, 엄청나게 불안한 것일 거라고 나는 생각한다. 나도 때때로 그것과 같은 종류의 불안정한 정신 상태에 빠질 때가 있기 때문이다. 하지만 내 경우에는 기력이라고는 없는 형편없는 나 자신이라는 것이 우선 있고, 그것에 대해서 반쯤 자주적으로 불신을 느낄 뿐이다. 불안의 요인은 내부에 있다. 외부에서 부정당하는 것이 아니다. 하지만 미쓰야스의 경우는 다르다.

그의 기억을 부정한 것은 외부의 존재, 제삼자다.

미쓰야스는 안경을 벗었다.

"나는 그렇게, 호가 놋페라보의 진정한 모습이라는 하늘의 계시를 받았어요. 아니, 세키구치 씨는 과장된 말이라고 생각하시겠지만, 나한테는 하늘의 계시였습니다. 어쨌거나 완전히 우연히 얻은 결론이니까요. 다만 거기에서부터 더 앞으로는 나아가지 못하고 있었습니다. 교착 상태지요. 외삼촌이라도 살아 있었다면 좋았겠지만, 일개 생선가게 아들이 일개 순경이 되었을 뿐이니까요. 손을 쓸 길이 없지요? 없지요."

그것은――그럴 것이다. 조사할 방법도 없다.

"그래서 나는 쓰루가와 이즈의 역사와 전설에 대해서 잘 아는 사람을 찾아――이야기를 들어 보기도 했습니다. 호에 관한 이야기가 남아 있지 않을까 생각했거든요. 기록이 없어도 구전은 있을지도 모르니까. 하지만 없었습니다, 그런 건. 그러는 사이에 발령장이 내려왔어요. 그게 나카이즈 산중의 주재소 근무였지요. 헤비토 마을이라는 건 덧문짝 할 때의 토[戸]에 사람 할 때의 비토[人]라고 씁니다. 토를 헤라고 읽는 건가 하고 의아하게 생각하시겠지만, 하치노헤[八戸]라든가 산노헤[三戸][42]라든가, 아오모리에 있지요? 그 헤지요. 비토는 사람. 의미는 모르겠습니다."

과연, 세노도 헤는 붙는다고 말했었다.

미쓰야스는 두루마리를 둘둘 말아 조심스럽게 끈으로 묶고, 비교적 아무렇게나 가미다나에 올려놓았다. 소중히 여기고 있는 것인지 그렇지 않은 것인지 알 수 없는 태도였다.

"장소 말인데요――."

그렇게 말하면서 미쓰야스는 방의 왼쪽 끝으로 자박자박 걸어가, 둥글게 만 벽지며 장지 종이 등의 견본이 세워져 있는 항아리 같은 것에서 지통(紙筒)을 하나 뽑아냈다.

"――이건, 지도입니다. 최신판입니다. 아카이 군이 손을 써 주어서 겨우 손에 넣었지요. 누마즈 부근의 5만 분의 일, 응급수정판입니다. 수정 측량이 늦어져서, 미국 육군이 찍은 항공사진과 2년 전에 미군이 실시했던 현지 조사 자료를 토대로 복원한 겁니다. 아직 시중에 나돌지는 않을 겁니다――."

---

42) 하치노헤와 산노헤는 모두 아오모리 현에 있는 지명.

미쓰야스는 통에서 지도를 뽑아냈다.

그리고 짧은 손가락으로 능숙하게 펼친다. 단단히 말려 있었는지, 펼치기 힘들어 보였다.

"——보시다시피, 그런 마을은 없어요."

보시다시피라고 해도, 어디를 보면 되는지도 알 수 없었다. 무엇보다 아직 지도는 다 펴지지도 않았다.

"저어——."

"다가타[田方] 부근에 니라야마 마을이 나와 있지요. 요리토모가 유배된 곳. 오른쪽 아래쪽입니다. 보십시오, 거기."

찾을 수 없었다.

나는 지도를 보는 것이 서툴다.

"슨즈[駿豆] 철도가 있지요. 시모다 가도를 따라서, 지도 위에서 아래를 향해 나 있는 선로 말입니다. 그것을 위에서부터 더듬어 가면 바라키[原木]라는 이름의 역이 있지 않습니까."

나는 지도상의 선로를 손가락으로 덧그리듯이 하며 그 지명을 찾았다. 바라키는 아마 근원 원(原)에 나무 목(木)이라고 썼을 것이다.

"아아, 있군요."

"그 바로 아래에, 니라야마라는 역이 있지요, 욧카마치[四日町] 부근입니다. 그 니라야마와 바라키 한가운데쯤에, 산으로 올라가는 길이 나 있지요?"

"아——아아. 있네요."

"그 길을 따라갑니다. 비샤몬[毘沙門] 산을 넘었을 때부터 길도 없는 길을 따라 북상하지요. 쭉. 그 부근입니다."

"산——밖에 없군요."

"예. 아무것도 없지요. 뭐, 항공사진에는 찍히지 않을 겁니다. 마을은 나무들 사이에 파묻히다시피 있으니까요. 낮에도 어둡다는 느낌입니다."

"그래도 논밭 정도는 보이지 않습니까?"

"빈약한 계단식 밭이니까요. 자급자족이나 겨우 하는. 텃밭보다 조금 나은 정도의 밭입니다. 찍힌다 하더라도 티끌 정도로밖에 생각하지 않을 겁니다. 티끌이지요."

"그렇습니까——하지만."

지도에 없는 마을이라는 것이 있을까. 에도 시대라면 모를까 메이지 시대 이후, 일본의 국토는 구석구석까지 널리 조사되고, 꼼꼼하게 기록되어 버리지 않았는가.

"내가 순경으로 들어갔을 때도 지도에는 실려 있지 않았습니다. 이 부근은 1886년에 측량한 게 마지막이거든요. 두 번째 측량이, 내가 이미 중국으로 건너간 후의 일이니까요. 1943년이지요. 징병용 조사일 겁니다. 그러니까 분명히 면밀하게 했겠지만, 그때 헤비토 마을은——."

이미 없었던 것일까——.

없었겠지요——하고 미쓰야스는 말했다.

"아니, 처음부터 없었을지도 모릅니다. 하지만 말이오. 나는 기억하고 있습니다. 애초에 그런 궁벽한 장소에 순경을 두려는 이야기부터가, 어떤 경위였는지는 잘 모르겠습니다만. 당시에는 내무성 관할이었고요. 위에서 결정된 일일 테지만요. 하지만 그렇기 때문에 더더욱 신빙성이 있을 것 같지는 않습니까? 그런 망상을 품을 이유를 모르겠으니까요."

"그건 저도 그렇게 생각하지만, 미쓰야스 씨, 이웃 마을의 순경이었다는 말은――."

그것은 세노의 생각이다.

"이웃 마을――이라는 건 나고야 말인가요? 마을로서는 이미 니라야마 마을인데요."

"니라야마――라고요?"

내 상상과는 꽤 다르다. 세노에게 들은 이야기에서 내가 얻은 인상으로는 작은 마을이 산자락에 몇 개나 있고, 그중 하나가 사라졌다――는 것이었다. 제일 처음에 품은 합병이나 폐촌 같은 지극히 현실적인 이미지 때문에 아무리 해도 버릴 수 없었던 탓도 있을 것이다. 그러나――.

지도를 보자면 인접해 있는 마을――니라야마 마을은 크다. 반대로 헤비토 마을은 지도에도 기재되어 있지 않을 만큼 작다. 이것은 너무 작다. 규모가 너무 달라서 비교 대상이 되지 않는다. 게다가 이 위치 관계라면, 헤비토 마을은 단독으로 산중에 있다고 말할 수밖에 없다. 헤비토 마을로 가는 길은 헤비토 마을 이외의 촌락과는 통하지 않는 것이다. 따라서――.

잘못 들 리가 없다.

"그――저――."

요령 좋은 질문이 나오지 않았다.

미쓰야스는 내 심중을 알아챈 모양이었다.

"아아, 예. 세노 군에게서 뭔가 들으셨군요. 작년에 내가 갔을 때의 일입니까? 그 부근의 주소 표기는 니라야마로 되어 있었지요. 뭐, 이웃 마을이라면 이웃 마을이네요."

"그럼 길을 잘못 들었다거나 —— 지번을 잘못 기억한 것이라고는 생각할 수 없겠군요?"

"생각할 수 없지요."

미쓰야스 고헤이는 그렇게 말하고 나서 검지로 자신의 이마를 두드렸다.

"생각할 수 있는 선은 내 머리가 이제 돌이킬 수 없을 정도로 미쳤다는 것뿐입니다. 그럴지도 모르지만, 그냥 망상이라고 생각하고 들어 주십시오. 발령장을 받고 나는 뭐, 거역할 이유도 없고, 본래 지리감이 없다 보니 별로 이상하다고도 생각하지 않았습니다. 다만 지금 생각하면, 조금 분위기가 이상했던 것 같기도 합니다만."

"어떻게 —— 이상했습니까?"

후후후후, 하고 미쓰야스는 입을 다물고 소리 없이 웃었다.

"어째서 그런 곳에 —— 라는 말을 했던 것 같은, 기분이 듭니다."

"누가 그런 말을 했습니까?"

"상사지요."

하고 미쓰야스는 말했다.

"아니, 그것도 그런 기분이 들 뿐입니다. 당시의 경찰은 군대 같았습니다. 그렇게 의아하게 여길 수는 없었습니다. 그러니까 벌써 15, 6년이 지났고, 그런데 그냥 그런 기분도 드는 정도이니 이건 믿을 수는 없지요."

미쓰야스 고헤이라는 사람은 냉정하다.

이 사람이 나였다면, 그런 기분이 든다 —— 가 그것이 틀림없다 —— 로 눈 깜짝할 사이에 뒤바뀌었을 것이다.

나는 믿어 버리는 것이다.

그래서 나는 더욱 나 스스로를 믿을 수 없는 것이지만.

“나는 소지품을 꾸려서 그날 바로 현지로 갔습니다. 전화는 물론이고 전기도 없었습니다. 하지만 당시에는 지금과 달리 그렇게 신기한 일도 아니었어요. 하지만 경찰이니 전화가 없는 것은 불편하지요. 곤란하게 되었다고는 생각했습니다. 유사시에 지원을 부탁하려고 해도 산길을 몇 시간이나 달려야 하지 않습니까. 자신이 없었지요. 하지만 그런 상황이기 때문에 더더욱 순경이 필요하다는 둥, 이해할 수 없는 말을 하셔서요——.”

부자연스럽기는 하다. 설득력이 없다.

“——마을 입구에는 미쓰키야[三木屋]라는 잡화점이 있었지요. 잡화점이라고는 해도 말린 식품이니 끈이니, 마을에서는 생산할 수 없는 것을 사 와서 수고료를 받고 나누어줄 뿐이고, 잡화점을 경영하는 것이 아니라 단순히 농업을 하지 않는다는 점이 다른 집과 다를 뿐입니다. 이 가게 아저씨가 재미있는 아저씨였어요. 그렇지——딸이 니라야마로 시집을 갔다고 했습니다. 손자도 있다나요. 손자도 벌써 다 컸겠지요.”

하기야 내 머리가 정상이라면 말입니다만——하고 미쓰야스는 말했다.

“그 앞에, 앞이라고 해도 꽤 거리가 떨어져 있지만, 말을 키우는 집이 있었어요. 오바타[小畠]라는 집인데, 이 말은 니라야마에 급한 볼일이 있을 때만 사용했습니다. 말을 팔아서 생계를 유지하는 건 아니었지요. 그저 없으면 곤란하니 있다는 것뿐이고, 결국은 농가입니다. 오바타라는 성은 그 외에도 다섯 집이나 더 있었는데, 전부 농가였어요. 빈농입니다. 노인밖에 없었고요.”

"젊은 사람은?"

"있기는 있었지요. 오바타 본가의 후계자인 유키치라는 사람이 당시 아직 스물다섯 정도였으니까――지금은 마흔 정도일까요. 실재한다면 말입니다. 실재."

살아 있다면――이 아니라 실재한다면――이니, 아무래도 현실감이 들지 않는다.

"그리고 구노[久能]라는 집이 여섯 집. 야세[八瀨]가 세 집. 가문의 이름은 없고, 성씨로 부르면 혼란스러워서 대부분이 서로 이름으로 부르곤 했으니, 마을 전체가 가족이나 마찬가지였습니다. 그리고 마을 한가운데에――."

"사에키 가입니까."

"사에키 가입니다. 사에키 가문은 가족이 일곱 명이었습니다. 당주는 기노스케[癸之介] 씨. 안주인이 하쓰네[初音] 씨. 선대 당주가 고베에[甲兵衛] 씨. 당주의 동생 오토마쓰[乙松] 씨에, 후계자인 아들 이노스케[亥之介] 씨. 그리고 분가(分家)의 아들로 고용인처럼 부려지던 진파치[甚八]라는 젊은이가 있었고요. 그리고 딸이 후유[布由] 씨라고 하는데, 이 사람은 참 예뻤지요. 다케히사 유메지[竹久夢二][43]의 미인도처럼. 참 예뻤습니다."

"어렸――습니까?"

"아가씨니까 어리지요. 당시 열 네다섯이었을 겁니다. 나는 분수도 모르고 반했다니까요. 아아, 부끄러워라. 말해 버렸군요."

미쓰야스는 뺨을 붉혔다.

---

43) 오카야마 현 출신의 화가이자 시인(1884~1934). 삽화화가로서 유메지식(式)이라 불리는 여성상을 창작하여 많은 인기를 얻었으며 그래픽디자인에도 뛰어났다.

"그런 건 제쳐 두고, 이 사에키 가의 저택이 중심에 있고 그 주위에, 꽤 떨어져서, 아까 말했던 열여섯 집들이 드문드문 있었어요. 그리고 출구——출구라고 해도 그 너머는 산이니 막다른 곳이지요. 거기에 의사가 있어요."

"그런 산속에 의사라고요? 있는 장소로 봐선 마을 사람들밖에 올 수 없겠군요?"

"의사라고 해도 근처의 의원을 상상하시면 안 됩니다. 오두막이니까요. 사에키의 분가, 아까 말씀드린 진파치 군의 아버지지요. 사에키 겐조라고 해요. 의사라고 해도 한의사지요. 면허장이 있었는지 없었는지——그냥 거의 신선입니다. 약초를 달여서 마시는데, 나도 배앓이를 했을 때 쓴 약을 먹었더니 효과가 있더군요. 뭐 일반적인 의사와는 다르려나요."

"파, 파출소는."

"사에키 가 옆에 빈 오두막이 있었거든요."

"오두막——이라고요?"

"오두막입니다. 땅에 곧장 기둥을 세운 초라한 오두막이요. 창고일까요. 땔나무를 주워다 장작을 패고 불을 지펴서 자취하는 거지요. 산장지기가 된 것이나 마찬가지로요. 이즈의 산들은 달도 덧없어[44], 하고 허세를 부릴 수도 없지요. 무용수도 지나가지 않고요——."

구체적이다. 이것이 망상이라면 미쓰야스라는 남자는 상당히 치밀한 파라노이아[45]다.

---

44) 가수 오우미 도시로가 부른 '유노마치 엘레지'라는 노래의 가사 중 한 구절. 이 노래가 수록된 음반은 1948년에 발매되어 총 백만 장 가까이 판매되었다. 1948년 최고의 히트곡 중 하나이다.

45) paranoia. 편집증.

"처음에는 좀처럼 익숙해질 수 없었지요. 마을 사람들도 왠지 이렇게, 마치 어금니에 뭐가 끼기라도 한 것 같은 말투였고, 이쪽도 치안 유지라는 둥 하는 그런 대의명분은 있었지만 구체적인 할 일이 있는 것도 아니었고요. 마을 사람들을 감시라도 하는 듯한, 거북스러운 일이었지요."

"촌락은 어디나, 다소는 폐쇄적인 법입니다——."

작은 공동체에겐 국가에서 파견된 경관은 이물(異物)에 지나지 않을 것이다. 가족 사이에 타인이 섞이는 것이나 마찬가지이니, 말하자면 달갑지 않은 식객 같은 존재였을 것이다.

"——좀처럼 마음을 열어 주지 않던가요?"

"특별히 심술궂은 일을 당한 기억은 없습니다. 하지만 친근하게 대해 준 기억도 없지요. 그것도 당연한 것이, 특별히 이야기를 나눌 일이 없었으니까요."

노골적인 말이지만 그 말이 옳을 것이다.

"다만 사에키 가의 사람들은 호의적이었지요. 마을을 위해서 와 주신 분이라는 이유로 이것저것 보살펴 주었습니다. 목욕이며 밥이며, 온통 사에키 가에 신세를 졌답니다. 당주님이나 어르신은 엄한 분이었기 때문에 좀처럼 얼굴을 뵙지 못했고, 말을 나누는 일도 없었지만 말입니다. 마님은 소탈한 분이셨고, 그리고 이노스케 씨와 진파치 군은 나이가 비슷해서 반년쯤 지나니 친해졌지요. 후유 씨도——그, 우후후후."

미쓰야스는 손등을 입에 대고 의미심장하게 웃었다.

"별로 아무 일도 없었지만 말이오. 나는 경관이니 무슨 일이 있으면 곤란할 테고요. 하지만 착한 아가씨였습니다. 그래서——."

미쓰야스는 꿈꾸는 듯한 아련한 눈빛으로 약간 위를 보며, 사실인지 망상인지 알 수 없는 과거를 이야기했다.

가을이었다고 한다.

미쓰야스가 마을에 눌러앉은 지 반년이 지나 있었다.

"——그 무렵엔 이미 이노스케 씨와 친하게 말을 나누고 있었지요. 진파치 군은 고 씨, 고 씨 하고 나를 부르며, 사흘이 멀다 하고 술을 가져왔고요. 그래서 사에키 가에 대해서는 꽤 들었습니다——."

사에키 가는 이제 몇 대째인지 알 수 없을 정도로 오랫동안 이어져 왔다는 것.

마을의 세 집안——오바타, 야세, 구노는 모두 사에키 가의 고용인의 후손이라는 것.

주종관계는 표면적으로 해소되기는 했지만 지금도 엄연히 무언의 법도로서 마을을 지배하고 있다는 것.

"——사에키 가의 며느리는 어찌 된 셈인지, 이런 산중인데도 부근의 마을에서 나름대로 한 가닥 하는 집안의 아가씨가 온다——고 했습니다. 자신은 분가고, 게다가 할아버지가 할아버지이다 보니 제대로 색시도 맞을 수 없다며 엄청 투덜거렸지요."

"——그 할아버지 운운하는 것은 무슨 이야기입니까?"

"아아. 진파치의 할아버지——즉 의사인 겐조의 아버지를 말하는 거지요. 이름은 모르겠지만 선대 어르신의 동생인가 하는 남자인데, 이 사람이 본가와 사이가 좋지 않았어요. 젊을 때부터 이래저래 다툼을 일으켜서 마을의 질서를 어지럽히곤 했나 보더군요. 먼 옛날의 일이겠지만. 그래서 결국 마을에서 쫓겨났답니다. 자카하시[蛇ヶ橋] 부근의 어느 오래된 가문에 양자로 보내진 모양인데. 거기하고도 다투

고 결국 뛰쳐나갔어요. 몇 년 동안 방랑하다가 메이지 말쯤에 아들 겐조를 데리고 마을로 돌아왔다는군요. 돌아온 건 좋은데 역시 맞지는 않았어요. 그래서 결국 나갔다 들어오기를 되풀이했지요. 겐조는 그런 아버지에게 정나미가 떨어져서 다이쇼 시대 중반에 부모자식의 인연을 끊고 사에키 가의 양자가 되었고, 사에키라는 성을 쓰며 마을에 자리를 잡고 마을 처녀와 혼인해서 진파치가 태어났다는, 이런 복잡한 사정이지요. 복잡한 사정입니다. 뭐, 분가는 분가지만 아무래도 입장이 약한가 보지요."

진파치라는 청년은 그런 불편한 신분에 창피함을 느끼고 있었던 모양이다.

"뭐, 진파치의 경우, 어머니는 마을 처녀인 셈이고 결국은 고용인의 핏줄이기도 한 셈이지요. 하지만 눈에 띄게 차별적인 취급을 받고 있었던 건 아니었던 것 같아요. 오히려 진파치 쪽이 한 발짝 거리를 두고 접하고 있었지요. 그 의절한 거나 마찬가지인 할아버지라는 사람이 말이지요, 당시에도 일 년에 한 번인가 두 번은 돌아오곤 했어요. 그리고 그때마다 크게 싸우고. 그쪽이 고민거리였어요——."

하지만 후계자인 이노스케와는 비교적 잘 지내고 있었던 것 같습니다——하고 미쓰야스는 말했다.

"사이가 좋았습니까?"

"뭐, 보통이었습니다. 지금 생각하면 진파치는 후유 씨에게 반해 있었는지도 모르겠어요. 아닐지도 모르지만. 설마 마님한테 반해 있었던 것은 아니겠지만——하지만 모르겠군요. 사람의 마음이니까요. 뭔가 이렇게, 본가와는 자르려야 자를 수 없는 미련이랄까, 그런 게 있었던 것 같은, 그런 느낌이었는데요——."

미쓰야스는 한층 더 먼 곳을 바라보며,

"그때가 9월이었는지, 이미 10월이 되었었는지 확실하지는 않지만——마을에 낯선 남자가 찾아왔어요."

하고 말했다.

엄청나게 커다란 남보라색 보따리를 어깨에 짊어지고, 헌팅캡을 깊이 눌러쓰고, 각반을 감고——.

그 남자는 한 걸음 한 걸음 산길을 올라왔다.

남자는 미쓰야스의 모습을 보고 놀랐다고 한다.

설마 이런 산중에 경관이 있을 거라고는 생각하지 않았을 것이다.

미쓰야스가 신분을 묻자 남자는 약장수요——라고 대답했다고 한다.

그 말을 들으니 확실히 그 모습은, 마을에서 보이는 엣추[越中][46] 도야마의 약장수 옷차림이었다.

——지금껏 다니던 사람이 숙환으로 올 수 없게 되어서요.

——올해부터 제가 이쪽을 돌게 되었거든요.

남자는 정중하게 그렇게 말했다.

"그 남자는 겐조 씨를 찾아온 거지요. 아직 젊은, 그렇지, 스무 살이 갓 지난 정도의, 묘하게 안색이 나쁜 남자였는데요. 소위 말하는, 상비약[47] 방문판매인이지요."

겐조는 그래도 의사다. 의사에게 상비약이 왜 필요한가 하고 미쓰야스는 의아하게 여겼다.

·

46) 현재의 도야마 현을 가리키는 옛 지명.
47) 가정에 상비해 놓는 약. 특히, 미리 소정의 약을 가정에 두고 순회하는 판매원이 사용한 양만큼 대금을 상환하여 보충하는 방식의 가정약을 말한다. 도야마의 약장수가 팔고 다니던 것이 유명하다.

"——그때 우연히 이노스케 씨가 왔어요. 어라, 새로 온 약장수인가, 수고 많으십니다——라고 하더군요. 겐조라는 사람은, 진파치의 이야기에 따르면 마을에 자리 잡기 전에 도야마 부근에 있었고, 어느 한의사에게 가르침을 받았다고 하더군요. 그래서 뭐, 평소에는 그 부근의 약초 같은 걸 따다가 달이거나 갈거나 해서 약을 만들곤 했던 것 같은데, 개업한 후로 매년 봄과 가을, 일 년에 두 번 그 도야마의 의사에게서 환약[48]이며 돈복약[49]이며, 만금단(万金丹)[50] 같은 것을 받아 왔던 모양입니다——."

약장수와 이노스케는 미쓰야스 앞에서 매년 오곤 했던 남자가 류머티즘으로 움직일 수 없게 되었다, 약장수도 병에 걸리는구려, 하며 한동안 화기애애하게 잡담을 나누었다고 한다.

"——그래서, 나는 그냥 멍하니 듣고 있었지요. 그런데 아까 말했지요? 귀에 들어오고 눈에 들어온다고요. 삐삣 하고 귀에 들어오더란 말입니다."

"뭐가——말입니까?"

"물론 놋페라보에 관련된 말입니다."

"뭐라고요?"

"백택도."

백택도——라는 말이 약장수의 입에서 나온 것을, 귀가 예민한 미쓰야스는 놓치지 않았던 것이다.

미쓰야스는 놀라서 두 사람을 주시했다. 이노스케의 얼굴이 순식간에 파래지고, 약장수는 허둥거렸다고 한다.

---

48) 약재를 가루로 만들어 반죽하여 작고 둥글게 빚은 약.
49) 한꺼번에 다 먹는 약. 설사약 따위를 이른다.
50) 기절한 사람을 깨어나게 하거나 해독 등에 효력이 있는 환약의 이름.

이노스케는 약장수를 미쓰야스의 오두막 쪽으로 끌고 가서 작은 목소리로 엄하게 무언가 말했다. 외지인인 경관이 들으면 곤란한 이야기라는 것을 미쓰야스는 곧 알아차렸지만, 그래도 잠자코 있을 수는 없어서 옆으로 다가가 귀를 기울였다고 한다. 관헌에게 숨기는 것을 보면 좋지 못한 일이 틀림없다고, 억지로 그렇게 생각하기로 한 것이다.

이노스케는 약장수를 추궁하고 있었다.

——방금 그 이야기, 어디에서 들었소?

——그건——전에 돌던 사람한테.

——거짓말이야, 그 남자가 알고 있을 리가 없소.

——거짓말이 아닙니다.

약장수는 떨면서 품에서 무언가 종이를 꺼내 펼쳤다.

——이거, 이게 저희의 백택도입니다. 이건 마를 쫓는 부적인데요.

——백택은 저희의 수호신이기 때문에, 그래서 매년 다니다 보니.

——전에 오던 사람은 우연히 이쪽의 그것을 알아 버렸나 봅니다.

——같은 이름이고, 듣자 하니 무슨 고대의 약 처방이.

이노스케는 약장수에게서 종이를 빼앗아 한동안 바라보더니, 뭉쳐서 품에 집어넣은 후 조용히 이렇게 말했다고 한다.

——겐조 씨일까, 아니면 진파치일까, 혹시 큰아버지가.

——뭐 좋소, 당신, 어쨌든 이 마을에서 그 이름을 입에 담으면 안 되오.

——들은 게 나였으니 망정이지, 만일 아버지의 귀에라도 들어갔다면.

——당신 무사하지 못했을 거요.

약장수는, 악의는 전혀 없었습니다, 두 번 다시 입에 담지 않겠습니다, 정말 죄송합니다, 하고 싹싹 빌고는 넘어질 듯이 그 자리를 떠났다고 한다.

"약장수가 가 버리고 나서, 나는 이노스케 씨를 덥석 붙잡았지요. 그리고 내 오두막으로 끌고 들어갔어요. 그리고 문을 닫았소. 여닫이가 나쁜 문을, 이렇게, 꼭 닫았지요."

"그래서 —— 사정을 물었습니까?"

"예, 물었습니다."

미쓰야스는 간단히 대답했다. 그런 상황이라면, 나라면 절대로 묻지 못했을 것이다.

"아니, 나도 상당히 곤란한 일일 거라고는 생각했지만, 참을 수가 없었거든요. 그럴 수가 없었지요. 그래서 백택도가 뭐냐고, 단도직입적으로 물었어요. 물었고 말고요. 백택도를 알고 있느냐, 설마 백택도가 여기에 있는 거냐, 백택도는 ——."

이노스케는 평소에는 멍한 미쓰야스가 몹시 흥분하자 당황해서, 말이라도 달래듯이 달래고 나서 이렇게 대답했다고 한다.

부탁이니 못 들은 것으로 해 주게 ——.

"그걸로 넘어갈 수는 없었습니다. 나도 경관이고, 마을의 치안은 지켜야 하니까. 나는 이렇게 말했지요. 이노스케 씨, 나는 마을의 일원이라는 생각으로 오늘까지 분골쇄신하며 가족이나 마찬가지라고 생각하고 있었는데, 그건 신용을 받지 못하고 있다는 뜻이 아닙니까 —— 라고, 이렇게 말해 주었소. 저런 떠돌이와 똑같은 취급을 받는다면 참을 수 없다고요. 거기에 ——."

거기에 진파치가 들어왔다고 한다.

아무래도 진파치는 어디에선가 다툼의 전말을 줄곧 보고 있었던 모양이었다. 진파치는 이렇게 말했다고 한다.

——이노 씨, 당신은 항상 말하곤 했지.

——집에 묶이는 건 싫다, 낡은 인습은 이제 지긋지긋하다고. 나도 그렇게 생각하네.

——나는 가문을 물려받을 몸은 아니지만 사에키 가가 있는 한은 고용인일세, 머슴이지.

——이노 씨, 당신이 말해 주지 않았나.

——내가 당주가 된다면 지금 그대로는 두지 않겠다고.

——이런 집은 산과 함께 팔아치우고, 너와 겐조 백부님께도 돈을 나누어 주겠다고.

——당신을 집에 묶어두고 있는, 그 인습의 대부분이 그것이지 않나.

——수백 년인지 수천 년인지 모르겠지만, 그것이 있으니까.

이노스케는 진파치의 그 말을 듣고 몹시 침통한 얼굴이 되어, 오랫동안 생각한 끝에 이렇게 대답했다고 한다.

——고헤이 씨, 백택도에 대해서는 발설하지 않는 것이 사에키 가의, 헤비토 마을의 규칙일세.

——하지만 지금 진파치가 말한 대로, 나는 이제 싫어.

——하지만.

이노스케는 망설이고 있었다고 한다.

"그건 그, 낡은 미신을 지킬지 깰지 망설이고 있었다는 뜻입니까?"

"미신이라고 할까요——."

하며 미쓰야스는 몇 번인가 눈을 깜박였다.

"뭐, 의미상으로는 그러려나요. 거기에서 나는 말이오, 왠지 불쌍해지고 말았습니다. 심각하지요? 심각합니다. 하지만 내 쪽은 꼭 듣고 싶은 동기가 놋페라보니까요. 대단히 심각하지는 않은 셈입니다. 그래서 나는 전부 이야기했어요. 내가 왜 그걸 듣고 싶은지를. 시시하다고 생각한다면 그래도 된다고, 그렇게 말했지요. 그런데——."

이노스케는 이야기해 주었다고 한다.

——백택도라는 것은 선조 대대로 사에키 가 당주에게 물려 내려오고 있는, 비전(祕傳)의 고문서일세.

——그건 들어가서는 안 되는 안쪽 방에 보관되어 있고, 사에키 가의 당주만이 볼 수 있지.

——지난번 약장수는 왠지 그 비밀을 알고 있어서.

——어떻게든 볼 수 없겠느냐는 말을 꺼내 왔네.

"떨었지요, 벌벌. 나를 이 마을로 이끈 건 놋페라보라고 생각했어요. 운명적인 것을 느끼고 말았지요."

운명이라는 것은 약간 과장일 거라고 말하자, 그게 과장이 아닙니다, 하고 대꾸해 왔다.

"하지만 미쓰야스 씨, 백택도라는 건 약장수들이 갖고 있는 거라면서요? 그렇다면 도야마 쪽에는 많이 있는 게 아닙니까?"

"아니, 그렇지 않습니다. 약장수가 갖고 있는 건 요컨대 마를 쫓는 부적이지요. 사에키 가에 전해지고 있었던 것은 고문서, 즉 책입니다. 책이지요."

"그럴지도 모르지만, 분명히 진짜 백택도는 현존하지 않는다——그렇지, 황제(黃帝) 시대의 환상의 책이었던 게 아니었습니까? 장소도 시대도 너무 다르지 않습니까."

미쓰야스는 어린아이처럼 웃었다.

"뭐 보통 그렇게 생각하지요, 생각할 겁니다."

아무래도 그렇지 않다고 말하고 싶은 듯한 말투다. 아직 뭔가 더 있습니까, 하고 묻자 있었지요, 하고 미쓰야스는 대답했다.

"그게 ── 정말로 그랬습니다, 세키구치 씨."

"정말로 그랬다니요? 뭐가 그랬단 말입니까?"

"그게 바로 사에키 가의 비밀 ── 이었습니다."

"비밀 ── 이라고요?"

오래된 집안의 비밀. 흔히 들을 수 있는 것 같지만 실은 좀처럼 들을 수 없는 말이다. 있을 법하기는 하지만 동시에 비현실적인 말이기도 하다.

미쓰야스는 말을 이었다.

"실은 안쪽 방에 안치되어 있는 것은 백택도만이 아니었습니다. 사에키 가라는 곳은 어떤 것을 모시고, 그것을 대대로 지켜 가는 일족이었던 거지요."

"어떤 것?"

"예. 백택도는 덤입니다. 본체는 또 따로 있고요. 그, 어떤 것이라는 것은 말이지요, 이노스케 씨의 이야기로는 ── 사람과 비슷한 모양의 죽지 않는 생물 ── 이라고."

"주, 죽지 않는다고요?"

"── 그렇다고 합니다. 사에키 가는 조상 대대로, 줄곧 그것을 지켜 왔다고 하더군요. 그것은 저택 안쪽 방에서 움직이지 않고, 하지만 죽지도 않고, 계속 살아 있다 ── 고, 그는 말했습니다. 믿어지십니까?"

믿을 수 있을——리가 없다. 나는 솔직하게 고개를 가로저었다.

그렇겠지요——하고 미쓰야스는 말했다.

“예. 나도 그때는 믿을 수가 없었지요. 보통은 믿지 않아요. 이노스케 씨도 진파치 군도 믿고 있지는 않은 것 같았고요. 하지만 안쪽 방에 뭔가가 있는 것은 틀림없다고, 두 사람 다 그렇게 말했습니다. 그리고——.”

“그리고?”

“그것은——군호 님——이라고 불리고 있었소.”

“군호?”

“그래요. 군——호입니다. 이거 호가 아닐까요? 호겠지요——.”

호겠지요, 호입니다——라고 말하면서 미쓰야스는 조급하게 몸을 움직여, 초조하게 앞으로 다가왔다. 나는 조금씩 몸을 뒤로 물렸다.

“아시겠습니까, 세키구치 씨, 사람과 닮은 모양의 생물입니다. 게다가 백택도입니다. 심지어 이즈는 쓰루가 바로 옆이니까요. 산만 넘으면 쓰루가입니다. 이건 그, 슨푸 성의 호가 틀림없겠지요? 틀림없을 겁니다.”

“하아——.”

여기에 이르러, 내 흥미는 급격하게 시들고 말았다. 이미 이야기의 내용은 내 허용 범위를 약간 넘어 버린 것 같았다. 하기야 처음부터 미쓰야스의 이야기는 내 임계점의 아슬아슬한 데 있기는 했다. 그래도 나는 중반에 접어들 무렵까지는 아직 미쓰야스와 동조할 수 있었다.

그러나——.

나는 나의 변변치 못한 상식을 유지하기 위해, 흥분한 듯한 미쓰야스를 말리려고 손을 내밀었다. 하지만 미쓰야스는 그 작은 입술을 쉬지 않았다.

“들어 주십시오, 세키구치 씨. 이노스케 씨의 이야기로는 그 군호님이라는 것은 영원히 죽지 않을 뿐만 아니라 그 일부를 먹음으로써 영원한 건강과 장수도 얻을 수 있다——는 겁니다. 다만 그것을 먹을 수 있는 것은 선택된 사람——황제나 왕이라고 했지만요. 그 이외의 사람에게는 허락되지 않는 모양입니다.”

미쓰야스는 일어섰다.

“전해지는 말로는 언젠가 그런, 선택된 분이 헤비토 마을을 찾아올 거라고 하고, 그때까지 군호 님이 남의 눈에 닿지 않도록 지키는 것이 사에키 일족의 사명이라고 합니다. 그래서 당주는 몇 년마다 한 번씩 안쪽 방에 혼자서 들어가, 백택도에 기록되어 있는 처방대로 군호님을 보살핀다고 하더군요. 그때 아주 조금 군호 님의 떡고물을 받을 수 있다나요. 그래서 사에키의 당주는 오래 산다는 겁니다. 이건 더욱더 〈일소화〉의 호(封)에 가깝습니다. 그것도 먹으면 건강해진다고 하잖아요.”

“자, 자, 잠깐만요, 미쓰야스 씨. 분명히 그건 그렇겠지만, 당신 설마——.”

눈빛이 달라져 있었다.

“설마——뭡니까?”

“설마 그, 진심으로——.”

미쓰야스는 후후후후후, 하고 의미심장하게 웃고 나서, 물론 진심입니다——라고 말했다.

"진심이라니——보통은 믿지 않는다고 당신이——."
"보통은 그렇지요."
"보통은 그렇다니, 지——진정하십시오, 미쓰야스 씨. 그런 것은 ——그런 괴상한 것은 없습니다. 불사(不死)라는 것은 우선 있을 수 없지 않습니까. 아니, 그런 것은 당신도 이미 알고 계시겠지만——."
아니, 아니——하고 미쓰야스는 고개를 저었다.
"세키구치 씨, 분명히 나도 그런 것은 믿지 않았습니다, 16년 전에 들었을 때는 전설로 들었지요. 그때는 그저 백택도에만 흥미를 가졌습니다. 하지만 지금은 다릅니다. 나는 믿습니다. 군호 님은 불사신의 살덩어리입니다. 불로불사의 신약이란 말입니다. 젊어지는 묘약, 상한 몸을 회복시키는 비약입니다."
"미쓰야스 씨, 당신——."
"나는 말이오, 세키구치 씨. 12년간에 걸친 중국 생활로, 그런 사람의 지혜를 뛰어넘은 것의 존재를 체감했습니다. 사무치게 느꼈단 말입니다. 그리고 사에키 가의 안쪽 방에 있는 것도 진짜다——라고 확신하기에 이르렀습니다."
"지, 진짜——라니 당신."
"나는 중국에서 여러 가지 무서운 일도 당했습니다. 신기한 것도 보았습니다. 기묘한 체험도 했고요. 그런데 세키구치 씨, 시육(視肉)이라는 것을 아십니까?"
"시육?"
"시각의 시에 고기 육이라고 쓰지요. 이것은 이름 높은 심산(深山)에 있다고 전해지는 고기입니다. 또는 황제의 무덤 같은 데 묻혀 있기도 하지요. 이것은 고깃덩어리인데 살아 있습니다. 게다가 눈이 두 개

달려 있다고도 해요. 이것은 먹어도 먹어도 줄어들지 않는 고기지요. 잘라도 잘라도 원래대로 늘어난다고 합니다. 죽지도 않고요. 이것은 군호 님 그 자체입니다. 그리고——제갈공명을 패하게 한 사마중달이 공손연을 무찌르기 얼마 전 요녕(遼寧)에 괴물이 나타났다고 하는데, 그게 이 시육과 비슷하지요. 이쪽은 몇 척이나 되는 살덩어리에 커다란 얼굴이 달려 있고, 게다가 흐느적흐느적 걷는다오. 이것은 그, 슨푸 성의 육인(肉人)이 아닙니까."

"그건, 그야말로 전설이고——."

"그리고 중국에는 태세(太歲)라는 것이 있어요."

어차피 내 말에는 미쓰야스를 가로막을 힘은 없었다.

"태세란 땅바닥에 묻혀 있는 부정형(不定形)의 흐물흐물한 것인데, 이 녀석에게도 눈이 달려 있어요. 그것도 많이 달려 있지요. 태세라는 것은 본래 목성을 말하는 것인데, 대지의 태세는 목성의 움직임에 맞추어 땅속을 이동한다고 해요. 그런데 이 태세라는 것은 말이지요, 만일 파내거나 하면 엄청난 재앙이 일어난다고 합니다."

전설이라기보다 신화의 일종이다. 이미 현실의 이야기가 아니다.

아니, 아니, 현실입니다, 하고 미쓰야스는 말했다.

"우리 부대는 중국에서, 이 태세를 파내고 말았어요."

"파, 파냈다고요?"

"파냈습니다. 딱 들어맞았어요. 참호를 파고 있었는데 말입니다. 허둥지둥 곧 다시 묻었지만, 그 직후에 역병이 돌아 세 명이 죽었어요. 세 명이나 죽고 말았습니다."

"그건——."

"있습니다, 그런 것은."

하고 미쓰야스는 딱 잘라 단정했다.

"하지만 미, 미쓰야스 씨, 이, 이 세상에는——."

"이 세상에는 이상한 것이 아직 많이 있습니다."

미쓰야스는 그렇게 말했다.

"실제로 그런 미끈둥한, 납작한 미지의 생물이 있습니다, 분명히. 어찌 된 셈인지 사람의 눈에는 그다지 띄지 않을 뿐입니다. 놋페라보는 본래 그 미지의 존재를 말하는 겁니다. 어느새 얼굴 없는 요괴 같은 것이 되어 버렸지만, 간신히 전해지고 있는 겁니다. 그 뭉실뭉실한 얼굴의 그림——보셨지요?"

그림은 보았다.

하지만——.

"죄송합니다만 실재한다면——저는 믿을 수가 없군요. 뭐, 중국 쪽에는 미지의 생물이라는 것도 아직 있겠지만."

아직 있지요, 하며 미쓰야스는 옅은 눈썹에 힘을 주었다.

"호(封)가 있어도 이상하지는 않습니다."

"아니, 잠깐만요. 무엇보다——그렇지, 그런 비상식적인 것의 유무보다도, 그런 귀에 설은 전설이 시즈오카의 산촌에 남아 있는 것 자체를 저는 믿을 수가 없습니다, 미쓰야스 씨. 애초에——."

그 마을 자체가 망상일지도 모르는 게 아니었던가.

아니, 이제 망상이냐 현실이냐 하는 문제가 아니게 되었다.

그것이 진실이라면, 그것은 한없이 거짓되고 망령된 현실일 테고, 망상이라면 망상인 대로 상식을 벗어난 망상이라고밖에 말할 수가 없다. 그리고 모든 것이 미쓰야스의 망상이라면 그런 부합이 아무리 많이 나온다고 해도 전혀 의미가 없는 것이다.

모두 미쓰야스가 만들어낸 허구라면, 상세한 부분의 암호가 들어맞는 것은 오히려 당연한 일이다. 모두 미쓰야스의 머릿속에서 구축된 것이라면 앞뒤가 맞지 않는 쪽이 이상하다는 뜻이 된다. 어긋나는 부분이 나온다면——.

——현실과, 라는 뜻이 되는 것일까.

그렇다면 그것을 말해도 소용없다.

"아니 미쓰야스 씨, 그래요. 백 보 양보해서 당신이 체험한 건 진실이었다고 합시다. 그래도 그런 전설은——그래요, 가령 그, 이노스케 씨와 진파치 씨였던가요, 그 두 사람에게 당신이 속은 건 아닐까요?"

"속았다——고는 도저히 생각되지 않습니다. 나도 물론 처음에는 전해지는 이야기를 통째로 믿지는 않았습니다. 아니, 의심했습니다. 하지만 세키구치 씨. 경관을 속여서 무슨 이득이 있습니까? 게다가 그 비밀 전승은 외부에서 온 약장수의 언동 때문에 폭로된 겁니다. 말하자면 불가항력이에요. 그러니 분명히 안쪽 방에 백택도가 있었던 겁니다. 그리고 군호 님이라는 이름으로 불리는 무언가도 있었다, 아니, 살고 있었던 것만은 확실합니다. 이런데도 냉정할 수 있을까요?"

"그건——그렇겠지만——."

약장수. 도야마의 약장수. 나는 무언가 걸리는 것이 있었다.

"하지만 확실히 있었다——고 당신은 말씀하시지만, 애초에 미쓰야스 씨. 당신은 그것을 보셨습니까?"

볼 수 있을 리는 없습니다——하고 미쓰야스는 태연하게 말하고는 다시 앉았다.

"아시겠습니까, 세키구치 씨. 나도 백 보 양보해서, 불사의 생물이라는 것의 존재는 거짓부리라고 칩시다. 하지만 사에키 가의 선대 어르신과 당주 기노스케 씨는 그 전승을 완전히 믿고 있었던 모양이더군요. 아니, 마을 노인들 모두가 믿고 있었던 것 같습니다. 몇 년에 한 번 있는 의식도 당시에는 이루어지고 있었던 모양이에요. 그러니 거기에 무언가는 있었을 겁니다. 미신이든 속임수든 사기든, 어쨌든 무언가가 있었고 마을 사람들은 그 정체불명의 존재를 지키고 있었던 거예요. 그것만은 진실입니다. 침입자인 내가 쉽게 엿볼 수 있는 것이 아닙니다."

미쓰야스는 거기에서 한숨 돌리고, 광신이란 무서운 겁니다, 세키구치 씨——하고 말했다.

"일본인도 중국에서 악귀나 나찰 같은 짓을 저질렀지요. 아무리 전쟁이라고 해도 보통은 할 수 없는 짓입니다. 하지만 국체(國體)를 믿고 저질러 버렸어요. 꼭 그것만은 아니라고 해도, 믿고 있었기 때문에 할 수 있었던 부분은 있습니다. 의심하고 있었다면 그런 무도한 짓은 할 수 없었을 겁니다. 미국도 자신들의 정의를 믿고 원자폭탄을 떨어뜨렸겠지요. 그렇지 않다면 절대 할 수 없습니다, 그런 일은. 그러니까 말입니다——."

어쨌든 그 마을 사람들에게 있어서 그건 진실이었던 겁니다——라고 미쓰야스는 말을 맺었다.

분명히 광신은 무섭다. 그러나 그래서 더더욱 나는, 눈앞의 남자가 조금 무서워졌던 것이다.

나는 언제부터인가 줄곧 피하고 있던 시선을——미쓰야스의 얼굴로 돌렸다.

미쓰야스의 눈은 진지했다.

"이노스케 씨는 그때 내게 약속해 주었지요. 자신이 당주가 되는 날에는, 반드시 고헤이 씨에게 그것을 보여주겠다 —— 고."

"미쓰야스 씨 —— 당신은 —— 그래서 마을에 ——."

미쓰야스는 눈을 감고 눈썹을 찌푸리더니 천천히 크게 고개를 흔들었다.

"그 후로 벌써 16년입니다. 사에키 가의 당주는 틀림없이 이노스케 씨로 바뀌었을 겁니다. 그래서 나는 갔던 겁니다. 나는 군호 님을 보고 싶소 ——."

미쓰야스의 눈은 이제 아무것도 보고 있지 않았다.

"—— 선택된 사람이란 딱히 권력자라는 뜻은 아니지요. 게다가 한 명이라고 정해진 것도 아닐지 모르오. 예를 들어 권력자에게 인권을 유린당한 사람들이나 행복을 착취당하던 사람들이야말로, 그것을 나누어 받을 권리가 있는 선택된 사람이라고, 그렇게 생각할 수는 없을까요. 상이군인을 위해서, 나라에 희생되어 몸을 다친 모든 사람들을 위해 —— 도움이 될지도 모르지 않습니까? 어떨까요, 세키구치 씨 ——."

미쓰야스 고헤이는 매끈한 얼굴을 내게 들이대었다.

나는 시선을 피한다. 시선을 둘 곳이 없다.

나는 말없이, 잘 닦인 바닥을 보았다.

3

풍광이 아름답다.

그렇게 생각했다. 그러나 재치 있는 아이라면 그 정도 말은 할 것이다. 그래서 잠자코 있었다. 유리로 된 미닫이문은 잘 닦여 있어서 산과 나무들, 꽃과 풀 등, 전망 좋은 한적한 풍경이 마치 액자에 들어 있는 그림처럼 명료하게 보인다. 반짝반짝하고 매끈매끈해서 직접 보는 것보다 예쁘구나——하고 나는 생각했다. 테두리가 쳐져 있기 때문인지도 모른다.

알루마이트로 된 거대한 주전자에서 물인지 차인지 알 수 없는 액체를 찻잔에 따르며, 기괴하군요——하고 젊은 경관은 말했다.

"관청에는 알아봤나요?"

"알아봤습니다만."

"그래서, 수확은 없고?"

"없습니다. 직원은 모두 젊은 사람들뿐이고요. 나이 드신 분은 모두 높은 분들이라, 아무래도 그쪽은——."

모르겠지요——하고 경관——후치와키 순경은 가벼운 말투로 말했다.

"저도, 여기 온 지는 아직 2년밖에 안 되었습니다. 전쟁을 경계로 여러 가지가 크게 변했지 않습니까. 물론 그, 옛날이 없어진 건 아니지만, 왠지 한번 구분이 지어진 것 같아요. 한번 없었던 거로 해 버렸으니까요. 구분을 지은 건 높은 분이고요. 하지만 저희들도 한번 구분이 지어져서 지장이 없다면, 불리한 건 잊어버리니까요."

후치와키는 웃었다.

아직 스물대여섯일 것이다.

나는 벌써 30여 년을 지루하게 살아왔지만, 아직도 어른이 되었다는 기분이 들지 않는다. 아무리 시간이 지나도 완전히 성숙할 수 없을 것 같다. 풋내나는 것이 아니라 미숙한 것이다. 그래도 이런 젊은이 같은 사람을 앞에 두면 깊은 골을 느끼고 만다. 어른은 아니지만 이제 젊지는 않은 것이다.

나는 웃을 수 없었다.

"이 부근의 할아버지 할머니들에게도 물어봤습니까?"

"네. 뭐 길을 가며 집 앞에서 말을 걸어서, 일고여덟 명에게 여쭈어 보았을 뿐이지만요. 미덥지 못한 대답밖에 돌아오지 않았습니다. 그런 마을이 있었나, 라거나 있었던 것 같다거나, 있었을지도 모르겠다거나. 가 보면 알겠지——라고."

그야 그렇지요——하며 후치와키는 또 웃었다.

낙천적이다. 관헌보다 손님 장사에 맞을 것 같다.

"적어도 저는 모릅니다만. 보십시오. 이게 이 부근의 지도입니다. 보세요, 한 집씩 전부 이름이 적혀 있지요. 대장(臺帳)에는 가족이나 직업 같은 걸 조사해서 기록하고 있습니다. 이사를 오면 곧장 찾아가니까요, 저는. 말씀하신 장소는——아아."

후치와키는 검지로 지도를 스윽 더듬었다.

"으음 그러니까——와아, 정말 머네요, 이거. 한 번밖에 안 가 봤는데. 하지만 여기는 구마다 씨로군요. 그리고 다야마 씨와 무라카미 씨. 이건 빈집. 여기도 빈집. 이게——스도 씨예요. 전혀 다른데요."

"다르군요."

"잘못 아신 거 아닙니까? 이 부근의 주민들은 모두 노인뿐입니다. 일단 농업이라고 되어 있지만——자식들이 보내 주는 돈으로 생활하고 있는 게 아닐까요. 그런 이야기를 들었는데요. 찾아뵈었을 때에. 그, 래, 서——음?"

후치와키는 고개를 갸웃했다.

"그런 큰 저택은 없는데. 말씀하신 대로라면 이 부근일 텐데——저는 가 보지 않았습니다. 빈집도 실려 있습니다, 이 지도에는. 측량한 건 아니지만요. 용도가 달라서 한 집 한 집 적어 넣거든요. 없는 거 아닐까요, 그."

"사에키 가."

"그래요. 사에키 가는 없을 거예요."

"없습니까."

"없습니다아——."

하고 후치와키는 역시 쾌활하게 말했다.

"글쎄요. 가령 이 산의 촌락에 사는 노인들도 가끔 마을 쪽에 내려오기는 합니다. 그 왜, 연말연시에 장을 본다거나, 그런 게 있지 않습니까. 산에서도 떡은 먹지요."

"예에, 그렇겠지요."

"그럴 때 뭐 인사는 하지요. 대화할 때도 있습니다. 얼굴을 마주치면 순경 아저씨, 고생 많으십니다——라고 말하지 않습니까. 하지만 그런 저택의 이야기는 들은 적이 없는데요."

"그건 구마다 씨나 다야마 씨?"

"그렇겠지요. 저는 솔직히 어디 사는 누구인지 기억하지 못하지만, 저쪽에서 내려오는 이상은 틀림없이 산의 촌락에 사는 주민이지요. 무엇보다 그쪽에 오가려면 이 주재소 앞의, 저 길을 지날 수밖에 없거든요. 그렇지——음, 그러니까 이 주재소 앞을 통과하는 건 그 촌락과 관련된 사람뿐일 겁니다, 분명히. 지금까지 알아채지 못했지만요. 여기는 이미 마을 변두리잖습니까. 그 외에는 전부 이 저한테 볼일이 있어서 오는 것이지요. 그러니까 통과하지는 않는 셈입니다. 하지만——이 앞을 가로지르는 사람은 좀처럼 없어요. 우체부 정도밖에 지나가지 않습니다."

"우체부는 지나갑니까?"

"그야 뭐——몇 달에 한 번은 지나가지요. 구마다 씨인지 다야마 씨인지 스도 씨인지, 저는 모르지만요. 아마 분명히 생활비일 거예요."

"생활비가 있다면——먼 곳에 가족이나 친척이 있다는 뜻이 되겠군요——."

그 노인들이 진짜 그곳에서 칠십 년이나 살아온 사람들인지 아닌지——확인할 필요는 있을 것이다.

후치와키는, 그야 있겠지요——하고 말하면서 의자째 회전해, 이건 보여드릴 수 없지만——하고 콧노래라도 부르듯이 말하면서 탁상 위의 주민대장을 넘겼다.

"으음——네, 구마다 씨. 아드님의 이름이 적혀 있네요. 긴급 연락처도——적혀 있어요. 주소 확인 같은 건 하지 않았지만——아아, 스도 씨도 적혀 있군요. 그러니까 이쪽은 자율신고고——이 부근에서는 우선 긴급한 일 같은 건 없으니까요. 하지만 일단은 물어봐 두지 않으면——네, 모두 있는 것 같네요."

가족이나 친지가 있다면 그들은 역사의 증인이 된다. 그 사람들의 입장에서 보자면 이 앞에 있는 촌락이야말로 고향이 되는 셈이기 때문이다.

"그렇다면 가령 그 가족들이 온다거나 하는 일도——있지 않습니까?"

"예? 예에. 하지만 그런 기억은 없네요. 그러고 보니 그러네요. 박정한 가족이네. 정월 정도에는 귀성하면 좋을 텐데."

후치와키는 입을 삐죽거렸다. 그리고 기막힌 불효네요——하고 말을 이었다.

"얼굴 정도는 보여 줘도 벌을 받지는 않을 텐데. 제 고향은 구마모토인데, 그래도 우란분재(盂蘭盆齋)[51]와 연말에는 귀성합니다. 대장에 적혀 있는 가족들의 주소는——아아, 모두 이 시즈오카 현 내로 되어 있습니다. 그렇게 먼 곳에서 사는 건 아니네요. 하기야 이런 시골이 아니라 더 큰 마을이지만——그렇지."

이런 마을이나 조사하는 것보다 시나 현 쪽을 조사해 보면 어떻습니까——하고 후치와키는 말했다.

"기록이라는 것은 중앙에 가까울수록 많지 않습니까?"

---

51) 흔히 백중이라고 하는 음력 7월 15일을 중심으로 사찰에서 조상의 영혼을 제사 지내는 불교의 행사.

"아니——어디에도 기록은 없습니다. 그러니까 기억에 의존할 수 밖에 없어요——."

나는 시즈오카에도 미시마에도 누마즈에도 갔다. 현청에도 조회했다. 이곳에 오기 전까지, 우선 생각나는 수순은 전부 밟았다. 다만 수확은 없었다.

아무도 헤비토 마을을 몰랐다.

어떤 기록도 남아 있지 않았다.

예측된 일이기는 했다. 어차피 관청 서류로는 백 년도 거슬러 올라가지 못한다. 더 오래된 기록이나 책을 찾아보아야 한다. 하지만 문헌 자료를 찾아다닐 시간은 없었고, 굳이 말하자면 그런 종류의 작업도 내 특기가 아니다. 그래서 그런 일에 뛰어난 추젠지에게 상의해 볼 생각으로, 이즈로 떠나기 전에 딱 한 번 전화했다. 그러나 외출을 싫어하는 책벌레는 그때만은 보기 드물게 집을 비운 상태라, 나는 쉽게 포기했던 것이다.

——다시 한 번 연락해 볼까.

그렇게 생각했다.

——추젠지가 안 된다면——미야무라 씨도 있지.

미야무라 가나오는 일본 서적을 전문으로 하는 고서점 주인이다.

——약장수. 약장수?

왜일까. 갑자기 그 말이 떠올랐다. 나는 약장수가 마음에 걸린다. 그러고 보니——.

——순회 칼갈이라는 사람도 있었나.

"그렇지, 행상인은 어떻습니까? 산의 촌락에 가지는 않습니까? 으음, 예를 들면 칼 가는 사람이라든가——약장수——라든가."

"약장수? 그 봇짐을 지고 다니는? 팽이나 풍선 같은 것을 가져오는 사람 말이지요? 다니지 않는데요. 이 길은 막다른 길이니까요. 장사가 되지 않지요. 빠져나가서 산을 넘을 수 있는 건 좀 더 저쪽 길이니까요."

"저쪽 —— 이라고요."

"저쪽입니다. 산중이라고 해도 나고야[奈古谷] 쪽이라면 온천도 나오고요, 국청사(国清寺)라는 명찰(名刹)도 있으니까요. 몬가쿠 상인[文覚上人][52]이 유배되었던 곳이라나 하는 사당도 있습니다. 하지만 말이지요. 이 앞에는 아시다시피 ——."

아무것도 없는 —— 것일까.

정말로.

"그럼 —— 거의 아무도 다니지 않는 거나 마찬가지 아닙니까."

"그러니까 아무도 다니지 않는다고 말씀드렸지 않았습니까. 주민과 우체부와 —— 글쎄요, 아, 맞다, 맞다 그러고 보니 작년 여름에 미군 병사가 지나갔네요. 진주군이겠지요."

"진주군이?"

"이 근처에 기지는 없지만요. 이 앞을 지프차로 가로질러 갔어요. 차로 어디까지 올라갈 수 있으려나. 금방 돌아왔지만 —— 뭐였을까요?"

후치와키는 마시려던 찻잔을 멈추고 고개를 갸웃거렸다.

---

52) 1139~1203. 헤이안 시대 말기에서 가마쿠라 시대 초기에 살았던 진언종 승려. 본래는 무사로서 도바 천황의 황녀를 모시고 있었으나 19세 때 출가하여 승려가 되었다. 교토에 있는 진언종 사찰 신호사(神護寺)의 재흥을 고시라카와 천황[後白河天皇]에게 강하게 청하였다가 미나모토노 요리마사[源頼政]가 다스리던 이즈 지방으로 유배되었으며, 그곳에서 마찬가지로 이즈 히루가시마[蛭ヶ島] 섬에 유배되어 있던 미나모토노 요리토모[源頼朝]와 인연을 맺게 된다.

"——글쎄요. 지금 말한 대로 이곳을 지나갔다는 건 거기에 갔다는 뜻이 되는 셈이 되나요? 무엇 때문에? 미국 사람이 가난한 노인의 집에 위문? 설마, 초콜릿이라도 가져간 걸까요. 아하하하하하."

"혹시 측량——이라거나."

미쓰야스의 이야기로는 패전 후의 지도 복구는 주로 미군의 항공사진과 그들의 조사 결과에 의존하고 있는 모양이다. 이 부근에는 2년 전에 조사가 들어왔다고 했었다. 그럼 추가 조사라도 있었던 것이 아닐까.

후치와키는 반대쪽으로 고개를 갸웃거렸다.

"그건 아닐 것 같네요. 그럴 때는 연락이 들어옵니다. 미군의 조사는 제가 이곳에 배속되기 전에 완료되었을 거예요."

그럼——뭘까.

그때, 내 안에 뭔가 기분 나쁜 것이 솟아나 작게 소용돌이쳤다.

불길한 예감——이라고까지는 하지 않겠지만 어딘지 모르게 싫은 느낌——이라고나 할까. 그것은 어쩌면 단순한 기우일 것이다.

그러나 어쩌면——.

꽤 스케일이 큰 이야기일지도 모른다.

얼마나 큰지, 왜 그렇게 생각하는지, 무엇 하나 확증은 없지만, 다만 내 안에서 그 싫은 기분만이 조금씩 비대해져 갔다.

"그럼——그렇지, 아마 작년 가을 무렵의 일이었던 것 같은데, 아까 말씀드렸던 제 지인의——지인이라고 할까——이렇게 매끈한——."

미쓰야스는 정말로 여기에 왔던 것일까.

아아, 미추야스 씨——하고 후치와키는 말했다.

"맞아요, 맞아요. 그러니까, 작년이지요? 작년이네요. 가을이라면 1년은 아직 안 된 셈이겠군요. 으음, 아아, 생각났습니다. 맞아요. 이, 주전자 같은 사람이지요? 그러고 보니 왠지 머리에서 김을 피워 올리며 언덕길을 올라갔었던 거 같아요. 네네네. 생각났습니다."

"생각나셨습니까?"

"생각났습니다."

하고 후치와키는 기쁜 듯이 대답했다.

"그렇군요, 그런 사정이었습니까. 아니, 그런데 그 사람, 그러고 보니 반나절 가까이 지나고 나서 안색을 바꾸며 돌아왔지요. 그리고 이곳으로 뛰어들어와서, 어쩌고 마을은 어떻게 되었습니까, 어쩌고, 하고 고함쳤어요. 저는 왜, 방금 들은 그런 사정은 전혀 몰랐기 때문에 그저 진정하라고 말했지요. 아무래도 이야기가 앞뒤가 맞지 않아서."

"맞지 않는다고요?"

"맞지 않았지만 —— 그렇습니다. 그래서 이 지도를 보여주고, 그 어쩌고 마을은 없다고 제가 말했더니 —— 졸도해 버렸습니다."

과연 미쓰야스는 재차의 괴이를 실제로 체험한 셈이다.

간호하느라 힘들었습니다 —— 하고 후치와키는 말했다.

"지금 생각하면, 그 사람이 그 미추야스인가 하는 분이었네요. 묘하게 기억에 남는 용모의 사람이었지요. 하지만 왠지 정상이 아니었던 것 같은 기분이 드는데. 그러니까 그런 헛소리는 모두 그 사람의 공상이겠지요. 망상입니다. 당신도 취향 한 번 특이하십니다. 이런, 이즈 변방까지 오시다니."

부정할 수는 없다. 취향이 특이하기는 하다.

"하지만 뭐 느긋하게 지내기에는 좋은 곳입니다. 범죄도 없고요. 온천 치료라도 하시면 좋을 겁니다. 저는 이곳에 오고 나서 일 관(貫)[53]이나 쪘다니까요. 음식은 맛있고, 사건은 없고. 저도 친척끼리의 도박 때문에 한 번 출동한 게 다랍니다."

후치와키는 가슴 밑바닥에서부터 누그러져서 전혀 그늘이라곤 없는 웃는 얼굴로 내게 엷은 차를 권했다. 다 마신 후에 콧구멍을 스친 잔향으로, 나는 그것이 엽차라는 것을 알았다.

바깥을 본다.

창틀의 정경은 한없이 한가롭다.

창공은 한없이 높고 맑고, 층층이 뻗어 있는 산자락은 한없이 깊고 또렷했다. 생명의 세탁이나 마음이 씻기는 것 같다거나 기분이 새로워진다거나, 그런 말이 실로 잘 어울린다.

나는 잠시 경치에 몰두했다.

분명히 무언가가 씻기는 듯한 기분은 들었다.

그러나 씻긴 것은 아무래도 표면뿐이고, 중심부의 그을음은 뚜렷하게 남았다. 상쾌한 것인지 울적한 것인지, 어중간해서 싫어졌다.

나는 안주머니에서 접은 신문을 꺼냈다.

대량 살육――이라는 풍문을 보도한 기사다.

"후치와키 씨. 이거――봐 주십시오."

"뭡니까?"

건네주자 후치와키는, 어디――하고 말했다.

나는 약간 긴장한다.

후치와키는 동요하지 않고, 이게 왜요――라고 말했다.

---

53) 척관법의 무게 단위. 3.75kg이며 현재는 진주의 무게를 달 때에 한해서만 사용된다.

"왜냐니 —— 어떻게 생각하십니까?"

"어떻게라니 —— 여기에 적혀 있는 대로 그냥 소문이었겠지요. 그런 오래된 소문에 감상 같은 건 없습니다."

"어떻게 소문이라고 단정할 수 있습니까?"

"왜냐하면, 이런 사건은 모르니까요."

"그 당시 후치와키 씨는 몇 살이었습니까?"

"으음 —— 저는 아홉 살이었네요."

"그럼 아직 —— 어리군요."

"분명히 어린아이지만, 이런 엄청난 사건이 있었다면 알고 있었을 겁니다. 마을 사람 전멸이잖아요? 모를 리가 없지요. 이 기사 속에 인용된, 쓰야마 사건인가요? 이건 알고 있거든요. 엽총과 일본도로, 죄도 없는 마을 사람들을 삼십여 명 차례차례 살상했잖습니까. 〈신청년〉에서 읽었습니다."

"그 —— 그건 〈야쓰하카 마을[八つ墓村]〉이겠지요, 후치와키 씨. 탐정소설입니다. 요코미조 세이시입니다."[54)]

"아? 그렇군요, 그러고 보니 그건 명탐정인가가 나왔지요. 그런 게 있을 리가 없는데. 그렇군, 창작인가. 하지만 —— 분명히 ——."

"예. 쓰야마 사건은 그 소설의 모티브라고 할까, 힌트가 된 —— 모양이지만 말입니다. 하지만 모르시지요? 진짜 쓰야마 사건 쪽은."

그러고 보니 잘 —— 하고 말하며 후치와키는 중지로 머리를 벅벅 긁적였다. 기운 좋게 손을 들었지만, 답을 틀리고만 초등학생 같다.

"—— 분명히 정확하게는 모르겠네요."

---

54) 〈야쓰하카 마을〉은 요코미조 세이시의 장편추리소설의 제목으로, 긴다이치 고스케 시리즈 중 네 번째 작품이다. 한국에서는 〈팔묘촌〉으로 출간되었다.

"닛카 사변 중의 일이라, 쓰야마 사건은 큰 사건이었던 것치고는 대대적으로는 보도되지 않았던 모양입니다. 하지만 그래도 대사건은 대사건이니까요. 선정적인 기사는 나오지 않았지만, 일단은 전해졌습니다. 그래도 당신 정도의 나이가 되면, 모르시겠지요."

"예에——."

세노가 말한 대로다.

"그럼 세키구치 씨. 당신은 이 기사에 나오는 마을 사람 대량 학살은 사실이라는 겁니까? 제가 모를 뿐이고——당신도, 아니, 어느 정도의 나이 이상 되는 세대의 사람들은 모두 알고 있는 일입니까?"

그렇지는 않다.

"아니, 세상에서는 아무도 모릅니다. 저도 모릅니다. 하지만 아무도 모른다는 것이 사실이 아니라고 부정할 근거는 되지 않는다——고, 이렇게 생각할 뿐입니다. 저도 사실은 믿을 수 없습니다."

아니, 아니, 아닐 겁니다——하고 후치와키는 개구리처럼 뭉개진 목소리로 말하고, 다시 기사를 읽었다.

"어라, 이건 이 부근의 일이라고 적혀 있어요!"

아까는 대강 읽었던 모양이다.

"없어요, 없어. 절대로 없습니다. 이 부근이잖아요? 없습니다. H 마을? 하지만 그런 마을은 없는데. 미시마 쪽에 후쓰카마치라는 곳은 있지만——아니 이건 없어요."

"그러니까——헤비토 마을."

"하지만 그런 마을은 없다고 말씀드렸잖아요. 존재하지 않는 마을에서 어떻게 살인을 한단 말입니까."

"그래요——그렇지만."

"그럴 텐데요. 뭐, 이건 이름난 전국 신문이니까 그렇게 아무렇게나 거짓말을 실을 수는 없을 테지만, 그러니까 여기에 적혀 있는 대로 질 나쁜 소문이었겠지요——."

후치와키는 신문을 내밀었다.

"——신문사에 물어보면 됩니다."

"물어봤습니다. 지국에도 본사에도 물어봤어요. 하지만 기사를 발신한 기리하라라는 기자는 전사했고, 당시부터 근무했던 현역 사원은 이제 얼마 남지 않은 데다, 아무도 기억하고 있지는 않았어요. 자세한 건 알 수 없습니다. 또 하나의 지방지는 전시 중에 다른 신문사와 합병되어, 경영진도 포함해서 몽땅 바뀌고 신문 이름까지 바뀌어 버렸기에 쫓을 길이 없고요. 다만——."

"다만?"

"지방지 쪽에——쓰무라 다쓰조라는 이름이 실려 있지요?"

후치와키는 내밀던 신문을 끌어당기다시피 하더니 다시 확인했다.

"소문의 발단——이라고 적혀 있는 사람 말이지요?"

"그렇습니다. 그 사람은 실존합니다."

"그런 걸 어떻게 아셨습니까?"

"이 부근의 노인이 기억하고 있었습니다. 아까 말했다시피 일고여덟 명한테밖에 물어보지 않았지만——전원이 알고 있었어요."

"전원?"

"네. 헤비토 마을에 대해서는 아무도 명확하게 기억하지 못합니다. 하지만 그 사람——칼갈이 다쓰 씨에 대해서는 모두 기억하고 있었습니다. 15년쯤 전까지는 줄곧 오곤 했던 것 같다고. 술을 좋아하고, 나는 원래는 도공(刀工)이었다, 라고 말하는 것이 입버릇이었다나요."

후치와키는 온순한 얼굴을 하고, 세키구치 씨, 누구랑 누구한테 물으셨습니까, 그거 ——하고 고개를 앞으로 내밀며 물었다. 내가 묻고 다닌 집들에 대해서 말해주자 후치와키는, 아아, 그 할아버지랑 거기 아저씨인가——라고 말하며 한층 더 의아한 얼굴을 했다.

"——그 할아버지들이라면, 아직 머리도 멀쩡하신데요. 거짓말을 할 사람들도 아니고. 그렇다면 뭐, 사실이겠군요. 그래서요?"

그럼 어떻게 됩니까——하고 후치와키는 한층 더 앞으로 얼굴을 내밀었다.

"그러니까——설령 대량 살육은 단순한 소문이었다고 해도, 그것은 이 부근의 소문이기는 한 거겠지요. 그리고 소문을 퍼뜨린 장본인도 실존한다면, 그 기사에 해당하는 장소는 적어도 있었던 겁니다. 없으면 소문도 되지 않아요."

아아, 그런가——후치와키는 왠지 어깨를 축 늘어뜨리고 뒤로 몸을 물렸다.

"그럼——하지만——그런데——."

젊은 순경은 생각에 잠겨 있다. 나는 자신의 불안을 나누기라도 한 것 같은, 묘한 기분이 들었다.

"그 칼갈이 다쓰는 그 후——지금은 어디에?"

"그게 말입니다만——."

마을 노인들이 왜 칼갈이 다쓰에 대해서 그렇게 똑똑히 기억하고 있었느냐 하면, 그것은 칼갈이 다쓰가 인기인이었기 때문이 아니다. 사건을 일으켰기 때문이다. 칼갈이 다쓰 즉 쓰무라 다쓰조는 1938년 여름에 헌병에게 끌려갔다——고 노인들은 말했던 것이다.

"헌병? 민간인을?"

"헌병인지 경찰인지 군인지, 정확한 것은 알 수 없습니다. 들은 이야기를 종합해 보면, 칼갈이 다쓰라는 사람은 매년 시모다 쪽에서 올라와서 여름에는 이 부근을 돌곤 했다고 합니다. 그 후 미시마에서 누마즈로 빠졌던 모양이에요. 미시마로 가기 전에 이 니라야마에서 붙잡혔다, 그런 모양입니다."

"왜요?"

"글쎄요——."

——그 사람은 공산주의였다더군.

——러시아의 스파이였다네.

——비국민이지.

——매국노야.

도무지 시대착오적인 말을 노인들은 차례차례 내뱉었다.

붙잡혀 가는 게 당연하지——라고 전원이 말했다. 세상이 바뀌었으니 옳은 일도 바뀌었다, 라는 인식은 노인들에게는 없다. 그러나 그들이 모두, 아직도 전쟁 전이나 전쟁 중의 이데올로기를 질질 끌고 있는 국수주의자들이냐 하면, 그건 아무래도 아니다. 그들의 머릿속에서는 민주주의와 군국주의가 서로 어긋나지 않고 동거하고 있다. 그것은 서로 다른 것이고, 그러면서 같은 것이기도 한 것이다.

"——뭐였던 걸까요."

나는 대답하지 않았다.

아마 그것은 사실이 아니기 때문이다. 이유도 없이 끌려가서는 참을 수 없다. 그러니 붙잡힌 이상은 붙잡힐 만한 짓을 했을 거라고 생각하고 싶고, 관청에 붙잡혀 갈 이유로는 그런 것밖에 생각할 수 없었다——는 것이 진실일 것이다.

노인들은 정의를 자신들 밖으로 쫓아냈다.

그것을 의심하면 무언가를 유지해 갈 수 없기 때문이다.

"그래서——."

나는 후치와키의 얼굴을 바라보았다.

"——어떻게 생각하십니까, 후치와키 씨?"

후치와키는 순간 당혹스러운 듯한 표정을 보이더니 곧 얼굴을 숙이고, 지도상에 손가락을 미끄러뜨리며 호수를 세기 시작했다.

"으으음——15, 16, 전부 해서 가옥은 열일곱 채로군요. 폐가가 열 채 있습니다만. 안쪽은 모두 빈집이네요——이 스도 씨의 집에서 다음 빈집까지는, 상당히 거리가 있군요——이 사이에——그——사."

"사에키 가."

"사에키 가가 있었다면——그 사에키 가를 더하면 열여덟 채인가. 열여덟 채. 수는 맞아요. 세, 세키구치 씨——."

후치와키는 얼굴을 든다. 한심한 얼굴이 되어 있다.

"——이거, 어, 어떻게 된 일일까요?"

"그것을 물으러——온 건데요."

나도 똑같이 한심한 얼굴을 하고 있었을 것이다.

후치와키는 팔짱을 끼었다.

내 불안의 병은, 그 시점에서 완전히 이 젊은 순경에게 전염된 것 같았다.

"그렇지, 또 하나——저는 이 노인들에게서 흥미로운 정보를 얻었습니다."

"뭐——뭡니까?"

"기억하고 있었던 사람은 한 명뿐입니다만. 여기에서 가까운, 저 사거리 앞 두부가게의 선대 주인입니다. 10여 년쯤 전, 무슨 일인가로 이 주재소에 왔다가 당시의 주재 순경과 잡담을 나누었다고 합니다. 선대 주인은 그때, 우편 요금이 올라서 몹시 화를 내고 있었던 모양이에요. 그때 경관인 듯한 젊은이 한 명이 커다란 짐을 들고 찾아왔다——는 겁니다."

"그래서요?"

"그 젊은이는 경례하고 인사하고는, 뭔가 잠시 이야기를 한 후 산으로 올라갔다고 하는군요. 주재 순경은 신입이다——라고 말한 모양이지만, 그 후로 본 기억이 없대요. 이상하다면 이상하지요, 라고."

"그건——그, 언제쯤?"

"조사해 보았습니다. 우편 요금은 1899년부터 한 번도 오르지 않았습니다. 그게 오른 것은 1937년 4월 1일——미쓰야스 씨가 전속된 것도 그해 봄입니다."

"그럼 그 경관이라는 건."

"미쓰야스 씨였겠지요."

미쓰야스에게 전화로 확인해 보니 헤비토 마을로 전근되어 산에 들어간 후 누마즈에 있는 큰어머니 집으로 도로 불려가 출정할 때까지, 그는 한 번도 니라야마의 주민과 접촉하지 않았다고 한다. 매달 월초에 한 번, 정기 연락을 겸해 산을 내려오기는 하지만, 용무는 모두 주재소——즉 이 마을 변두리의 이곳——에서 끝나 버렸던 모양이다. 여기에서 되돌아가면 마을로 나갈 일은 없다. 징병 검사도 누마즈에서 받았다고 하고, 그때도 역으로 직행했다. 정월에도 산속에서 지냈다. 니라야마의 주민에게 얼굴을 보일 일은 없었던 것이다.

후치와키는 한층 더 곤혹스러워했다.

"하지만 그럼 —— 잠깐만요. 문제를 정리해 봅시다. 허실이 뒤섞여서 혼미한 양상을 띠고 있습니다. 으음, 우선 그 미치야스 씨? 미추야스?"

"미쓰야스입니다."

"그래요, 그 사람. 그 사람이 16년 전 이 부근에 부임해 온 경관이었던 것은 사실이라고 해 둡시다. 확증은 없지만 그런 말을 하면서 의심하다간 끝이 없으니 확정이라고 치지요. 그리고 칼같이 다쓰. 이 사람은 실존했다고요. 그는 15년 전, 신문에 따르면 기묘한 소문을 퍼뜨렸어요. 그리고 누군가에게 체포되었고요."

"그렇지요."

"그 소문의 마을과 미쓰야스 씨의 기억 속의 마을은 부합해요. 하지만 거기에 해당하는 마을은, 실제로는 없지요. 기록도 없고요."

다만 —— 하고 후치와키는 얼굴을 일그러뜨렸다.

"다만 미쓰야스 씨가 부임했다는 장소에는 기사와 비슷한 규모의 촌락이 있었어요."

"네."

"하지만 그곳은 미쓰야스 씨의 기억과는 다르지요."

"그렇습니다."

어딘가 겹쳐 있으면서 어딘가 어긋나 있다. 모든 것이 조금씩 서로를 보증하고, 조금씩 부정하고 있다. 진위를 알 수 없는 사항은 전부 하찮은 부분이고, 그러면서도 전체적으로는 흐려지고 만다.

아무래도 상관없을 것 같은 시시한 잘못이 쌓여서 결국 세상 전부가 일그러져 버린 듯한, 그런 부조리한 초조함이 있다.

후치와키는 말했다.

"이거——둘 중 하나입니다."

"둘 중 하나——라니요?"

"네. 우선 이 기사——이게 소문인지 진실인지, 그건 아무래도 상관없는 일입니다. 소문이든 진실이든, 본론과는 상관없습니다. 문제는, 이 기사에 18호 51명의 H마을이라는 마을이 15년 전 이 부근에 존재했다는 기록이 있다——는 점이겠지요. 여기에 대해서는 그렇게 큰 어긋남은 없습니다."

"왜지요?"

"왜냐하면, 18호 51명 규모의 촌락은 실제로 이 부근에 있으니까요. 현재는 가옥 17채, 7호 12명이지만요. 이건 호칭에 차이가 있을 뿐입니다."

"H마을——H가 붙는 이름 말입니까?"

"네. 마을이라는 호칭은 시정촌(市町村) 제도[55]가 시행되기 이전부터 있었지 않습니까. 지번의 정식 명칭이라고만 볼 수는 없는, 요컨대 촌락의 통칭, 별명입니다. 이 니라야마 마을 안에도 다다니 나가사키니 다나카니 하는 것이 있어요. 그렇게 생각해 보면 저 산 위에만 호칭이 없는 건 이상하지요. 그러니까 그 옛날에는 H 머리글자가 붙는 통칭으로 불리고 있었을지도 몰라요. 다른 곳과 떨어져 있으니까 마을을 붙여서 불렀다거나. 그 명칭은 사라졌고요."

"과연."

그것은 있을 수 있는 일일 것이다.

"그러니까 이 기사의 H마을은 이 앞에 있는 촌락을 말하는 거라고,

55) 일본의 행정구역의 명칭. 우리나라의 시 · 읍 · 면과 비슷함.

그렇게 칩시다. 그러니까 15년 전, 이 앞에 있는 마을에 칼갈이 다쓰가 갔다가 우연히 아무도 없어서, 그래서 이상한 소문을 퍼뜨렸다거나, 뭐 그건 그것대로 좋아요. 그리고 그렇게 되면 문제는 좁혀지지 않습니까."

왠지 후치와키는 필사적이다. 필사적으로 문제를 자신이 사는 세계로 끌어당기려고 하는 것 같았다.

"좁혀지다니요?"

"그러니까 말이지요, 미쓰야스 씨는 그 H마을에 파견된 거지요. 이건 아까 확정한 거니까 편의상 사실이라고 치겠습니다. 거기에서, 뭐 그, 그 사람의 기억에 있는 듯한 일은 있었을 겁니다."

"사에키 가도 있었다고요?"

"우선 있었다고 치지요."

"하지만——없는데요."

"아뇨, 지금 없으니까 옛날에도 없었다고, 그렇게 말할 수는 없습니다. 그 칼갈이 다쓰의 이야기도 있고, 이 기사에도 적혀 있지만——야반도주했다거나, 일가가 동반 자살했다거나, 그런 일도 있지 않습니까. 뭐 역병이라든가 학살은 생각하기 어려우니까 99퍼센트 야반도주겠지요. 사에키 가 이하 몇 집이 야반도주를 한 겁니다. 미쓰야스 씨가 출정한 후에."

"야반도주——라고요?"

야반도주입니다, 도망간 겁니다——하고 후치와키는 스스로에게 들려주듯이 말했다.

"하지만 후치와키 씨. 거기에 현재 사시는, 다야마 씨인지 구마다 씨였던가요, 그 사람들은 어디에서——."

"그러니까 그들은 야반도주하지 않은 겁니다."

"하지만 미쓰야스 씨는 그 사람들을 모릅니다."

"그러니까 그겁니다——."

후치와키는 무릎을 쳤다.

"——아시겠습니까, 세키구치 씨. 그러니까 이건 복잡한 문제가 아닙니다. 미쓰야스 씨 기억의 일부분과 현실이 다르다는 것뿐입니다. H마을에——그게 뱀 마을인지 도마뱀 마을인지[56] 모르겠지만, 구마다 씨도 다야마 씨도 옛날부터 살고 있었어요. 다만 미쓰야스 씨가 잘못 기억하고 있었지요——."

"그런——."

"그렇습니다."

하고 후치와키는 다시 한 번 무릎을 쳤다.

"세키구치 씨. 미쓰야스 씨라는 사람은 어쩌면 젊은 시절과 용모가 상당히 달라진 건 아닙니까?"

"그건——."

살이 쪘다고는 했었다. 머리카락도 당시에는 있었을 거라고 생각한다. 그렇게 대답하자, 그렇겠지요——하고 후치와키는 만족스러운 듯이 고개를 끄덕였다.

"겨우 1년 남짓 체류하지 않았습니까? 구마다 씨나 다른 사람들은 망령이 나지는 않았지만 역시 노인이니까요. 잊은 겁니다. 문제는 미쓰야스 씨겠지요. 미쓰야스 씨도 잊고 있었기 때문에 일이 묘해진 거예요. 게다가 그 H마을에 관련된 기록이 관청이나 경찰에서 사라져 버렸으니, 복잡해진 것뿐입니다."

56) '뱀'은 일본어로 '헤비'이다.

"뭐——."

그건 그렇다.

"불타지 않았다면 사에키 씨도——물론 이름이 다를지도 모릅니다, 어쨌든 그, 미쓰야스 씨의 기억이니까요. 하지만 사에키 씨에 대응하는 사람의 기록은 남아 있었을지도 몰라요. 아니, 이름이 다를 뿐이고 실은 지금도 틀림없이 남아 있을지도 모릅니다. 분명히 그럴 겁니다. 그러니까요——."

"잠깐만요, 후치와키 씨. 분명히, 당신은 아까 둘 중 하나——그렇게 말했어요."

"둘 중 하나입니다."

"그러니까 뭐가."

"그러니까요, 마을이 사라졌다거나 사람이 사라졌다거나, 그런 이상한 이야기가 아닙니다, 이건. 마을은 있고, 사람도 살고 있어요. 그러니까 미쓰야스 씨의 기억이 잘못되었거나, 그렇지 않다면 촌락의 주민 전원이 거짓말을 하고 있거나, 둘 중 하나——겠지요?"

"주민 전부가 거짓말을 하고 있다?"

"그럴 리 없지만 말입니다. 지금 그 촌락에 살고 있는 열두 명 전원이 말을 맞춰 거짓말을 하면, 물론 이런 사태가 되기도 하겠지요. 하지만 미쓰야스 씨가 찾아간 것은 우연이잖아요? 말을 맞추는 건 무리예요. 게다가 속일 이유가 없잖아요. 그러니까 이 선택지는 하나밖에 없어요——."

후치와키는 검지를 내게 들이밀었다.

"미쓰야스 씨는 착란을 일으키고 있어요."

그럴까.

후치와키는 단언했지만, 그런 것치고 나는 깨끗이 납득할 수 없었다. 그것으로 끝날 거라면 처음부터 끝난 거나 마찬가지이고, 그렇다면 이렇게 멀리까지 어슬렁어슬렁 출장을 오지도 않았다.

후치와키는 대장을 접으며 말했다.

"그런데 그 미쓰야스 씨는 어째서 오지 않는 겁니까?"

"그게——미쓰야스 씨는 자신이 혼란에 빠진 것 같다는 사실을 충분히 잘 알고 있어서요. 다시 말해서 자신의 머리——신경이 이상을 일으킨 게 아닐까 하고, 극도로 두려워하고 있습니다. 만일 자신이 이상하다면, 무엇을 보고 들어도 진실은 알 수 없을 거라고——그래서 제삼자인 제가, 대리인으로서 진실을 알아내러 온 거고——."

"그거 잘 알고 계시는군요——."

하고 후치와키는 큰 목소리로 내 말을 가로막았다. 웃는 얼굴이 돌아왔다.

"——이상을 일으킨 사람은 자신이 이상할지도 모른다고는 좀처럼 생각하지 않는 법이지만, 그 사람은 잘 알고 있네요. 하지만 걱정하던 대로였던 겁니다."

"하지만."

"미쓰야스 씨에게 필요한 건 진실보다 휴양입니다. 이즈의 온천에 들어가서 푹 쉬면 좋을 겁니다."

그럼 이만——이라는 듯이 후치와키는 내게 등을 돌렸다.

나는 별수 없이 또 창밖을 보았다.

——사람 그림자가.

액자 속을 유유히, 남자가 가로질러 간다.

기모노 차림이다.

앞을 여미지 않고 걸친, 거무스레한, 팥죽색의 얇은 히후[被風][57]가 바람을 받아 펄럭펄럭 흔들리고 있었다. 그 밑은 사무에[作務衣][58]처럼도 보였지만, 아마 하얀 홑옷에 검은 칼사옹[59]을 입고 있는 것이리라. 다인(茶人)이나 시인 같은 옷차림이다. 손에 든 낡은 트렁크가 이질적이었다.

"아."

나는 소리를 질렀다. 후치와키가 돌아본다.

"저 사람은——."

이 앞을 가로질렀다.

주재소 앞을 가로지르는 사람은——.

친척인가——나는 순간적으로 그렇게 생각했다.

미닫이문을 연다. 얼굴부터 밖에 내놓는다.

"저어——."

남자는 돌아보았다.

움츠러들 것만 같은 눈. 단단한 턱. 곧은 눈썹.

의외로 젊지는 않은 것 같다. 다만 아무렇게나 헝클어지게 기른 머리카락이 남자의 나이를 알 수 없게 한다.

남자는 눈을 가늘게 뜨며 웃었다.

"왜 그러십니까."

탄력 있는 목소리였다.

"저, 저어, 실례지만, 어——."

57) 하오리 비슷한, 옷섶이 깊고 깃이 둥근 겉옷. 기모노 위에 걸쳐 입는다.

58) 중이 작무(作務) 때 입는 의복. 소재는 주로 무명. 상의는 의복의 앞길이 겹치는 식으로, 소맷자락이 없는 통 모양의 옷. 하의는 바지 모양으로 옷자락이 작아진다.

59) 위는 낙낙하고 아래는 좁게 만든 바지. 눈이 많은 지방에서 방한복이나 작업복으로 남녀 모두가 입는다.

"이 앞에 있는 촌락에 갑니다. 그게 왜요?"

"무, 무."

후치와키가 뒤에서 얼굴을 내밀었다.

"실례지만 무슨 용건으로 가시는지, 좀 여쭤 봐도 되겠습니까?"

남자는 입을 다문 채 한층 더 깊은 웃음을 지었다.

"이거, 이거, 이곳 주재 순경이십니까? 근무 중에 고생이 많으십니다. 직무와 관련된 질문입니까?"

"그, 그런 건——."

"상관없습니다. 그게 직업이시겠지요. 저는 도지마 세이켄이라는 사람입니다. 직업은, 뭐 지방의 역사와 전설 등을 조사하고 있습니다. 글쟁이 나부랭이랄까요."

"역사와——전설?"

네——하고 매우 분명하게 남자——도지마는 대답했다.

"몇 년 전부터 이 부근의 향토사 같은 걸 정리하고 있습니다. 재재작년, 한 번 이 위에 있는 댁을 방문해서 이야기를 모았었는데, 여러 가지로 조사해 나가다 보니 아무래도 납득이 가지 않는 게 있어서요. 그래서 지금부터 다시 한 번 확인하러 갈 생각인데——."

도지마는 거기에서 목소리를 떨어뜨렸다.

"——그런데 무슨 일입니까?"

"네?"

"무슨 일이 있었던 게 아닙니까?"

그 물음에 후치와키는 나를 보았다. 이 경우 내가 설명하는 것이 도리다. 그러나 안 그래도 복잡한 사정이다. 순식간에 요약하기도 어렵지만, 처음 만나는 사람한테 그것을 전하는 것도 어렵다.

대인공포증 기가 있는 내가, 처음부터 그런 재주를 부릴 수 있을 리 없었다.

나는 우물우물 입을 움직였다. 목소리는 나오지 않았다.

도지마는 웃는 얼굴을 한 채, 이제 가도 될까요——라고 말했다. 그리고 눈치를 살피듯이 우리를 살펴보면서 천천히 인사를 하고, 우리에게서 시선을 떼지 않은 채 자세를 바로 하더니, 그럼 이만——이라고 말하고 발길을 돌렸다.

"자——잠깐만요."

나는 손을 뻗으며 그렇게만 말했다.

도지마는 고개만 돌려 어깨 너머로 시선을 보내 왔다.

"저, 저도——가겠습니다."

어쨌든 갈 수밖에 없을 것이다.

"같이——거기로 가겠습니다."

후치와키는 어이없는 듯한 눈으로 나를 보더니, 이윽고 체념한 듯이,

"아아——저도——가겠습니다."

라고 말하며 자전거에 손을 얹었다.

후치와키의 자전거는 그러나, 약 한 시간 만에 버려졌다.

그러고 보니 이랬지——하고 순경은 투덜거렸다.

평탄한 길이 아니었던 것이다.

일단 길은 나 있지만 곳곳에 높낮이의 차이가 있고, 또는 끊기고, 또는 구부러지고, 오르막길에는 계단 모양으로 나뭇조각이나 돌이 채워져 있거나, 장소에 따라서는 위에서 사슬이 드리워져 있는 언덕까지 있었다. 그 사슬을 붙잡고 사슬을 따라 올라가는 것이다.

가면서 나는 자기소개를 했다.

그리고 도지마에게 이해하기 힘든 일을, 이해하기 힘든 말로, 이해하기 힘든 순서로, 이해하기 힘들게 설명했다. 도지마는 내 얼굴을 보지 않고 호오——라느니 헤에——라느니 맞장구를 치며 가끔 얼굴만 돌리고는,

"그거 큰일이군요."

하고 잘 울리는 목소리로 말했다. 도중부터 후치와키가 설명에 끼어들어 미쓰야스 착란설에 기초한 해설을 했다. 논리 정연하게 말하는 것을 들으면 정말로 그것뿐인, 바보 같은 일인 것처럼 생각되기도 했지만, 그래도 처음에 들었을 때와 똑같이 석연치 않은 응어리는 남았다.

한바탕 이야기를 마치는 데에 한 시간은 걸렸을 것이다.

도지마는 겨우 몸까지 돌려 우리를 향했다. 그리고 어딘지 모르게 인위적인 말투로,

"그렇군요——있을 수 없는 일로 들리네요."

라고 말했다.

나는 고개를 끄덕였지만 후치와키는 고개를 가로저었다.

도지마는 이어서,

"하지만——세키구치 씨. 가령 당신은 진실을 알게 되면 대체 어떻게 할 생각입니까?"

라고 물었다. 그리고 내가 대답하기 전에,

"기사로 쓰는 것만은 아니겠지요."

라고 말했다.

질문에 대한 대답은 준비되어 있지 않았다.

"기사로 쓸 뿐——인데요."
"아니, 그건 아닙니다."
"아니——라니요?"
"당신은 이미, 이해득실에 상관없이 알고 싶어진 거겠지요. 아무래도 그런 말투입니다. 이제 되돌아갈 수는 없어요——아닙니까?"
"그건——."
빽빽빽——하고 산새가 울면서 날아갔다.
도지마는 산자락을 등지고 서 있다.
"예를 들어——."
움츠러들 것만 같은 눈.
"이 세상의 것이라는 것은, 환상과 현실을 대립하는 항으로 파악하기 때문에 알 수 없어지지요. 우리는 현실이라는 이름의 환상에 둘러싸여 살고 있어요. 그리고 또 환상이라는 이름의 현실을 안고 살아가고 있고요. 이 세상의 현실은 모두 환상과 같은 값입니다. 그리고 사람에게 환상은 잘라내서 현실과 구별할 수 있는 게 아니에요——."
곧은, 단정한 눈썹에 힘이 들어가 있다.
"——그러니까, 세상에는 이상하지 않은 일이라곤 없는 겁니다. 여기에 제가 있는 것도, 거기에 당신이 있는 것도, 이상하다면 전부 이상한 일이에요. 그렇게 생각하면 마을 하나가 사라지든, 사람이 몇 명 사라지든 그건 별로 소란을 떨 만한 일이 아니지요. 과거는 모두 사라져 없어져도, 저는 지금 여기에 있고 당신도 거기에 있지 않습니까."
"그건——."
싫습니까——하고 도지마는 말했다.

"——싫겠지요. 당신은 당신이고 싶을 테니까요. 그렇게 생각하니까 싫은 겁니다. 그래요, 사람은, 자신은 자신이라고 생각하고 싶은 법입니다. 당신에게 세계는 당신만의 것이지요. 그러니까 당신은 자신을 세상에서 잘라내어, 특별화하고 싶은 거예요. 타인과 자신을 차별화하고 싶어요. 그래서 세상은 이상한 일로 넘쳐나고 있어요. 자신이 자신이 아닐지도 모른다는 것을 깨달으면——세상에는 수수께끼라곤 하나도 없을 겁니다."

"무슨——뜻입니까?"

후치와키가 물었다.

"수수께끼란 뭡니까? 알 수 없는 것——이겠지요. 수수께끼는 일어날 수 없는 일을 가리키는 말이 아니에요. 세상의 사상(事象)은 대개 실제로 일어난 일이니까요. 일어날 수 없는 일이 일어난다는 것은 모순되어 있지요. 사람이 알든 모르든, 해는 뜨고 해는 집니다. 해가 뜨는 건 이상한 일이에요. 지동설을 모르는 사람한테는 수수께끼지요. 하지만 천체의 구조를 알아 버리면 그건 수수께끼가 아니지 않습니까? 하지만 설령 구조를 알았다고 해도 천체의 운행임에는 변함이 없습니다. 그러니까 수수께끼란 단순히, 사람이 알 수 없는 것에 지나지 않아요. 사람이 없으면 수수께끼는 없지요. 사람이란 누구입니까? 그래요, 당신입니다——."

도지마는 나를 보았다.

"——당신이 있기 때문에——당신에게 있어서의 수수께끼가 있어요. 당신이 당신이 아니게 되면, 당신에게 있어서의 수수께끼는 없는 겁니다."

"제가——제가 아니게 된다——."

"이 세계는 모두 진실입니다. 그것을 있는 그대로 받아들이면 그것으로 되는 겁니다. 사람은 항상, 진실의 한가운데에 있어요. 하지만 사람은 그것을 인정하지 않지요. 왜냐하면, 자신을 기준으로 해서 세상을 재려고 하기 때문입니다. 자아라는 좁은 거푸집에 세상을 끼워 넣으려고 하니까 알 수 없는 게 나오는 겁니다. 모든 것은 이상하다는 것을 깨달으면, 그 시점에서 세계는 당신 거예요. 하지만 자신을 지키면서 세계를 알려고 한다면——모든 수수께끼를 해명하려고 한다면——그때는 자신이라는 그릇을 세계와 같은 크기로, 무한히 넓혀야 하지요. 이건 어려운 일이에요. 그러니까——."

펄럭, 하고 히후가 펄럭였다.

"——진실을 향수하기 위해서 자아가 방해된다면, 그런 시시한 건 버려 버리는 편이 훨씬 편하답니다——."

도지마는 목소리를 낮춘다.

"——그래도 당신은."

시선이 나를 꿰뚫었다.

"알고 싶습니까."

"아——."

나는 대체 무엇을 하고 있는 것일까.

이것은——이, 지금의 상황은 현실일까.

미쓰야스의 망상에 끌려 들어갔을 뿐인 것은 아닐까.

모든 것은 속임수가 아닐까.

나는——.

나는 나다.

무언가를 떨쳐냈다. 그리고 말했다.

"알고 —— 싶습니다."

도지마는 눈을 가늘게 뜨며 웃었다.

"그래요? 과연 잘 알겠습니다. 그럼 가실까요. 해가 지면 성가셔지니까요."

자, 이제 얼마 안 남았습니다 —— 라고 말하며 이상한 남자는 히후를 펄럭였다.

나는 빨려 들어가듯이 걸음을 내디뎠다.

돌아보니 후치와키가 멍하니 따라오고 있었다.

문이 있는 것도 아니고, 표지판이 나와 있는 것도 아니었다. 마을의 경계를 나타내는 것이라곤 아무것도 없었는데, 산중에 실로 갑자기 건물이 나타났다.

그것은.

미쓰야스의 말에 따르면 미쓰키야라는 잡화점이다.

지도상으로는 구마다라는 농가로 되어 있다.

보기에 잡화점으로는 보이지 않는다. 비바람을 맞은 회갈색의, 반쯤 썩어 가는 건물은 거기에 있는 것이 당연하다는 듯한 분위기로 초목과 산의 풍경과 멋지게 동화되어 있었다. 처마에는 뭔가 작물이 매달려 있지만 그것도 갈색으로 마르고, 판자 지붕에는 잡초가 자라고 있다. 등 뒤는 그냥 산이다.

"웅대하군요. 보십시오, 저 산자락 ——."

도지마는 산을 올려다보았다.

"—— 이 커다란 산에, 찰싹 달라붙다시피 하면서 살아가고 있지요, 이곳 사람들은. 마치 이끼나 김처럼. 그렇게 간신히 살아가고 있어요."

도지마는 고개를 기울이며 웃는 얼굴을 보였다.

"그렇게 생각하지 않으십니까? 이런 자연을 눈앞에 두면 인간은 코끼리에 모여 있는 이 같은 존재다——라고. 과거니 미래니 잘난 척 말하기는 하지만, 이는 코끼리의 시간을 이해할 수 없지요. 저 집에 사는 노인은 해가 뜨면 일어나고, 해가 지면 잡니다. 비가 오든 날씨가 맑든 척박한 밭을 갈고, 고구마죽을 홀짝이고는 이불을 뒤집어쓰고 자지요. 벌써 수년이나 수십 년이나 그렇게 해 왔어요. 매일 매일 똑같은 날의 반복이지요. 어제고 내일이고 없어요. 그냥 살아갈 뿐——."

후치와키는 무언가에 부딪힌 것처럼 얼굴을 들고, 약간 입을 벌린 채 그에게는 익숙할 산들을 둘러보고 있다. 나는 눈이 어질어질해지고 말 것 같은 예감을 견딜 수가 없어서, 그런 후치와키의 목 언저리를 무감동하게 보고 있었다.

"내일도 오늘과 똑같은 날. 오늘은 어제와 똑같은 날. 그저 같은 날이 끝없이 되풀이되면, 시간이란 없는 거나 마찬가지가 아닐까요. 사흘이든 1년이든, 10년이든 70년이든 마찬가지지요, 세키구치 씨."

——10년이든.

——70년이든?

"도지마 씨——당신은."

뭔가 알고 있는 것일까.

"당신은 아까, 이 촌락에서 납득할 수 없는 일이 있었다——고 말씀하시지 않았습니까."

예, 그랬습니다——하고 도지마는 말하더니, 또 웃었다.

"뭐, 별것 아닙니다."

"별것 아닌 일이란 뭡니까?"

"별것 아니에요. 그렇지, 습속과 습관이라는 건 지역이나 가문에 따라 꽤 달라지는 법이지요."

도지마는 어깨에 힘을 주며 건물 쪽으로 나아갔다.

"말도 그렇습니다. 같은 것인데 부르는 방법이 달라요. 같은 이름인데 다른 것을 가리키기도 하고요. 낚싯바늘 하나만 보아도, 동해 쪽의 것인지 태평양 쪽의 것인지, 아니면 세토 내해의 것인지, 모양만 보아도 알 수 있습니다. 정월 장식, 우란분재나 절기 등 연중행사를 치르는 방식, 밥을 먹는 방법에서부터 재채기하는 방법까지, 전부 소소하게 다르지요——."

도지마는 문앞에 섰다.

"이 집에는——."

덜컹, 하고 문이 열렸다.

무표정한 노인이 서 있었다.

눈이 탁하다. 높이 솟아오른 광대뼈 꼭대기에서부터, 작은 검버섯이 관자놀이까지 이어져 있다. 새까맣게 볕에 그을린 두피에, 짧게 자른 새하얀 머리카락이 마치 가루라도 뿌린 것 같다. 누렇게 바랜 셔츠 위에 한텐[60]을 껴입고, 수건 같은 것을 목에 걸고 있다. 노인은 이미 풍경의 일부로서 아무런 위화감도 없이 거기에 있었다.

"——뭔가 볼일이 있으시오?"

"아아, 구마다 씨. 구마다 유키치 씨였지요."

도지마가 그렇게 말했을 때, 노인의 탁한 눈은 왠지 나를 응시하고 있었다.

60) 보통 작업복으로 입는 짧은 윗도리.

"맞소만——당신은?"

"구, 구마다 씨——저는 주재 순경인——."

당신은 뭐요——그것은 분명히 내게 향해진 말이었다. 후치와키는 무시되었다.

"당신은——."

노인은 도지마를 밀쳐내다시피 하며 내 쪽으로 한 걸음 다가왔다. 도지마는 크게 몸을 돌려, 노인의 등을 향해 말했다.

"구마다 씨. 잠깐 안을 좀 보겠습니다. 안주인은 밭에 계시나요? 자, 세키구치 씨도 주재 순경도, 이쪽으로 오시지요. 실례——."

도지마는 어두운 문 안으로 슥 들어갔다. 나는 노인에게 목례를 한 번 하고 나서 뒤를 좇았다.

칠흑. 눈이 순응하지 못한다.

냄새와 습도밖에 없는 집.

어두운, 엉성한, 건조한 집이었다.

눈이 익숙해지자 이번에는 색깔이 사라졌다.

무채색의 봉당에 역시 무채색의 도지마가 있었다.

"뭐, 볼 곳은 그리 많지 않아요. 구마다 씨, 변소는 어디지요——아아, 이쪽인가. 자, 보십시오. 여기예요. 구마다 씨, 이건 뭡니까?"

도지마는 가리킨다.

대들보에 무언가가 장식되어 있다. 나는 자세히 보았다.

——폐속(幣束)[61]인가.

가미다나나 금줄 등에 내놓는 폐속처럼 보였다.

---

61) 신관(神官)이 불제(祓除)할 때에 쓰는 도구. 백색 또는 금은·오색 종이를 비쭈기나무나 대나무 꼬챙이에 끼운 것.

마찬가지로 폐곶(幣串)[62] 같은 것에 끼워져 있다. 짚 같은 것도 매달려 있다. 어느 것이나 상당히 오래되었다. 10년은 잊혀 있었던 것처럼 보였다.

"그건 변소의 장식이오."

문에서 구마다 노인이 말했다.

"——벌써 오랫동안 바꾸지도 않았지."

"이게 마음에 걸렸습니다. 이건——사람의 모양으로 되어 있네요."

듣고 보니 사람 모양이다.

"게다가 둘."

그게 어쨌다는 거요——하고 노인은 말했다.

"그런 건 장식이오. 바꾸지 않아서 영험하지도 않지. 갖고 싶으면 가져가시오."

도지마는 아마, 눈을 가늘게 뜨고 웃었을 것이다.

"괜찮을까요. 가져가도."

"상관없소. 그런, 흘려보내지도 않을 오히나 님은 더러울 뿐이지. 장식해 두면 좋지 못한 일이 있을 뿐이오."

도지마는, 사양하겠습니다——하고 말했다.

그리고,

"그보다——불단이나 위패는 있으십니까?"

하고 물었다.

"그게 왜."

"좀 볼 수 있을까요."

---

62) 폐속을 만들 때 쓰는 꼬챙이.

노인은 무뚝뚝하게, 그런 건 남에게 보여주는 게 아니오——라고 대답했다. 도지마는 그렇습니까, 라고 말한 후 천천히 얼굴을 내게 향했다.

"세키구치 씨. 이분이 이곳에 70년 동안 살아오신 구마다 유키치 씨입니다. 뭔가 여쭈어 보실 건 없으십니까?"

"그건——."

——이 노인이 거짓말을 할까?

선한 얼굴이라고 해서 신용할 수는 없다. 어리석은 척하던 교활한 남자도 있었다. 노회한 식자도 곧잘 속인다. 하지만——.

이 노인이 다른 사람을 속일 수 있을까. 아니, 속이는 것이 의미가 있을까. 무언가를 숨기면서까지 지킬 것이 있을까. 거짓말을 해서까지 손에 넣고 싶은 것이 있을까.

도지마가 말한 대로, 이곳은 시간의 외딴섬이다.

잃을 것도 없고, 원하는 것도 없다.

어제는 오늘, 오늘은 내일과 똑같은——.

"저어——."

그러나.

"16년 전, 이 마을에 주재 순경이 파견되어 온 것을 기억하지 못하십니까."

노인은 한 번 옆을 보았다. 후치와키를 본 것이다.

"아랫마을에는 줄곧 있었소."

"아래가 아니라 그, 이, 마을입니다."

"모르겠소. 기억나지 않소."

"이 부근의 이름은——장소의——."

"니라야마 마을이라고 들었는데. 편지는 그렇게 오더군."

그렇다——이곳의 주소는 니라야마 마을이다.

"그, 통칭 같은 건."

노인은 입을 굳게 다물고 턱을 문질렀다.

"모르오. 여기는 여기요."

"그럼 당신은——여기에서, 이 마을에서, 이 집에서 줄곧——자랐습니까?"

노인은 표정 하나 바꾸지 않고 전혀 억양이 없는 음성으로, 그렇소만——하고 짧게 대답했다.

"아버지도 그 아버지도, 아마 그 아버지도 이 집에서 자랐을 테고, 여기에서 죽었소. 나도 아버지와 똑같이 이곳에서 자랐고, 이곳에서 장가를 가고, 이곳에서 죽겠지. 아들은 떠났지만, 나는 여기에서 죽을 거요."

"아드님은——언제?"

"글쎄. 벌써 10여 년도 더 전에 떠나서 돌아오지 않았소. 돈만은 보내오지만, 이곳에는 돌아오지 않지요."

뭐, 어쩔 수 없소——라고 말하며, 노인은 집 안으로 들어갔다. 출입구 모양으로 잘린 밝은 옥외에 후치와키가 우두커니 서 있었다.

"10여 년 동안——한 번도 귀성하지 않았습니까?"

"이제 얼굴도 잊어버렸소. 할멈은 가끔 떠올리며 울곤 하지만, 그러니까——어쩔 수 없소."

"아드님은 어디에 계십니까. 현 내라고 들었는데——."

"나는 잘 모르오. 이 산을 나간 적이 없거든. 아랫마을까지밖에 가지 않으니까."

노인은 말없이 나를 옆으로 밀쳐내고, 후다닥 마루방으로 올라가 아무렇게나 판자문을 열었다. 그리고 장롱 서랍에서 봉투 다발을 끄집어내, 다시 후다닥 돌아오더니 나를 향해 내밀었다.

나는 도지마의 반응을 살핀다. 도지마는 천장 쪽을 보고 있었다. 노인은 같은 자세로 봉투를 내밀고 있다. 나는 결국, 고맙습니다 ── 하고 우선 작은 목소리로 말하며 그 다발을 받아들었다.

짐을 묶는 끈으로 묶여 있는 봉투는 상당한 양이었다.

"이건 ──."

안에는 아직 종이 지폐가 들어 있는 것 같았다.

"쓸 데가 없으니까."

노인은 그렇게 말했다.

몇 년 치일까, 상당한 액수가 되지 않을까.

나는 봉투의 보낸 사람을 확인했다.

구마다 요이치 ──.

주소는 시모다로 되어 있었다. 분명히 시모다라면 그렇게 멀지는 않다. 후치와키가 말했던 그대로다.

나는, 이번에는 후치와키를 보았다. 젊은 순경은 지친 얼굴을 하고 있었다. 나는 노인에게 양해를 얻고 나서 주소를 수첩에 적고, 봉투를 돌려주려고 했다. 그때 도지마가, 세키구치 씨 ── 하고 불렀다.

"소인을 확인했습니까?"

"소 ── 소인이라고요?"

반사적으로 봉투를 다시 끌어당겨 확인한다. 거기에 무슨 의미가 있는지, 생각할 새도 없었다.

어둑어둑하고, 닳아 있어서 잘 보이지 않았다.

도[東].

도[東]——중(中).

첫 번째 봉투를 넘기고 두 번째 봉투를 본다.

도[東]——도쿄 중[東京中]——.

"도쿄 중앙? 도쿄 중앙우편국이군요."

"주소는 시모다인데, 뭔가 볼일이 있었던 것일까요. 그다음은 어떻습니까?"

"어——."

나는 당황해서 세 번째 봉투를 보았지만, 이것은 번져 있어서 읽을 수 없었다. 그러나 네 번째 봉투는 역시 도쿄 중앙우편국의 소인이었다. 나는 기묘한 초조감에 사로잡혔다. 다섯 번째 봉투를 확인한다. 여섯 번째 봉투를 본다. 일곱 번째 봉투를 본다.

"이거——전부 도쿄에서 우체통에 넣은 겁니다."

나는 왠지 조금 떨면서, 구마다 노인을 보았다.

노인은 여전히 부루퉁하게 서 있었다.

"이건——도지마 씨."

"자, 이제 됐지요? 너무 실례해도 폐가 됩니다. 세키구치 씨, 자, 그것을 돌려드리세요. 이제 갑시다. 구마다 씨 실례가 많았습니다."

"아——."

도지마는 고맙다는 인사도 하는 둥 마는 둥 밖으로 나가 버렸다. 나는 서둘러 봉투를 노인에게 밀어붙이고, 잘 알아들을 수 없는 불명료한 인사를 하고는 구르듯이 뒤를 쫓았다.

무서웠던 것이다.

바깥은 희부옇게 바래 있었다.

꿈속 같다——.

등 뒤에서 문을 닫는 소리가 났다.

도지마는 벌써 꽤 걸어갔다. 후치와키가 불안한 듯이, 몇 번이나 돌아보면서 그 뒤를 따라가고 있었다.

"도, 도지마 씨."

"어떻습니까, 세키구치 씨. 속이 후련하십니까."

"속이 후련하다니——대체 뭐가."

도지마는 멈추어 섰다.

"이제 아시겠지요."

"뭘 말입니까? 저는 아직——."

"저도 뭐가 뭔지 모르겠습니다."

이런, 이런——하며 도지마는 웃었다.

"그렇다면 그런대로 좋지 않습니까."

"좋지 않습니다. 저는——이 부근도 관할 내니까, 만일 수상한 사실이 있다면——."

"수상한 사실 같은 건 없습니다. 세키구치 씨, 당신은 저 노인이 거짓말을 하고 있다고 생각하십니까?"

"그건——아니라고 생각합니다."

결국 미쓰야스 착란설은 거의 확정——이라는 뜻이다. 하기야 다른 주민을 만나 보지도 않고 그렇게 결정해 버리는 짓은 경솔하다는 기분도 든다. 한편으로, 누구를 만나든 똑같을 것 같기도 했다. 도지마는 한층 더 활짝 웃었다.

"그렇겠지요. 저분은 거짓말을 할 사람이 아닙니다. 하지만——."

"하지만?"

"저 구마다라는 사람은 이곳 사람이 아니지요."

그렇게 말하고 도지마는 다시 걷기 시작했다.

후치와키가 그 앞으로 돌아갔다.

"잠깐만요. 저 사람은 말했을 텐데요. 이곳에서 태어나고 자랐다고."

"말했습니다."

"그런데 이곳 사람이 아니라는 건 무슨 뜻입니까? 거짓말은 아니라면서요?"

"거짓말은 아닐 겁니다. 저 사람은 그렇게 믿고 있어요. 그러니까 저 사람에게는 그게 진실이지요. 그 진실에 기초해서 정직하게 이야기하고 있으니까, 저 사람은 거짓말은 하지 않은 겁니다."

"믿고 있다?"

"그래요. 세키구치 씨, 당신, 그 변소의 장식을 보셨지요."

도지마는 앞을 향한 채 내게 물었다.

"봤습니다만——그게."

"그것을 그 노인은 오히나 님이라고 불렀어요. 아니, 저는 말이지요, 실은 그것을 확인하러 이곳에 온 겁니다. 예를 들어, 변소의 신이라는 것에도 여러 가지가 있거든요. 사원 같은 데서는 우스사마 명왕[烏樞沙摩明王]을 모셔요. 종종 부적이 붙어 있지요. 중국의 측간신은 자고신(紫姑神)이라고 하는데, 이것은 호리병박이 신체(神體)입니다."

"그게 무슨——."

"아까 말했지요. 그런 습속은 지방이나 집안마다 달라요. 변소에 가미다나를 만들고, 거기에 남녀 한 쌍을 이루는 인형을 모셔서 변소신의 빙의물로 삼는다——는 습속은 비교적 광범위하게 퍼져 있지만, 역시 장소장소마다 방법이 미묘하게 달라요. 이건 대체로 매년 정월 14일이나 16일에 새것으로 바꾸는 것이 규칙입니다. 구마다 씨는 벌써 오랫동안 바꾸지 않았다고 했지요?"

"그랬습니다."

"그러니까 그게 단순한 장식이 아니라, 이전에는 신앙의 대상이었던 것이 틀림없어요. 구마다 씨는 바꿔야 한다는 것을 알고 있었으니까, 우선 틀림없겠지요. 뭐, 이 이즈에도 물론 변소신 신앙은 있지만 그런 형태의 것은 본 적이 없습니다. 그게 이 부근 신앙의 일반적인 형태라면, 조금 흥미롭다는 생각이 들었습니다. 하지만——."

하지만 뭡니까——하고 후치와키가 물었다.

"실은 말이지요, 저는 거기에 장식되어 있는 것과 똑같은 양식의 변소신을 다른 곳에서 봤어요. 미야기 현의 어느 지방인데, 장식하는 방법이 완전히 똑같았습니다. 미야기 현 내에서도 변소신을 모시는 방법은 여러 가지고, 부르는 이름도 달라요. 오훈도 님이라느니, 오헤나 님이라느니, 모시는 방법도 여러 가지입니다. 하지만 그 집에서는 오히나 님, 이라고 부르고 있었어요."

도지마는 즐거워 보였다.

"이건——제한된 지역에서만 유효한 명칭입니다. 넓은 지역에서는 그렇게 부르는 게 아니에요. 오히나 님이라면 보통은 복사꽃이 피는 절기의 오히나 님[63]입니다. 특수한 장식법도, 특수한 이름까지

---

63) 히나마쓰리 때 장식하는 인형. 히나마쓰리는 일본의 5대 절기 중 하나로, 3월 3일에 여자아이가 있는 집에서 행복·장수를 기원하며 히나단[雛壇]을 꾸미고 히나 인형을 장식, 세간 용품을 갖추고 떡과 단술, 복사꽃 등을 차려놓는 행사다. 중국의 상사(上巳)라는 절기에서 유래한 것으로, 본래는 여자아이를 위한 행사는 아니었으며 계절이 바뀔 때 사악한 기운을 물리치고 남녀 모두의 행복과 무병장수를 기원하는 것이었다. 헤이안 시대에 궁중에서 옷을 갈아입힐 수 있는 종이 인형을 가지고 노는 것이 유행하면서, 이 유행이 상사와 결부되어 자신의 액운을 대신 받게 한 종이 인형을 강에 흘려보

도 똑같다면, 이건 우연이라고는 생각할 수 없지요."

"그럼 도지마 씨, 당신은, 저 구마다 씨가, 그——."

"네. 그 사람은 아마, 미야기 현 출신일 겁니다. 이곳으로 옮겨온 건 고작해야 14, 5년 전이겠지요."

도지마는 선뜻 말했다.

"하, 하지만——."

"말도 달라요. 이 부근의 인터네이션, 즉 억양이 아니더군요. 과묵한 노인이라 알기 어려웠겠지만, 오늘은 말을 많이 하셨기 때문에 똑똑히 알 수 있었습니다. 평소에는 마을 사람들과 교류가 없는 것 같으니, 탄로 나지 않았던 것이겠지요. 그리고 그 봉투 다발——."

펄럭, 하고 히후가 펄럭인다.

"아드님이 보내준 돈은 14, 5년 치는 되었겠지요. 하지만——10여 년 전에 집을 나간 건 아드님이 아닙니다. 그 구마다 씨 쪽이 나온 거예요. 미야기의 집을——."

"그——그럼——."

"이곳은——분명히, 그 헤비토 마을입니다."

도지마는 그렇게 말했다. 후치와키가 고함쳤다.

"그럼 착란을 일으킨 건 미쓰야스 씨가 아니라, 구마다 씨 쪽이라는 겁니까!"

"착란은 일으키지 않았겠지요. 그 사람은 과거를 받은 겁니다. 누군가에게서."

내는 '나가시비나[流しびな]'라는 것으로 발전했다. 에도 시대에 인형 만드는 기술이 발달하면서 히나 인형은 흘려보내는 것에서 장식하는 것으로 바뀌게 되었고, 에도 막부가 5대 절기를 제정할 때 5월 5일 단오가 남자아이를 위한 절기여서 3월 3일의 복사꽃 피는 계절이 여자아이의 절기로 정착되었다.

"기억을—— 조작당했다고요?"

기어억——하고 후치와키가 묘한 목소리를 냈다.

"그런 바보 같은—— 하지만, 안주인도."

"안주인도 함께——아니, 이 촌락 사람들 전부라고 하는 게 좋을까요."

믿을 수 없습니다, 그런 실없는 얘기——후치와키는 다시 도지마 앞으로 돌아갔다.

"마법입니까? 닌자술입니까? 그런 바보 같은 일이 가능합니까!"

"가능합니다. 뭐, 어려운 일도 아니에요. 기억을 전부 바꾸는 게 아니니까요. 장소나 토지의 인식을 조금씩 바꿔 주면 되는 일이거든요. 하지만 그렇기 때문에 더더욱, 아무래도 상관없는 부분——예를 들어 변소신을 모시는 방법 같은 것은 그대로 남게 되고 마는 겁니다."

"그, 그럴 수가."

도지마는 눈가에 주름을 지으며 웃었다.

"제 추측으로는, 이곳에 사는 사람들은 비슷한 규모의 다른 촌락에서 집단으로 이곳으로 옮겨 왔을 겁니다. 인간관계의 기억까지 수정하는 건 어려운 일이니까요."

"거짓말이에요. 믿을 수 없어."

후치와키는 주장했다. 그 기분은 안다. 그런 것은 믿을 수 없다기보다 믿고 싶지 않다.

하지만——나는 이미 도지마의 말을 믿고 있다.

왜냐하면, 나는——.

"순경 아저씨."

도지마가 잘 울리는 목소리로 말했다.

"이 마을의 무덤은 어디에 있습니까?"

"네?"

"무덤이 없는 마을은 이 나라에는 존재하지 않습니다. 가쿠시넨부쓰[隠し念仏][64]나 숨은 크리스천의 마을이라면 모를까, 단가(檀家) 제도가 침투해 있는 이 나라에서, 보리사도 묘지도 없는 촌락은 있을 수 없어요. 하지만 이 촌락에는 무덤이 없지요. 제가 이전에 조사했을 때에도 결국 알 수 없었어요. 산기슭의 절에도 무덤은 없어요. 귀적도 없고요. 이건 어떻게 된 일일까요."

"어떻게 된 일이냐니 —— 그래서 당신은 아까, 위패와 불단 얘기를?"

"뭔가 알 수 있을 것 같아서요."

도지마가 가는 길에는 다른 집이 보인다.

"생각할 수 있는 건 몇 가지 안 돼요. 아니, 하나밖에 없습니다. 아마 그게 정답일 겁니다."

"그건 어떤 정답입니까!"

"이 마을에서는 —— 아직 죽은 사람이 나오지 않았어요."

핫, 하고 크게 숨을 내쉬며, 후치와키는 팔짱을 끼었다.

"도지마 씨. 놀리는 것도 정도껏 ——."

"경찰관을 놀리다니 그런 괘씸한 짓은 하지 않습니다. 아시겠습니까, 순경 아저씨. 저는 딱히 이곳 주민들이 불로불사(不老不死)라는 말을 하고 있는 건 아닙니다 ——."

---

64) 비밀결사를 조직한 염불행자(念仏行者)의 집단. 산중 · 토장(土蔵) · 암실(暗室) 등 비밀장소에 숨어서 비밀리에 집회 · 염불을 행한다. 에도 시대에 도호쿠[東北] 지방에서 널리 퍼졌으며 탄압을 당했다.

——불로불사.

불사의 생물. 군호 님——.

오싹오싹 등줄기에 소름이 돋았다.

"——이 촌락 사람들이 전원, 10여 년쯤 전에 이곳으로 이주해 온 사람들이라면——아무도 죽지 않았어도 이상할 것은 없겠지요."

"아아——하지만."

청년 경찰관은 팔짱을 풀고 주먹을 쥐었다.

"하지만——."

"이것도 추측이지만 말입니다. 아마 위패도 불단도, 그런 건 없을 겁니다. 그들은, 이곳의 주민들은 과거의 기억은 있지만, 과거의 기록은 없거든요. 그런 건 받아 오지 않았을 겁니다. 다만——사실은 없는데, 없는 것이 아니라 보지 않고 생각하지 않으려고 하는 것이다——라고, 그들 자신은 인식하고 있을 거예요. 없는 건 부자연스러우니까요."

"제——제가 확인하고 오겠습니다."

후치와키가 달려가려는 것을 도지마는 말렸다.

"소용없습니다. 위패도 불단도 절대로 보여주지 않을 테고, 집에 없다는 것도 인정하지 않을 겁니다. 그들은, 불단은 집에 있지만 보지 않으려고 하고 있다——고 생각하고 있고, 그들에게는 그게 진실이니까요. 진실을 부수는 행동을 할 리가 없어요. 만일 불단을 찾다가 그게 없으면, 그들은 기만(欺瞞)을 알아차리고 말지요. 그러면 동시에 자신의 과거도 의심하지 않을 수 없게 돼요. 그러면 현재의 자신도 사라지고 맙니다."

"하지만."

"아시겠습니까. 구마다 씨의 용돈은 전부 도쿄에서 보내진 것이었지요? 시모다에 사는 사람이, 아무리 자주 상경한다고 해도 10여 년 동안이나 도쿄에서 우편물을 발송한다는 건 부자연스럽잖아요. 단언해도 좋지만, 시모다에 구마다 씨의 아드님은 없을 겁니다. 도쿄에도 없겠지요. 그리고 이 촌락에 보내져 오는 돈은, 전부 도쿄 중앙우편국에 투함되고 있을 거예요. 그렇지요, 그렇게 생각하시지요, 세키구치 씨――."

"아――."

"그런 의미로는, 이 마을은 허구의 마을입니다. 하지만 이곳에 오는 도중에도 말했다시피, 허구와 현실에 차이란 없습니다. 왜냐하면, 허구의 촌락인데도 주민은 실존하니까요. 그 주민에게는 과거도 있습니다. 호적까지 있어요. 이렇게 되면, 이제 허실은 반전된 겁니다. 순경 아저씨의 말처럼 세키구치 씨 지인의 체험이야말로 허구라는 뜻이 돼요."

"그, 그런 추상적인 건 저는 모릅니다. 저는 지역의 치안을 지키는 경관입니다. 그런데――그런데 이런――세키구치 씨, 당신은 아까부터 아무 말씀 안 하시는데, 설마 이 사람의 이야기를――."

"후치와키 씨――."

후치와키의 초조함은 아플 정도로 안다. 도지마의 말을 빌리자면, 후치와키는 후치와키이고 싶은 것이리라. 이런 바보 같은 일은 젊은 시골 순경의 거푸집에는 도저히 들어가지 않는 것이다. 나는 후치와키를 직시하지 못하고, 결국 도지마를 향해 말했다.

"누가――무엇 때문에――이런 짓을."

"글쎄요."

"돈을 보내고 있는 사람이야말로 모든 일의 주모자——라는 뜻이 되는 겁니까."

"그건 모르지요."

"하지만——."

폐가. 지붕에 구멍이 뚫리고, 문은 떨어져 있다.

산새가 울었다.

"어떻게 하시겠습니까. 두 분 다, 그만 돌아가시겠습니까? 아니면 뭔가 더 조사해 보시겠습니까? 더 이상 걸어가면 촌락이 끝나고 맙니다. 저 앞이 마지막 집——아마 스도 씨였던가요, 순경 아저씨."

후치와키는 비장한 얼굴을 하고 있었다.

"——이 앞은 덤불입니다. 길은 있지만, 사람은 살지 않을 겁니다. 저는 조사하러 갈 건데, 여러분은 어떻게 하시겠습니까?"

"무엇을——조사하러."

"그러니까 무덤 말입니다. 이 촌락은 오래되었어요. 지금 살고 있는 주민은 몰라도, 이전에 살았던 사람들의 무덤이 반드시 있을 것이다——그렇게 생각해서요. 당신들의 이야기로는, 이 앞에 쇼야인지 촌장인지의 저택이 있을지도 모른다는 뜻이고, 그렇다면 저택 부지 내에 묘지가 있을지도 모르니까요. 보고 싶어요."

"사에키 가——인가."

후치와키가 중얼거렸다.

"저는 가겠습니다. 거기에 건물이 있다면——그건 알아 두어야겠습니다. 도지마 씨의 이야기가 사실이든 거짓이든——알아봐야 해요."

열심이시군요——하고 도지마는 말했다.

길가에 마멸된 석불이 서 있었다.

얼굴의 요철도 알 수 없을 정도로 닳아서, 마치 놋페라보 같다. 약간 기울기 시작한 오렌지색으로 물든 비스듬한 햇빛이, 더욱 그 윤곽을 애매하게 만들고 있었다.

15분 정도 더 걸었다.

이제 길은 없는 것이나 마찬가지였다. 우선 밟아 다져져 있기는 하지만, 지나가려고 하면 지나갈 수 있다는 것뿐이다.

나는 아래를 보고, 아무것도 생각하지 않도록 하면서 그저 발만 움직였다. 생각을 하면 뭔가 답도 나오겠지만, 이성을 누르고 영문을 알 수 없는 것이 튀어나올 것 같아서 무섭기만 했다.

짐승의 기척이 났다.

안 그래도 산은 무섭다.

나는 생각을 정지하고 그저 대지를 바라본다.

잡초. 마른 풀. 나무열매. 벌레의 사체. 나뭇잎. 흙.

"아——."

——담배꽁초.

"——이건."

후치와키가 달려온다.

"뭡니까? 아, 이건 양담배입니다. 그것도 몇 개비나 있네요. 이거——아아, 그 진주군 놈들인가. 어라?"

후치와키는 눈썰미 좋게 무언가를 발견했는지, 경관다운 몸짓으로 산 쪽 덤불을 헤치고 들어갔다.

"세키구치 씨! 잠깐 봐 주십시오오."

이제 별로——아무것도 보고 싶지 않았다.

발돋움을 해 본다. 후치와키는 아얏 하며 손을 흔들었다. 무언가를 들어 올리려고 하고 있었던 모양이다.

"이건 —— 철조망입니다. 위험하네요, 이런 곳에 뭉쳐서 —— 버린 건가? 아, 이건 뭐지? 흙 포대입니다. 찢어진 흙 포대예요. 바리케이드라도 만든 건가? 이런 곳에 —— 왜 ——."

젊은 순경은 얼굴을 들었다.

"—— 미군이 왜 여기를 막는 겁니까? 네?"

경관은 울 것 같은 얼굴이었다.

나는 생각할 수가 없다.

"정확하게는 막고 있었다, 이겠지요, 순경 아저씨. 과거형입니다. 시기적으로 추측해 보면 점령이 풀려서 귀국하기 전에 철수했다 —— 는 것 같군요. 하지만 이런 산길이니까요. 가지고 돌아갈 만한 것도 아니니, 결국 버려뒀겠지요. 오오 ——."

도지마는 거기까지 말하고는 멈춰 선 후 다시 말했다.

"세키구치 씨. 당신의 지인은 착란 같은 건 일으키지 않았던 모양이군요."

"네?"

"보세요 —— 저것이, 그 사에키 가의 집이겠지요."

가리키는 도지마의 그림자가 길게 뻗어 있다.

나는 그 그림자를 더듬어 가기가 무섭다.

"자 보십시오. 커다란 저택이에요. 본진(本陣)[65]급입니다. 아니, 그 이상이려나. 이거라면 항공사진에도 찍히겠어요."

---

65) 에도 시대 이후 역참 마을에서 다이묘, 하타모토, 막부 관리, 칙사 등의 숙박 장소로 지정된 집. 원칙적으로 일반인을 묵게 하는 것은 허가되지 않았으며 마을 관리나 지주의 저택이 지정되는 경우가 많았다.

"어——."

——그런 바보 같은.

항공사진에는 찍히지 않았던 것이 아니었던가.

후치와키가 달려왔다. 나도 느릿느릿 경관을 좇는다.

내가 따라잡기 전에 젊은 순경은 소리쳤다.

"아아——이건——이런 곳에 이런 저택이 있었다니——믿을 수 없습니다! 마치 활동사진의, 시대극에 나오는 대궐 같아요!"

후치와키의 서투른 비유는 어느 정도 옳았다.

저택은 있었다.

있을 것이다——라는 생각은 있었다.

있을까——라는 의심도 있었다.

있을 리가 없다——는 바람도 있었다.

그러나 미쓰야스의 망상은——지금 엄연히 아래쪽에 위용을 나타내고 있었다.

훌륭한 대문을 갖춘 커다란 저택이다. 부지는 흙담으로 에워싸여 있다.

대문 옆에 허름한 오두막이 지어져 있었다.

아마 미쓰야스의 오두막——주재소일 것이다.

"저거라면 부지 내에 묘지가 있어도 이상하지는 않겠군요. 하지만——저 정도의 저택에 아무도 없고, 게다가 방치되어 있다니."

도지마는 걷기 시작한다.

나는 생각한다.

저택이 있는 이상, 이곳에는 예전에 누군가가 살고 있었을 것이다. 그렇다면——.

가령, 이런 추론은 성립하지 않을까.

깨끗이 체념하지 못하는 나는, 이제 와서 자신을 유지하려고 꼴사납게 발버둥 친다.

이 저택에 살고 있던 일족을 마을 사람들이 공모해서 살해했다——는 가능성이다. 마을 사람 전원이 공범이라면, 범행을 은폐하는 것도 쉽지 않을까.

무슨 질문을 당해도, 모르쇠 하는 얼굴을 해 버리면 그것으로 끝난다. 이 환경이라면, 입만 다물고 있으면 범행 자체가 발각되지 않을 가능성도 있다.

——그 경우, 칼갈이 다쓰는 어떻게 될까.

가령 칼갈이 다쓰는, 마을에 왔다기보다 이 저택에 온 것이다——라고 생각하면 어떨까. 우연히 찾아온 칼갈이는 살해된 저택 사람들의 시체를 목격하고, 허둥지둥 도망쳐 돌아간 것이다. 그 체험담이 불온한 소문——마을 사람들의 대량 학살로 변용되어 유포되고, 그 결과, 신문 기사처럼 경찰은 수사를 개시했을 것이다. 그러나 마을 사람 전원이 공법이었다면——은폐 공작은 쉽다. 속보가 없는 것은 숨기는 데 성공했기 때문이 아닐까.

——거기에 미쓰야스가.

아무 일도 없이 10여 년이 지난 후, 당시의 사정을 아는 사람——미쓰야스 고헤이가 불쑥 나타난 것이다. 마을 사람들은 당연히 시치미를 뗄 것이 틀림없다. 어쨌거나 미쓰야스는 전직 경관인 것이다.

이것은——.

하지만——.

언덕길을 조금 올라간다.

저택은 점점 가까워진다.

——안 돼.

그 추론은 아무것도 설명하지 못한다.

마을 사람들은, 통째로 바뀌어 있었던 것이다.

나는 눈을 감고, 한 번 머리를 세게 흔들었다.

미쓰야스의 기억은 옳다. 그것은 눈앞에 다가온 저택 자체가 그 존재로 보증하고 있다. 그렇다면——아까 도지마가 말한 대로, 저곳에 있었던 노인은 그 당시 이 마을에 없었다는 뜻이 된다.

——그럼.

도지마는 대문에 다다라 멈추어 섰다.

언덕길을 끝까지 내려간 후치와키도 그 옆에 섰다.

그리고 문을 올려다보며 한 번 큰 한숨을 쉬고, 세키구치 씨이——하고 큰 소리로 나를 불렀다.

"세키구치 씨, 이걸 보십시오!"

후치와키는 문을 가리키고 있다. 볼 것까지도 없다——고 나는 생각했다.

"이거! 사——사에키——라고, 문패에 적혀 있습니다! 이건 틀림없습니다. 미쓰야스 씨는 정상입니다, 세키구치 씨. 그 사람은 착란도 혼란도 일으키지 않았어요! 그러니까 여기는——헤비토 마을입니다!"

그렇다.

여기는 헤비토 마을이다.

아까 도지마도 말하지 않았는가.

후치와키는 발을 동동 구르는 듯한 몸짓을 했다.

"이——이렇게 되면 그 노인들이 이주해 온 건 틀림없는 것 같군요. 다만, 그, 그들의 기억이 조작되었다는 둥 하는 이야기는 당장은 믿을 수 없지만——보통 그런 대규모의, 게다가 바보 같은 짓은 하지 않으니까요. 설령 가능한 일이라고 해도, 우선 그런 짓을 저지를 동기가 없어요. 수단이 없어요. 그렇잖아요, 도지마 씨!"

도지마는 대문을 연다.

동기는 뭡니까, 당신은 알고 있습니까, 도지마 씨——하고 후치와키가 큰 소리로 물었다.

도지마는 곁눈질로 후치와키를 보더니, 아, 물론 저는 모릅니다만——하고 말하며 웃었다. 그리고,

"다만——그래요, 여기에 살았던 사람이나, 원래의 마을 사람들은 대체 어디로 가 버린 걸까요."

하고 말했다.

"대——대량——학살——인가?"

글쎄요——도지마는 능청을 떨며 문을 지난다.

"대량 학살은 사실이라는 겁니까? 도지마 씨, 하지만 그런 보도는 없었습니다!"

"기사는 있잖습니까."

"거짓말입니다. 거짓 기사입니다!"

후치와키는 도지마를 붙들 듯이 고함쳤다.

"——게다가 그 기사에는 경찰이 수사에 나설 거라고 적혀 있었어요. 그렇지요, 세키구치 씨? 경찰이 몰려들어 왔는데, 그런데도 사실이 발각되지 않았다는 겁니까? 그런 바보 같은! 어째서?"

도지마는 현관을 열고 나서 돌아보며,

"그건 간단한 일입니다."

라고 말했다. 후치와키는 더욱 고함쳤다.

"어째서입니까! 어째서 경찰은 놓친 겁니까!"

"마을 사람들이라는 더미가 준비되어 있었기 때문입니다."

"아아——."

후치와키는 그렇게 신음하며 느린 나를 돌아보았다.

"마을 사람들 전원을 바꾼 게——혹시 그게——대량 학살의 은폐 공작이었다면——."

후치와키는 이마를 눌렀다.

"——생각할 수 없는 일 아닌가?"

생각할 수 없는 일은 아닐 것이다.

나도 그렇게 생각한다. 그것이 조직적인 범죄였다면, 그 가능성은 한층 더 높아진다. 그리고 후치와키는 잊고 있는 것 같지만——아니면 의식적으로 생각하지 않으려고 하고 있는지도 모르지만——사건의 배후에 정체를 알 수 없는 커다란 그림자가 어른거리고 있는 것은 틀림없다.

그것은——군부다.

유일한 증인, 칼갈이 다쓰는 헌병에게 납치되었다.

군이 해체된 후에는 미군이 현장을 어슬렁거리고 있다.

보도에 대한 정보를 조작하는 것도, 경찰 수사에 압력을 가하는 것도, 군부가 한몫 끼어 있었다면 간단한 일이었을 것이다. 호적 말소나 지도 개찬(改竄), 기록의 회수, 그리고 세뇌——어느 것도 어렵지는 않았을 것이다.

불길한 느낌은 불길한 예감을 뛰어넘어 불길한 형태를 맺었다.

하지만——왜.

하지만 왜——하고 후치와키도 말했다.

"대량 살육의 동기는 뭡니까! 백 보 양보해서 마을 사람들이 바뀐다는 바보 같은 위장 공작의 동기가 대량 살인이다, 라는 건 좋아요. 그럼 그 대량 살인의 동기는 대체 뭡니까!"

도지마는 말없이 안으로 들어갔다.

"보십시오. 세간살이도 전부 남아 있습니다. 현관에 꽂혀 있는 꽃까지 그대로 썩어 있어요."

"도지마 씨!"

후치와키는 호소하듯이 고함치면서 문을 지났다. 나도 뒤따른다. 도지마는 구두를 신은 채 저택으로 들어가고 있었다.

"폐가입니다. 괜찮습니다."

목소리만이 울린다.

도지마는 성큼성큼 안쪽으로 나아간다.

늦으면——길을 잃고 만다.

잘 울리는 목소리가 들린다.

"왜——왜, 왜. 당신들은 왜뿐이군요."

긴, 다다미가 깔린 복도. 벤가라[紅殼] 격자[66]

"그렇게 수수께끼를 만들고 싶으십니까?"

회칠 세공을 한 창. 얼룩. 더러움. 먼지.

"수수께끼는 수수께끼만으로는 성립할 수 없어요."

---

66) 교토에서 흔히 볼 수 있는 격자. 가느다란 나무를 세로와 가로로 조합해, 안에서는 잘 보이지만 밖에서는 쉽게 보이지 않도록 하는 방범상의 기능 외에 모양새도 고려해서 만든 것이 특징. 벤가라는 산화제이철(酸化第二鉄)을 주요 발색 성분으로 하는 적색 안료나 연마제 중 하나로, 부식을 방지하기 위해서 벤가라를 사용해 착색한 데에서 벤가라 격자라고 불리게 되었다.

다다미의 커다란 얼룩——핏자국.

"알든 모르든——."

몇 번이나 모퉁이를 돈다.

"답은 나와 있어요. 아니, 이 세상에는 답밖에 없지요."

장지문이 열린다.

"사과는 뭐냐고 묻지 않아도 사과입니다. 사과를 모르는 사람이 물었을 때, 처음으로 사과는 수수께끼가 되지요. 그리고 그 수수께끼에 대한 답은 이렇습니다. 그건 사과다——바보 같지요. 묻지 않아도 대답하지 않아도, 사과는 사과가 아닙니까."

장지문이 열린다.

"자, 당신들이 찾고 있는 답은 이 안에 있어요."

장지문이 열린다. 도지마가 돌아본다.

"그런 건 세키구치 씨, 당신은 처음부터 알고 있었던 게 아닙니까."

그렇다. 알고 있었다.

안쪽 방.

들어가서는 안 되는 방의.

죽지 않는 생물——.

군호 님——그것이 동기다.

안쪽 방은 한적하고 조금 추웠다. 장지 너머 교창 너머로, 상당히 여과된 약한 저녁 해가, 거스러진 수많은 다다미 눈을 술렁술렁 파도치게 하고 있다.

도지마는 방을 똑바로 나아가 도코노마 앞에 서더니, 족자를 떼고 벽을 세게 쳤다.

끼익, 하고 소리가 났다.

벽은 어렵지 않게 열렸다.

후치와키는 한 번 확인이라도 하듯이 내 얼굴을 바라보고, 그러고 나서 뭔가를 뿌리치듯이 도코노마 쪽으로 향했다. 그리고 벽 안을 들여다보고, 소리 없는 비명을 질렀다.

먹으면 오래 살 수 있다는 불사의 생물——.

그런 것은 이 세상의 것이 아닐 것이다.

그러나 그것이 정말로 있었다면——.

나는 불사(不死)를 찾아 명계로 들어간 과학자를 한 명 알고 있다. 그 남자에게 자금을 제공하고 있었던 것도 제국 육군이 아니었던가. 그렇다면——.

한 발짝. 구두를 신은 채 다다미를 밟는 것은 싫은 기분이다.

또 한 발짝.

알고 있다. 저 안에 무엇이 있는지.

미칠 듯한 예정조화.

온다, 온다고 생각하고 있어도.

기대와 모순되는 공포——이것은.

나는 도코노마 앞에 선다.

그리고——.

흐릿해진 눈으로 느릿느릿 안을 들여다보았다.

이곳은, 마치——.

마치 이공간(異空間) 같다——.

후치와키가 헐떡이듯이 말했다.

거무칙칙하고 검은 작은 방이었다.

광량이 적은 탓일까——.

방의 중앙에, 어느 나라의 것인지도 알 수 없는 이형(異形)의 장식으로 된 제단 같은 것이 있다.

그 앞에, 무언가 바싹 마른 것이 떨어져 있다.

저것은 시체일까. 시체일지도 모른다. 시체가 아닐지도 모른다. 제단 위에는 낡은 책이 놓여 있다. 그 안쪽에는――.

미끈거리는 질감의 덩어리가 자리 잡고 있었다.

목이 없는 몸통에 짧은 팔다리가 달린――.

――군호 님.

그것은 움찔움찔 움직였다.

――살아 있다.

그때, 나는 갑자기 어깨를 얻어맞았다.

돌아보니,

거기에 커다란 짐을 짊어진 약장수가 있었다.

불이 훅 꺼졌다.

*

——거기까지였다.

그 후, 내 기억은 끊겼다.

약장수의 얼굴만이 망막에 남아 있다.

그리고 그, 몹시 현실과 동떨어진 기억 뒤로 이어져 있는 것은 모호한, 꿈과 같은 산의 풍경이다.

그림의 배경 같은 하늘. 길게 낀 자줏빛 구름. 그리고 산등성이. 그저 아름다운 색깔만이 되살아난다. 아침 해일까, 석양일까. 반짝반짝 깜박거리고 있는, 저것은 나뭇잎이다. 커다란 나무다. 나는 풍경 속에서 커다란 나무를 바라보고 있었다. 나는 풍경의 일부였다.

폐가의 어두운 안방에서 본 약장수의 얼굴과 그 웅대한 산들이나 거목의 풍경은, 내 안에서는 간격을 두지 않고 직접 이어져 있다. 마치 영화필름의 프레임을 잘라낸 것처럼. 마치 편집이라도 된 것처럼.

그것은 있을 수 없는 일이다. 시간적 경과를 동반하지 않고 공간을 이동하는 것은 불가능하다. 그렇다면 이어지는 풍경은 꿈이다. 꿈의 기억이 틀림없다. 하지만——.

꿈의 풍경은 그대로 현실이 되었다.

정신이 들었을 때 나는, 그 꿈 그대로의 풍경 속에 있었던 것이다.

나는 커다란 나무 아래에서 많은 남자들에게 둘러싸여 있었다. 어깨를 붙잡히고, 팔을 붙잡히고, 경관이 손가락질을 하며 고함치고 있었다.

이건 뭐야, 누가 한 거야.

나는 나무 위를 올려다보고 있었다.

나무 위에는——.

여자의 다리.

책형을 당한 알몸의 여자.

여자를 매단 것은 나일 거라고 생각한다.

왜냐하면, 나는 이곳에 서 있는 나를 보았기 때문이다. 그리고 나는 여기에서 도망쳤으니까.

그래서——그렇게 말했다.

나는 본 그대로를 말한 것이다.

경관은 말했다. 그래, 네가 한 거냐.

나는 두려워하며 대답했다. 저는 아무것도 하지 않았습니다.

경관은 말한다. 지금 했다고 말하지 않았나.

나는 다시 대답한다. 한 건 아마 저겠지만——.

저는 아무것도 하지 않았습니다.

웃기지 마.

남자들은 저마다 나를 욕했다.

그리고 나는 밧줄에 묶이고 몇 명이나 되는 남자들에게 붙잡혀서 그, 꿈과 이어져 있는 나무 밑에서 이 단단한 벽으로 에워싸인 건물로 옮겨졌다.

그 후로 만 이틀. 제대로 자지 못했다.

화가 난 것인지 어이가 없는 것인지, 잘 알 수 없는 표정의 남자가 오직 이쪽을 바라보고 있다. 광원(光源)이 기울어져 있어서 남자의 얼굴에는 깊은 그늘이 새겨져 있다.

——내가 했다.

눈앞의 남자는 그렇게 말하고 있다. 몇 번이나 몇 번이나 되풀이해서 계속 말한다.

네가 했어 네가 했어 네가 했어——라고. 그저 똑같은 말만 되풀이하듯이 반복하고 있다.

그렇다면 그럴지도 모른다고, 나는 반쯤 그렇게 생각하기 시작했다. 그러나 나는 그래도 고개를 끄덕이지 못하고 있는 것이다. 그렇다고 해서 나는 고개를 힘차게 가로저을 수도 없었다. 나는 그저, 마치 넋이 나간 것처럼 이완되어, 남자의 잘 움직이는 입가를 초점이 흐려진 눈동자로 바라볼 뿐이다.

마침내 남자는 나를 단념했다.

이제 됐다고 말한다. 나는 조금 쓸쓸해진다. 버려진 듯한 기분이 든다. 이런 상태에서 내팽개쳐져서, 앞으로 제대로 살아갈 수 있을까 하고 진심으로 생각한다. 이대로 여기에서 계속 책망해 주었으면 좋겠다고, 진짜 그렇게 생각하기도 한다.

어두운 방으로 안내되어, 난폭하게 등을 떠밀려.

아아, 여기는 캄캄하고 정말 기분 좋은 곳이다.

끼익, 하고 금속이 삐걱거리는 소리가 목덜미 아래쪽에서 들리고 탁, 하는 충격이 척추에 울리더니 그 후에 철컹, 하고 감금을 상징하는 희미한 진동이 고막에 닿고.

——감금.

그리고 그 후 꽤 긴 시간이 아마도 시시각각 지나고, 질릴 정도로 어둠의 기척에 스며들어 이제는 정경과 동화될 듯이 힘이 계속 빠지고, 그리고 그제야 나는 자신이 놓여 있는 상황을 어느 정도 파악할 정도로 회복할 수 있었다. 이것은 —— 현실이다.

나는 —— 체포된 것이다.

*

塗仏の宴◎宴の支度

우완

うわん

◎ 우완

(전략) 그 완완을 또한 요괴의 이름으로 쓰고 있는 지방이 있다. 가령 치쿠젠[筑前][67]의 하카타[68]에서는 아이들 말로 요괴를 완완, 마찬가지로 가호 군[嘉穂郡][69]에서는 반반, 히고[肥後][70] 다마나 군[玉名郡][71]에서도 와완, 사쓰마[薩摩][72]에서도 따로 가모라는 말은 있지만, 어린아이에게 말할 때는 완을 쓴다. '완이 온다'라고 하며 겁을 주는 것이다.

—— 요괴고의(妖怪古意)
야나기타 구니오[柳田國男] (1934)

67) 현재의 후쿠오카 현 북서부를 가리키는 옛 지명.
68) 후쿠오카.
69) 후쿠오카 현에 있는 군.
70) 현재의 구마모토 현을 가리키는 옛 지명.
71) 구마모토 현에 있는 군.
72) 현재의 가고시마 현 서부를 가리키는 옛 지명.

1

파도 소리가 봄 향기와 섞여 귀의 솜털을 간지럽힌다.

탁 트인 것처럼 전망이 좋고, 왠지 후련한 기분이 들어서 아케미는 오랜만에 신을 벗고 맨발로 땅바닥을 밟아 보았다.

아케미는 버선을 신지 않는다. 전족(纏足)[73]을 당하는 것 같아서 싫기 때문이다. 기분이 좋았다. 투명하고 차가워 보이는 하늘이 정수리에서부터 발바닥까지 뚫고 그대로 지면으로 빨려 들어가는 것 같다.

——도시는 싫다.

아케미는 산에서 자랐다. 조금만 뛰어 올라가면 바다가 보인다.

여기는 정말 좋은 곳이라고, 아케미는 생각한다.

얼마 전까지는 즈시에서 살았다.

빌려 살던 집의 철거가 결정되어, 일단은 도쿄로 올라갔다.

보름 만에 싫어졌다.

즈시의 집은 항상 해명(海鳴)이 들려오는 몹시 오래된 저택이었고, 게다가 불길한, 소위 사연 있는 집이었기 때문에 그곳에서의 생활은 쾌적하다고는 말하기 어려웠다.

---

73) 중국의 옛 풍습으로 어릴 때부터 여자의 발을 헝겊으로 감아 크지 못하도록 한 것.

하지만 그래도 떨떠름한 도시 생활과 비교하면 훨씬 나았다.

남편에게 부탁해 도시를 떠났다.

아케미의 남편은 여행만 하는 직업이다. 아케미는 동네에 대한 집착이 없고 평소에 부평초(浮萍草)[74] 같은 생활이 적성에 맞는다고 공언할 정도였기에 남편과 함께 다니며 여행하는 삶을 바랐지만, 그 바람은 이루어지지 않았다.

아케미는 즈시에서 그때까지의 자신의 인생에 매듭을 짓는 듯한 큰 사건에 휘말렸다. 그리고 죄를 저질렀다. 큰 죄라고는 하지 않겠지만 작은 죄도 아니다. 결론은 아직 나지 않았기 때문에 소재지는 확실히 해 두어야 했다. 심리(審理)니 재판이니, 귀찮기 짝이 없다고는 생각하지만 죄를 저지른 이상 죗값은 정확하게 치르지 않으면 후련하지 않은 성격이라, 깨끗이 포기했다.

그리고 이곳——누마즈에 정착했다.

처음에는 도야마로 가려고 했다. 도야마는 남편의 고향이고, 아케미의 소개지(疏開地)이기도 하다. 아는 사람이나 친척도 조금은 있다. 그러니 마음 든든할 거라고 남편은 말했지만, 아케미는 어차피 이사할 거라면 처음 가는 곳이 좋다——고 생각했다.

내일 일은 알 수 없다.

그러니 고민해 봐야 소용없다.

과거라느니 옛날이라느니, 지나간 일은 아케미에게는 아무래도 상관없고 어차피 현재밖에 없다고도 생각한다. 어차피 앞이 보이지 않는다면 뒤를 보는 것도 꼴사납다고도 생각한다. 게다가 추억이라는 놈은 좋은 것이든 나쁜 것이든, 늘 끈적끈적한 것 같은 기분이 든다.

74) 물 위에 떠 있는 풀이라는 뜻으로, 정처 없이 떠돌아다니는 신세를 이르는 말.

따라서 아케미 같은 여자에게 있어서 인연이 있는 장소라는 것은 그리 편한 것은 아닌 것이다.

이곳, 쓰루가의 공기는 아케미에게는 맞았다.

폴짝폴짝 뛰듯이 걸어 본다.

——소녀 같다.

하기야 아케미에게는 쾌활하게 뛰어다니며 보낸 소녀 시절의 기억은 없다. 다만 그렇다고 해서 별반 불행하다고도 생각하지 않는다. 지금 이 나이에 뛸 수 있으니 되었다고 생각한다.

아케미는 그런 여자다.

바닷바람이 불어온다.

소나무 숲이 가득 펼쳐져 있다.

둘러보면 온통 소나무다.

아케미는 솔직히 말해서 그렇게 소나무를 좋아하지는 않는다.

소나무라는 나무는 춘하추동 변함이 없다. 언제나 파릇파릇하니 뾰족하고, 살아 있다는 것을 과시하고 있다. 그게 역겹다. 게다가 심었을 때부터 소나무는 어리지 않다. 그런 기분도 드는 것이다. 그리고 백 년이 지나도 소나무는 똑같이 소나무다.

처음부터 늙었고, 영원히 변하지 않는 존재를 아케미는 이해할 수가 없다. 이해하고 싶지 않다.

소나무를 볼 때마다 그렇게 생각한다. 그리고 혼자서 속으로 웃는다. 식물을 사람에 비유하며 진지하게 생각해 버리는 자신이 우스운 것이다.

——나무는 나무잖아.

그리고 아케미는 웃었다.

좋아하네, 안 좋아하네 하면서도 아케미는 자주 이곳에 온다.

사실인지 아닌지, 소나무는 천 그루라고 한다.

가노가와 강의 하구에서 다고노우라[田子ノ浦]까지 끝없이 이어지는, 소위 말하는 센본마쓰바라[千本松原][75]—— 도카이의 명승지로 이름 높은 청송(青松)의 사구(砂丘)다. 명승지라고 해도 그냥 경치만 좋은 것은 아니다. 이 소나무 숲은 방염림(防鹽林)이다. 이 소나무가 없었던 시절, 쓰루가 만에서 이 일대에 사정없이 불어 들어오는 파도와 바람은 주민들에게 헤아릴 수 없는 염해(鹽害)를 가져왔다고 한다. 뺨에 기분 좋게 와 닿는 바닷바람도, 도가 지나치면 많은 사람들을 울리는 흉기가 되는 거라고——아케미는 그런 생각을 한다.

하기야 이 장소는 본래 소나무 숲이었다고도 한다.

먼 옛날——이라고 해도 얼마나 옛날인지 아케미는 모르고, 흥미도 없지만——다케다 가쓰요리라는 장수가 완전히 베어 버렸다고 한다.

성가신 이야기다.

전쟁을 위해서라고 하지만, 대의명분은 어찌 되었든 어차피 개인의 망념(妄念)이다.

얼마나 위대한 장수인지 모르지만, 그런 망념이 시간을 거쳐 후세에까지 미친다는 것은 아무래도 아케미가 좋아하는 바가 아니다.

시간은 지나가는 것이다.

그러니 사람도 깨끗하게 떠나야 한다고, 아케미는 생각한다. 죽어서 나중에까지 뭔가 남기려는 것은 욕심이다.

---

75) 시즈오카 현 누마즈 시의 쓰루가 만 해안 해변에 대한 호칭. 현재는 센본하마[千本浜] 공원이라고 부른다.

——욕심의 극치라는 거지.

베어진 소나무 숲을 원래대로 만든 사람은, 히에이잔[比叡山][76] 연력사(延曆寺)의, 뭐라는 위대한 상인(上人)의 동생인, 조엔[長円]이라는 승려라고 한다. 그 승려는, 전해지는 바에 따르면 우연히 이 땅을 지나가다가 염해 때문에 우는 마을 사람들을 구하고자 부처에게 큰 소원을 빌고, 한 그루 한 그루 소나무 묘목을 심었다고 한다.

지나가던 길이었을 뿐인데——.

심는 족족 소나무는 말라 죽었다고 한다.

바닷바람 때문이다. 보통은 포기할 거라고 아케미는 생각한다. 한 사람이 숲을 만들 수 있을 거라고는 생각하지 않는다. 그렇다면 헛된 일이다. 하지만 조엔은 포기하지 않고, 염불을 외며 계속 나무를 심고, 그저 나무를 심었다. 보통 사람이 할 수 있는 일이 아니다.

그 결과 지금의 아름다운 숲이 있게 되었다.

주민들은 감사하며 절까지 지었다.

대단한 일이라고 생각한다. 그러나 아케미에게는——이것도 망념의 한 형태라고밖에 생각되지 않는다.

중생을 구제하겠다는 큰 소원을 망념이라고 부르다니 무슨 소리냐——고 꾸중을 들을 것 같지만, 동기가 어떻게 되었든 결과가 어떻게 되었든, 개인의 틀을 뛰어넘은 행동의 원천은 전부 망념이라고, 아케미는 그렇게 생각한다. 결과적으로 누군가가 울거나 기뻐한다고 해도 그건 다른 이야기고, 신념이든 사념(邪念)이든 대체로 어딘가 무시무시한 집념이 없으면 어떤 위업도 달성할 수 없을 것이다.

---

76) 교토 시 북동쪽, 교토 부와 시가 현의 경계에 있는 산. 예로부터 왕성을 수호하는 영산으로 유명했으며, 동쪽의 중턱에 천태종의 총본산인 연력사(延曆寺)가 있다.

다케다 가쓰요리의 망집을 몰아낸 것은 승려 조엔의 망집이었던 셈이다.

——둘 다 집념이 깊다는 거지.

아케미는 울퉁불퉁한 줄기를 쓰다듬었다.

갈라진 나무껍질 사이에 송진이 고여 있었다.

——천 그루어치의 스님의 망념.

아직은 도움이 되고 있는 것 같다——고 아케미는 소리 내지 않고 말했다.

바다가 보였다.

남편은 오늘도 돌아오지 않을 것이다.

사가미[相模][77]를 도는 달에는 보통 보름 정도는 돌아오지 않는다.

아케미의 남편은 상비약 외판 일을 하고 있다.

도야마의 본가가 약가게인 것이다. 글자 그대로 엣추[越中] 도야마의 약장수다. 이 장사는 다 팔아 버리는 것이 아니다. 단골 거래처에 상자째 약을 맡겨 두고, 얼마 후에 찾아가 사용한 만큼 대금을 회수한다는, 소위 말하는 외상 판매다. 그래서 늘 돌아다니지 않으면 장사가 되지 않는다.

일 년의 절반 이상은 집을 비운다.

아케미는 거의 혼자 있다.

외롭다고는 생각하지 않는다. 혼자 사는 데 익숙해졌기 때문이 아니라, 설령 백 명 사이에 있어도 사람은 결국 혼자이기 때문에, 그 혼자라는 것을 아케미는 알고 있을 뿐이다.

——온기는 바깥에 있는 게 아니니까.

---

77) 현재의 가나가와 현을 가리키는 옛 지명.

그것을 다른 사람에게서 찾을 때는 아직 어른이 된 게 아니라고 생각한다.

가령 평생의 반려로 정한 상대라도 타인임에는 틀림이 없다. 행복이란 찾는 것이 아니라, 지금 여기에 있는 것이라고 아케미는 그렇게 느끼고 있다. 그래서 외롭지는 않다.

개가 짖고 있다. 아케미는 소나무 숲을 둘러보았다.

1정(町)[78] 정도 앞에 뭔가 움직이는 것이 보였다.

목을 쭉 빼 본다. 몸을 살짝 기울인다.

남자 같았다.

남자가 펄쩍펄쩍 뛰고 있다. 기뻐하는 모습은 아닌 것 같았다. 뛰어오를 때마다 팔 끝에서 뻗어 있는 허리끈 같은 것이 허공에 춤추었다. 그것은 이윽고 소나무의 거칠거칠한 굵은 가지에 걸렸다. 남자는 그것을 잡아당겨, 몇 번인가 훑는 듯한 동작을 했다.

——어라.

아케미는 한숨을 쉬었다. 모처럼 상쾌하게 산책하고 있었는데, 어떻게 해야 할까——.

남자는 끈을 고리에 꿰고 나서 다시 몇 번이나 잡아당기더니, 다음에는 아래를 향하고 뭔가 찾는 듯한 몸짓을 시작했다.

——왜 이런 곳에서.

틀림없이——목을 매달 준비다. 아마 받침대를 대신할 만한 것을 찾고 있을 것이다. 보니 분명히 매달리고 싶어질 정도로 훌륭하게 가지를 뻗은 청송이었다. 다른 나무에 매달리면 가지가 부러질 것 같다.

78) 거리의 단위로 60간(間)에 해당한다. 미터법으로는 약 109m.

말리는 것은 참견, 설교는 촌스럽다. 하지만,

——마주친 것도 인연이라고 생각해.

아케미는 나막신을 벗었다. 초조할 필요는 없다. 끈이 잘 걸리지 않는 것이다. 이대로 매달리면 떨어진다.

남자는 어디에선가 나무통 같은 것을 찾아내 와서 그 위에 올라갔다. 끈을 목에 건다.

"아아——안 돼요, 아저씨——."

그 나무통은——아케미가 그렇게 외친 찰나, 나무통은 틀이 빠져 깨끗이 찌부러지고, 남자는 끈을 든 채 굴러떨어졌다. 끈은 당연히 가지에서 빠졌다. 아케미는 달려간다.

남자는 허리를 세게 부딪쳤는지, 옆으로 쓰러진 채 웅크리고 있었다.

"정말이지 못 봐 주겠네. 고르고 골라서 내 앞에서 목을 매달 거라면 좀 더 세련되게 해 줘요. 자아——."

아케미가 손을 내밀자 남자는 순순히 붙잡았다.

끌어당겨 일으킨다. 남자는 허리를 누르며 고통스러운 표정을 지었다.

남자는 아야, 아야, 하고 있다. 보니 서른대여섯, 마흔이 아직 안 된, 풍채가 변변치 못한 남자였다.

"뭐예요, 보아하니 무엇 하나 부족한 데 없는 훌륭한 신사분이잖아요. 이런 시대에, 남은 헤아릴 수 없는 깊은 사연이라도 있는 거겠지만, 어차피 목숨을 끊을 생각마저 했을 정도라면 좀 더 방식이라는 것을 궁리하는 게 좋지 않겠어요? 그래서는 모처럼 한 결심이 가엾네요——."

남자는 아픈 듯이 허리를 문지르면서 하아, 하고 멍청한 대답을 했다. 양복에 셔츠 차림이다. 소나무 밑동에는 찌그러진 여행 가방이 놓여 있었다.

"아아, 아팠습니다."

남자는 그렇게 말했다.

"뭐예요. 맥빠지는 양반이네——."

아케미는 미안하다고 생각하면서도——실소했다.

"——정말이지, 이럴 때는 말리지 말라거나 이유는 묻지 말아 달라거나, 그런 대사를 내뱉는 거로 정해져 있을 텐데요——참 느긋한 목매달기네요."

"하아——그렇습니까."

그래요——하고 말하며 아케미는 또 웃었다.

그리고, 자 일어나세요——라고 말하며 다시 손을 내밀었다. 남자는 오른손으로 허리를 문지르면서 왼손을 내밀었지만, 손끝이 닿자마자 허둥지둥 손을 거두었다.

"뭐예요. 아직도 목매달 생각을 하고 계시는 건가요? 그래도 그렇게 다리가 풀려서야 매달 것도 매달지 못할 텐데요."

"아니——."

남자는 모래에 손을 짚고 일어서면서, 이제 포기했습니다, 이건 안 되겠네요——라고 말했다.

"다만, 당신의, 당신의 손가락이——그, 엄청나게 차가워서요, 뭐 그——."

"어머나 세상에, 어스름 녘이 되려면 아직 이르잖아요. 저는 유령이 아니에요."

알고 있습니다 —— 하고 남자는 몹시 진지하게 아케미의 농담을 받더니, 실례했습니다 —— 하고 사과했다. 사과를 받아도 곤란해진다.

“정말 꼴사나운 모습을 보여 드렸습니다. 잠시 정신이 나갔었다 —— 는 것도 아니지만, 아무래도 귀신에 씌었던 걸까요. 덕분에 쓰인 게 떨어졌습니다 —— 라고 할까, 제가 떨어진 거지만.”

늙어 보이는데 의외로 젊다.

아케미가 뭔가 말하기 전에, 남자는 아야야야 —— 하며 다시 몸을 구부렸다.

“이런, 이런, 부딪친 데가 안 좋았던 거 아니에요? 허리뼈를 다치면 목숨이 위험할 수도 있어요.”

원래 죽으려고 했지만 ——.

아무래도 상당히 심하게 부딪친 모양이다.

나무뿌리에라도 부딪친 것일까. 남자는 음음, 하고 신음하며 또 웅크렸다.

“—— 죽으려고 했는데 죽지도 않고, 죽을 마음이 사라졌는데 죽어 버린다면 본말전도(本末顚倒)지요. 그런 상태라면 조리 잘해서 회복하는 게 좋겠어요. 보아하니 이 지방 사람도 아닌 것 같은데. 묵으시는 곳은 어딘가요? 사람이라도 불러서 ——.”

“아니 —— 수, 숙소는 없습니다. 방을 빼고 나왔어요.”

그것도 생각해 보면 당연한 일인 것이, 진심으로 죽을 생각이었다면 숙소로 돌아갈 생각도 없었을 것이다.

“그럼 ——.”

“아니, 폐, 폐 많이 끼쳤습니다. 뭐, 조금만 쉬면.”

"이런 모래밭에서 아무리 쉬어도 타박상이나 찰과상이 나을 리가 없어요. 모래가 효과가 있는 건 복어독 정도지. 어쩔 수 없네요——."

아케미는 고개를 돌려 온 길을 바라보았다.

"——저희 집이 바로 저기예요. 좁은 셋집이라도 괜찮다면."

"그, 그런, 묘령(妙齡)의 부인께서."

"어머나 세상에, 묘령이라니 듣기 좋은 말씀을 하시네. 폐라면 이미 충분히 폐니까요. 여기에서 쓰러져 돌아가시면 꿈자리가 사납지요——."

아케미는 비슷한 말을 작년 겨울에 한 기억이 있다. 그것이 그, 즈시 사건의 시작이었다.

좀처럼 없는 일인데, 아주 조금 불길한 예감이 들었다.

나마코 벽[79]의 집들.

큰길에서 옆에 있는 골목길로 들어간다.

방이 세 개밖에 없는 아담한 셋집이다.

지나가던 사람이 도와주어서, 아케미는 남자를 자택으로 옮겼다. 남자는 끊임없이 죄송합니다 괜찮습니다 죄송합니다 하고 되풀이했지만, 아무래도 다리에 힘이 들어가지 않으니 어쩔 수 없다. 뭐가 어떻게 되든 죽고 싶다고 우긴다면 모를까, 죽을 마음이 없어졌다면 버려둘 수도 없다.

옷깃만 스쳐도 전생의 인연이라고 하는데, 전생은커녕 금생(今生)에서 이렇게까지 인연을 맺어 놓고 마음대로 하라고 할 수도 없겠지——그런 생각도 들지만 실제로 유별난 일이기는 하다.

79) 두꺼운 흙벽의 광 · 외벽을 흙, 모르타르, 회반죽 등으로 두껍게 바른 건물 등의 외벽에 네모진 평평한 기와를 붙이고, 그 이은 틈을 회반죽으로 어묵처럼 가운데가 볼록한 반원기둥형으로 불룩하게 바른 벽. 나마코는 '해삼'이라는 뜻이다.

——정말.

그런 운명의 만남일 것이다.

남자의 허리에는 파란 멍이 또렷하게 들어 있었다. 역시 상당히 세게 부딪친 것이 틀림없다. 그러나 걷지 못했던 것은 아무래도 그 타박 때문이 아니라, 오른쪽 다리를 삐었기 때문인 것 같았다.

고약을 붙여 주었다.

약은 얼마든지 있었다.

남자는 무라카미라고 자신을 소개했다.

미안하다, 면목없다——고 무라카미는 그래도 되풀이해서 말했다. 그리고 약간 경직하며, 그나저나 놀랐습니다, 저는 열 일고여덟의 아가씨인가 했거든요, 하고 말했다.

세상에, 넋두리도 정도껏 하시지 않으면 입이 비뚤어져요——라고 대답하며 아케미는 약상자를 닫았다.

"저 같은 아줌마를 붙들고, 고작해야 스물둘이나 셋이라고 한다면 모를까, 열 일고여덟이라고 하시면 욕으로밖에 들리지 않아요."

"아니, 실제로 그렇게 보였으니 어쩔 수 없지요. 충분히 그렇게 보이십니다. 남편분——아니, 바깥어른께는 죄송하지만, 설마 가정이 있는 분일 거라고는, 도저히 도저히——."

"정말 집요한 분이시네. 열 살이나 속여서야, 해님도 화낼 거예요. 게다가 남편이 웃을걸요."

아케미는 웃었다. 뭔가 잘 와 닿지는 않지만, 이 자살 지망자가 열심히 자신을 칭찬하려고 하고 있다는 것만은 틀림없는 것 같았다. 그것만은 충분히 전해졌다. 무라카미는 매우 황송해하며 머리를 긁적였다.

“아니 —— 그렇다고 해도, 정말이지 뭐라고 감사를 드려야 할지. 당신이 지나가지 않았다면 어떻게 되었을지, 정말 생명의 은인이십니다.”

설령 아케미가 지나가지 않았더라도 목매달기는 실패했을 테고, 똑같이 넘어졌다면 다시 목을 매달 수도 없었을 테니 아케미가 목숨을 구한 것은 아닐 것이다. 그렇게 말하자 무라카미는 재채기라도 할 것 같은 얼굴이 되었다.

“그렇지는 않습니다. 당신 덕분에 죽을 마음이 없어졌어요. 지금 생각하면, 어째서 그때 그렇게 죽고 싶었던 건지 모르겠습니다. 마가 끼었다고 할까요, 마에 홀렸다고 할까요. 만일 당신을 만나지 않았다면 타박상과 염좌는 한층 더 큰 불행이라며, 바위 밭을 지나 바다까지 기어가서 물에 들어가기라도 했을지도 몰라요.”

“세상에 ——.”

아케미는 약간 유쾌한 기분이 되었다.

진지한 말투가 독특한 해학을 자아낸다.

기합이 들어가면 들어갈수록, 묘하게 웃기다. 그런 재미가 있는 남자다.

“—— 다행이었네요.”

“그런데 그, 바깥어른께서는 —— 언제 돌아오시는지.”

“글쎄요.”

“글쎄, 라니 —— 그, 이런 폐를 끼쳐 놓고 이런 말씀을 드리는 것도 뭣하지만, 사례도 제대로 할 수 없는 형편이라 그, 바깥어른이 돌아오시기 전에 실례해야 할 텐데.”

그거라면 당분간은 괜찮아요 —— 하고 아케미는 말했다.

"——우리 남편은 여러 지방을 돌아다니며 일을 하거든요. 돌아오는 건 내일일지, 다음 주일지, 다음 달일지——전혀 알 수가 없어요."

이거 또 농담을——하고 무라카미는 말했다.

"농담이 아니에요. 제 남편은 엣추 도야마의 약장수거든요. 지금쯤은 사가미 부근을 돌고 있을 거예요."

약장수입니까——하고 무라카미는 묘하게 높은 목소리를 냈다.

"약장수가——왜요?"

"아, 아뇨——."

무라카미는, 아무것도 아닙니다, 하고 말했다.

"뭔데요."

"하아, 그."

무라카미의 얼굴이 흐려졌다.

그러나 그것은 아주 잠깐의 일이고, 한심한 남자는 순식간에 한심한 얼굴로 돌아갔다.

"그렇습니다, 어릴 때였습니다——."

"어릴 때?"

네, 어릴 때입니다——하고 마치 변명이라도 하듯이 무라카미는 말했다. 실제로 갑자기 질문을 받고 대답이 막혔다가 방금 생각났다——는 듯한 느낌의 말투이기는 했다.

"아니, 어릴 때, 저는 약장수가 무서워서——아니, 그, 아, 실례."

무라카미는 몹시 허둥거리며 고개를 저었다.

"아아, 죄, 죄송합니다. 은인의 바깥어른을 그런——."

아케미는, 왜 그러세요——하며 웃었다.

그리고, 도중에 멈추시면 오히려 더 신경 쓰여요 —— 하고 말했다. 예에, 뭐 그렇겠지요 —— 하고, 무라카미는 꿈지럭거리며 부끄러운 듯이 미안해했다.

"그 말이지요, 고향에는 아마, 사람을 납치하는 약장수라는 게 있어서 —— 아니, 아이에게 겁을 주려고 지어낸 이야기입니다, 물론. 그게, 이렇게, 커다란 보자기를 짊어지고 있는데, 저녁에 오는 겁니다. 헌팅캡인지 뭔지를 깊이 눌러쓰고, 각반인지 뭔지를 감고. 그게 저녁때 놀고 있는 아이를 잡아가요. 그리고 보자기에 넣어서 데려가 버리는 거지요. 갈아서 약으로 만들어 판다고 합니다. 아버지가 겁을 주곤 했어요. 그러니까, 나쁜 짓을 하면 약장수가 온다 —— 하고."

거기에서 무라카미는 아케미의 눈을 올려다보며,

"요, 용서하십시오. 바깥어른의 직업을 나쁘게 생각하고 있는 건 결코 아니지만 ——."

하고 당황해서 말하며 닭처럼 머리를 앞으로 내밀고 사과했다. 아케미 쪽은 꽤 재미있는 이야기라고 생각하며 듣고 있었기 때문에 웃으면서, 전혀 상관없어요 —— 라고 대답했다. 그러나 무라카미는, 아니 상관있습니다, 이건 안 됩니다 —— 하며 한층 더 황송해했다.

"저, 정말 실례에도 정도가 있습니다. 기분 상하셨지요."

"왜 그러세요. 우리 남편은 사람을 납치하지는 않을 테지만요, 아마. 하지만 그런 겁 주는 이야기는 어디에나 있잖아요. 저도 어릴 때는 그 안마사가 무서웠어요. 고용살이 나갔던 나리의 집으로 안마하러 오는데, 그게 무서웠어요. 지금 생각하면 말이지요, 꽤 실례되는 이야기인데 말이에요. 그러고 보니 더 어릴 때는 —— 저는 신슈[信州][80] 의 산속에서 살았는데요, 그래요, 늦게까지 놀고 있으면 후쿠로

카쓰기[袋担ぎ][81]가 온다 —— 그런 말을 들었던가요."

"후쿠로카쓰기?"

"너구리나 뭐 그런 거겠죠. 대흑(大黑) 님 같은, 커다란 자루를 짊어지고 있어요. 그리고 역시 자루에 집어넣어 버리지요, 나쁜 아이를. 잡아먹히는 건지 죽임을 당하는 건지, 기억은 없지만 그 사람을 잡아가는 약장수라는 것과 똑같겠지요 ——."

무라카미는, 하아 —— 하고 말했다. 그리고 양손으로 어깨를 껴안다시피 했다. 추위라도 견디는 듯한 몸짓이었다.

"무섭지요. 납치는 ——."

"어머나 ——."

겁쟁이 자살 지망자일까.

자신의 목숨을 끊는 것보다 납치되는 것이 더 무서운 모양이다.

무라카미는 한바탕 무서워하고 나서, 그럼 —— 하고 일어났다. 아니, 일어나려고 했다.

이 한심한 자살 지망자는, 곧 실례하겠습니다, 이만 실례하겠습니다, 하고 여러 번 되풀이하며 떠나고 싶어 한다. 그러나 아무리 해도 걸을 수가 없으니 떠날 수가 없다. 무라카미는 일어서지도 못하고, 비명까지 질렀다. 아케미는 자자, 하고 달랬다.

아까부터 이 반복이다.

무라카미는 다시 머리를 숙였다.

"저, 정말 면목 없습니다. 지금 당장 떠날 테니 그, 잠시만 기다려 —— 아야야야야."

---

80) 시나노[信濃]. 현재의 나가노 현을 가리키는 옛 지명.
81) '후쿠로'는 '자루', '카쓰기'는 '짊어짐, 짊어진 사람'이라는 뜻.

"당장이라고 하시는데요. 그 다리로는 이삼일은 움직일 수 없을 거예요. 그렇게 여기가 싫으시다면, 어딘가 가까운 곳에 여관이라도 찾아볼까요? 아니면 의사 선생님이라도——."

"아니, 그, 참으로 부끄러운 이야기지만 돈이 없어서요. 여관도 의사도——."

"그렇다면——여기에."

"아니. 그것도, 그——."

"제 남편을 신경 쓰시는 거라면, 안 그러셔도 돼요. 어차피 집에 오지 않을 거니까."

"그, 그게, 그, 그러니까 더 곤란한 겁니다. 그——뭐라고 할까요, 부인 혼자 계시는 집에, 바깥어른이 안 계시는 집에 들어와서——."

입이 제대로 돌아가지 않는다.

흔히 듣게 되는 말이다——라고 아케미는 생각한다.

남자는 대개 그런 말을 하는 법이다. 남편이 집을 비웠을 때 찾아오는 남자는 모두 샛서방이고, 마누라가 집을 비운 사이에 집에 들어오는 여자는 모두 창부라고——아마 세상에서는 그렇게 정해져 있는 것이리라. 어떻게 해서라도 연애 사태로 끌고 들어가지 않으면 실례라도 된다는 것 같다. 예를 들어 질투의 벌레가 꿈틀거리는 것은 자신에게 찔리는 데가 있기 때문이고, 1년 내내 발정한 것 같은 색정광이라도 되지 않는 한 그런 일은 어지간해서는 없는 법이다. 애초에 눈앞의 시원찮은 남자는 아무리 보아도 색기가 없고, 설령 이 자리에 남편이 돌아온다고 해도 수상하게 여길 걱정은 털끝만큼도 없을 것 같다.

그렇게 말해 버리면 적나라하지만.

아케미는 조금 진저리가 났다. 어떻게 할 수도 없다.

무라카미는 상반신을 일으키며, 어쨌든 실례하겠습니다, 사례는 후일 다시 하도록 하겠습니다——라고 말한다. 그럼 가라고 하고 쫓아내 봐야, 문 앞에서 웅크리고 있는 것이 고작——이다.

생각 끝에 아케미는 자신이 집을 나가기로 했다.

이대로 계속 옥신각신해 봐야 결말이 나지 않는다.

집을 봐 달라고 부탁하면 가만히는 있을 테고, 혼자 있게 해 주면 조금은 진정이 될지도 모른다. 그리고 꼭 나가겠다고 생각한다면 아케미가 돌아오기 전에 나가면 될 일이다. 하기야 그것은 무리한 일일 거라고는 생각하지만——.

게다가 생각해 보면 애초에 아케미는 그냥 소나무 숲을 산책하고 있었던 것은 아니었다. 물론 목을 매다는 남자를 줍기 위해서 얼쩡거리고 있었던 것도 아니고, 본래는 저녁 재료를 사러 가는 길이었던 것이다. 봄바람이 너무도 기분 좋아서 그만 멀리 돌아가고 말았을 뿐이다.

볼일이 있어서 나갈 테니 어쨌든 잠시 여기서 쉬라고 간신히 타이르고, 아케미는 일어섰다.

봉당으로 내려가 신발장 위에 줄곧 내놓았던 지갑을 움켜쥐고, 아케미는 현관의 미닫이문을 연다.

나막신 소리를 달그락하고 내면서 한 발짝 내디딘다.

현관을 나서자마자——.

시끄러운 소리가 났다.

그 소리와 함께 옆집에서 남자가 뭔가를 피하듯이 골목길로 뛰쳐나왔다. 남자는 기세를 이기지 못해 넘어질 뻔하더니, 자세를 바로 할 때 아케미에게 얼굴을 향했다.

눈이 마주쳤다.

묘한 풍채다.

눈에 띄게 이상한 복장은 아니지만, 어딘가 이상했다. 그것이 목에 걸려 있는 둥근 목걸이 때문이라는 것을 깨달았을 때, 남자는 아케미를 향해 손을 내밀며 입을 열려고 했다.

그 순간.

남자를 향해 옆집 출입구에서 연탄 같은 것이 날아왔다. 남자는 펄쩍 뛰어 물러나고, 연탄은 골목길에 떨어졌다. 이어서 새된 욕설 소리가 울렸다.

"당장 꺼져! 끈질기기 짝이 없군. 우리 집은 구루마가에시의 산노[山王] 님[82]을 믿는 신자니까 그런 이상한 것에는 안 들어간다고!"

욕을 먹은 남자는 아케미 쪽을 힐끔힐끔 훔쳐보면서 잠시 허둥거리고 있었지만, 그러다가 또 한 번 욕설이 울려 퍼졌다.

"언제까지 거기 서 있을 거야. 그만 가라니까. 기분 나빠라. 여자라고 우습게 보는 거라면, 진짜 때려 줄 테다!"

아기 울음소리가 고함 뒤에 이어졌다. 출입구에서 옆집 아주머니가 나온 것이다. 포대기를 두르고 등에 아기를 업고 있다. 남자는 몹시 거북한 얼굴을 하더니, 결국 슬금슬금 그 자리를 떴다.

아주머니는 그래, 그래, 미안하다, 불쌍하게도 귀찮았지——하고 아기를 한껏 어르며, 소금이라도 뿌릴까, 그것도 아깝지——하고 욕을 내뱉다가 그제야 아케미가 서 있는 것을 알아챘다.

"어머나, 아케미, 보고 있었어?"

---

82) 히에 신사[日枝神社]의 통칭. 1873년에 향사(郷社)가 되었고 1926년에 현사(県社)로 승격되었다. 후지와라 씨가 창건했으며 국가 수호의 신사로 무장들의 신앙이 특히 두터웠고, 마를 쫓는 신으로도 민간의 두터운 신앙을 모았다.

"보고 있었지요——그런데 나쓰 씨, 저 남자는 대체 누구예요? 엄청나게 싫어하시네요."

싫어, 질색이야——하고 아주머니——마쓰시마 나쓰는 마치 어린 여자아이 같은 얼굴을 찌푸리며 말했다.

나란히 있으면 어느 쪽이 어머니인지 아기인지 알 수 없다. 얼굴 크기가 다를 뿐이다.

어머니와 딸의 얼굴이 닮았다는 것만은 아니다. 나쓰는 애초에 아이가 있는데도 불구하고 아이 같은 여자다. 아케미가 열 일고여덟로 보인다면, 나쓰는 잘해야 열대여섯으로밖에 보이지 않는다.

잡상인이에요——하고 묻자 나쓰는 즉시, 잡상인보다 질이 나빠——하고 대답했다.

"영문을 알 수 없는 종교 전도라고. 진짜 싫어. 갑자기 들어와서, 오래 살고 싶지 않습니까, 라니, 웃기지 말라지. 몇 번 쫓아내도 또 찾아온다니까. 오오, 그래, 그래——남편이 없을 때 어슬렁어슬렁 찾아오다니, 뻔뻔스럽지. 아케미도 조심하는 게 좋을 거야."

——남편이 없을 때, 라.

아케미가 대답하지 않고 있자 나쓰는 투덜투덜 불평을 늘어놓기 시작했다. 아케미는 그것을 흘려들으며, 나쓰의 등에 있는 아기를 보았다. 어느새 아이는 색색 잠들어 있었다. 아케미가 잠든 얼굴을 들여다보자 나쓰도 알아채고, 아아 잠들어 주었네, 눕혀 놓고 올게, 하며 안으로 들어갔다.

거기에서 아케미는 어떻게 할지 망설이고 말았다. 눕혀 놓고 올게——라는 것을 보면 나쓰는 돌아올 생각일 것이다. 그렇다면 기다려야 할까. 이대로 말없이 가 버리는 것도 확실히 이상하기는 하다.

게다가 두 번이나 나가려던 차에 기세가 꺾이고 나니 장을 보러 갈 마음도 나지 않는다. 처음부터 필요에 쫓기고 있었던 것은 아니고, 주워 온 자살 지망자를 어떻게 대해야 할지 몰라서 집을 나왔을 뿐이니 차라리 이대로 나쓰와 잡담이라도 하다가 집으로 돌아갈까—— 하는 생각도 했다.

나쓰라는 여자가 아케미의 페이스를 흐트러뜨리는 종류의 인간인 것은 우선 틀림없다.

그래서 이사 온 지 석 달 남짓이 되는데도, 아케미는 나쓰를 만날 때마다 쑥스러운 듯 간지러운 듯한, 뭐라고도 형용하기 어려운 기분이 된다. 나쓰는 매우 친절하고 그야말로 세심하게 보살펴 주기는 하지만, 요령이 좋은 것인지 뻔뻔스러운 것인지 정신이 들어 보면 부려 먹히고 있는 것은 아케미 쪽일 때가 많다. 물론 그것은 그것대로 상관없지만——.

다만 아케미의 입장에서 보자면 페이스가 어긋나는 것은 틀림이 없다. 그러나 최근에는 아케미 자신이 그런 상황을 즐기고 있는 듯한 기분도 든다. 다시 말해서 아케미는 자신과 공통점이 하나도 없는 옆집 아주머니를 분명 좋아하는 것이리라——그런 생각을 하고 있노라니 몸이 가벼워진 나쓰가 다시 현관문을 나왔다.

"기다렸지?"

얼굴만 보면 정말로 어린 소녀 같다.

"그보다 아까 그 남자 말이야, 아케미. 어제도 오늘도, 그 녀석은 우리 애가 딱 잠들었을 때 찾아온다니까. 할 일은 산더미처럼 많은데, 애 엄마한테 아기가 자고 있는 시간이 얼마나 귀중한 건지 모르나 봐——."

나오자마자 떠들어댄다.

그 떠들썩한 말투는 목소리만 들으면 어린 여자아이 같기도 하다.

신이 나면 지방 사투리가 섞이는 점은 애교다. 아케미가 외지 사람이라서인지, 이 남 돌보기 좋아하는 떠들썩한 이웃은 아케미 앞에서는 의식적으로 방언을 쓰지 않으려고 하는 모양이다. 신경을 쓰고 있다기보다 체면을 차리고 있을 뿐인지도 모르지만.

"——그런데 요즘 많단 말이야. 뭐라고 하지? 신흥종교라고 하나? 이 부근에서는 집집마다 그런 종교 같은 게 생기거든. 몇 종류나 된대. 있지, 여기서 후지산이 잘 보이잖아. 그래서 그런가? 나는 후지산이 관련이 있는 것 같다는 생각이 드는데. 그렇게 생각하지 않아? 후지산은 일본 제일의 산이니까."

아케미는 쓴웃음을 짓는다. 나쓰가 말하는 그 귀중한 시간인지 뭔지를 이렇게 낭비해도 되는 걸까 하고, 그렇게 생각했기 때문이다.

"그거 있잖아, 뭐더라, 그래 〈성선도(成仙道)〉였나? 그 왜, 덴진바라[天神原]인지 혼주쿠[本宿]인지 쪽에, 뭔가 화려하고 희한한 사당이 생긴 거 몰라?"

"글쎄요."

"이상한 게 생겼어. 악취미야. 지붕 같은 데 이상한 장식을 달고. 가 봐, 웃기니까. 그리고 방금 그 남자, 거기에서 온 남자야. 둥글고 이상한 것을 목에 걸고 있었지? 이런, 신사의 큰북 모양 같은 희한한 거——."

그것은 아케미도 보았다. 손거울만 한 크기의, 흰색과 검은색의 소용돌이 같은 문양이 있는 장식이었다. 눈에 익은 것은 아니지만 본 적이 없는 것도 아니다. 어디에선가 본 것 같은 무늬였다.

"그거, 신자가 되라는 거예요?"

되라는 거야——하며 나쓰는 입을 삐죽거린다.

"될 리가 없는데, 신자 같은 게. 그런 풋내기한테 속는 사람의 속을 모르겠어, 정말. 그런데 있지, 아케미. 성선도는 꽤 있는 모양이더라고, 신자가. 큰 소리로는 말할 수 없지만."

나쓰는 두세 번 주위를 둘러보고, 목소리를 낮추며 몸을 앞으로 숙였다.

"이 근방에도 꽤 있대. 고바야시 씨 같은 사람은 입교했다고 하고, 오노 씨랑 그 집 할머니도. 그리고 시미즈 씨랑. 겉으로는 아무 일도 없었던 듯한 얼굴을 하고 있지만 말이야. 믿기 시작한 거야. 악취미적인 성선도를."

"성——선도."

어떤 한자를 쓰는 것일까.

"오래 살 수 있대. 믿으면. 백 살이든 이백 살이든 살 수 있다니, 바보 같은 소리 말라고 해. 봐, 이 근처는 물도 깨끗하잖아? 그런데 무슨 약수를 마시고 그런다니까. 그런 건 집에서 마셔도 똑같을 텐데. 그걸, 누가 돈을 주면서까지 마시겠어?"

안 마시지, 안 마셔——하며 나쓰는 손을 흔든다.

"미시마라든가, 이 부근에 꽤 몇 군데나 있다고 하던데, 사람을 바보로 아는 거지. 미시마에는 미시마 대사(大社)[83)]가 있고. 우리 집도

---

83) 시즈오카 현 동부의 이즈 반도 모토 부, 미시마 시 중심부에 자리 잡고 있는 신사. 고대에는 이즈 제도(諸島)의 분화를 두려워한 사람들의 두터운 신앙을 받았고, 중세에 들어서서는 미나모토노 요리토모[源頼朝]를 비롯한 많은 무가(武家)에 의해 숭앙되었다. 근세 이후에는 미시마가 도카이도[東海道]의 역참 마을로 발달함에 따라 도카이도를 왕래하는 서민들로부터도 깊은 신앙을 받았던 신사. 본전(本殿) · 폐전(幣殿) · 배전(拝殿)이 국가 중요문화재로 지정되었으며, 천연기념물로 지정된 금목서가 경내에 있다. 그 외에도 다수의 소장품이 국가 중요문화재나 시즈오카 현 지정 문화재로 지정되어 있다.

대대로 산노 님의 신자라서 말이야. 증조할머니는 시라스나 하코비[白砂運び][84]의 행렬에서 총무 역을 했었다고 자랑하곤 했으니까."

"시라스나 하코비?"

아케미는 아직도 전혀 이 지방에 익숙해지지 못했다. 그래서 물론 성선도라는 것도 무엇인지 모르지만, 산노 님이라는 말을 들어도 무엇을 말하는 것인지 몰랐다. 가까스로 미시마 대사만은 알고 있었지만, 시라스나 하코비가 나오니 전혀 짐작도 가지 않았다.

그렇게 말하자 나쓰는 도토리 같은 눈을 더욱 동그랗게 뜨며, 축제야——하고 말했다.

"몰라? 가노가와 강 제방에서 돌을 가져가는 거야. 뭔가 제단 같은 것을 만들고. 줄을 지어서 산노 님한테 옮기는 거지. 옛날에는 다이묘 행렬 같은 화려한 행렬이었고, 그 무렵에는 강가가 아니라 바닷가에서——센본마쓰바라의 바닷가 말이야. 거기에서 돌을 주워서 가져오는 거였대. 거기는 돌밖에 없잖아."

"산노 님——이라니."

신사야, 신사. 역 저쪽 편의——히에 신사였나? 나도 참, 진짜 이름은 모르겠네, 하고 나쓰는 깔깔 웃었다.

"그러니까 그렇게 쉽게 신을 바꿀 수 있을 리가 없잖아. 가미다나도 있고. 게다가 대대로 내려온 믿음인걸. 절은 장례식도 있잖아. 단가(檀家)니까. 그러니까 그런 신흥종교는 필요 없지 않겠어? 그걸——."

84) 시즈오카 현 누마즈 시에 있는 '히에 신사[日枝神社]'의 제사를 지내는 의식. 매년 9월 23일, 24일에 개최되는데, 메이지 시대 초기까지는 다이묘 행렬에 필적하는 행렬이었다. 그해에 뽑힌 소년과 소녀가 센본하마[千本浜]까지 가서 바닷가에서 소년이 11개, 소녀가 10개, 합 21개의 평평한 돌을 주워 비단 자루에 넣어서 가져온 후 신 앞에 두는 것인데, 이 의식은 돌을 신체로 하여 신을 맞이하는 의식이며, '센본마쓰바라의 해안에서 신을 맞이한다'고 여겨졌다. 현재는 가노가와[狩野川] 강의 제방에 설치한 제단에서 개최된다.

——신.

아케미는 그 말의 울림을 그리 좋아하지 않는다.

아케미는 담백한 여자라, 그 외 많은 것과 마찬가지로 신 자체에는 아무런 생각도 없다. 다만 신이라는 말을 들었을 때 아케미가 품는 감상이란 아마 일반적인 그것과는 크게 어긋나 있을 것이다.

그런 자신의 특성을 아케미가 깨달은 것은, 실은 최근의 일이다. 오랫동안 뚜껑을 덮어 왔다가 겨우 뚜껑을 열어 보니, 아케미의 반생(半生)은 신이라는 말에 희롱당한 것이나 마찬가지였던 것이다. 그런 과정이 영향을 미친 것인지 아닌지, 아케미는 신앙이라는 것에 대해서 아무래도 보통 사람들이 받아들이는 것처럼 받아들이지를 못하는 것 같다. 그 부분은 아무래도 솔직하지 못해서, 스스로도 짜증스럽다고 생각한다.

그런 것을 곰곰이 생각하고 있는 사이에, 바쁜 주부는 아주 많은 말을 내뱉고 있었다. 아케미는 대답하려야 대답하지 못하고, 그냥 적당히 웃음을 지었다.

나쓰는 얼굴 전체로 웃으며,

"그래서 아케미, 무슨 볼일이야?"

하고 물었다.

"볼일——이라니."

볼일 같은 것은 없다. 그러나.

아케미는 진행상 어쩔 수 없이, 센본마쓰바라에서 목을 매달려던 사람을 주운 이야기를 했다.

나쓰는 호기심으로 빛을 빛내며, 어머 큰일이었네——라고 말했다.

"그래서 —— 있어?"
나쓰는 시선으로 아케미의 집을 가리켰다. 아케미는 고개를 끄덕였다.
유별난 짓도 정도껏 해야지 —— 하고 나쓰는 말했다.
"그래서, 어떻게 할 거야?"
"그게, 돌아가겠다 나가겠다고만 우기고 있어요. 아는 사람도 아니고 은혜를 입은 것도 아니고, 지나가던 새빨간 남이니까 걸을 수 있으면 얼른 돌아가 달라고 하겠지만요. 저래서는 아무래도 내보낼 수가 없는데 말이에요."
"일어서지도 못해?"
"네. 저런 사람을 내보내면, 구해준 제가 귀신이라는 말을 듣거나 아니면 뱀 같은 여자라고 욕을 먹거나 ——."
"아하하하. 운이 나빴네. 어쩔 수 없어, 그건. 한동안 돌봐 주도록 해. 내가 같이 가서 그 남자한테 말해 줄게. 얌전히 있으라고. 게다가 자살 동기도 묻고 싶잖아. 일단."
"동기 ——?"
"동기. 대체 뭐가 그를 그런 궁지로 몰아넣었는지 —— 그런 남자는 그렇게 많지 않잖아. 묻고 싶지 않아? 빈털터리라니까, 재미있는 이야기라도 들려주지 않는다면 수지가 맞지 않는다고. 당신, 우선 장 보러 다녀와."
나쓰는 아케미의 어깨를 툭 쳤다.
"뭘 그렇게 이상한 얼굴을 하고 있어, 아케미. 근처에서 전갱이 같은 거나 사 오면 되잖아. 이제 곧 우리 집 할머니가 집에 올 테니까, 그럼 나도 갈게. 자, 다녀와."

나쓰는 등을 떠민다. 아케미는 떠밀리는 대로 걷기 시작한다. 걷기 시작하고 나서 생각한다. 늘 있는 일이지만, 완전히 나쓰의 페이스에 빠졌다.

큰길까지 그대로 나갔다.

기분 좋던 그 바람은 이제 멎어 있었다.

게다가 하늘은 어둡다. 구름이 끼어 있다.

아직 해가 질 시간은 아닌데.

——자살 미수의, 동기를 묻는다?

아케미는 그런 것은 생각도 하지 않았다.

자살 지망자의 속내는 듣고 싶다고도 생각하지 않는다.

도대체가 자신이 무라카미라면 그런 중요한 것을 남에게 이야기할까. 절실하게 죽고 싶다고 바라는 인간이——.

——이제 죽고 싶지는 않다고 했지.

오히려 물어봐 주는 것이 좋을지도 모른다.

그런 생각도 들었다.

아케미도 죽고 싶다고 생각한 적은 있다. 다만 자살을 시도한 적은 단 한 번도 없다.

왜인지는 모른다. 그런 성격이었다고밖에 말할 수가 없다. 행복했기 때문이 아닌 것만은 확실하다.

그 증거로——아케미는 사람을 죽이고 싶다고 생각한 적이라면 있다. 먼 옛날의 일이다.

그러나——.

어쩌면 다른 사람을 죽이는 것이나 자신을 죽이는 것이나, 어차피 똑같은 것일지도 모른다.

싫어한다거나 미워한다거나 원망한다거나, 괴롭다거나 슬프다거나 허무하다거나, 그런 부정적인 감정이 엉기고 굳어져서, 그것이 어디를 향하느냐 하는 차이일 뿐인지도 모른다는 생각도 든다.

만일 그렇다면, 그것은 불행과 직접적으로 관련되어 있는 것은 아닐 것이다.

물론 어떤 경우에도 사람에게는 각각 할 말이라는 것이 있을 테고, 그것은 일률적으로 그렇다고 딱 잘라 말할 수 있는 종류의 것은 아닐지도 모르지만, 자신의 경험에 비추어 보면 아케미는 그렇게 생각하는 것이다.

예전에——아케미는 어떤 인물에게 명확한 살의를 품은 적이 있다. 하지만 과연 아케미는 그때 그 상대를 싫어했을까. 미워했을까. 원망했을까.

아무래도 그건 의심스럽다. 밉다고 하면 미웠고, 원망하지 않는 것도 아니었을 것이다. 좋아하지도 않았을 테니, 그렇다면 싫어했던 것인지도 모른다. 하지만 그래서 죽이려고 했다——고도 생각되지 않는다. 그것은 절대 아니라고 생각한다. 애초에 밉다는 이유로 상대를 죽인다고 해서 어떻게 되는 것도 아니다.

그렇다, 어떻게 되는 것도 아니다. 따라서.

——그러니까.

어떻게 되는 것이라면 어떻게든 했을 것이다. 어떻게도 되지 않기 때문에, 그리고 어떻게도 되지 않는다는 것을 알고 있기 때문에, 사람은 그 부조리를 어떻게든 형태로 만들려고 부심하는 것이리라. 그것이 어떤 순간, 사소한 계기로 응고된 것이 살의라고, 아케미는 그렇게 생각한다.

따라서 그때 그 순간에는 증오도 원한도 없는 것이다. 그리고 그, 마치 학질 같은 살의가 바깥을 향했을 때는 타인을 죽이는 행동이 되고, 안을 향한 경우에는 자신을 죽이는 행위가 된다——단순히 그런 것이 아닐까.

——진짜로 귀신이 들리는 거야.

그 남자——무라카미도, 분명히 씐 것이 떨어졌다고 말했다.

——정말 떨어졌을까.

아케미는 조금 불안해진다. 그 남자를 혼자 두고 온 것이 잘한 일일까. 오히려 옆에 있으면서, 나쓰가 말한 것처럼 꼬치꼬치 시시한 것들을 묻기라도 하는 편이 좋았을지도 모른다.

진실이라는 것은 생각한 것보다 엉성한 법이다. 말로 표현하면 그 순간 진실은 원래 있던 장소에서 미묘하게 어긋난다. 그리고 이상하게도 어긋난 장소에 들어가 버리는 것이다. 그 어긋난 살의를 무효로 할 수는 있다. 아케미는 즈시 사건 때 그것을 학습했다.

——돌아가자.

그렇게 생각했다. 발길을 돌린 순간, 아케미는 시선을 느꼈다.

둘러보았지만 아무도 없었다. 여전히 전망은 좋았다. 약간 흐리기는 해도 봄의 거리는 맑았다. 다만 상쾌했던 동네의 공기가 약간 변질된 듯한 기분이 들었다.

——술렁거리고 있어.

길 맞은편, 아득히 멀리 커다란 짐을 짊어진 남자의 모습을 확인할 수 있었다.

남자는 터벅터벅 걷고 있다.

저 사람은——.

—— 약장수.

남편은 아니다. 남편이 이 동네에 있을 리는 없다.

자세히 살펴보지만 흐릿해서 잘 보이지 않는다. 공기는 맑은데, 마치 일그러진 렌즈 너머로 보는 것처럼 원경(遠景)이 흐려지고 만다. 빛의 가감 때문일까.

아니 —— 아케미 자신이 약간 동요하고 있기 때문일지도 모른다.

응시하고 있자니 더 멀리, 약장수가 가고 있는 방향에 선명한 색깔이 떠올랐다. 노란색. 초록색. 빨간색. 원색이 번져 있다. 보통의 색채가 아니다. 색깔은 마치 아지랑이처럼 흔들흔들 흔들리며 다가온다.

그것은 줄지어 선 많은 사람들이었다. 아까 들은 신흥종교일까. 약장수는 그저 조용히 멀어진다. 이상한 옷차림을 한 무리는 조용히 다가온다.

—— 마음이 진정되지 않는다.

바람은 잔잔한데 동네는 술렁거리고 있었다.

개가 시끄럽게 굴고 있다.

문득 옆을 보니, 가슴에 둥근 장식을 늘어뜨린 남자가,

멍하니 판자담 옆에 서 있었다.

2

생약의 독특한 향기가 건조한 눈에 스며들었다.

그것은 커다랗고 빛바랜 보라색 보자기에서 발산되고 있다. 아케미는 냉수로 얼굴이라도 씻고 싶은 기분이 든다.

"그래서——."

오구니 세이이치는 봉당의 마룻귀틀에 엉덩이만 걸치고 앉아, 아케미가 끓인 석 잔째의 차를 입에 머금더니 꿀꺽 삼키고 나서 말을 이었다.

"——그 무라카미 씨는 지금, 어쩌고 있습니까?"

병원에 있어요——하고 대답하고 아케미는 한숨을 쉬었다.

어제——.

왠지 마음이 불안해진 아케미는 장 보러 가던 것을 그만두고 되돌아갔다.

기묘한 풍채의 일행과 스쳐 지나는 것도 왠지 싫었다. 그러나 큰길에서 골목길로 들어서자 그 초조감은 한층 더해졌다.

누워만 있고 좀처럼 울지 않는 길모퉁이 잡화점의 늙은 개가, 마치 엉덩이라도 걷어차인 것처럼 짖고 있었던 탓도 있었을 것이다.

그것은 아마——그 성선도의 남자가 담벼락 뒤에 숨어있었기 때문이겠지만.

그리고——.

아케미가 잔걸음으로 골목길을 빠져나가 집으로 돌아가서 현관문을 연 바로 그때——차상자가 덜컹, 하고 굴렀다.

보니 마당 끝의 상인방에 무언가가 매달려 있었다.

무라카미였다.

무라카미는 다시 자살을 시도한 것이다.

아케미는 허둥지둥 뛰어 들어가, 무라카미의 몸을 안고 툇마루에서 나쓰를 불렀다. 나쓰는 큰 소리를 지르며 야단스럽게 달려왔고, 그 결과 맞은편의 세 집이 총출동해서 큰 소동이 일어났다. 잡화점 아저씨가 무라카미를 끌어내리고, 많은 사람들의 손에 의해 널문에 실려 동네 의사에게 옮겨졌다.

간발의 차로 목숨만은 건졌다.

몇 분이라도 아케미가 돌아오는 것이 늦었다면——무라카미의 목숨은 아마 없었을 거라고 의사는 말했다.

재난이었네요——하고 오구니는 말했다.

"남이 집 안에서 목을 매다니——요컨대 지나가던 낯 모르는 남자잖아요? 뭐 재난이라고밖에 말할 수가 없겠지요. 어쨌거나 구해 준 은혜를 목을 매서 갚으려고 해서야 당해낼 수가 없으니까요."

정말이지 곤란한 일이에요——아케미는 그렇게 말하며 애교 있는 웃음을 지었다.

"그런데 그 남자는, 일어설 수 없을 정도의 염좌였잖습니까? 용케도 목을 매달 수 있었군요."

"그래 —— 요. 의사 선생님의 견해로는, 뼈에 금이 갔다나요. 보통 같으면 도저히 아파서 일어설 수 없을 텐데 —— 라고."

어지간히 죽고 싶었나 보군 —— 하고 오구니는 말했다.

아케미에게는 그렇게는 보이지 않았다.

무라카미의 상태는 분명히 이상했다. 그러나 이상하다고 해도 무언가가 마음에 걸리는 듯한 눈치였을 뿐이고, 심각하다기보다는 오히려 밝았다.

"그나저나 되돌아간 게 정답이었군요. 장을 보러 갔다면 그 사람은 여기 매달려 있었을 게 아닙니까?"

매달린 건 저기입니까 —— 오구니는 툇마루를 가리켰다. 아케미는 고개를 끄덕였다. 발판 대신 사용된 차상자는 아직 그 장소에 있었다.

"아케미 씨, 뭔가 느끼셨습니까?"

"글쎄요, 가슴이 술렁거린다 —— 고 할 정도는 아니었지만, 제게도 뭔가 예감이 있었던 걸까요."

그런 자각은 아케미에게는 없지만.

분명히 그때 아케미는, 돌아가야 한다고 생각했다.

그러나 그것은 무라카미가 다시 자살할지도 모른다는 예측에 근거한 판단은 아니었던 것 같다. 수상하다고는 생각했지만 걱정하고 있었던 것은 아니다. 아케미가 돌아간 것은, 굳이 말하자면 동네 전체가 차분하지 못하고 술렁거리는 기분이 들었기 때문이다. 그리고 술렁거리는 것을 느낀 것은 공기가 꺼칠꺼칠해지고, 햇빛에 기운이 없어졌기 때문이다.

"막연한 예감 —— 이라는 것과는 다를까요."

오구니는 농담 같은 말투로 말했다. 그건 아니겠죠——하고 아케미는 자신 없는 말투로 대답했다.

아케미는 거의 자지 못했다.

그 일 때문인지, 솔직히 말해서 아직 어제의 피로가 풀리지 않은 상태였다.

어젯밤——목매달기 소동이 일단락되고 아케미가 귀가한 것은 심야의 일이다. 무라카미의 경우는 자살 미수라기보다 길가에 쓰러진 것에 가깝다. 다행히 의식은 곧 돌아와서 경찰 사태만은 피할 수 있었지만, 신원을 모르는 남자를 입원시키는 것은 꽤 번거로운 일이었던 것이다.

그래서 아케미가 어질러진 집 안을 정리하고 나서 가벼운 식사를 했을 무렵에는, 이미 밤은 하얗게 밝아 오고 있었다. 자리에 누워도 잠이 오지 않아 얕은 잠과 깨어남을 되풀이하다 보니 대낮이 가까워졌고, 자는 것을 포기하고 일어났을 때 오구니가 찾아온 것이다.

오구니는 남편의 동료——즉 약장수다.

알고 지낸 지 4년 정도 된다.

다만 오구니는 남편의 본가인 약 도매상에서 상품을 받고 있는 것은 아니다. 그런 의미에서는 말하자면 남편의 라이벌이 되지만, 그쪽 길의 선배로서 남편에게도 아케미에게도 이것저것 신경을 써 준다.

아케미의 남편은 행상인으로서의 경력은 아직 짧다. 군인이었던 남편이 약 행상을 시작한 것은 전쟁이 끝나고 난 후 얼마 지나지 않아서였다. 한편 오구니는 열여덟 살 때부터 지금까지 20년 동안 이쪽에서 일해 온 베테랑이다.

남편은 원래 사람 대하는 태도가 좋은, 군인에는 맞지 않는 성격이었지만 그렇다고 해도 명령과 복종밖에 없는 계급사회에서 손님 장사로 변신하는 것은 그리 간단한 일이 아니었던 모양이었다. 그 초보에게 손님 다루는 기초를 가르쳐준 사람이, 다름 아닌 오구니였다.

그렇다——기보다, 남편이 지금까지의 망설임을 떨쳐내고 본가의 장사를 돕자고 결심을 한 것도, 오구니와 알게 된 것이 하나의 계기가 된 것은 틀림없었다.

이 집을 주선해 준 사람도, 실은 오구니다.

오구니는 신참 시절부터 줄곧 쓰루가와 이즈를 돌고 있었다고 하는데, 아케미 부부가 이사할 곳을 정하지 못하고 있는 것을 알자 곧 기후와 풍토가 좋은 곳이니 살기에는 시즈오카가 좋다——고 추천해 주었던 것이다. 게다가 빌려 살 집까지 찾아 주었다.

그 결과 지금의 생활이 있는 셈이니, 오구니는 어떤 의미로 아케미 부부의 은인이기도 하다.

그런 오구니가 이 집을 찾아온 것은, 이사했을 때 이후 처음이다. 주선한 자가 자신이어서인지, 줄곧 신경은 써 주고 있었던 모양이다.

듣자 하니 오구니는 이틀 전에 누마즈에 들어와 단골 거래처를 돌고 있었다고 하고, 그렇다면 어제 아케미가 본 약장수도 오구니였을지도 모른다.

새삼 물어보지는 않았다.

오구니는 말했다.

"그런데——참 이상한 이야기로군요. 아무래도 이해가 안 됩니다. 우선, 결국 그 사람은 왜 목을 매단 겁니까? 그 사람에게 사정 같은 건 물어보셨습니까?"

"그게요——."

——무언가가 빠져 있습니다——.

——뭐가 빠져 있다는 거야.

아케미는 이해할 수가 없었다.

어젯밤——.

겨우 진정된 침상 위의 무라카미에게서, 아케미는 어느 정도의 사정을 들을 수 있었다. 물론 물어본 사람은 아케미가 아니고, 호기심 덩어리가 된 옆집 아주머니——나쓰다. 구해 준 은혜도 있다. 마치 어머니가 아들의 불미스러운 짓을 꾸짖는 듯한 말투로, 나쓰는 물었다. 무라카미는 매우 미안해하기는 했지만 딱히 무엇을 숨기는 기색도 없이, 자신의 반생을 섞어 가며 묻는 대로 진실을 토로했다. 자살 충동을 갖게 된 경과와 그 동기에 대해서 무라카미는 우선 이렇게 말했다.

무언가가 빠져 있습니다——.

무언가란 뭐냐——돈이냐, 여자냐. 나쓰는 추궁했다.

그게 뭔지 모르니 무서워진 겁니다——.

무라카미는 그렇게 말했다. 무언가가 빠져 있다, 그러나 빠진 것이 무엇인지는 모른다——정체불명의 상실감에 부추겨져 겁쟁이 남자는 목숨을 버리려고 했다는 것이다.

이해할 수가 없었다.

"빠져——있다니요?"

"글쎄요. 그러니까——아마 허무한 기분이 든 거겠지요."

"허무한?"

오구니는 펑펑한 얼굴을 일그러뜨렸다.

"왠지 소녀소설의 대사 같군요. 허무하다니. 그런 솜사탕 같은 이유로 죽는단 말입니까? 저는 그런 기분은 역시 이해할 수가 없군요. 사업에 실패했다거나 마누라가 도망갔다거나, 그런 것이 아닌 거지요?"

"경영하고 있던 나사 공장이 망했다나 하는 말은 했지만요. 그렇다고 어떻다거나 한 것도 없었던 모양이고. 그것도 그, 무슨 연수회에 들어간 덕분에 의욕도 생겼다나요."

"아아, 으음 '길의 가르침'이었나요. 하지만 그건 사기당하지 않도록 조심해야 합니다. 들은 바에 따르면 사이비라나요. 중소기업의 경영자를 봉으로 삼아서 성의 없는 조언만 하는, 일종의 영능력 사기입니다. 제가 아는 가족도 걸려들었지요."

"글쎄요, 저는 그런 건 모르겠어요. 사기든 얼간이든, 잘되기만 하면 되는 거겠지만——."

——자살의 동기.

아케미는 결국 이해할 수 없었다. 하지만 반면, 몹시 알 것 같은 기분도 들었다. 오구니라면 아케미와 달리 견문도 넓으니, 견식도 깊을 것이다. 혹시 알지 않을까 싶어서 이야기하기 시작한 것이었다.

오구니는 잠시 조리[85]를 바라보다가, 뭐, 병——일까요——하고 중얼거렸다.

"병——인가요?"

"병이겠지요. 이건 마음가짐이 어떠니, 사고방식이 어떠니 하는 게 아닐 겁니다. 이유는 없다고 생각하는 게 좋아요. 그런 사람은 모기에 물린 것만으로도 죽고 싶어진다고 들었습니다."

85) 일본 짚신.

"그런 병이 있나요?"

"뭐 마음이 울적해지는 병이라는 건 있으니까요."

"마음이 울적해지는——."

"그래요. 우울해지는 겁니다. 들은 바에 따르면, 그런 병에 걸린 사람은 갑자기 죽고 싶어진다고 하더군요. 이유는 별로 없어요. 본인의 입장에서 보자면 심각하겠지만——뭐 가족이 더 심각하지요. 갑자기 죽고 싶어 하니, 눈을 뗄 수가 없거든요."

성가시네요, 라고 말하자 성가시지요, 하고 대꾸해 왔다.

"그 병은 낫는 건가요?"

"뭐 신경에 효험이 있는 온천이라는 것도 있고, 약도 있기는 있지만——저도 일단 갖고 있긴 한데, 애초에 다들 병이라고 생각하지 않으니까요, 그런 건. 지금은 그, 신경을 고치는 의사 선생님이라는 분이 있지 않습니까. 그러니 병이라는 걸 알 수 있겠지만——."

무라카미가 그 마음이 울적해지는 병——이라고는, 아케미에게는 생각되지 않는다.

왜냐하면, 의식이 돌아온 무라카미는——조금도 울적해하지 않았기 때문이다. 무언가를 두려워하고 있는 것 같기는 했지만 음울한 기색은 보이지 않았다. 무라카미는 처음 구해준 후와 똑같이 한심하고, 그저 사과하기만 했을 뿐이다. 그저 사과하면서도 끊임없이 자문자답하는 것 같기는 했다.

——그것이야말로 병이라는 증거일까.

스스로도 자살 동기를 알지 못하는 것인지도 모른다. 그것은 발작처럼 찾아오는 것일까. 그러고 보니 오구니는, 파도가 있는 거겠지요——라고 말했다.

"좋아졌다 나빠졌다 하는 겁니다. 그러니 병이겠지요. 괴롭고 괴로워서 죽으려고 한 거라면, 그렇게 변덕스러워지지는 않거든요."

오구니는 그렇게 말을 맺었다.

그건 어떨까, 하고 아케미는 속으로 생각한다. 괴롭고 괴로워서 생각다 못해 한 일이라도, 자살하려고 결심하는 순간이란 역시 발작 같은 것이 아닐까.

——그래야만 한다.

"그건 그렇고——."

하고 오구니는 몸을 반쯤 돌려 돌아본다.

"——그 사람은 약장수를 무서워한다면서요."

"그런 말을 하더군요. 겁이 많은 사람인가 보지요."

"그렇지도 않을 겁니다."

오구니는 다리를 꼬고는 더 크게 몸을 틀어 돌아보았다.

"제가 말하는 것도 묘하긴 하지만, 약장수가 무섭다는 건 저도 이해가 안 가는 것은 아니에요. 우리는 이 지방에서 저 지방, 이 마을에서 저 마을로 새처럼 떠돌아다니는 셈이니까요. 그 지역 사람들 입장에서 보자면 1년에 한 번밖에 찾아오지 않는 타지 사람입니다. 아무리 친해져도 1년만 뜸하면 사람도 바뀌고 인심도 바뀌지요. 노인은 죽어요. 아기는 태어나고요. 부부가 헤어진 사람도 있습니다. 우리는 거기에 나타나는 거예요. 왜, 귀신이니 신이니 하는 것도 그렇게 매년 한 번 찾아오는 게 아닙니까. 마찬가지입니다. 하지만 신이라고 할 정도로 고마운 얼굴도 아니고, 스스로 생각해도 수상하다고는 생각하거든요. 귀신이나 마찬가지지요."

오구니는 기침이라도 하듯이 웃었다.

“여러 지방을 돌다 보면 여러 가지 이야기를 듣습니다. 아이를 잡아간다는 건 어디에나 있는 이야기고요. 가쿠레자토[隠れ座頭][86]라느니 고토리바바[子取り婆][87]라느니, 지방마다 여러 가지 이야기가 있지요. 텐구[天狗]도 잡아가요. 가미카쿠시[神隠し][88]라는 거지요. 요즘 식으로 말하자면 유괴예요.”

“유괴 —— 라고요?”

“그래요. 고기모토리[子肝取り]나 아부라시보리[脂搾り]라는 건 주로 교토나 오사카 지방에 있는 말이지요. 그 이름대로 잡아간 아이의 생간을 뽑거나 기름을 짜내서 약으로 만든다고 하는데, 중병이나 난치병에 효험이 있다나 뭐라나. 뭐, 맹신이겠지요. 물론 저는, 아니 아니, 댁의 남편도 그런 건 취급하지 않지만요. 하지만 개중에는 믿는 사람도 있겠지요.”

“있을 —— 까요?”

인체는 영약이나 묘약이 된다고 —— 그렇게 믿고 길을 잘못 든 남자를, 아케미는 한 명 알고 있다. 그렇게 멀지 않은 과거에도 그것을 믿은 사람들의 손에 의해 수많은 엽기 사건이 일어났다는 이야기도 들었다.

따라서 속설이나 미신은 —— 효험이 있는 것인지 없는 것인지 아케미는 모르지만 —— 아직 유효한 것이리라.

---

86) 홋카이도, 아키타 현, 간토 지방에 전해지는 요괴의 일종. 아이를 납치한다거나 밤에 소리를 낸다거나 사람에게 복을 준다는 등, 지방에 따라 여러 종류의 성질을 갖고 있다는 전승이 있다.

87) 커다란 자루를 어깨에 짊어지고 아이를 잡아간다는 요괴.

88) 사람이 어느 날 홀연히 사라지는 현상. 신이 있다는 지역의 산이나 숲에서 사람이 행방불명되거나, 도시나 마을에서 아무 전조도 없이 실종되는 것을 신의 짓이라고 생각한 개념이다.

아케미가 그 비슷한 말을 하자 오구니는, 그야 뭐 그렇습니다—— 라고 말했다.

"——옛날에는 있었겠지요. 정말로."

"무슨 말씀이시지요?"

"그러니까 고기모토리 말입니다. 유괴범은 실제로 있었던 게 아닐까 싶거든요. 옛날에는 그런 장사가 있었겠지요. 왜냐하면, 부르는 이름은 다 달라도 전국 어디에서나 들을 수 있으니까요. 나쁜 짓을 하면 요괴가 온다, 잡으러 온다——."

"그건 요괴잖아요."

"그러니까 요괴인 겁니다. 협박장이라도 와 버리면 범죄지만요. 유괴해도, 그대로 죽여 버리면 누구 짓인지 알 수가 없어요. 유괴하는 건 인간이라도, 누가 유괴했는지 알 수 없으니 요괴입니다. 유괴된다는 현상 자체가 요괴인 겁니다. 뭐, 길을 잃고 헤매다 죽었다거나, 계곡에 떨어져 죽었다거나, 그런 것도 한데 뭉뚱그려 취급되었겠지만요. 그렇지 않으면 이렇게 사람을 유괴하는 요괴가 많지는 않을 겁니다. 아케미 씨——아마 신슈 출신이었지요?"

"네."

"그럼 몬모라든가 모몬가라든가?"

"예에——?"

무슨 말일까. 들어 본 적은 있는 것 같다.

오구니는 양손을 들고 손가락을 펴서 구부리더니 입을 크게 벌리고, 모몬가아 하고 말했다.

"어머나, 싫어요——요괴도 아니고."

"그러니까 요괴입니다. 이런 위협을 당하지 않으셨습니까?"

"글쎄요——."

아케미의 기억에는 후쿠로카쓰기밖에 없다. 하지만——잘은 기억나지 않지만 한눈에 당장 요괴 흉내라는 것을 안 이상, 그런 동작이나 울음소리는 요괴의 것이라고, 아케미도 그렇게 인식하고 있었던 것이리라. 거기에 위화감은 없었다.

"아마 신슈 부근에서는 그렇게 말하는 것 같던데, 아닐까요? 저는 사가[佐賀] 출신인데, 어릴 때는 자주 이렇게 위협을 당했습니다. 간고오, 간고오."

"간고오?"

"모몬가나 간고나 요괴의 이름입니다. 이름이랄까, 요괴를 그렇게 부르는 거지요. 아이들이 쓰는 말로요. 생선을 물고기, 개를 멍멍이라고 부르는 것과 같은 거겠지요. 그럼——울음소리일까요. 가—라든가 모—라든가, 울음소리 같기도 하네요. 무섭게 들리는 소리겠지요."

"요괴의 울음소리라고요?"

"글쎄요. 우리는 아이들을 상대하는 것도 일 중 하나니까요. 길들인다고 하면 나쁜 말이지만, 미움받으면 안 되니까 장난감도 갖고 다닙니다. 그리고 전국을 순회해야 하는 입장이다 보니, 각 지방 아이들의 말을 외워야 해요. 북쪽은 대개 '모'지요. '모모'라든가 '모몬지'라든가. 남쪽은 '가고'입니다 '가고—'라든가 '가간모'라든가 장소에 따라서 다르고요. '가고제'라고도 해요. 이게 합쳐져서 '가모'라고 하는 곳도 있고요. 제가 멋대로 추측한 바로는, 이건 원래 '가모'가 아닐까요. '가모'의 '가'가 이기면 '가가 어쩌고'가 돼요. '모'가 이기면 '모모 어쩌고'가 되고."

"가모——라는 건 뭔가요?"

그건 깨문다는 뜻입니다,[89] 하고 오구니는 이를 딱딱 부딪쳤다.

"깨물어서 잡아먹겠다——라는 뜻이겠지요. 아이는 유괴되어서 잡아먹혀요——."

"세상에——."

"사람을 먹는다고 하면 대개는 짐승의 짓이라고 생각하지만, 이건 아무래도 짐승은 아닐 거예요. 요괴지요. 짐승이란 살아 있는 사냥감은 먹지 않습니다. 초봄의 곰 같은 경우는 먹지만——그건 덮친다고 하는 게 좋겠지요. 호랑이나 사자는 일본에는 없고요. 어쨌든 그런 건 시체를 먹는 겁니다. 이렇게, 길을 가다 마주치자마자 으드득으드득 물어뜯는 짐승은 없어요. 우선은 덮치는 겁니다. 그러니까 똑같이 조심하라고 해도, 조심하는 방법이 다르지요. 피할 수도 있어요. 하지만 요괴의 경우는 저녁때 그냥 길을 걷기만 해도 마주칠 때가 있습니다. 그리고 마주치면 당장 잡혀가지요. 시체도 나오지 않아요."

"사라져 버리는——걸까요."

"맞아요. 유괴범과는 다릅니다. 요괴는 돈이 목적이 아니거든요. 잡혀가면 돌아오지 않아요. 사라져 버리지요. 그렇지 않다면 잡아먹힌다는 표현은 이상합니다. 게다가 곰은 곰, 늑대는 늑대예요. 일부러 요괴의 짓으로 만들 필요는 없지요. 나쁜 짓을 하면 곰이 온다——고는 하지 않을 겁니다. 뭐 그렇게 말하는 지방도 있을지는 모르지만, 저는 모르겠네요. 게다가 깊은 산속이라면 모를까, 마을이나 동네에 곰이 나오지는 않습니다. 그래서 저는, 옛날에는 사람을 잡아가는 직업이 있었던 게 아닐까 생각하는 겁니다."

---

89) '물다'라는 동사는 일본어로 '가무[咬む]'이다.

"사람을 잡아가는——."

"그런 놈들이 일본 전국에 있었기 때문에, 이렇게 사람을 잡아먹는 요괴나 사람을 잡아가는 요괴가 만연한 게 아닐까, 이렇게 생각하는 거지요. 그런 놈들은 그 지역 사람은 아닐 겁니다. 그러니 여행하는 사람은 조심해야 한다는 뜻이 되지요. 그리고——우리 약장수들은 마을 사람들 입장에서 보면 그저 여행자니까요."

"그래서 약장수는 무섭다——고요?"

"무서워해도 어쩔 수 없다고, 이렇게 생각하는 겁니다. 우리는 보기에 따라서는 간고거든요. 요괴의 동료입니다."

——요괴.

——사람을 잡아가는 이.

——약장수.

"사람을 파는——사람을 사는 장사라는 건 실제로 있지 않습니까. 지금은 어떤지 모르겠지만 바로 얼마 전까지 처녀를 파는 건 드문 일이 아니었어요. 잡아먹지 않아도 사람은 상품이 되지요. 그렇다면 어디에선가 구해야 할 겁니다. 보통은 부모에게서 사지요. 하지만 구입하는 금액이 공짜라면 거저 버는 게 아니겠습니까——."

왜 그러십니까, 아케미 씨——하고 말하며 오구니는 평평한 얼굴을 향했다.

아케미는 말을 고른다.

"그——무라카미 씨 말인데요."

무라카미가 약장수를 무서워하는 이유.

아케미는 어젯밤, 그 이유를 물었다.

아케미는 목을 매단 한심한 남자의 얼굴을 떠올린다.

무라카미는 기슈 구마노 출신이라고 했다. 와카야마 현과 미에 현의 경계, 신구[新宮]라는 곳이라고 한다. 15, 6년쯤 전, 겨우 열네 살 때 무라카미는 생가를 나왔다. 나왔다고는 해도 고용살이를 나간 것도 양자로 보내진 것도 아니다. 가출한 거라고 한다.

무라카미는 말했다.

——엄격한 아버지가 무섭고, 동생들한테만 신경 쓰는 어머니가 미워서.

——거만한 형이 싫고, 잔소리 심한 친척들이 성가셔서.

——본가가 불편하고, 시골의 풍토가 성미에 맞지 않아서.

——모든 게 싫었습니다.

——집은 농가였지만 엄청나게 가난해서.

——땅도 척박해서 제대로 된 작물도 나지 않고.

——종이를 뜨는 일도 했지만, 아무리 일을 해도——.

전혀 밝은 미래는 보이지 않았다고 한다. 그게 싫어서 무라카미는 결국 집에서, 마을에서, 생활에서 도망쳐 나온 것이다.

아케미는 생각한다.

열네 살이라면 확실히 어중간한 나이이기는 하다.

이제 어린아이도 아니고, 그렇다고 해서 자활(自活)할 수 있는 것도 아니다. 지금은 교육제도가 확실해진 모양이니 그 어느 쪽도 아닌 학생이라는 포지션이 마련되어 있지만, 당시에는 아무나 진학할 수 있는 것도 아니었고, 그 경우에는 요컨대 반편이라는 부당한 호칭으로 불리는 본의 아닌 신분에 만족할 수밖에 없는 것이다.

아케미도 가난한 집에서 태어나, 열세 살 때 고용살이를 나갔다.

반편이에게 인생의 선택지는 없는 것이다.

무라카미는 그것이 싫었을 것이다.

소년은 그전에도 몇 번인가 가출을 시도했다고 한다.

그리고 그때마다 도로 끌려왔다고 한다. 어차피 소년은 행동반경이 좁다. 그러니 이것은 어쩔 수 없다. 고작해야 마을 변두리를 배회하는 정도로는, 집의 속박에서 벗어날 수는 없는 것이다.

하지만——.

이른 봄이었다고 한다.

그것이 1937년인지, 38년이었는지, 명확하게는 생각나지 않는다고, 무라카미는 말했다.

늘 있는 일이었다. 심한 말다툼 끝에 더는 못 참겠다, 나는 집을 나가겠다——고 위세 좋은 말을 내뱉고 무라카미는 뛰쳐나갔다.

새빨간 얼굴의 아버지가 쫓아왔다.

뒤를 보지 않고 달렸기 때문에 어디까지 쫓아왔는지는 알 수 없지만, 아마 곧 되돌아갔을 것이다——라고 소년은 생각했다고 한다.

늘 있는 일이었다. 아버지도 어머니도 무라카미가 어디로 도망칠지는 사전에 알고 있었던 것이다. 그러니 진심으로 쫓지는 않는다. 그것이 조금 짜증 났다. 그러나 도망자 자신도 어차피 강가나 마을 변두리에서 붙잡힐 거라고 얕잡아 보고 있었던 것 같기도 하다고, 무라카미는 술회했다.

정말로 늘 있는 일이었던 것이다.

그때 무라카미는 신사 경내로 도망쳐 들어갔다.

아스카 신사라는 이름의 신사라고 한다.

목을 움츠리고 도리이를 지났다.

숨을 곳은 그렇게 많지는 않다.

무라카미는 그곳에도 이미 몇 번 도망쳐 들어간 적이 있었다. 요전에는 신사 건물 오른쪽에서 붙잡혔다. 그래서 일단 무라카미는 왼쪽으로 돌아들어 갔다.

왼쪽은 우에온비[上御備], 오른쪽은 시타온비[下御備]라고 불렀습니다.

왜 그렇게 부르는지는 모릅니다——.

무라카미는 그렇게 말했다.

유래는 알 수 없지만, 무라카미는 우에온비라고 불리는 신역(神域)으로 도망쳐 들어간 것이다.

커다란 신목(神木) 두 그루가 마치 도리이처럼 서 있는, 그 중앙을 지났다. 신사 건물 뒤는 나무가 울창하게 우거진 야트막한 구릉으로 되어 있고, 그곳은 봉래산(蓬萊山)[90]이라고 불리고 있었다.

두 그루의 신목 한가운데에는 높이 대여섯 척의 입석(立石)이 모셔져 있었다고 한다. 입석에는 앞치마 같은 것이 걸려 있고, 아래쪽은 강가의 돌로 둥글게 에워싸여 있는데, 그 안쪽에는 조약돌이 깔려 있었다.

순산의 돌이라고 전해지는 돌이라고 한다.

무라카미는 그 뒤에 숨었다. 돌 뒤에는 뭔가 이상한 나무가 우거져 있었다. 나무와 돌 사이에 끼다시피 쪼그리고 앉아 잠시 있었다. 쫓아오는 기척이 나지 않아서, 무라카미는 돌에 등을 기대고 다리를 뻗고 앉았다.

길었을까, 짧았을까. 무라카미의 기억으로는 한 시간 정도라고 하지만 시계가 있었던 것도 아니고, 그 부분은 애매하다.

---

90) 중국 전설에서 나오는 가상적 영산(靈山)인 삼신산(三神山) 가운데 하나. 동쪽 바다의 가운데에 있으며, 신선이 살고 불로초와 불사약이 있다고 한다.

아무 기척도 없었는데 갑자기 목소리가 났다.

——뭘 하고 있느냐.

소년은 기겁했다. 비유가 아니라, 정말로 다리가 풀렸다고 한다. 낮은데도 정수리를 찌를 듯한 날카로운 목소리는, 이어서 이렇게 말했다.

——이곳은 예로부터 신역이다. 일본에 아직 이름이 없던 시절부터 신성한 곳이었어.

——함부로 들어와도 되는 곳이 아니다——.

신관인가 생각했다고 한다. 당연할 것이다. 무라카미는 숨을 죽이고 위축되어 목소리가 나는 쪽을 보았다. 그러나 그곳에 있는 것은 신관이 아니었다.

검은 이가바카마[伊賀袴][91]에 각반이 보였다. 시선을 든다. 위도 역시 검은 기모노였다. 삼각형을 두 개 겹친, 대바구니 문양이 인상적이었다고 한다.

이런 신주(神主)는 없다.

그렇게 생각한 순간 무라카미는 공포에 사로잡혔다.

——왜 그러느냐.

남자는 싱긋 웃었다.

——무서워할 것은 없다. 무라카미 헤이키치 군.

목소리가 나오지 않았다.

——가출해서 온 게냐. 질리지도 않고.

---

91) 닷쓰케바카마[立付袴, 裁っ着け袴]라고도 하는 하카마의 일종. 네 폭짜리 하카마의 옷자락에 각반을 단 것으로 움직이거나 걷기에 편했으므로 무사가 여행할 때나 행상인, 농민, 어부들이 일을 할 때 흔히 입었다. 에도 시대에 들어서면서 이가(伊賀 : 현재의 미에현 북서부를 가리키는 옛 지명) 지방의 닌자가 입었다고 해서 '이가바카마'라고 불리게 됨.

남자는 유유히 다가왔다. 그리고 무라카미 바로 옆에 몸을 굽히고 귓가에서 말했다.

——나쁜 아이로군.

왜인지 모르겠지만 분명히 살해될 것 같은, 그런 기분이 들었습니다——하고 무라카미는 그때의 기분을 말했다. 신벌을 받은 거라고 생각했다고 한다.

남자는 천천히 얼굴을 들고 이상한 나무를 올려다보았다.

——이 나무는 천태오약(天台烏藥)이라는 불로장수의 약이다. 가짜지만.

——네 조상은 이 나무를 찾아 멀리에서 이곳까지 왔지. 알고 있었느냐.

그런 것은 몰랐다.

이 남자는 누구일까.

——나는——.

——그래, 약장수다.

——불로불사의 선약(仙藥)을 찾아다니는 약장수지.

묻지도 않는데 남자는 그렇게 말했다.

약장수——사람을 잡아가는 약장수——나쁜 짓을 하면.

비명이 목구멍 바로 아래까지 치밀어 올라온 그때, 헤이키치, 헤이키치——하고 부르는 소리가 들렸다. 아버지의 목소리였다.

무라카미는 순간 아버지——하고 부르려다가 그것을 삼키고, 잠깐 사이에 엄청난 속도로 꾸물거렸다. 자신은 가출해서 나온 것이다. 이런 일로 저 싫은 아버지에게 도움을 청해도 될까. 그만큼 자신은 형편없는 반편이일까.

온통 검은 옷을 입은 남자는 쏘는 듯한 눈으로 무라카미를 응시했다. 그리고 아마 그 갈등을 즉시 간파했을 것이다. 아버지의 목소리가 나는 쪽을 한 번 보고 나서 이렇게 말했다.

——도망치고 싶으냐.

올려다보니 눈이 마주쳤다.

——도망치게 해 주지.

——이리 오너라.

남자는 무라카미의 손을 잡아 일으키고는 천태오약 나무 뒤, 봉래산의 나무들 사이로 무라카미를 이끌었다. 헤이키치, 헤이키치, 여기 있는 거 다 안다, 그만 좀 해——아버지의 목소리가 가까워진다. 남자는 우거진 나무들을 헤치고 덤불을 가르며 나아갔다. 그러자 한 장의 커다란 바위판이 나타났다.

바위는 세로로 갈라져 있었다. 사람 하나가 겨우 들어갈 수 있을 정도의 틈이다. 아마 남자는 여기에서 나온 걸 거라고 무라카미는 생각했다고 한다.

——여기다.

안은 바위굴처럼 되어 있었다.

——여기는 그렇게 오래된 건 아니야.

——다만 이런 게 있다는 건 신사 사람도 모르지.

남자는 그렇게 말하더니 초에 불을 켰다.

몇 개의 불상이 보였다——고 무라카미는 말했다. 신사 경내에서 부처님이라는 것도 이상한 이야기지만, 무라카미의 기억으로는 그것은 분명히 부처의 모습이었다고 한다.

그때 아버지의 목소리는 아직 멀리서 들리고 있었다고 한다.

아마 순산의 돌 주위에서 찾고 있는 걸 거라고 무라카미는 생각했다고 한다.

한동안은 숨을 죽이고 귀를 기울이고 있었다.

아버지의 목소리가 완전히 나지 않게 되고, 질식할 것 같은 긴장이 풀리자 그제야 무라카미는 목소리를 낼 수 있었다.

당신은——누구세요?

떨리는, 쉰 목소리였다.

약장수다——남자는 다시 그렇게 말했다.

어떻게 저를 아세요——그렇게 묻자 남자는 짙은 음영이 드리워진 얼굴로 활짝 웃었다.

——뭐, 너만 아는 건 아니다.

——나는 이 근처의 사람은 모두, 자세히 알고 있지.

——조상 대대로, 가업에서부터 가족 관계까지, 전부 조사는 되어 있어.

——그래서 네가 가출 상습범이라는 것도 전부터 알고 있었다.

——걱정 마라. 정말로 집을 나가고 싶다면 도와주마.

건조한 동굴 내부다. 남자의 목소리는 잔향을 동반하고 몇 번이나, 몇 번이나 고막에 울렸다.

——정말 집을 버릴 수 있느냐.

버릴 수 있느냐 버릴 수 있느냐 버릴 수 있느냐.

그런 아버지. 그런 집. 그런 마을.

뭐가 그렇게 마음에 안 들었는지, 이제 와서는 잘 모르겠습니다——라며, 침상 위에서 무라카미는 아래를 보았다. 누구에게나 분명히 그런 시기는 있는 것이다——라고 아케미는 생각한다.

집을 나가고 싶다거나 부모가 싫다거나, 그런 푸념은 실은 변명일 것이다. 뭔지 모르겠지만 반발하고 싶다——그것이 진실이라고 아케미는 생각한다.

불만의 원인 또한 바깥에 있지는 않은 것이다.

그러나 그런 시기에, 행복도 불행도 자신의 바깥에 있지는 않다——라는 것을 깨닫는 경우는 별로 없다. 어쨌든 견딜 수 없는 불만이 마음속 깊은 곳에 있는 것도 사실이다. 그래서 반발의 대상을 밖에서 찾는다. 부모나 환경 탓으로 돌리는 것은 자신을 정당화하고 싶기 때문이다.

하지만 이유를 밖에서 찾는 동안에는 그것은 영원히 해결되지 않는다. 억눌린 충동은 이윽고 큰 굴절을 가져오는 경우도 있다. 하지만 참고 지나쳐 보낼 수 있으면 없었던 것이 되어 버릴 정도의, 매우 사소한 일인데도.

무라카미 소년은 그때, 아무리 해도 지나쳐 보낼 수가 없었을 것이다. 싫다 싫다 싫다고, 영문을 알 수 없는 혐오감이 어둠 속에서 비대해져, 결국 무라카미 소년은 남자의 말에 고개를 끄덕였다.

남자는 대담하게 웃었다.

——좋은 각오야. 이 신사는 구마노 3소 권현[92]의 발상지라고 주장하고 있지.

——하지만 이건 메이지 시대의 신격상신(神格上申) 때 그렇게 주상(奏上)했을 뿐.

92) 구마노 3소는 구마노 3산, 구마노 3사라고도 하며, 구마노에 있는 3대 신사를 가리킨다. 구마노 3소 권현이란 이 구마노 3사의 주요 제신으로 모셔져 있는 세 신을 말한다. 구마노 3사는 구마노혼구타이샤[熊野本宮大社], 구마노하야타마타이샤[熊野速玉大社], 구마노나치타이샤[熊野那智大社]이며, 이곳의 주요 제신은 각각 게쓰미코노카미[家都御子神], 구마노하야타마노카미[熊野速玉神], 구마노후스미노카미[熊野夫須美神]이다.

——본래는 요모쓰코토사카노오노미코토[泉津事解男命]를 모시고 있었다는 신사다.

——요모쓰코토사카노오노미코토라는 신은 말이지.

——이자나기노미코토[伊弉諾命][93]가 황천의 이자나미노미코토[伊弉冉命]에게 이혼장을 건넸을 때 태어난 신이다.

——그러니 일상의 굴레와 결별하기에는 안성맞춤인 곳이지.

남자는 동굴 안에서 일어섰다.

——여기에는 아무것도 없다. 내가 찾는 건 이곳에는 없을지도 모르지.

——네 가족에게도 물어보아야겠지. 물어서 아무것도 나오지 않으면 그냥 두지 않겠다.

——아무것도 모르는 너까지 끌어들이는 것도 좀 그런가 하는 생각도 드는군.

무슨 뜻인지 알 수 없었다.

이어서 남자는 이렇게 말했다.

——너희 가족은——없어질지도 모르지.

——그래도 좋으냐?

소년은 고개를 끄덕였다.

그런 아버지, 그런 가정——그러나 무라카미는 고개를 끄덕인 것을 곧 후회했다고 한다. 뜻을 잘 알 수 없었던 탓도 있었을 것이다. 그러나 그때는 이미 늦었다.

---

93) 일본 신화에 등장하는 남신(男神)의 이름. 이자나미노미코토의 오빠이자 남편으로 아마테라스나 스사노오 등 많은 신의 아버지이다. 일본 신화에 따르면 천지개벽 때 신세칠대(神世七代)의 마지막에 이자나미와 함께 태어났으며, 일본 국토는 이들 부부 사이에서 태어난 것이라고 한다.

남자의 얼굴이 가까이 다가왔다. 불빛에 흔들흔들 흔들리는, 입가만이 보였다고 한다.

——너는 이제부터 내 밑에서 일해라. 이즈에.

——아니, 우선은 도쿄에라도 보낼까.

무라카미는 그 허약한 의지와는 반대로, 이제 자신은 이 남자가 시키는 대로 해야 할 거라고 강하게 생각했다고 한다.

——그만두려면 지금밖에 없어.

——되돌아갈 수는 없다.

——괜찮은 거겠지.

그리고 소년 무라카미 헤이키치는 남자에게 잡혀갔다.

"잡혀갔다——."

오구니는 아케미의 말을 반복했다.

"잡혀간 거예요. 왜냐하면, 그대로, 뭐, 가출이니까 일단 집에 돌아간다는 것도 이상하기는 하겠지만, 어쨌든 무라카미 씨는 그 수상한 남자에게 이끌려 기차를 타고, 배를 타고, 끌려가 버렸다고 했으니까요——."

오구니는 말없이 아케미에게서 얼굴을 돌리고 현관의 미닫이문을 노려보는 것 같았다.

"1937——년이라고요."

"그 무렵인가 보더군요."

"그——수상한 남자는, 약장수라고요?"

"맞아요. 그러니까 무라카미라는 사람은 정말로 약장수에게 잡혀갔다는 거예요."

약장수라——하고, 오구니는 혼잣말처럼 중얼거렸다.

"네, 전해지는 이야기대로 나쁜 짓을 하면 잡혀가는 거라고, 그렇게 생각했겠죠."

"헤이키치——."

"네에?"

"그 목을 맨 사람은, 무라카미——헤이키치라고 하던가요?"

오구니는 아케미에게 그렇게 물었다.

——뭘까. 이 잠깐의 침묵은.

"그래——요, 그런데요——오구니 씨, 설마 그 사람을——아시나요?"

당치도 않아요, 어째서 제가——하고 오구니는 돌아보며 말했다. 그건 그럴 것이다. 그런 우연은 좀처럼 없다. 그러나.

"아니, 그렇지, 저는 물론 그런 사람은 모르지만, 그 신사는 알고 있어요. 그 아스카 신사라는 건 서복(徐福)과 인연이 있는 신사입니다."

"서——복이라니요?"

"먼 옛날 중국의 방사(方士)——그러니까 선인(仙人) 같은 겁니다. 먼 옛날에 진귀한 약을 찾아서 머나먼 일본으로 건너온 모양이에요."

"약을."

"그래요. 약을——."

오구니는 거기에서 아케미의 눈을 보았다.

"그 서복이, 바다를 건너 아리아케[有明]의 바다[94]에 다다랐다——는 전설이 있지요. 거기에 상륙해서 비약을 찾아다니다가 도착한 곳이 제가 태어난 곳, 그러니까 사가 히라노의 북쪽, 긴류잔[金立山] 산이

---

94) 아리아케 해(海)는 규슈 북서부에 있는 바다이다. 사가 현, 나가사키 현, 구마모토 현, 후쿠오카 현에 걸쳐 있는 규슈 최대의 만으로, 일본의 만 중에서도 조수간만의 차가 크고 유입되는 하천이 많은 것으로 유명하다.

라는 곳입니다. 거기에서 서복은 백발에 동안인 남자에게서 비밀의 약을 전수받았다, 뭐 이런 거지요. 그래서 그 산에 있는 긴류 신사라는 게, 역시 서복과 인연이 있는 신사거든요. 제 생가는 그 산의 산기슭에 있으니까요. 어릴 때부터 이야기를 들었고, 진작부터 신경 쓰고 있었어요."

"신경 쓰다——니요."

"사실인지 아닌지 말입니다. 그렇게 만병에 효험이 있는 약이 있다면, 할머니의 각기병도 아버지의 통풍도 나을 텐데——하고, 뭐 그런 기특한 마음가짐도 아니었지만, 신경은 쓰고 있었지요. 사람들한테 물어보기도 했습니다. 그랬더니 그 약이라는 것은 구로후키[黒蕗]라는 겁니다. 분명히 고향 산에는 구로후키가 군생하고 있고요. 하지만 만병에 효험이 있는 건 아니에요."

오구니는 보따리에서 종이꾸러미를 꺼냈다.

"이건 세신(細辛)이라는 약인데요, 이것의 원료가 구로후키입니다. 이건 분명히 진통 해열의 효능은 있지요. 하지만 만병에 효과가 있지는 않습니다. 저는 실망했어요. 실망한 김에 실망할 거리를 하나 더 알았고요. 서복이라는 사람은 규슈 외에 다른 곳에도 상륙한 것 같다는 겁니다. 우선은 단고[丹後][95]의 니이자키[新井崎]. 니이자키 신사에도 서복은 모셔져 있었지요. 그리고 그, 구마노의 아스카 신사——."

"네에."

그 신사에 대해서 알고 있었던 건 그런 이유입니다——라고 오구니는 말했다. 거짓말인 것 같지는 않았지만, 아케미는 현혹된 듯한 인상을 씻을 수 없었다.

---

95) 현재의 교토 부 북부를 가리키는 옛 지명.

"네. 뭐, 이건 먼 옛날의 이야기니까요. 모모타로[桃太郎][96] 같은 것과 마찬가지로, 어디까지가 사실인지 알 수 없어요. 전부 거짓말일지도 모르지요. 다만 그, 구마노에는 서복의 무덤까지 있습니다. 무덤만이라면 이 근처, 고슈[甲州][97]의 후지요시다[富士吉田]에도 있지만요."

"후지요시다에?"

"후지산 기슭에는 서복 전설이 많습니다. 후지산이 서복의 목적지였다——고 하지요. 어느 모로 보나 있을 법한 이야기지만——지나치게 잘 만들어졌다는 느낌도 들긴 합니다. 후지산의 별명이 봉래산이라는 이야기까지 있어요. 하지만 저는, 그, 구마노의 봉래산인가요? 그 두 사람이 숨었던. 그곳이 진짜 아닐까 생각했지요. 봉래산이라는 건 바다에 떠 있다고 해요. 후지산은 바다에 떠 있는 것은 아니지 않습니까. 하지만 아마 그 구마노의 봉래산이라는 산은, 먼 옛날에는 사방이 물에 에워싸인 섬이었다——고 하니까요."

"네에."

그것과——무라카미의 이름이 무슨 상관이 있는 것일까.

석연치 않았다. 그러나 오구니는 평소와 다름없는 평평한 얼굴로, 웃음까지 띠고 있다.

아케미가 한순간 당혹스러워졌던, 그 부자연스러운 침묵은 꿈이었을까. 그런 기분마저 들 정도다.

아케미는 입을 다문 채 마당을 보았다.

"그러니까 말이지요——."

오구니는 말을 잇는다.

---

96) 일본의 전래동화. '모모'는 '복숭아'라는 뜻으로, 복숭아에서 태어난 모모타로가 개, 꿩, 원숭이 등을 거느리고 도깨비 섬을 정벌했다는 이야기이다.
97) 가이[甲斐]의 다른 이름. 가이는 현재의 야마나시 현을 가리키는 옛 지명이다.

"——그 약장수라고 했던 수상한 남자도 그런 전승을 듣고 약이라도 찾으러 왔던 게 아닐까요. 그렇다면, 그렇지. 호사가의 부류입니다."

"그럴까요——."

호사가가 가출한 아이를 데려갈까.

아케미가 그렇게 말하자 오구니는 미묘하게 얼굴을 경련시켰다. 웃은 것인지 곤란해한 것인지, 아케미에게는 판별이 가지 않았다.

"그럼 아케미 씨, 그 남자는——가령 인신매매를 하는 사람이라고요?"

"인신매매라고 할까, 이 경우는 유괴범이겠지요. 오구니 씨, 아까 그런 장사가 있다고, 직접 말씀하셨잖아요."

오구니는 역시 지극히 희미하게 안면 근육을 움직였다.

"있는——게 아니라 있었던——겁니다. 지금은 없겠지요."

"말씀은 그렇게 하시지만, 이 이야기는 지금의 이야기가 아니에요. 전쟁 전——15, 6년이나 전의 일이지요."

그건 그렇지만——오구니는 쓴웃음을 지었다.

"뭐 제가 말하는 옛날은 고작해야 메이지 시대까지의 일입니다. 쇼와 시대에는——역시 어렵겠지요. 그 증거로 최근의 아이들은 '모'니 '가'니 해도 무서워하지 않습니다. 요즘의 유괴라고 하면 예외 없이 영리 유괴. 잡혀간다, 유괴된다고 하면서 무서워하는 건 오직 부모뿐입니다."

"하지만 오구니 씨, 처녀를 사는 일은 바로 얼마 전까지 있었다고도 하셨잖아요. 저도 고용살이라는 건 이름뿐이고, 반쯤 팔려간 거나 마찬가지고요."

"그 무라카미라는 사람이 여성이었다면, 또 이야기는 다르겠지요. 처녀를 팔고 사는 일은 있을 겁니다. 저는 법률은 잘 모르지만, 그 무렵이라면 인신매매도 반쯤 공공연했을지도 몰라요. 하지만 남자니까요. 남자는 돈이 안 되지 않습니까.

에치고 사자춤[98]이니 흥행장이니 하는 것도 지금은 쇠퇴일로니까요——하고 오구니는 말을 맺었다.

그것은 그럴 것이다. 그러나 왠지 말투가 변명하는 것 같았다. 이번 일에 관해서 오구니가 무엇을 변명해야 하는 것인지 아케미는 짐작도 가지 않았지만, 왠지 아케미에게는 그렇게 들렸다.

그래서——하고 오구니는 맥락 없이 화제를 돌렸다.

"그 사람은 그 후에——어떻게 되었습니까?"

"네? 네에, 그게——."

아케미는 이야기하기를 조금 망설였다.

"그게 왜요——."

오구니는 웃음을 지었다.

아케미는 약간 몸을 뺀다.

오구니는 길게 찢어진 외꺼풀의 눈을 가늘게 떴다.

"아무래도 수상하군요. 그래서 그대로, 그 사람은 그 수상한 남자를 따라 고향을 뛰쳐나갔다는 겁니까? 믿을 수 없군요. 그 남자는 산쇼 다유[山椒太夫][99]의 고사처럼 그 사람을 팔아치우기라도 했나요?

---

98) 에치고 지방의 사자춤. 설에 어린아이에게 나막신을 신기고 사자탈을 씌워 춤추게 하거나 재주를 부리게 한다.

99) 단고 지방 가사 군[加佐郡] 유라[由良]에 살았던, 욕심 많고 극악무도한 부자로 전해지는 사람. 중세에 공연되었던 연극의 제목이며, 모리 오가이의 동명의 작품도 있다. 중상모략을 당해 유배된 태수의 자식 안주히메[安寿姫]와 즈시오[厨子王]는 어머니와 함께 아버지를 찾던 중 인신매매를 하는 야마오카 다유의 손에 넘어가 어머니는 사도[佐渡]에, 두 아이는 산쇼 다유에게 팔려가게 된다. 누나 안주히메는 즈시오를 도망치게 하

살아 있는 이상 생간을 뽑힐 것도 아닐 테고?"

"그건——그렇지만요. 그게 기묘한 이야기인데, 무라카미 씨는 어디에선가 읽고 쓰기와 주산을 배웠다——고 해요."

"학교에라도 보냈답니까?"

"글쎄요. 그게——."

만 사흘.

이동에는 만 사흘이 걸렸다고 한다.

기차에서 내려 배를 탄 단계에서, 무라카미는 집으로 돌아가는 것을 포기했다고 한다. 죽임을 당할지도 모른다는 공포는 따라다닌 모양이지만, 남자는 어디까지나 냉정했고 태도가 돌변하는 일도 없었다고 한다. 하지만 풍경 쪽은 어지럽게 변했다. 어디를 어떻게 이동하고 있는지, 전혀 알 수 없었다고 한다. 마을에서 나간 적이 없던 소년에게는 이웃 마을조차 타향이다. 그것은 어쩔 수 없었을 것이다.

——도착한 곳은 도시였습니다. 지금 생각하면 아마 도쿄의 나카노였던 것 같습니다.

——가 보면 알 수 있겠지만, 무서워서 가 본 적은 없습니다.

무라카미는 왠지 당장에라도 울 것 같은 목소리로 그렇게 말했다.

감옥 같은 건물이었다고 한다. 거기에서 무라카미는 기본적인 교육을 받았다. 교관인 듯한 인물은 한 명이었고, 거의 항상 붙어 있었다고 한다. 하지만 무라카미는 교관 이외의 인간과는 전혀 접촉하지 않은 모양이다. 다만 그 외에도 사람은 많이 있었던 것 같다——고 무라카미는 말했다.

려다 산쇼 다유의 아들 사부로에게 처참한 고문을 당한 끝에 죽게 되고, 즈시오는 신불의 도움으로 출세해서 산쇼 다유 부자와 야마오카 다유에게 복수한다.

남자는 그 교관에게 무라카미를 맡기고는 아무런 설명도 없이 떠났고, 그 후 결국 한 번도 얼굴을 내밀지 않았다고 한다.

외출은 허락되지 않았고 장소나 명칭을 묻는 것조차 허락되지 않았다고 한다. 그곳이 무엇이었는지, 그래서 무라카미는 지금도 모른다고 한다.

——엄하지는 않았습니다. 오히려 다정했어요.

——머리는 나쁜 편이 아니어서 공부도 그럭저럭 재미있었고요.

——이제 내 인생도 바뀔 거라는, 덧없는 희망도 생기지 않은 것은 아닙니다.

——하지만 역시 사정을 전혀 모른다는 건——.

무서웠다——고 무라카미는 말했다.

겁이 많은 남자인 것이다.

그리고 석 달 후.

무라카미는 그곳에서 도망쳐 나왔다. 견딜 수 없게 되었다고 한다.

변소 창문을 비틀어 열고 담을 뛰어넘어, 무라카미는 도망쳤다. 자신은 도망만 치고 있다——고, 그때는 생각했다고 한다. 무턱대고 도망친 것이었다. 자신이 어디에 있는지조차 모르니, 어디로 도망치면 될지 모르는 것도 당연할 것이다.

누가 쫓아올까 봐 신경 쓰여서 자지도 못하고, 돈도 없었기 때문에 식사도 하지 못하고, 무라카미는 그저 도망쳤다.

——강으로 나가 낚싯배에 몸을 숨기며 강을 따라 도망쳤습니다.

——후카가와 부근에서 부랑아 같은 생활을 잠시 하다가, 이타바시로 흘러갔지요.

——거기에서 예능인을 돕거나 하면서 지냈습니다.

구마노로 돌아갈 마음은 들지 않았다고 한다. 그 시점에서는 이미 고향과 가족에 대한 반발과 혐오감은 사라져 버렸고, 오히려 돌아가고 싶어서 견딜 수가 없었다고 한다. 하지만——.

——돌아가면 붙잡힐 거라고 생각했습니다. 부모님한테가 아니라,

——그 약장수한테, 말입니다. 게다가——.

너희 가족은 없어질지도 모르지——그렇게 말하던 남자의 목소리가 뇌리에서 떠나지 않았다. 남자는 이제 되돌아갈 수는 없다고 말했는데, 그것은 정말 그랬다. 이제 어디에도 돌아갈 곳은 없었다. 의지할 사람도 없었다. 그러나 후회는 하지 않았다고 한다. 하지만 그것은 긍정적이라고 부를 수 있을 만한 건설적인 태도가 아니라, 그저 뒤를 돌아보는 게 무서웠을 뿐이다——라고 무라카미는 말했다. 쫓기고 있다는 공포감에 내몰리다시피 하며, 무라카미는 도망쳤다.

——두려워하면서 살다가, 돈이 좀 모이면 거처를 바꿨습니다.

——마을에서 마을을 전전하며 옮겨 다녔고, 그러다가 우연히 토건업자의 인부로 고용되었는데,

——그러다가 전쟁이 시작되었습니다.

태평양전쟁이다.

그러나 무라카미에게 징집영장은 오지 않았다.

고향에는 왔을지도 모르지만, 본인에게는 올 리도 없었다.

전시 중에 무라카미는 이바라키에 있었다고 한다. 전쟁이 시작되고 나서 인부 동료들은 이가 빠지듯이 뿔뿔이 흩어지고 일감도 없어졌고, 무라카미는 이리저리 신분을 속이며 마을 공장에서 일하고 있었다.

당시 무라카미는 건강하고 사지 멀쩡한 성인 남자였고, 그런데도 징병되지 않는 것은 어떻게 보아도 부자연스러웠다. 세상 사람들의 눈도 있고 해서 무라카미는 고용주에게 모든 것을 고백했다고 한다. 공장의 경영자는 착한 사람이어서, 무라카미는 그 남자에게 폐를 끼치고 싶지 않다고 생각했다고 한다. 고용주는 모든 것을 양해하고 무라카미를 숨겨 주었다.

——군수 경기인지 뭔지 때문에 공장은 엄청나게 바빴어요.

——아저씨는 이제 나이가 많았고, 게다가 간이 안 좋아서 마음이 약해져 있었습니다.

——아들이 징병된 직후였던 탓도 있었을 겁니다.

——전선에 가면 돌아오지 못할 거라고, 그렇게 말하곤 했어요.

——사실, 아드님은 전사했습니다.

무라카미는 숨을 죽이고 살았다. 죄를 물을 만한 짓은 아무것도 하지 않았지만, 항상 도망치는 것으로 이루어져 있던 무라카미의 인생은 그것 자체가 어딘가 켕기는 것이기도 했던 것이다. 그래서 무라카미는 숨을 죽이고 살았고, 숨이 막히기 전에 전쟁은 끝났다.

그리고——.

——아저씨는 저를 양자로 삼아 공장의 후계자로 삼겠다는 말을 하기 시작했습니다.

——하지만 저는 그, 지금 말씀드린 것 같은 사정이 있으니까요.

——네. 쉽게 양자가 될 수는 없었습니다.

——게다가, 그러면 왠지 미안하고요.

——하지만 아저씨는 완고했고, 그 마음도 무시할 수는 없다는 기분이 들었습니다.

그래서――.

무라카미는 아마 10년 가까운 시간을 거쳐 고향 구마노로 돌아갔다.

복잡한 심경이었다고 한다.

하지만.

가족은 없었다.

아버지도 어머니도 형도 동생들도 친척도 지인도 없었다.

집은 불타고, 희미하게 흔적을 알아볼 수 있을 뿐이었다.

무라카미가 거절한 과거도, 맞아들여 줄 과거도, 거기에는 아무것도 없었다.

게다가 아스카 신사의 그 순산의 돌까지 폭격으로 없어졌다고 한다. 비슷한 돌이 다른 장소에 세워져 있었지만, 그것은 기억 속의 돌과는 달랐다. 동굴에는 무서워서 들어갈 수 없었다고 한다.

무라카미는 관청으로 갔다.

그러나――.

――아, 아아. 사망 신고가 되어 있었습니다.

――아니, 제가요. 저는 1938년에 열다섯 살의 나이로 사망한 거로 되어 있었어요.

――아마 행방을 모른 채, 죽은 거로 판단했나 봐요.

――가족에 대해서는 알 수 없다고 하더군요. 그 무렵에는 혼란스러웠으니까요.

――아아, 전출 신고도 사망 신고도 되어 있지 않았습니다. 네. 하지만 없었어요.

――예를 들면 어딘가로 피난 갔다가 죽는 사람도 있었을 테고요.

——가족이 모두 죽었다면 사망 신고도 할 수 없겠지요.

——호적 담당자도 곤란해 하더군요.

어떻게 할 수도 없어서, 무라카미는 그대로 이바라키로 돌아갔다고 한다.

이야기를 들은 공장의 아저씨는 양자 결연은 포기하겠지만, 재산만이라도 상속해 주고 싶다고 무라카미에게 말했다고 한다. 그러나 경영권만 양도하려고 해도 호적은 필요하다.

아저씨는 한 가지 꾀를 내어, 새로운 무라카미의 호적을 만들었다고 한다.

전화(戰火)로 호적이 불타 없어졌다고 거짓말을 한 모양이지만 자세한 건 모른다고 무라카미는 말했다.

무라카미 헤이키치는 새로 태어났다.

과거가 없는 남자로 새로 태어났다, 고 해야 할까.

기구한 운명——이라고 부르지 못할 것도 아니다.

오구니는 팔짱을 꼈다.

"호적을——날조한——거로군요."

"글쎄요. 그걸 날조라고 해야 하는지——멋대로 죽임을 당한 거니까요."

그렇다고 해도——하며 오구니는 생각에 잠긴다. 분명히 그것은 정직한 수단으로 얻어진 것은 아닐 것이다. 잘못된 사망 신고가 되어 있었다고 해도, 그렇다면 그런대로 그에 상응하는 법적 절차를 밟아 잘못을 바로잡는 것이 도리라고 아케미도 생각한다.

오구니는 납득한 듯한 얼굴을 했다.

"그게——그 망한 나사 공장입니까?"

"그렇겠지요. 그 아저씨라는 분은 재작년에 돌아가셨다고 했으니까요. 전쟁 후에는 경영이 순조롭지 못해서, 무라카미 씨도 고생했다고 하지만요. 어쨌든 공장 경영은 한 적이 없었을 테고, 경기도 이러니까요."

"그렇 —— 겠지요."

오구니의 얼굴에서 표정이 사라졌다.

"왜 —— 그러세요?"

—— 대체 뭘까.

오구니의, 이 불안정한 반응은.

오구니는 꿈에서 깬 듯한 얼굴로 반응했다.

"아 —— 아니오, 그, 왠지 지어낸 이야기 같은 기분이 들어서요. 아무래도 믿기가 힘들군요. 제 좁은 소견으로는, 글쎄요, 허풍이라고밖에 ——."

"지어낸 이야기 같지는 않던데요. 그 자리를 모면하려고 입에서 나오는 대로 말한 것치고는 꼼꼼하게 준비가 되어 있잖아요. 용의주도해요. 대체, 저를 속여서 무슨 이득이 있겠어요?"

"그건 —— 모르겠지만 —— 허언하는 버릇이 있는 사람도 있는 법입니다. 대체 그 목을 매서 자살하려고 한 것도 연극이었을지도 모르잖아요. 첫 번째는 어떨지 몰라도 두 번째는, 시기가 절묘했지 않습니까. 아케미 씨는 주의 깊은 분이니까 어지간해서는 속지 않을 거라고 생각하지만, 타인의 정을 이용하는 못된 놈들도 있으니까요 ——."

"속일 거라면 좀 더 나은 거짓말을 할 것 같은데요. 동정을 사고 싶다고 생각했다고 해도, 그렇다면 더 불쌍한 신상 이야기를 하겠지요. 그편이 훨씬 지어내기 쉬울 텐데요 ——."

그렇다. 확실히 비상식적이고 엉뚱한 이야기다. 하지만 아케미가 무라카미를 믿은 이유는 무라카미의 분위기가 전혀 비극적이지 않았기 때문이다.

무라카미는 그저 미안한 듯이, 부끄러운 듯이, 담담하게, 더듬더듬 반생을 이야기했다. 그리고 스스로도 자신의 과거를 믿을 수 없다는 듯이, 몇 번이나 고개를 갸웃거렸다.

——슬퍼하지 않았던 걸까.

무라카미의 말에는 비관도 체념도 없다.

생각건대, 그 반생은 그렇게 행복한 것이라고는 말하기 어렵다. 그러나 무라카미가 그것을 불행이라고 느끼는 것 같지도 않다.

그래서 더더욱 자살의 이유는 알기 어려워진다. 연속 자살 미수는 매우 갑작스럽다. 그것만이 무라카미라는 남자의 인생에서 겉돌고 있는 것이다.

아케미가 그렇게 말하자, 그건 그렇지만 그래서 더더욱 그 이야기는 수상하다, 아케미 씨는 사람이 너무 좋다——고 오구니는 말했다.

"그렇잖아요. 그런 파란만장한 인생을 보낸 남자가 말입니다, 이렇다 할 이유도 없이 목을 매단다는 건 역시 이상해요. 뭔가 있다고 생각하는 게 좋을 겁니다. 아마 입담 좋은 거짓말쟁이일 거예요. 더 이상 상관하지 않는 게 좋겠어요."

"그건——."

이대로 내쫓아도 될까. 가령 병원의 입원비나 치료비는 어떻게 되는 것일까.

그런 건 당신이 알 바 아니에요——하고 오구니는 매우 열을 올리며 말했다.

"그 남자의 이야기가 사실이라면 말입니다, 그 사람은 공장은 망했지만 그렇게 비관하고 있었던 건 아니지 않습니까? 먹고살기 곤란했던 게 아니에요. 그런 놈을 왜 돌봐 줘야 합니까?"

그것은 확실히 오구니의 말이 옳다.

무라카미는 단순히 객지에서 가진 돈이 떨어지고 말았을 뿐이다. 그러니까 수상하다는 겁니다——하고 오구니는 말을 잇는다.

"제 생각에, 그 녀석은 사실은 돈 때문에 곤란해하고 있는 거예요. 그래서 자살 흉내를 내어, 도와주는 기특한 사람을 찾고 있었던 거겠지요. 누구나 눈앞에서 사람이 죽으면 싫으니까요. 그것을 노리는 겁니다. 이건 사기꾼 불한당의 수법과 똑같아요. 자해꾼이라는 걸 아십니까? 이렇게, 부딪쳐 와서, 크게 다친 것도 아닌데 크게 다친 척하며 위자료나 치료비를 뜯어내는 겁니다. 그 녀석은 그런 치가 틀림없어요. 그 묘한 옛날이야기도 대부분 거짓말일 게 뻔합니다. 대체, 구마노니 나카노니 이바라키니, 여러 지명이 나왔지만 이 누마즈의 이야기는 한 번도 나오지 않았어요. 인연도 연고도 없는 땅에서 왜 목을 매달겠습니까?"

"거기에는 이유가 있어요."

이유——라, 하고 말하며 오구니는 입을 다물었다.

"무라카미 씨는 공장을 닫은 후 도쿄로 갔대요. 견실한 건지 겁이 많은 건지, 수습할 수 없게 되기 전에 닫아 버려서 빚은 없었다고 하지만, 시골에서는 일자리도 없었던 거지요. 그래서 도시로 가서, 우연히 사람을 모집하고 있던 우편국에서 일했어요. 일했다고 해도 임시 고용이라고 하지만요. 작년 봄이었대요. 중앙우편국이라더군요. 거기에서 하는 일이라는 게, 편지를 검열하는 거였어요."

"편지 —— 검열?"

"그래요. 전쟁 중에는 무슨 적성어(敵性語)[100]니 무슨 위험사상이니 하면서 엄격했던 모양이지만, 전쟁 후에는 전쟁 후대로, 또 다른 의미로 엄격했대요. 하기야 점령이 풀리고 나서의 일은 듣지 못했으니까 모르겠지만요. 진주군에게는 우파도 좌파도 달갑지 않을 테니까요. 그래서 우체통에 넣어진 편지와 엽서를 모아서, 불온한 내용의 편지는 없는지 조사하는 거래요. 싫은 이야기 아닌가요 ——."

다시 오구니에게서 표정이 사라졌다.

"모르겠군요. 그게 어떻게 ——."

"그러니까 받는 사람이나 보내는 사람이나, 아니, 편지의 내용까지 일일이 본대요. 거기에서 —— 발견하고 말았어요."

"무엇을."

"이름 —— 이에요."

"누구의."

"구마노의 이웃 사람이래요."

"이웃 사람 ——."

"받는 사람이 옆집에 살던 노인과 같은 이름이었던 거지요."

"동명이인은."

"그런데 —— 그래서 뒤집어 보니, 보낸 사람은 옆집의 장남과 같은 이름이었어요. 물론 십여 년 전에는 글씨도 제대로 읽지 못하는 꼬마였던 것 같으니까, 발음은 같아도 글자는 다를지도 몰라요. 부모 자식이 모두 동명이인이라는 건 드문 일 —— 일 거라고 생각했대요. 하지만 ——."

---

100) 태평양전쟁 중, 적국의 말이라 하여 배척 · 추방하려고 한 언어, 주로 영어단어.

"하── 지만."

"이번에는 앞집 아저씨 앞으로 온 편지였어요. 뒤집어 보니까 보낸 사람은 마찬가지로 앞집의 아들이었고요."

오구니는 드디어 참견도 할 수 없게 되어 침묵하고 말았다.

"이런 우연은 없다고, 무라카미 씨는 생각했대요. 그건 저도 그렇게 생각해요. 그래서 무라카미 씨는 몰래 주소를 적어 두었어요. 그런 일은 엄하게 금지되어 있었다고 하지만요. 개인의 비밀을 지킨다는 대의명분이 있었다는데, 내용물을 들여다봐 놓고 새삼스러운 주장이긴 하지만, 규칙은 규칙이니까요. 하지만 다른 임시 고용인은 모두 학생을 갓 면한 사람들뿐이었기 때문에 얼버무리는 건 간단한 일이었대요. 그런데 그것만으로는 끝나지 않았어요──."

오구니는 말없이 아케미의 말을 기다렸다.

"──무라카미 씨는 결국 발견하고 말았거든요."

"무엇──을."

"그러니까."

"뭡니까?"

"아버지의 이름 말이에요."

"네?"

"생이별한 아버지 앞으로 온 편지가 있었던 거예요. 보낸 사람은 형──이었대요."

"그건──."

"결정적──이라고 해야 할까요. 결국 그 이웃해 있던 세 집까지 해서 모두 일곱 집의, 촌락 일가 전원의 이름이 발견되었다고 하니까요. 그 일곱 집은 마을 안에서도 조금 떨어진 곳에 뭉쳐서 지어져 있었다고 하는데, 본가와 분가 같은 취급이었대요. 뭐, 친척 같은 거였겠지요. 그게 전부——발견되었으니 말이에요. 게다가 묘하게도 받는 사람은 하나같이 이 이즈에 있었다는 거예요. 그것보다 더 기이했던 건 도쿄의 우편국에 들어온 편지인데 보낸 사람의 주소까지 모두 이즈였다는 거예요. 시모다, 시라하마, 도가시마, 니라야마. 그리고 이 누마즈——."

"설마——."

오구니는 매우 이해할 수 없다는 반응을 보였다.

그런 우연이 있을 리가——하고 중얼거렸다.

그리고 말을 잃었다.

처음에 그 이야기를 들었을 때, 분명히 아케미도 놀라지 않은 것은 아니다. 그러나 있을 수 없는 일도 아니다.

죽은 것으로 되어 있었던 사람은 무라카미 본인뿐이다. 일족들은 딱히 죽었다고 되어 있었던 것은 아니다. 집은 불탔다고 해도 죽은 증거는 어디에도 없었던 셈이고, 게다가 일곱 집이 전부 죽었다는 것은 아무리 뭐라고 해도 규모가 크다. 단순히 행방을 알 수 없다는 것뿐이었으니, 오히려 어딘가로 이사했다고 생각하는 편이 현실적일 것이다.

그렇다면 주소를 알게 된 것 자체는 그리 놀랄 일이 아니다.

놀라운 것은 무라카미가 우편국에서 일했다는 우연 쪽이고, 그렇게 보면 오구니가 놀라는 모습은 보통이 아닌 것 같다는 생각이 들었다.

"무——무라카미는——."

오구니는 헐떡이는 듯한 목소리로 말했다.

"——분명히 〈길의 가르침 수신회(修身會)〉에 들어갔다고, 그렇게 말했지요."

"네에. 오구니 씨는 아까 사이비라고 말씀하셨지만, 무라카미 씨는 감사하고 있었던 모양이던데요. 어쨌든 하숙집 집주인의 소개인가로 알게 되었는데, 사소한 고민 같은 걸 자질구레하게 들어준대요. 게다가 이치에 맞는 지적을 해 준다나요. 그래서 이번 일도——."

"이야기했습니까?"

"이야기했다——고 할까, 상의했대요."

오구니는 탕, 하고 마루방에 한 손을 짚으며, 그런가, 하고 작게 말했다.

"뭐가 그런데요?"

"아니——그래서——그럼 그——."

——대체 뭘까.

"그래서 이즈에——."

"그렇대요. 하지만 어떻게 해야 할지 모르겠더래요. 고향을 버리고 맨손으로 여기까지 와서, 이제 와서 볼 면목도 없다고, 그렇게 생각했어요. 그래서 그, 수신회인가의 높은 분한테 상의했지요."

오구니는 들리지 않을 정도로 작게 혀를 찼다.

"그래서——이즈에 가라는 지시를 받은 겁니까?"

"지시를 받았다고는 하지 않았지만요. 그저 자신의 마음을 들여다보라고, 연수(硏修) 같은 것을 받게 했다나요. 그래서 무라카미 씨는 부모 형제를 만날 결심을 한 거라고 하던데요."

"연수라."

오구니는 내뱉듯이 말했다.

반응이 수상한 것은 명백하다. 아케미는 오구니의 기색을 자세히 살폈다. 오구니는 평소 거의 표정을 겉에 드러내지 않는 남자다. 그것은 지금까지 보인 적이 없는 표정이었다.

"무라카미 씨는 아버지를 먼저 만나는 건 내키지 않아서, 우선 형이 있는 곳으로 가 보았어요. 그런데 그 주소에는 아무도 없었대요. 다른 사람이 살고 있었지요. 잘못 찾아왔나 싶어서 물어보았지만 아무래도 그런 사람은 없는 것 같았어요. 이야기도 듣지 못했다고 하고. 그래서 차례차례 이즈를 돌았는데, 전부 아니었어요——."

——더 이상 듣고 있지 않다.

그런 느낌이었다. 아케미의 말은 오구니의 귀에 들어가지 않는다. 그다음은 이미 알고 있다, 고 말하기라도 하는 듯한 태도로 생각되었다.

그래도 아케미는 말을 이었다.

"——그리고 그 사람은 이 마을까지 온 거예요. 이 누마즈에는 옛날에 뒷집에 살았던, 스도라는 사람이 있어야 했다고 하는데, 그 사람도 없었대요. 그래서 모처럼 큰 결심을 한 게 헛수고가 돼 버렸지요——."

그리고 무라카미는 여기에 이르러서 견딜 수 없는 상실감과 갈 곳 없는 초조함에 사로잡힌 것이다.

——무언가가 빠져 있습니다.

빠져 있는 것은 무엇일까.

과거일까.

사람은 흔히 과거에서는 도망칠 수 없다고 말한다.

과거는 꿈이나 마찬가지라고 아케미는 생각한다.

과거를 마치 족쇄처럼 말하는 주제에, 사람은 그 과거가 사라지면 그 순간 불안해지는 모양이다.

그것을 아케미는 이해할 수가 없다.

과거는 지울 수 없고 바꿀 수 없다고——세상 사람들은 말하지만, 아케미는 그렇지는 않다고 생각한다. 아케미에게 과거는 사실이 아니다. 과거란 기억이다. 따라서 지울 수 있고 바꿀 수 있다. 시시한 과거 따위는, 따라서 잊어버리는 편이 깨끗하다고 아케미는 늘 생각하고 있다. 변경이 가능하다면 구애될 것은 없다고도 생각한다. 없다고 해서 곤란한 것도 아니다. 어제가 없어도 오늘이 있으면 그것으로 충분하다.

즉 과거란 집착하는 마음의 다른 이름이다.

하지만——.

실제로 추억에 의지해 살아가는 사람도 있겠지——라고도 생각한다.

예를 들면——예전에 아케미에게는 그것을 완전히 잃어버린 친구가 있었다. 아케미 같은 여자는 어차피 이해하지 못하지만, 그것은 확실히 허무한 것일 거라고도 생각한다.

그러나 무라카미에게는 훌륭한 과거가 있다. 누구보다도 파란만장한 과거를, 무라카미는 똑똑히 기억하고 있다. 그것이 거짓이 아닌 것은 누구보다도 무라카미가 잘 알고 있다.

빠져 있는 것은 아니다.

그래도——.

아케미는 결국 알 수 없었지만——.

다만 역시 잘 알 것 같은 기분도 들었다.

"빠져 있는 것——이라."

오구니는 그렇게 자신에게 들려주듯이 말하고 잠시 생각에 잠겨 있었다. 아케미는 그 옆모습을 바라본다. 그리고 아케미는 오구니에게 불신감을 느끼기 시작한 자신을 깨달았다. 오구니가 오늘 찾아온 것은 우연이다. 무라카미의 이야기도 그가 청해서 한 것은 아니다. 아케미의 의지다. 그러니 쉽게 생각하면 오구니에게 의심을 품어야 할 이유는 눈에 띄지 않는다. 그렇다면 이 불신은 이성적인 판단에 의한 것이 아니라 지극히 본능적인 것이다. 그러나 아케미의, 그런 것에 관한 후각은 날카롭다.

——이 남자.

은인이다. 4년에 걸쳐 알고 지내면서 입은 은혜는 셀 수 없을 정도로 많지만, 피해를 당한 기억은 없다. 친절한 남자. 기특한 인물. 하지만——.

——아무것도 모르지.

아케미는 오구니에 대해서 아무것도 모른다.

분명히 이름과 고향, 나이, 그리고 생업은 알고 있다. 그러나 예를 들어 이 남자는 어디에서 살고 있는 것일까. 가족은 있을까. 평소에는 어떻게 지내고 있을까.

——모른다.

아케미는 친절한 약장수 오구니는 알고 있다. 그러나 오구니 세이이치라는 인간에 대해서는 아무것도 모른다. 생활이 보이지 않는다. 얼굴이 보이지 않는다. 냄새가 나지 않는다.

아케미에게 있어 오구니는 친절하게 대해 주는 타인이라는 기호에 지나지 않는다.

예를 들면.

——오구니라는 건 본명일까.

문득 그런 생각을 한다. 그렇게 생각하니 그것조차 수상하게 여겨지기 시작한다.

본래 같으면 그런 것은 아무래도 상관없는 일이기는 하다. 통칭밖에 모르는 지인은 그 외에도 있고, 본명을 알고 있다고 해도 호적까지 확인하면서 사귀는 것은 아니다. 애초에 본명이라는 것은 개인을 식별하기 위해서 있는 것이고, 구별만 된다면 기호든 번호든 상관없는 거라고 아케미는 생각한다. 과거——집안이니 내력이니 하는 것에 구애되지 않는다면, 오래 사귀었는지 짧게 사귀었는지에 상관없이 본명은 몰라도 전혀 불편할 것은 없기 때문이다. 사실 남의 이름으로 몇 년이나 살았던 인간을 아케미는 알고 있다.

하지만——.

갑자기 솟아오른 이 씻을 수 없는 불안은 뭘까.

애초에 아케미는 어디에서 어떻게 이 약장수와 알게 된 것일까.

먼 옛날부터 알고 지낸 것 같은 기분이 들지만, 그럼 대체 언제부터 알았을까.

반드시, 반드시 첫 만남은 있을 것이다. 그것은.

——기억나지 않는다.

기억이——빠져 있다.

신뢰감은 급격하게 사라졌다.

아케미는 슬쩍, 어쩌면 모르는 남자일지도 모르는 은인에게 시선을 보낸다.

약장수는 천천히 말했다.

"그 이야기를 무라카미 헤이키치에게서 들은 건——아케미 씨, 당신뿐입니까?"

"아니오——."

나쓰가 있었다.

나쓰가 함께 듣고 있었다.

"——저뿐이에요."

아케미는 거짓말을 했다.

약장수는 천천히, 그래요——라고 말했다.

얼굴을 이쪽으로 향한다. 천천히 아케미에게 손을 뻗는다.

——무엇을.

덜컹덜컹 물건을 던지는 소리.

요란한 아기 울음소리.

그리고 잡화점의 개가 짖는 소리.

오구니는 혀를 차며 시끄러운 소리가 나는 쪽으로 얼굴을 향했다.

또 왔어? 그만 좀 해——.

나쓰의 목소리가 났다.

아케미는 그 김에 일어서서 현관문을 활짝 열었다.

얼굴을 내밀어 보니, 가슴에 둥근 장식을 매단 남자가 멍하니 아케미 앞에 서 있었다.

3

소독약의 자극적인 냄새가 콧구멍에서 머리 꼭대기로 빠져나간다.

순백색 시트가 형광등 불빛을 받으며 창백해 보이는 청결을 주장하고 있다.

그 위에는 만신창이가 된 자살 미수 상습범이 누워 있다. 아케미는 나쓰와 둘이서 작고 딱딱한 의자에 걸터앉아, 그 지친 듯한 잠든 얼굴을 바라보고 있었다.

"바보군——."

하고 나쓰는 말한다.

"정말 병이네. 이건——."

한숨을 쉰다.

"정말 바보를 주웠어, 아케미도——."

라고 말하며 나쓰는 다시 한 번 큰 한숨을 쉰다.

"그렇게 술술 이야기하고 나면 보통 속이 후련해지지 않아? 후련해지지 않더라도 한동안은 진정되지 않느냐고?"

"글쎄요——."

무라카미는 세 번째 자살을 꾀한 것이다.

어제 오후의 일이다.

아케미네 집 현관 앞에 서 있던 성선도 남자와 마룻귀틀에 걸터앉아 있던 오구니가 반쯤 서로 노려보듯이 대치하고 있던 사이에, 심부름꾼이 알리러 온 것이다. 달려온 사람은 낯익은 노인이었다. 그 노인은 의사의 심부름꾼이었다.

이 경우, 아케미는 소식을 들어야 할 입장이 아니다. 아케미는 무라카미의 가족도 지인도 아니기 때문이다. 그러나 신원을 알 수 없는 여행 중의 남자를 입원시키려면 모양새만으로라도 신원 인수인이 필요했던 것이다.

아케미는 문단속도 하지 않고, 오구니에게 인사도 하지 않은 채 성선도 남자의 옆을 지나 병원으로 달려갔다.

무라카미의 안부를 신경 써서 그런 것은 아니다.

분명히 그 자리를 떠나고 싶었을 뿐이다.

마을의 작은 병원에는 입원 환자라곤 무라카미 한 명밖에 없어서, 성가신 자살 지망자는 2층의 3인실을 독점하고 창가의 바람이 잘 통하는 침대에 누워 있었을 것이다.

——왜.

왜 이외에 감상은 없었다.

병원에 들어가기만 하면 안심이라고 생각하고 있었다.

담당 간호사가 눈을 뗀 잠시 사이의 일이었다고 한다. 자살 미수 직후인 것치고 무라카미의 정서는 놀랄 만큼 안정되어 있어서 병원 측도 경계가 느슨해졌던 모양이다.

그렇다기보다 그때까지 무라카미는 입원비의 정산 방법 등을 간호사와 이야기하고 있었다고 한다.

지금은 당장 가진 돈밖에 없지만, 도쿄의 하숙집에는 모아놓은 돈도 있고, 집주인에게 부탁하면 송금해 줄 수 있을지도 모른다——고 말했다고 한다. 간호사도 설마 그 직후에 무라카미가 자살을 꾀할 거라고는 생각도 해 보지 않았다——고 한다.

무라카미는 침대의 쇠로 된 살에 허리띠 한쪽을 비끄러매고, 다른 한쪽을 고리로 만들어 목에 걸고 창문으로 뛰어내리려고 했다고 한다. 돌아온 간호사가 허둥지둥 붙들었기 때문에 큰일은 나지 않았지만, 온몸 여기저기를 부딪쳐 모처럼 해 놓은 깁스도 산산이 부서지고, 바닥에 떨어질 때 머리를 강타해 무라카미는 혼절했다고 한다.

의식이 돌아온 것은 밤중의 일이었다.

무라카미는 더 이상 아무 말도 하지 않았다.

이야기해야 할 것은 이미 다 이야기해 버렸고, 들어야 할 것도 아무것도 남지 않았다. 어째서 자신은 죽음을 선택하는 것인지, 누구보다도 무라카미 본인이 묻고 싶을 거라고 아케미는 생각했다.

한 번이라면 어쩌다가. 두 번째도 마음의 미혹(迷惑).

그러나 세 번째가 되면 더 이상 변명도 할 수 없다.

무라카미는 아케미에게서 시선을 피하고, 그저 죄송합니다, 죄송합니다, 하고 홈이 뭉개진 레코드처럼 되풀이했다. 아케미는 왠지 시간이 멈춘 듯한, 같은 시간을 되풀이하고 있는 듯한, 형용하기 어려운 불안이 덮쳐 오는 것을 느꼈다.

——반복은 싫다.

아케미는 지금까지 앞만 보며 걸어왔지만, 만일 자신의 눈앞에 자신의 등이 보인다면——.

미래에 과거가 되풀이된다면.

같은 시간 속을 영원히 순환한다면.

——그런 건.

죽어도 싫었다. 아케미 같은 여자에게 있어서 무한만큼 싫은 것은 없다.

그래도 무라카미는 죄송합니다, 죄송합니다, 하고 주문처럼 되풀이했다. 그것은 그러나, 아케미에게 사과하는 것은 아니었던 것 같기도 하다. 아프게 한 자신의 몸에 사과하고 있는 것일까. 아니면 소란스럽게 한 세상에 대해 사과하고 있는 것일까. 아니면——.

——빠져 있는 무언가에.

이윽고 목소리는 그쳤다.

무라카미가 잠들기를 기다렸다가, 아케미는 집으로 돌아갔다. 아무리 그래도 아침까지 같이 있어 줄 의리는 없다고 생각했다.

집의 일도 신경은 쓰였다. 뒤에 남겨진 오구니는 대체 어떻게 되었을까. 그래도 오구니는 손님이다. 그 손님을 놔두고, 말 한마디 걸지 않고 뛰쳐나온 것은 경거망동이 아니었을까. 그보다 아케미가 불신감을 품고 있었던 것 정도는, 눈치 빠른 오구니라면 이미 꿰뚫어보고 있지 않았을까. 그렇다면 기분이 상하지 않았을까.

당연히 오구니의 모습은 없었다.

현관 바닥에는 쪽지만이 남아 있었다.

편지에는,

'모쪼록 조심하십시오——오구니.'

라고만 적혀 있었다.

아케미는 그야말로 씐 것이 떨어져 나간 것처럼 힘이 빠졌다.

그리고 성미에도 맞지 않게 자문자답했다.

오구니는 소홀한 취급을 받고도 아케미를 걱정하고 있지 않은가.

그런데 —— 왜 그때, 자신은 오구니를 그렇게까지 의심스럽게 생각했을까.

—— 그것은 기색이 이상했기 때문이다.

정말로 오구니의 기색은 이상했을까.

혹시 기색이 이상했던 것은 자신 쪽이 아니었을까. 아케미가 보통 때와 같지 않았던 것은 확실하다.

그러나 —— 그렇다면 그 오구니의 마지막 동작은 대체 무엇이었을까. 아케미를 향해 뻗어 오던 손은, 방해가 들어오지 않았다면 무엇을 하려고 했던 것일까.

왠지 아무래도 상관없어지고 말았다.

아케미는 죽은 듯이 잤다.

꿈도 꾸지 않았다.

"그건 그렇고 —— 이 사람은 왜 그렇게까지 죽고 싶은 걸까."

나쓰가 이상하다는 듯이 말했다.

아케미를 허무한 수면에서 번잡한 현실로 끌고 온 사람은 나쓰였다. 나쓰는 일찌감치 찾아와 아케미를 깨우고는, 성선도 행렬이 뚱땅뚱땅 시끄러워서 아기가 자지를 않는다 —— 고 호소했던 것이다.

자다가 일어나서 그런 호소를 들어도, 아케미도 손을 쓸 수 없다. 그러나 그런 것은 나쓰도 잘 알고 있을 것이다. 그럼 원하는 것이 무엇이냐고 차분하게 물어보니 별것은 아니었다. 아기를 하루 친정에 맡길 테니 무라카미에게 문병을 가자 —— 고 나쓰는 권하러 온 것이었다.

확실히 바깥은 시끄러웠다.

종이며 큰북이 끊임없이 울리고 있었다. 생황인 것 같기도 하고 피리인 것 같기도 한, 이상한 음색도 흐르고 있다. 사람의 목소리는 들리지 않았지만 많은 사람들이 그곳에 있다는, 형용하기 어려운 기척만은 집 안까지 농후하게 전해져 왔다.

이상한 상황에 휘말렸는지, 잡화점의 개까지 겁먹은 듯이 짖고 있다. 이래서는 아기도 잘 수 없을 것이다.

나쓰의 친정은 조금 떨어진 곳에 있다고 하고, 아기는 참다못한 시어머니가 이미 데리고 나갔다는 것이었다.

아케미도 병원에는 가야 할 거라고 생각하고 있어서 서둘러 몸단장을 하기는 했지만, 간다고 뭐가 되기는 할지, 그리고 어떻게 해야 할지 생각은 전혀 정리되지 않았다.

바깥은 더욱 시끄러웠다.

큰길 부근에는 그 두 개의 소용돌이무늬 장식을 목에 건 남녀가 죽 모여 나란히 서 있었다. 그 사이에 낯선 외국 옷을 걸친 사람들이 손에 손에 북이며 악기를 들고 일정 간격으로 우뚝 솟아 있었다. 교통정리 경관 몇 명이 심드렁한 얼굴로 그것을 노려보면서, 자포자기한 듯 오가고 있었다. 나쓰가 말한 대로 신자는 상당수 있는 것 같았다.

아케미는 사진에서 본 태자 책봉 의식을 떠올렸다. 비교하는 것은 불경할지도 모르고, 규모도 크게 다르겠지만, 그래도 그 광경은 그것과 매우 비슷했다. 다만 지나가는 분이 다를 뿐이다.

아무리 기다려도 아무것도 지나가지 않는다.

아케미와 나쓰는 나란히 그 인파에 섞여 병원으로 향했다. 큰길을 벗어나도 그 줄은 끊이지 않고 이어지고, 결국 병원 맞은편 길가 거의 전체는 기묘한 무리로 늘어서 있었다.

보기에 따라서는 외국의 군사와도 비슷했다.

대체 몇 명이나 있는 것일까——매우 신경 쓰였다.

무라카미는 자고 있었다.

아케미 일행의 얼굴을 보자마자, 간호사는 불어넣은 숨이 완전히 빠져 버린 종이풍선처럼 쪼그라들었다. 그리고 아아, 다행이에요, 하고 몹시 감정을 담아 말했다.

어제와 사정은 완전히 달라져서, 병원 쪽도 무라카미에게서는 눈을 뗄 수 없게 되었을 것이다. 맡은 이상은 병원에도 책임이 있다. 그가 죽으면 큰일이다.

그러나 작은 마을 병원에서는 온종일 감시를 붙일 정도의 일손도 없어서 솔직히 곤란해하고 있었다고 원장은 말했다. 아케미와 나쓰도, 관계자이기는 하지만 당사자인 것도 아닌데 무턱대고 불러들여 보살피라고 할 수도 없다. 아케미도 나쓰도, 말하자면 선의의 제삼자이고 책임을 져야 하는 입장에 있지는 않다는 점을, 병원 측은 충분히 양해하고 있었던 것이다. 원장은 오히려 경찰에 모든 것을 맡기는 게 상책이 아닐까 생각하고 있었다고 한다.

아케미도 그편이 좋겠다고 생각하고 있었다.

경찰 사태가 일어나지 않는 것은 큰일이 일어나지 않았기 때문이고, 그것은 오로지 무라카미가 멍청했기 때문이다.

생각해 보면 이 사람이 통상의 자살 미수자였다면 사태는 훨씬 심각했을 것이다. 당연히, 자살을 시도하는 사람한테는 절박한 사정이 있으니 한 번 실패했다고 해서 당장 죽을 마음이 사라지는 경우는 적을 거라고 생각한다. 그런 경우에는 이성을 잃고, 몇 번이라도 죽음을 바랄 것이 틀림없다.

적어도 무라카미처럼, 목숨이 있어야만 무엇이든 할 수 있지, 죽은 다음에 꽃이 피고 열매가 맺히겠는가――라며 그걸로 일이 마무리 될 리가 없다.

그 경우는 즉시 사직 당국의 손에 맡기는 것이 도리다. 다시 자살할 위험이 있는 사람을 알면서도 내버려두는 것은 바람직한 일이 아닐 것이다.

그러나 무라카미의 경우는 달랐다. 그러니 신고하지 않았다고 해서 누구를 탓할 수 있는 것도 아니다. 무라카미는 절박하지도 않았고 착란을 일으키지도 않았다. 그런 경우는 두 번이고 세 번이고 흉한 일을 되풀이하지는 않는 법이다. 무라카미의 태도를 보고 다시 죽음을 선택할 거라고는 아무도 생각하지 않을 것이다. 그런데――.

성가신 사람은 자고 있다.

――뭔가 어울리지 않아.

파란이 많았던 기구한 반생. 한심한 몸짓과 마음 약해 보이는 태도. 그리고 여러 번에 걸친 자살 미수. 어울리지 않는다. 맞지 않는다. 배합이 잘 어우러지지 않는다. 무언가가 잘못되어 있는 듯한 기분이 든다.

예를 들어 오구니가 말했듯이, 그저께 무라카미가 해 준 신상 이야기는 전부 거짓일지도 모른다. 한심한 몸짓도, 아케미를 속이기 위한 연기일 가능성도 있다. 애초에 이 남자가 정말 무라카미 헤이키치라는 이름인지 아닌지, 보증하는 것은 아무것도 없다.

――하지만.

아케미에게는 그것이 거짓말이라는 생각은 들지 않는다.

물론 이것도 이성적인 판단은 아니다.

——왜일까.

아케미는 어제 오구니에게 불신감을 느꼈다. 오구니의 정체는 물론이고 이름까지 의심했던 것이다. 그런데 무라카미가 이야기한 것의 대부분을, 아케미는 의심하지 않는다.

오구니와는 사 년을 알고 지냈다. 게다가 그 남자는 아케미의 은인이다. 한편 무라카미는 새빨간 타인이다. 그저께 우연히 만났을 뿐이고, 사람 됨됨이도 하나도 모른다. 그런 무라카미를 신용해 놓고 그 오구니를 의심하는 자신의 신경을 아케미는 알 수가 없다.

그 이유는——.

——확실한 것.

적어도 눈앞의 남자가 죽고 싶어 하고 있었던 것만은 확실한 것이 아닐까. 오구니의 말처럼 연극 자살일 가능성은, 정말로 있을까.

아케미는 떠올린다.

첫 번째 자살——.

만일 오구니의 말처럼 무라카미가 연극 자살을 계획하고 있었다면——무라카미는 그 센본마쓰바라에 서서 걸려들 호구를 물색하며 기척을 살피고 있었던 것이 된다.

이윽고 아케미가 찾아온다. 그 모습을 확인하고 나서 끈을 건다——하지만. 만일 아케미가 무관심한 여자라면. 아니면 정말로 알아차리지 못했다면——.

그때는 미리 부서지기 쉬운 받침대를 준비해 두면 될 일이다.

——그것은 가능하다. 하지만.

가능하지만, 만일 구해 주었다고 해도 아케미가 무라카미를 집으로 데려갈 거라는 보장은 전혀 없다.

그 경우, 다음 호구를 찾는 것은 무라카미에게는 불가능하다. 왜냐하면, 무라카미는 그것 때문에 정말로 다쳤으니까.

다친 상황이 예측하지 못한 사태였다면.

두 번째 자살.

아케미가 외출할 것을, 무라카미가 예상할 수 있었을 리는 없다. 만일 외출하지 않았다면 과연 어떻게 전개되었을지, 아케미는 예측할 수 없다.

운 좋게 외출한 것――이라고 치자. 그 경우, 무라카미는 이 좋은 기회를 놓치지 않겠다는 듯이 교창에 끈을 꿰고 차상자 위에 서서 목에 끈을 걸고, 미리 목을 매달 준비를 해 놓고 아케미가 돌아오기를 기다리고 있었던 것이 된다. 아케미가 문을 여는 소리를 계기로 상자를 걷어차는 것이 순서다.

――이것도 불가능한 것은 아니다. 하지만.

아케미가 언제 돌아올지까지는 알 수 없고, 뼈에 금이 간 다리로 불안정한 자세를 한 채 차상자 위에 계속 서 있는 일은 불가능할 것 같았다.

애초에 교창에서 끈이 늘어져 있는 것만으로도 목을 매다는 상황은 충분히 이해할 수 있고, 가령 문이 열리는 소리를 듣고 나서 차상자에 올라가려고 하는――정도의 행동만 해도 되지 않을까. 그래도 똑같이 아케미는 말렸을 것이다.

그렇다면 정말로 목숨을 잃을 위험성이 높은 연출을 할 필요는 전혀 없을 것 같다. 그저께 무라카미는, 아케미가 문을 연 순간에 차상자를 걷어찼다. 아케미가 안아서 붙들지 않았다면 확실히 죽었을 것이다.

다만 거짓으로 입원하는 게 목적이었다면, 어느 정도 상처를 입을 필요는 있었을지도 모른다.

의사는 속일 수 없다.

그리고——세 번째.

세 번째에 이르러서는 전혀 의도를 짐작할 수 없다.

예를 들어 무라카미가 정말로 선의를 먹이로 삼는 입원 사기꾼——그런 말이 있는지 없는지 아케미는 모르지만——이었다고 쳐도, 이 연속 자살 미수는 너무나도 무모하다. 무계획이라고밖에 말할 수가 없다. 이번처럼 자살을 집중적으로 되풀이함으로써 무라카미에게 어떤 이득이 있을 거라고는 생각되지 않는다. 오히려 역효과다. 사실 원장은 경찰에 신고할 생각을 하고 있었다. 이 경우, 가장 효과적이고도 효율적인 연극 실행의 시기는 퇴원 직전일 거라고 아케미는 생각한다.

——그러니까.

역시 무라카미의 자살 미수는 연극이 아니라고, 생각한다.

그것이 진짜라고 치면 가명을 대는 것도, 허위 인생을 이야기하는 것도 의미를 잃는다. 아케미를 속여 봐야 무라카미가 얻을 것이라곤 아무것도 없다. 따라서 무라카미는 정말로 무라카미일 테고, 그 엉뚱한 반생도——다소의 각색은 있었다 하더라도——진실일 것이다.

——오구니는.

오구니에 대해서 말하면, 확실한 것이라곤 아무것도 없다. 다만 지금까지 친절하게 대해 주었다는 사실이 있을 뿐이다. 그것이 오구니의 본질인지, 아니면 그렇지 않은지, 판단할 기준을 아케미는 갖고 있지 않다.

그러나 그 오구니도 아케미를 속여서 이득이 될 것이라곤 아무것도 없다는 사실은 마찬가지다.

뭔지 잘 알 수 없게 되어 버렸다.

다만——흐트러져 있다.

아케미는 기모노 자락을 여몄다.

"이 사람 몇 살이야?"

나쓰가 물었다.

"글쎄요. 15, 6년 전에 열네 살이라고 했으니까 지금은 서른쯤 되었겠죠."

겉보기보다 훨씬 젊다.

나쓰는 색시라도 얻었으면——하고 말했다.

"뭔가 달랐을까요?"

"그야 다르지. 가정을 꾸리면 좋았을 텐데."

"그런——가요."

"그야——."

나쓰가 뭔가 말하려고 했을 때, 무라카미가 우우, 하고 신음하며 눈을 떴다. 어머 정신이 들었네——하고 나쓰는 기쁜 듯이 말했다. 심심했을 것이다.

무라카미는 눈을 끔벅거리며 고개를 옆으로 돌려, 아케미와 나쓰를 순서대로 보았다. 그리고, 아아 죄송합니다——하고 정해진 대사를 내뱉었다.

"무라카미 씨——당신."

아케미는 뭐라고 말을 이어야 할지 알 수 없었다.

"꿈을——."

"네?"

"꿈을 꾸고 있었습니다."

무라카미는 아직도 꿈꾸는 듯한, 들썽들썽한 말투로 그렇게 말했다.

"그리운 꿈이었어요. 그건——."

아버지예요, 어머니예요——하고 나쓰가 물었다. 무라카미는 입을 딱 벌렸다.

"하아, 그렇게 말씀하시니 그랬던 것 같기도 하고——아닌 것 같기도 하고——아버지는 아닌가. 따뜻한 꿈이었으니까요——뭔가, 배어 나오는 듯한——아니, 두 분의 얼굴을 보니까 완전히 잊어버렸습니다."

꿈이란 그런 법이다.

무라카미는 몸을 일으키려고 했다. 말리려고 했지만 또 사과를 받기도 싫어서, 아케미는 거들어 주었다. 무라카미는 고맙습니다, 라고 말했다.

"와 주실 거라고는 생각하지 않았습니다. 기막혀하실 것 같아서요. 저도 기가 막혔으니까요."

기막히지. 기막혀서 온 거예요——하고 나쓰는 말하고, 그렇지, 하며 아케미의 어깨를 두드렸다.

무라카미는 고개를 숙이고, 어떻게 된 걸까요, 저——하고 중얼거렸다.

"죽고 싶다——고, 지금은 전혀 생각하지 않아요."

"그럼 뭐예요, 죽어야겠다고 생각할 때는 어떤 기분인데요? 모든 사람들한테 폐를 끼치고 있으니까 말해 봐요."

"나쓰 씨, 잠깐만요."

"괜찮습니다, 아케미 씨. 정말로, 바보 같은 짓을 저질렀다고 생각하고 있어요. 부끄럽고 후회하는 마음에 몸이 움츠러드는 기분입니다. 나무라셔도 캐물으셔도 어쩔 수 없어요. 하지만."

"하지만 뭐예요."

"어제와 똑같은 말밖에 할 수가 없습니다. 똑같은 기분이었어요. 뭔가, 부족한 것이."

"무라카미 씨."

아케미는 다시 한 번 불렀다.

"이런 일은 처음 —— 인가요?"

"네에?"

"지금까지도 죽을 생각을 하신 적이 있나요?"

무라카미는 잠시 생각하더니, 이즈에 오기 전까지는 없었습니다 —— 하고, 머뭇머뭇 대답했다. 아케미는 다시 물었다.

"실례되는 말이겠지만, 예를 들어 죽고 싶어져도 이상하지 않을 상황은 과거에 몇 번이나 있었을 것 같은데요. 그래도 자살을 시도한 —— 아니, 시도하지 않더라도 죽고 싶다고 생각한 적조차, 정말 한 번도 없었다는 건가요?"

아케미의 물음에 무라카미는 몹시 곤란한 얼굴을 했다.

"저는 아마 바보인가 봅니다. 불행에 대해서 둔감한지도 모르지요. 무슨 일이 있든 다 제게서 나온 것이고, 싫은 일이라면 —— 그렇지, 겁이 많으니 무서운 일을 당하는 건 싫습니다. 다만 무섭다고 한다면 죽는 건 무엇보다도 무서우니까, 가난이나 고생은, 글쎄요. 그렇게 힘들지는 않고요 ——."

그것은 이해할 수 있었다.

무라카미가 이야기한 아슬아슬한 인생과 눈앞의 한심한 남자는 매끄럽게 연결되지는 않는다. 그 둘을 하나의 선으로 잇기 위해서는 어떤 조건이 필요할 것이다.

지금 무라카미 본인이 말한, 둔감하고 겁이 많고, 그래도 왠지 긍정적이고 고생을 마다하지 않는 남자——라는, 약간 복잡한 성격만이 그의 과거와 그의 현재의 정합성을 유지하는 조건이다. 그것은 맞을 것이다. 다만 그러면 역시 자살이라는 두 글자만이 겉돌고 마는 듯한 생각이 든다. 그런 남자는 스스로 죽지 않는다.

"다만 그——스스로도 잘 모르겠습니다. 정신이 이상해졌다고밖에 생각할 수 없어요."

그렇지만요——아케미는 물었다.

"그, 빠진 부분이라는 건, 이전부터 있었던 건가요?"

"글쎄요."

있었다면 있었습니다——하고 무라카미는 어딘지 모르게 그리운 듯한 얼굴로 말했다. 아직도 몸이 절반 정도 꿈속에 잠겨 있는지도 모른다.

"근데, 그, 빠진 부분이 이전부터 있었다면, 그리고 그게 정말로 무라카미 씨의 자해 이유라면, 지금까지 한 번도 죽고 싶다고 생각하지 않은 건 왜지요? 어째서 이제 와서 갑자기——."

"아아, 글쎄요——."

하고 무라카미는 가슴 언저리를 눌렀다.

"아니——그게, 아무래도 잘 설명할 수 없지만, 그런 기분 자체는 아마 줄곧 있었던 것 같습니다. 그런 것 같은데——그래요, 그런 결핍된 느낌이 내 안에 있다고 의식한 적은 없었습니다. 아니, 그 정체가 결핍된 느낌이라는 데 생각이 미치지 못한——걸까요. 그렇다는 걸 깨닫고, 아아 나는 줄곧 그랬구나, 그렇게 생각한 겁니다. 왠지 쓸쓸해지기도 하고, 허무해지기도 한 건 이 빠진 것이 있었기 때문이라는 것을, 이번 여행 중에 깨달았습니다. 그래서——."

늘 그렇듯이 요령이 없어서 잘 전달되지 않지만, 어렴풋이는 전해졌다.

아마 누구에게나 그런 일은 있을 것이다. 정체를 알 수 없는 불안이라는 것은 누구의 안에나 있다.

그런 불안은 정체를 전혀 알 수가 없다. 바꾸어 말하자면, 그렇기 때문에 불안인 것이다. 사람은 그 불안을 견딜 수 없기에 거기에 형태를 주려고 한다. 형태가 정해지면 우선 안정되기 때문이다.

이름을 준다. 이유를 생각한다. 의미를 부여한다.

그러면 불안은 형태를 맺는다. 그래서 사람은 조금 안심한다. 정체를 알 수 없는 괴물에게 '모'나 '가'라는 이름을 붙이는 것과 같은 것이다. 무라카미는 그것에 상실이나 결핍이라는 이름을 준 것이리라. 다만 무라카미 안의 괴물은 얼굴이 보이지 않는다. 무엇이 부족한지 무엇이 사라진 것인지를 모르고서는 진정한 안심은 얻을 수 없을 것이다.

——그렇다고 해서.

그것이 자살의 동기가 되지도 않는다——고 생각한다.

아케미는 일어서서 창가로 다가갔다.

병원 냄새는 싫다.

아케미는 창문을 열었다.

기대한 봄바람은 얻을 수 없었다. 하늘은 어둑어둑하고 바람은 잔잔하고, 게다가 바깥 공기는 미지근해서 실온과 거의 차이가 없었다. 그래도 사방이 꽉 막힌 방에 가득한 끈끈한 공기가 약간 희석된 듯한 기분이 들었다.

바깥을 보고——.

아케미는 숨을 삼켰다.

그, 길가를 메우고 있던 성선도의 신자들이 공터를 사이에 두고 가로 일렬로 죽 늘어서서, 물끄러미 이쪽을 바라보고 있었던 것이다.

——뭐지.

악기는 울리지 않는다. 쉰 명은 될까. 다만 절반 이상은 일반 신자일 것이다. 옷이 다르다. 장바구니를 들고 있는 사람이나 개를 데리고 있는 사람까지 있다. 맞은편 이층집의 주민이 창문으로 얼굴을 내밀고 의아해하는 듯한 모습이 보였다.

그때——간호사의 목소리가 들렸다.

이어서 병실 문이 물밀듯이 열렸다.

돌아보니 가슴에 둥근 장식을 매단, 그——.

성선도의 남자가 서 있었다.

"뭐——뭐야, 이런 곳까지!"

나쓰가 소리쳤다.

"장소는 가려야지. 경찰을 부르겠어!"

남자는 표정 하나 바꾸지 않고 손을 모으며 목례했다.

"아, 마쓰시마 님. 오늘은 마쓰시마 님을 인도하기 위해 찾아뵌 것이 아닙니다. 거기 계시는 분의 귀한 목숨을 구하기 위해, 실례인 줄 알면서도 찾아왔지요. 모쪼록 이해해 주시길, 엎드려 청합니다."

청해도 곤란해——나쓰는 일어섰다.

"아케미. 이놈들 드디어 아케미를 노리기 시작했어. 이야기를 들으면 안 돼. 돈을 뜯길 거야!"

남자는 공손하게 말했다.

"저희가 말씀드리는 분은 거기 계시는——이치야나기 님인가요, 그분도 아닙니다. 침상 위에 계시는 금주(禁呪)에 걸리신 분이지요. 당신을——구하러 왔습니다."

"금주?"

무라카미는 여우에 홀린 듯한 얼굴을 했다.

"무라카미 님——이라고 하십니까. 저희는 위대한 진인(眞人), 조(曹) 방사(方士)님 밑에서 밤낮으로 수행을 하고 있는 단체로, 성선도라고 합니다. 저는 단키[童乩]의 오사카베[刑部]라는 사람입니다. 모쪼록 잘 부탁드립니다."

남자——오사카베는 깊이 절을 했다.

무슨 말을 하는 건지 모르겠어——하고 나쓰가 고함쳤다.

"어째서 당신이 이 사람을 알고 있지? 되는대로 말하지 말고!"

"천지뇌풍산천수화(天地雷風山川水火), 이 세상에서 일어나는 일은 모두 팔괘의 상으로 알 수 있습니다. 죽첨(竹籤)[101], 척전(擲銭)[102], 경청(鏡聽)[103] 같은 그런 자질구레한 점괘 부류에 의지할 필요까지도 없이, 제 스승이신 조 방사님은 뛰어난 일자(日者). 그분에 관한 일은 손에 잡힐 듯이 아십니다."

---

101) 얇고 반반하게 깎은 대나무 조각으로 길흉을 점치는 일.
102) 동전 따위를 던져서 그 나타나는 면에 따라 길흉을 점치는 일.
103) 설날 새벽에 발 닿는 대로 걷다가 사람 소리나 짐승 소리나 처음 들리는 소리로써 그해의 운수를 점치는 일.

"무슨 뜻인지 모르겠다고!"

오사카베는 웃었다. 눈썹이 열다.

"실은 지난달에 후지요시다에 있는 저희 본부, 봉래묘(蓬萊廟)의 도관(道觀)에서, 제 스승 조 방사님이 결재(潔齋)[104]를 하셨습니다. 그때 참으로 기괴하고 불온한 괘를 얻으시어, 방사님은 급히 과의(科儀)를 하셨고, 그래서 이분에 대해서 알게 되신 것입니다."

"거짓말 마. 그렇게 옛날부터 알고 있었다면 왜 이제 와서 어슬렁어슬렁 나타나는 건데? 어차피 아케미네 집 앞에서 엿듣기라도 한 거겠지."

"방사님은 그 후 크게 마음을 쓰고 계십니다——."

오사카베는 나쓰의 말에는 상대도 하지 않고, 태연한 얼굴을 한 채 병실에 들어왔다. 뒤쪽 복도에는 몇 명의 신자인 듯한 사람들이 서 있었다.

"——하지만 방사님은 바쁘십니다. 그래서 저희들은 방사님의 명을 받고, 후치[扶乩][105] 등을 하며 이분이 있는 곳을 줄곧 찾고 있었습니다. 당신은——."

오사카베는 첫 번째 침대를 지나, 두 번째 침대에 손을 댔다.

"——이동하고 계셨습니다."

무라카미는 끔벅이던 눈을 휘둥그렇게 떴다.

"그래서 좀처럼 따라잡을 수가 없었습니다. 해서 만나지 못하고 있었던 것입니다."

"저, 저어."

---

104) 제사나 신에게 기도를 하기 전 주색을 금하고 언행을 조심하여 몸과 마음을 깨끗이 하는 의식.

105) 길흉을 점치는 점술의 일종.

"이번에는 입원하셨으니, 조금 더 일찍 면회가 이루어졌다면 무라카미 님도 그런 무참한 모습이 되시지는 않았을 것을. 그리 생각하면 부끄러운 마음이 들어 견딜 수가 없습니다. 허나 그 덕분에 이제야 어디 계신지 알았기에 —— 오늘 기(氣)를 통하는 길을 만들고 구해드리러 오게 된 것입니다."

"기의 길? 웃기지 마. 대체 뭐야. 무슨 말을 하는 건지 모르겠네. 나는 점이니 유령이니 하는 건 믿지 않아. 기라는 건 뭔데."

나쓰가 덤벼들었다. 철저하게 싫어하는 것이다.

"기란 하나인 것 —— 근원을 말합니다. 근원이란 태극. 태극에서 양의(兩儀)가 생겨나고, 양의에서 사상(四象)이 생겨나고, 사상에서 팔괘가 생겨나지요. 세상의 모든 것은 기의 표현에 지나지 않습니다."

"어, 얼버무리지 마. 어차피 요즘 유행하는 심령술이니 뭐 그런 거겠지."

"저희 성선도는 영혼과 물질을 동일한 것이라고 봅니다. 정신도 육체도, 그것은 기의 한 표현 방법일 뿐입니다. 만일 이 세상에 유령이 있다면 그것은 기가 그런 형태를 취하고 있을 뿐. 여기에 육체가 있으면 그것은 기가 육체라는 형태를 취하고 있을 뿐. 육(肉)은 영(靈)이고 영은 육입니다. 모든 것은 기에서 생겨나고 기로 돌아가지요. 그 기의 운동을 '도(道)'라고 합니다. 저희들은 그 도를 구하는 사람들. 영도 육도 없이, 우주의 근본원리에 따른 행위를 할 뿐입니다. 심령술이라고 하시는 것이 어떤 것인지는 모르겠지만, 저희가 행하는 방술은 그런 것과는 근본적으로 다릅니다."

오사카베는 창가에 서 있는 아케미 쪽으로 얼굴을 향했다.

"이해 —— 하시겠습니까."

아케미는 자신의 턱이 올라가 있는 것을 깨닫고 살며시 턱을 내린 후, 시선을 오사카베에게서 피했다. 오사카베는 그 동작을 보고 무표정하게 고개를 끄덕였다.

알기 쉽게 말씀드리지요, 하고 말하며 오사카베는 검지를 세웠다.

"사람의 몸에는 혈이라는 것이 있지요. 안마 치료나 침 치료에서 말하는 것 말입니다. 그 혈은 저희들이 말하는 '경락'을 따라 자리 잡고 있습니다. 경락이란 인체의 기가 흐르는 길이지요. 경락에 기가 고이면 곧 병이 됩니다. 그것을 틔워 줌으로써 병은 낫고, 건강한 삶을 얻을 수 있습니다. 그래서 안마사는 혈을 누르고, 뜸 뜨는 이는 혈에 뜸을 뜨는 것입니다. 이 혈이나 경락은 꼭 인간에게만 한한 것은 아닙니다. 사람도 우주도 기의 한 표현이기 때문에, 당연히 같은 구조로 되어 있는 것이지요. 덧붙여 말하자면 대지의 경락을 '풍수'라고 합니다. 땅의 상(相)이나 집의 상을 신경 쓰시는 분도 많은 것 같은데, 그런 것도 근원을 따져 보면 이 기의 사고방식에 의한 것입니다. 그러니 저희들은 특별히 이상한 말씀을 드리고 있는 건 아닙니다."

"그게 —— 뭔데. 미신인 건 마찬가지잖아."

나쓰는 앉은 채 볼멘 얼굴을 하며 벽을 보았다.

오사카베는 더욱 무라카미에게 다가갔다.

"마쓰시마 님은 줄곧 —— 구루마가에시의 산노 님, 즉 히에 신사의 신자라고 하셨지요. 히에 신사는 사전(社傳)에 따르면 1096년, 히에 이잔 사카모토의 히에 대사(大社)에서 분사권청(分祀勸請)[106]한 거라고 하더군요. 사카모토의 히에 대사라면 산노 일실신도(一実神道), 산노 일실신도는 천태종이 만든 신도입니다."

106) 신불(神仏)의 분령(分霊)을 다른 곳으로 옮겨 모시는 일.

"그게 어쨌다는 거야."

"그 천태종도, 근원을 더듬어 올라가면 중국 천태산(天台山)에 이르게 되는데, 중국 천태산은 불교의 성지이기도 하지만 도교의 성지이기도 합니다. 당연히 일본의 천태종도 도교의 영향 아래에 있는 것이지요. 그 근거로, 히에 신사에서도 옛날에는 가메우라라는 신에게 제사를 지내는 의식이 열렸습니다. 옛날에는 시라스나 하코비 의식을 집행하는 소년과 소녀를 그 가메우라에서 정했다고 전해지고 있습니다. 이 가메우라는 틀림없이 거북점[107], 즉 저희가 하는 귀복(龜卜)과 같은 것입니다. 그렇다면 도교 교단에서도 가장 성위(成位)가 높은 〈태평도〉의 끊어진 흐름을 부흥시킨, 저희 성선도가 원래의 정통이라고 할 수 있지 않겠습니까——."

나쓰는 아마 오사카베가 찾아오자마자 엄청난 기세로 쫓아냈을 것이다. 지금까지 오사카베는 이런 설명을 늘어놓을 시간도 없었을 것이 틀림없다.

나쓰는 몹시 불만스러운 것 같았다.

"저희는 사이비가 아닙니다——."

오사카베는 다짐하듯이 말했다.

"——복무(卜莁) 풍수도 하지만, 저희들의 수행의 기본은 도인태식(導引胎息)하고 벽곡복이(辟穀服餌)를 항상 마음에 두며, 기를 단정히 하고 장생과 부귀를 얻는다는 것. 결코 수상한 것이 아닙니다. 이곳을 찾아온 이유도, 여기 계시는 무라카미 님이 매우 위험한 상태라는 것을 알았기 때문이지요. 악의나 간계는 없습니다."

"그러니까——어쩌겠다는 거야."

---

107) 일본어 '가메'는 '거북이', '우라'는 '점'이라는 뜻이다.

나쓰는 자포자기한 듯이 말했다. 이길 가능성이 낮다. 애초에 이 병원은 포위되어 있다. 아니──지금 이때만은, 이 동네는 성선도가 지배하고 있다. 왜냐하면, 그들은──.

──길을 막고 있다.

글자 그대로, 어떻게 움직여도 도망칠 곳은 없다.

아케미는 오사카베에서 무라카미에게로 시선을 옮겼다.

무라카미는 울상을 짓는 듯한 얼굴로, 부들부들 떨듯이 입을 약간 벌렸다. 줄곧 발언 기회가 없었던 것이다.

"저어──."

왜 그러십니까, 무라카미 님──오사카베는 민첩하고도 정중하게 반응했다.

"저어, 저는──."

"잠깐, 무라카미 씨!"

"괜찮습니다, 나쓰 씨──아, 죄송합니다. 그, 이 사람들이 어떤 사람들인지 저는 모르고, 아까부터 무슨 말씀을 하시는 건지도 잘 모르겠지만, 하지만 이분들이 제가 어떻게 되어 버린 건지 알고 계신다면 그건 꼭 여쭤 보고 싶습니다. 저는──대체 어떻게 된 걸까요? 아까 그 금주라는──."

"금주란 쉽게 말하면 저주입니다."

"저주?"

바보 같아──나쓰는 침이라도 뱉듯이 그렇게 말했다.

그러나 아케미는 알고 있다. 저주는 효과가 있다. 저주란 신비한 힘이 아니다. 아케미의 말로 하자면 그것은 집념이다. 사람의 그릇에서 흘러넘친 망념이다.

오사카베는 말을 이었다.

"금주는 본래 몸을 지키기 위해서 만들어진 방술입니다. 아까 말씀드렸다시피 기의 흐름을 가다듬으면 사람의 병은 낫고, 집안은 번영하고, 나라도 번영합니다. 하지만 그 반대로 한다면 어떻게 될까요. 기의 흐름을 흐트러뜨리거나, 또는 끊어 버리면, 사람은 병들고 집안은 쇠하고, 나라는 멸망합니다. 대지의 용맥을 끊으면 토지가 망가집니다. 즉 기를 자유자재로 조종할 수 있다면 재앙을 만들어내는 것도 가능하다는 뜻입니다. 이것을 악용하는 자도——없지는 않아요."

"악용——."

네——하고 명료하게 대답하고, 오사카베는 나쓰를 지나치며 다가오더니 무라카미의 발치에 이르렀다.

"물을 금하면 어는 일이 없이 따뜻한 물이 되고, 불을 금하면 타는 일이 없고, 못을 금하면 박은 후에 건드리지 않고 빼낼 수도 있다고 합니다. 사람을 금하면 상대는 생각대로 조종할 수도 있습니다."

"생각대로——."

그렇습니다——하고 오사카베는 말했다.

"이 경우, 착각하시면 곤란한데 기라는 것은 세상의 근본, 우주의 근원을 말합니다. 특별한 에너지가 아닙니다. 가령 기를 발한다거나 기를 통한다고 말해도 그건 어디까지나 비유입니다. 이렇게, 숨이 빠져나가듯이 역학의 작용이 있는 것이 아닙니다. 기로 물체를 날려 보내는 경우도, 눈에 보이지 않는 에너지가 방출되는 것은 결코 아닙니다. 금주의 금(禁)은 묶는다는 뜻. 다시 말해서 고작해야 대상을 봉한다는 뜻이고, 그 후의 작용은 대상 자체의 기의 흐름을 바꿈으로써 대상 자체가 변화하는 것입니다."

다시 말해서.

뜻대로 되는 것은, 되는 쪽이 멋대로 되는 것이다, 라는 뜻일 것이다. 비유하는 말 중에, 기합으로 날려 보낸다——는 말이 있는데, 그 경우 날아가는 것은 날아가는 쪽이 멋대로 날아간 것이고, 날려 보내는 쪽은 물리적으로는 아무것도 하지 않았다——는 뜻이 되는 것일까. 그렇다면.

"무라카미 님은 금인(禁人)의 술(術)에 걸리셨습니다. 당신은 물론, 자신의 의지로 자살을 시도하신 것이기는 하지만——반면 그것은 누군가의 의지이기도 하지요. 결국은 자살을 강요당하고 있는 것이나 마찬가지입니다."

"그런——누가."

"보아하니——."

오사카베는 무라카미의 얼굴을 들여다보았다.

"당신은 복잡한 관상을 하고 계십니다. 성공은 하지 못하지만 패배하지도 않는——."

분명히 그것은 맞을 것이다.

무라카미는 자신이 원해서 집을 나왔다. 그러나 그 가출도 본래 자력으로는 이루어지지 않았을 것이다. 기묘한 남자의 개입으로 우연히 집을 나오는 데 성공했지만, 그래도 자기실현은 성공했다고 말하기 어렵다. 하지만 무라카미는 지지 않았다. 그리고 우여곡절은 있었지만 결과적으로 한 번은 공장까지 가졌으니, 이것은 성공에 속할 것이다. 그러나 그것도 과연 그가 바라던 길이었는지 어떤지는 의심스럽다. 나아가서는 그 하늘이 주신 선물 같은 공장도 사수하지 않고 선뜻 닫아 버렸지만, 그것 때문에 궁지에 몰린 것은 아니다.

성공은 하지 못했다. 하지만 실패하지도 않았다.

"당신은——그래요, 사업에 실패하셨군요. 하지만 손해는 보지 않은 것이 아닙니까? 물러날 때를 잘 아시는 분으로 보입니다."

그것은 겁쟁이라든가 주의 깊다는 뜻일까.

말은 하기 나름이다. 요컨대 무라카미는 경솔한 행동을 보충할 정도로 주의 깊고, 겁을 먹은 끝에 막무가내가 되는, 실로 곤란한 성격이라는 뜻일 것이다.

혹시——하고 오사카베는 비교적 큰 목소리로 말했다.

"——당신은 재산을 갖고 계시지 않습니까?"

이 사람은 무일푼이야——하고 나쓰가 말했다.

그러나 무라카미는 공허한 눈으로 오사카베를 보며, 대단한 액수는 아닙니다만——하고 대답했다.

"당신, 돈이 없다고 했었잖아요."

나쓰가 새된 목소리로 외쳤다. 무라카미는 겁먹은 듯이 몸을 움츠리고, 죄송합니다, 가진 돈이 바닥난 건 사실입니다——하고 사과했다. 그러고 보니 무라카미는 어제, 간호사와 입원비에 대해 상담을 하고 있었지 않았던가. 애초에 아케미에게도, 그러고 보니 사례는 후일 다시 하도록 하겠습니다, 라고 말했다.

"저는 공장을 처분할 때, 땅과 가옥 일체를 모두 처분했습니다. 처음부터 상속하는 것은 내키지 않았고, 집착도 없었습니다. 그랬더니 빚을 전부 갚고, 종업원에게 돈을 주고도 남더군요. 하지만 다른 곳에 집을 사거나 몇 년이나 먹고살 정도는 안 되었고, 그저 가진 돈을 까먹으면서 살기는 싫어서, 그래서——도쿄로 나간 겁니다."

"그 돈은 지금 어떻게 되었습니까?"

"네에. 여행을 가는데 가져가는 건 위험할 것 같아서 집주인에게 맡기고 왔습니다."

그렇군요——라고 말하고 오사카베는 무라카미에게 등을 돌렸다.

즉 아케미 쪽——창 쪽으로 돌아본 것이다.

"무라카미 님. 당신은 혹시, 이즈에 오고 나서야 처음으로 죽고 싶다고 생각한 건 아닙니까?"

"예——."

빠져 있는 것——.

그것은 줄곧 빠져 있었다고, 아까 무라카미는 말했다.

그러나 빠져 있다고 인식한 것은 여행 중의 일이라고, 그렇게도 말했다.

그러니 그것에 관해서는 오사카베의 말은 옳다.

"당신은 본래, 매우 섬세한 분입니다. 무서운 것, 싫어하는 것, 불쾌한 것과 마주치는 것을 극단적으로 피하고 계시지요. 하지만 그러면서도 용감하기도 한 것 같습니다. 그건 당신이 공격적이기 때문이 아닙니다. 공격이야말로 최대의 방어. 당신은 몸을 지키기 위해서 과감해지는 겁니다. 하지만 그 과감한 공격성이 박탈되어 버리면, 당신은 쉽게 죽음을 선택하지요. 그만큼 약한 분입니다."

"하지만 저는 과거에 죽고 싶다고 생각한 적은——."

"사람은 누구나 똑같이 약한 존재입니다. 하지만 많은 사람들은 죽음을 선택하지 않지요. 왜냐하면, 인간은 그렇게 만들어져 있기 때문입니다."

"그렇게, 라니요?"

"사람은, 아니, 생물은 살기 위해서 살고 있습니다. 그러니 살도록 만들어져 있지요. 본래 스스로 죽음을 선택하도록 설계되어 있지는 않습니다. 남이 죽어, 죽어, 라고 몇 번을 말해도 보통은 죽지 않습니다. 따라서 자살을 강요하는 것은 죽이는 것보다 훨씬 어려운 일입니다. 하지만——."

"하지만?"

"그, 구조 쪽을 바꿔 줄 수는 있습니다. 다시 말해서——예를 들어 당신의 경우는, 과감한 공격성을 일시적으로 금해 버린다는 것일까요. 그러면 그동안, 섬세하고 약한 본래의 자신이 드러나게 되는 겁니다. 이건 견딜 수 없지요. 그게 몇 번이나 계속되면, 몇 번째인가에——당신은 자발적으로 죽음을 선택하게 됩니다."

"스스로——죽음을."

네——하고 오사카베는 말했다.

징 소리가 났다.

그것을 신호로, 큰북이나 피리가 울리기 시작했다.

"울증——이라는 병이 있습니다. 이 병에 걸린 분은 그저 사는 것이 괴로워지고, 심한 분은 죽음을 바란다고 합니다."

오구니도 말했다. 기분이 울적해지는 병——이다.

기(氣)가——막힌다.

"자살해——라는 금주는 불가능할 겁니다. 사람을 조종하는 건 가능하지만, 조종해서 자살하게 할 수는 없습니다. 하지만 울증 상태로 만들 수는 있지요. 다시 말해서 당신은 강제적으로 울증이 발병했던 겁니다. 울증을 벗어난 후에는 조증이 되지요. 자살을 시도한 후, 당신은 묘하게 밝은 기분이 들지 않았습니까?"

묘하게 밝은——.

그렇다. 분명히 그랬다.

한심하다는 둥 멍청하다는 둥, 아케미도 여러 가지 생각을 했었지만, 그것은 오직 무라카미가 밝았기 때문이다.

"그런——하지만——."

침대 위에 있는 무라카미의 표정이 딱딱해졌다. 몸 전체가 굳어 있다.

오사카베는 가슴의 둥근 장식을 만지작거리고 있다. 가까이에서 보니 그것은 금속으로 되어 있는 것 같았다. 처음으로 본 아케미가 그것을 손거울에 비유한 것은, 모양이나 크기보다도 표면이 거울 면처럼 보였기 때문일지도 모른다.

무라카미는 떨고 있었다.

"하지만 그런 저주를——대체 누가."

누가 무엇 때문에——하고, 무라카미는 목소리를 쥐어짜낸다.

오사카베는 그 가련한 모습을 동정 어린 시선으로 둘러본다.

"그건 당신이 죽으면 이득을 보는 사람의 짓입니다."

"이득?"

무라카미의 떨림은 서서히 커져 간다. 침대가 덜덜 떨리고 있다.

무서운 것일까.

"——예를 들면 그 집주인——아니, 아니군요."

오사카베는 그렇게 말하면서 아케미 바로 옆으로 왔다. 그리고 활짝 열려 있는 창 앞에 섰다. 서쪽으로 기울기 시작한 둔한 햇빛이 둥근 장식에 반사되어, 장식은 한순간 섬광처럼 빛났다. 창문에서는 사정없이 이상한 음색이 침입해 온다.

징. 큰북. 생황. 피리.

진정이 되지 않는다.

아우, 아우, 하고 개가 짖고 있다.

이 독특한 음색은 짐승의 신경을 거스르는 소리인지도 모른다.

오사카베는 바깥의 동지들을 바라보며 말을 이었다.

"무라카미 님. 당신을 함정에 빠뜨린 건 아마 그 집주인이라는 분의 배후에 있는——."

——길의 가르침이라.

오구니가 말하고 있었다.

——분명히 〈길의 가르침 수신회〉에 들어갔다고.

——일종의 영능력 사기입니다.

——그건 사기당하지 않도록 조심해야 해요.

——사기라느니.

그런가.

무라카미를 그 수상한 모임에 끌어들인 사람은 하숙집 집주인이 아니었을까. 그리고 무라카미는 이즈에 가야 할지 말아야 할지를 그 모임에 상의하지 않았던가. 그 결과, 수상한 연수 같은 것을——.

——연수다.

거기에서 술(術)에 걸린 것이다.

싫어, 싫어——무라카미가 갑자기 소리쳤다. 뭐야, 왜 그래요, 하며 나쓰가 일어선다.

"무라카미 님. 이대로는 당신은 확실히 죽게 됩니다."

창밖을 본 채 오사카베가 말한다.

오오오오 하고 오열하며, 무라카미는 머리를 끌어안고 웅크렸다.

뭐예요, 정신 똑바로 차려요, 하며 나쓰가 손을 댄다. 놔요, 나는 이제 틀렸어, 하며 무라카미는 그 손을 뿌리친다.

"놓으십시오. 죽고 싶어요. 죽게 해 줘."

"무라카미 씨——!"

아케미도 저도 모르게 다가가 무라카미를 붙들었다.

무라카미의 등은 두근두근 맥박치고 있었다.

돌아본다. 오사카베가 싸늘하게 보고 있다.

무서운 것 같기도 하고 쓸쓸한 것 같기도 한 고동이 전해진다.

——진심이다.

징. 큰북. 생황. 피리. 많은 사람들의 숨소리. 기척.

개가 소란을 떨고 있다. 바람은 잔잔한데.

마을이 웅성거리고 있다. 오오, 오오. 무라카미가 운다.

왕, 왕 하고 개가 짖는다. 진정이 되지 않는다——.

죽을 거야, 죽을 거라고——하고 고함치며 무라카미는 광란했다. 간호사가 신자들을 헤치고 들어온다. 아케미와 나쓰와 간호사가 셋이 달려들어 누르지만, 무라카미는 멈추지 않는다. 죽게 해 줘, 이제 싫어——하고 울부짖는다. 자살 지망자 본래의 모습을, 무라카미는 그제야 아케미에게 보여주었다.

"뭐야, 우두커니 서 있지 말고 도와줘."

나쓰가 소리쳤다.

오사카베는 동요하지도 않고,

"그러니까 구하고 싶다고 말씀드렸습니다."

라고 말했다. 나쓰는 날뛰는 무라카미의 팔을 움켜쥐고, 구할 수 있다면 얼른 구해 보든지——하고 고함쳤다.

"알겠습니다."

오사카베는 품에서 고리 같은 것을 꺼냈다.

치노와[108]다. 정월이나 한여름에 신사에 설치되는, 그 띠로 만든 고리다. 그 밑을 통과하면 몸이 깨끗해진다는, 그 고리를 작게 만든 것이다.

"임병투자개진열전행(臨兵鬪者皆陳烈前行) ——."

오사카베는 높은 목소리로 그렇게 외며, 창에 고리를 걸었다.

쨍, 하고 징이 울린 —— 것 같았다.

무라카미는 조용해졌다.

아케미는 천천히 얼굴을 든다.

나쓰가 어이없다는 듯이 입을 벌리고 있다.

머리를 끌어안고 있던 무라카미는 히익 하고 천식 환자처럼 숨을 들이쉬고, 그것을 내쉬면서 머뭇머뭇 일어섰다. 왠지 완전히 망가져 있다.

"저 —— 저는."

"금주를 끊었습니다."

오사카베는 그렇게 말했다.

"구, 구해 주십시오 ——."

무라카미는 침대 위에서 엎드렸다.

"그 —— 그만해요, 이봐요, 무라카미 씨!"

오사카베는 창을 향해 치노와를 든 채, 의기양양하게 버티고 서 있다. 나쓰는 무라카미를 떠나 오사카베를 돌아보았다.

---

108) 매년 6월 말일에 액운을 떨쳐내기 위해 열리는 행사 미나쓰기바라에[六月祓]에 사용하는, 띠나 짚을 종이로 싸서 묶어 커다란 원 모양으로 만든 것. 도리이 등에 걸고 그 밑을 세 번 통과하면 몸의 부정이나 재앙을 떨쳐내어 깨끗하게 할 수 있다고 한다.

"주술이라니 기분 탓이에요. 이런 놈의 속임수에 넘어가면 안 된다고요. 이놈들도 돈을 노리는 거예요."

이런 건 사기야——하고 나쓰가 말한 순간, 오사카베는 들고 있던 치노와를 내렸다.

무라카미의 상태는 다시 급변했다.

아케미가 댄 손 밑에서 무라카미의 등은 부들부들 경련하기 시작한다. 아, 안 돼——하고 무라카미는 말했다.

"뭐야! 당신, 장난치지 말아요!"

무라카미는 이제 대답을 할 수 있는 상태가 아니었다.

"마쓰시마 님. 이건 사법(邪法)이나 속임수가 아닙니다. 이래도 모르시겠습니까——."

"알았어요, 알았으니까——."

오사카베는 대담하게 웃었다.

그리고 치노와를 쳐들려고 했다.

그러나.

갑자기 그 얼굴이 일그러졌다.

무라카미의 움직임도 멈추었다.

"어——어떻게 된 거지!"

오사카베는 어중간한 데서 치노와를 멈추고, 그대로 창밖을 응시하고 있다. 얼굴이 약간 창백해졌다. 숱이 없는 눈썹이 두세 번 움찔움찔 움직였다.

무라카미의 고동이 진정된 것을 느끼고, 아케미는 손을 떼고 스윽 일어섰다.

——소리가.

소리가 그쳤다. 징이나 큰북이라면 희미하게 들리지만——.

——흐트러져 있다.

바깥을 본다. 대열이 흐트러져 있었다. 사람들의 목소리도 들린다.

잡음이 다가온다. 왁자지껄하게 옥신각신하고 있다.

바깥——아니다. 이것은 복도다.

아케미는 병실 입구를 돌아보았다. 성선도 신자들이 복도에서 뭐라고 말하고 있다. 이윽고 그 소동을 찢듯이, 남자 한 명이 들어왔다.

커다란, 빛바랜 남보라색 보따리.

헌팅캡.

약장수.

"오구니——씨."

남자는 오구니 세이이치였다.

오구니는 발소리도 내지 않고 스윽 발을 들여놓는다.

오사카베는 치노와를 내리고 간신히 돌아보았다.

"그대는——어제 그——."

"엣추 도야마의 약장수입니다."

오구니는 그렇게 말하며 오사카베를 싸늘하게 응시했다.

"거기 있는 아케미 씨는 제 오랜 친구라서요. 뭐, 동업자의 안주인이지요. 이 사람은 대나무를 가른 것처럼 호쾌한 분이라——평소에는 이런, 번거로운 다툼에 괴롭힘을 당하실 분이 아니지만——."

오구니는 거기에서 아케미를 보았다.

"아무래도 이번에는 상대가 나쁘군요. 뭐, 저도 그냥 보고만 있을 수가 없어서, 촌스러운 짓인 줄 알면서도 이렇게 나서게 된 것이지요——당신, 거기 나리, 무라카미 헤이키치 씨——."

"아 —— 네."

망가져 가던 무라카미는, 지금까지 중에서 제일 한심한 목소리를 내며 얼굴을 들었다.

무라카미는 뭐가 어떻게 된 건지 전혀 모르는 것 같았다.

그러나 그것은 나쓰도, 물론 아케미도 마찬가지다.

오구니는 말했다.

"무라카미 씨. 당신은 분명히 술에 걸려 있었어요. 술을 건 것은 〈길의 가르침 수신회〉의 이와타 녀석이 틀림없소. 하지만 지금 나리가 나은 것은 저기 있는 남자의 법력 덕분이 아닙니다."

무라카미는 오구니를 보고, 그러고 나서 오사카베를 보았다.

오사카베는 건조한 눈으로 오구니를 노려보고 있다.

오구니는 한 발짝 더 내디딘다.

"나리를 흐트러지게 만들고 있었던 건 말이지요, 개요."

"개 —— 개?"

"개가 우는 소리가 계기가 되는, 그런 술법이오. 개가 우는 동안에만, 나리는 마음이 울적해지는 병에 걸리는 겁니다 ——."

"아아."

아케미는 저도 모르게 말했다.

센본마쓰바라에서도. 아케미의 집에서도.

분명히 개는 울고 있었다. 그리고 방금도 ——.

—— 저 개가.

"들은 바에 따르면 〈길의 가르침 수신회〉의 이와타 회장은 작년에 폭한인지의 습격을 받은 후로, 큰 파수견을 항상 옆에 두고 있다고 하지 않습니까. 어떻습니까. 기억이 있으시지요, 무라카미 씨 ——."

무라카미는 머뭇머뭇 위를 향하더니, 그러고 나서 아아——하고 말했다. 움직임이 어색하다.

"그러고 보니, 커다란 개가——."

"연수 때 있었습니까?"

"여——연수가 끝난 후, 회장님과 면회를 하고, 그리고——아아? 그, 때에?"

"그래요, 그때 술을 건 거겠지요."

오구니는 단언했다.

"그것을, 이 남자는 꿰뚫어본 겁니다. 이건 꽤 대단한 안력(眼力)이오. 보통내기는 아니겠지요. 하지만 신통력으로 안 건 아니오. 엿듣다가 눈치챈 거겠지요. 뭐, 거기까지는 대단한 것도 아니지만, 그다음이 나빴어요. 당신도 나쁜 짓이 지나치지 않습니까——."

오사카베는 옆을 향했다.

"이 녀석은 저기 있는 공터에 개를 마련해 두고, 그, 가슴의 태극 장식으로 신호하고 있었소. 개피리라는 게 있는 것을 아시지요. 이거 말입니다——."

오구니는 손에 들고 있던 피리를 높이 들었다.

"——반사의 신호로 연주가 시작되지요. 다른 악기에 섞여서 이것을 부는 거요. 개가 울지요. 이 나리는 죽고 싶어진다, 이런 구조입니다. 그 고리 장식을 쳐들면 개를 진정시키고요. 개가 잠잠해지면 발작은 낫소. 참으로 궁상맞은 사기가 아닙니까——."

오구니는 오사카베를 향해 피리를 던졌다.

오사카베는 받아들지 않고, 창가를 떠나 그대로 오구니 옆으로 나아갔다.

피리는 바닥에 떨어졌다.

"그것을 빼앗았더니 아주 곤란해하더군요, 당신의 동료는. 그 김에 개도 풀어 주었는데."

"네놈——."

오사카베는 오구니에게 그 얼굴을 바싹 들이댔다. 오구니는 한 발짝도 물러서지 않고, 한층 더 얼굴을 가까이하며 매우 낮은 목소리로 말했다.

"하려면 네놈의 재량으로 해. 남의 샅바로 씨름하는 것처럼 흉내나 내지 말고."

"네놈, 혹시."

오구니는 말없이 위압했다.

오사카베는 신음했다.

그리고 뒤도 돌아보지 않고 그대로 병실을 나갔다.

오구니는 그 뒷모습을 잠시 바라보고 나서, 복도를 확인하고 문을 닫았다.

"이제 괜찮겠지요. 저 녀석은 두 번 다시 오지 않을 겁니다."

오구니는 돌아보더니, 아케미를 보고 웃었다.

"오구니 씨——이건 대체."

"아케미 씨. 저는 조심하라고 쓴 쪽지를 남겼지요."

모쪼록 조심하십시오. 그렇게 적혀 있었다.

"그리고."

거짓말하는 것도 아케미 씨답지 않습니다, 하고 오구니는 말했다.

"거짓말."

"뭐, 거기 계시는 부인 말입니다. 부인——."

"네?"

망아의 상태였던 나쓰는 갑자기 자신을 가리키자 깜짝 놀란 것 같았다. 스스로를 가리키며, 저요, 하고 말했다.

"이렇게 이야기에 빠져들어선 안 됩니다. 자칫 잘못하면 무사하지 못할 뻔했어요. 뭐, 아케미 씨의 입장에서 보자면 끌어들이고 싶지 않다고 판단하셨겠지만, 어쨌든 저놈들은 질이 나쁘답니다. 이분은 처음부터 표적이었던 것 같으니, 일석이조를 노린 거겠지요."

그 말을 듣자 나쓰는, 나는 저런 사기꾼한테 속지 않아요——라고 말했다. 그러나 아마 그대로 오구니가 등장하지 않았다면 나쓰도 머지않아 둥근 장식을 걸고 있었을 거라고 아케미는 생각한다.

아케미도 어땠을지 알 수 없다.

오구니는 웃으며 무라카미 옆으로 다가갔다. 그리고 망가진 남자의 목을 향해 양손을 뻗더니, 경동맥 부근을 가볍게 꼬집듯이 하고는,

"이제 괜찮소——."

하고 천천히 속삭였다. 그리고 손을 떼고,

"술을 건 상대의 이름을 알면, 그 술은 무효가 된다고 합니다. 이제 강아지는 무섭지 않을 거요."

라고 말했다.

무라카미는, 예에——하고 대답했다.

무라카미는 마치 장난감 같다. 수신회인지 성선도인지 모르겠지만, 실컷 희롱당하고——.

무언가가 빠져 있다——.

그런 것은 상관없었던 게 아닐까.

하지만 분명히 이 남자에게는 무언가가 빠져 있다.

후욱, 하고 바깥 공기가 뺨을 어루만졌다.

——봄바람이다.

창밖에는 이제 아무도 없다.

다만 아까 그 개 한 마리가 공터에서 뛰어다니고 있었다.

봄바람이 기분 좋은가 보다.

오구니는 말했다.

"무라카미 씨. 나리는——아마 아버님한테는 아직 가지 않으신 게 아닙니까. 다리가 나으면 가 봅시다. 저는 마침 그쪽을 돌 거라서요. 같이 가 드리겠습니다——니라야마에."

무라카미는 고맙습니다, 하고 말하며 머리를 숙였다.

빠져 있는 것——.

아케미는 그것이 무엇인지를 생각하고 있었다.

그래서 오구니가 어떻게 그 장소를 알고 있었는지도 신경 쓰지 않았다.

그리고 좀처럼 없는 일이지만——.

아케미는 남편이 보고 싶다고 생각했다.

*

감금 생활도 —— 나흘째를 맞았다.

어둑어둑한 방. 차가운 질감.

무채색의 정지한 풍경. 조잡하고 딱딱한 침상.

지저분한 벽. 곰팡이 냄새.

쇠창살.

—— 열악한 환경.

보통 같으면 괴롭다거나, 싫다거나, 돌아가고 싶다거나, 어쨌든 강한 거부감을 품을 상황일 거라고 생각한다. 하지만 내 경우는 어떤가 하면, 싫기는 하지만 스스로도 이상할 정도로 묘하게 차분해지고 말았다.

결코 태도가 돌변한 것은 아니다.

나에게는 언제나 꼬리를 말고 도망칠 정도의 배짱은 없으니, 아마 —— 늘 그렇듯이 —— 현실도피를 하고 있을 뿐일 것이다.

아니, 이렇게 어떤 의미로 자극이 적은 수상쩍은 상황이라는 것은, 본래 내 썩어 문드러진 신경에는 적합한 환경일지도 모른다. 그런 생각도 든다. 정체를 알 수 없는 세상이라는 대해(大海)에 내던져지는 것보다 조금은 나을지도 모른다고, 진심으로 생각할 때조차 있다. 정말 형편없는 인간이다. 그리고 나는 무릎을 껴안는다.

소홀한 취급. 힐문. 위협. 욕설. 폭력.

처음에는 무서웠다. 심문은 싫었다.

애초에 대인공포증 경향이 있는 나는 일상생활 속에서도 남들 앞에서 제대로 말을 하지 못하는 성질이다. 누가 강하게 물으면 물을수록 동요해서 결과적으로는 우물거린다. 재치 있는 대답을 할 수 있을 리도 없었다. 게다가 내 경우, 기억이라는 것은 대개 애매모호한 것이다. 그래서 사실을 말하라고 고함쳐도 꾸짖어도, 그저 곤란할 뿐이었다. 도대체가 체험이라고 해도 어차피 개인적인 인식에 지나지 않는 셈이니, 그것이 객관적인 사실인지 아닌지, 체험자 자신으로서는 판단이 불가능하지 않은가.

그래서 누가 캐물을수록 자신이 보고 들은 것이 진실인지 아닌지——나는 알 수 없게 되어 갔다.

그러나 단조로운 고문은 반복되는 동안에 고통을 수반하지 않게 된다.

예측 가능하다면 무섭지는 않다.

예측 불가능한 평화가 나에게는 훨씬 더 불안하다.

닫힌 환경에서 똑같은 행위가 되풀이되는 한, 그것은 단순한 예정조화에 지나지 않고, 육체적인 고통에는 조만간 익숙해진다.

익숙해지자——급속하게 현실감은 사라졌다.

그것이 나의 비겁한 자기방어법이다.

나는 심문을 당하는 나를 연기하는 다른 사람이 되고, 같은 정경은 되풀이될 때마다 빛이 바래, 결국에는 남의 일이 되었다. 나는 이미 나라는 본체에서 유리되어, 괴롭힘을 당하고 있는 나를 방관하는 제삼자가 되고 말았다.

군대 시절을 떠올렸다. 어딘가 비슷했다.

그래서 나는 거의 반응하지 않게 되었다.

이제——아무래도 상관없어졌다.

그래서.

의무적으로 그저 난폭한 말을 흘려듣고, 몇 번인가 얻어맞고——나는 등을 웅크리고, 힘을 빼고, 공허한 눈으로 잘도 움직이는 담당자의 입가를 바라보며, 시간 내내 그저 그러다가.

시간이 다 되면 이 방으로 돌아온다.

그래서.

무미건조한 이 감옥 안도 지금의 나에게는 안식의 장소다.

그리고 곰팡이 냄새를 맡고 더러운 벽을 바라보며, 나는 이렇게 생각하고 있다.

세상에서 단절되면 혈액순환이 나쁜 내 두뇌도 조금은 움직여 주는지, 기억력이 나쁜 데다 쉽게 잊어버리는 그런 내가 시시한, 사소한 것까지 떠올리기도 한다. 떠올려 보면 혹시 지금의 사건과 관계가 있는 것일까——하고 추측하고 싶어진다. 구류되기 전에 주위에서 일어난 상관없는 일들을 연결 지으며 엉뚱한 결말을 끌어낼 수 없을지 몽상하기도 한다. 추리가 아니다. 망상이다. 쓸데없는 작업이다.

그리고 나는——또 어떤 사건을 떠올렸다.

*

塗仏の宴 ◎ 宴の支度

효스베

ひょうすべ

◎ 효스베

가즈사[上総][109] 이시미 군[夷灊郡] 이와타무라[岩田村]의 한자에몬이라는 자에게 그 마을의 선두(船頭)가 찾아와, 이렇게 밤마다 갓파[河童]가 오니 무서워 죽을 지경이라고 말하였다. 한자에몬이 집안 대대로 전해지는 간쇼조[菅相承][110]의 시를 적어서 주자, 그 후로는 갓파가 오더라도 그대로 도망쳐 버렸다. 이 시는,

효스베야 약속을 잊지 마라

헤엄을 잘 치는 남자 이름은 스가와라

라고 하는데, 이 시의 효스베라는 것은 갓파를 말한다. 이것이 스가와라의 시인지 의심스럽기는 하며 이 지방 사람들의 이야기를 그대로 받아들이기 부족하다고 생각되나, 들은 대로 적어 둔다.

—— 미미부쿠로[耳袋] 제7권

네기시 야스모리[根岸鎮衛] (1809)

---

109) 현재의 지바 현 중부를 가리키는 옛 지명.

110) 스가와라노 미치자네[菅原道真 845~903]. 일본 헤이안 시대의 귀족, 학자, 시인, 정치가. 충신으로 이름이 높아 우다 천황에게 중용되었으며, 다이고 천황 때 우대신에 올랐으나 좌대신 후지와라노 도키히라의 참언으로 다자이후로 좌천되어 그곳에서 죽었다. 그의 사후 천재지변이 많이 발생한 것 때문에 그가 조정을 저주하고 있다 하여, 덴만텐진[天満天神]으로 모셔져 신앙의 대상이 되었다.

1

미야무라 가나오를 처음 만난 것은 올해 정월의 일이다.

강화(講和) 후 처음으로 맞이한 신년은, 그래도 점령하의 정월보다는 얼마쯤 차분했던 것 같다.

하지만 그것도 남들 이야기일 뿐, 나는 어떤가 하면 해가 바뀐 보람이라고는 하나도 없는 신통치 못한 얼굴로, 그렇다, 연말에 일어난 즈시 사건의 여운에서 좀처럼 빠져나오지 못하고 경사스러운 것인지 슬픈 것인지 잘 알 수 없는 어중간한 상태로, 그래도 들뜬 정월 기분에 잠겨 있기는 했다.

당시 항간에서는 그 불길한 눈알 살인마가 화제에 오르기 시작한 것으로 기억하고 있다. 그 후 눈알 살인마 사건은 나와 아주 가까운 곳에까지 그 파문을 보내오게 되지만, 물론 그때의 내가 그런 앞날의 일을 알 리도 없으니 별로 흥미도 느끼지 못했고, 자세히 알지도 못했다.

아마 1월 3일이었을 것이다.

나는 그날, 아내를 데리고 친구 추젠지의 집에 새해 인사를 하러 갔다.

그러나 우리는 부부 모두 그렇게 성실한 편은 아니고 사람도 잘 사귀지 못하는 성미인지라, 매년 여기저기 새해 인사를 하러 다니는 습관은 애초부터 없었다.

다만 추젠지와는 알고 지낸 지도 오래되었고, 아내끼리도 친하게 지내고 있는 데다, 그의 집은 우리 집에서 산책 겸 걸어서 갈 수 있는 거리이기도 해서, 정월이 아니더라도 왕래는 자주 있다. 그래서 그날도, 단순히 방문한 날이 정월이었다는 것뿐이지 특별히 새해 인사라고 할 만한 새삼스러운 것도 아니었다고 생각한다.

그렇다고 해도 우리는 부부가 함께 외출하는 일부터가 우선 드물고, 나는 그렇다 치더라도 아내는 나름대로 꾸미고 있었으니, 어딘지 모르게 거북한 것 같기도 하고 불편한 것 같기도 한, 참으로 이상한 기분이었다.

추젠지의 집 —— 교고쿠도[京極堂]는 고서점이기도 하다.

그날, 교고쿠도에게는 먼저 온 손님이 있었다.

기모노를 입은 자그마한 남성으로, 붙임성이 매우 좋았다.

나이는 30대인지 50대인지, 보기에 따라서는 엄청나게 늙어 보인다. 하지만 어린아이 같은 치기도 있어서, 고작해야 20대는 아니라는 것을 알 수 있는 정도일 뿐 그 외에는 나이도 직업도 알 수 없는, 독특한 풍모였다.

나는 늘 그렇듯이 지인 세키구치라고만 소개되었다.

아무래도 교고쿠도는 학생 시절부터 나를 친구라고 인정하지 않는 것 같다.

그는, 친구분 되십니까, 라는 질문을 받을 때마다 친구가 아니라 지인이라고 부정했다.

최근에는 일일이 부정하기도 귀찮은지, 나에 대해서는 미리 지인이라고 소개한다. 친구와 지인이 얼마나 다른 것인지 나는 잘 모르고, 어느 쪽이나 비슷한 것일 거라고도 생각하지만, 소개될 때마다 왠지 바보 취급을 받는 기분이 들어서 견딜 수가 없다. 그러면서 아내 쪽은, 집사람의 친구이고 세키구치 군의 안사람이기도 한 유키에 씨입니다——라고 소개하니, 더욱 화가 난다.

그러나 거기에서 내가, 아닙니다, 친구입니다, 라고 주장하는 것도 생각해 보면 우스운 이야기이고, 설령 내가 그렇게 말한다고 해도 그가 친구라고는 생각하지 않는다고 말해 버리면 그뿐이니, 오히려 더욱 좋지 않다.

그래서 나는 잠자코 인사를 한다.

먼저 온 손님은 웃으면서 말해서 그런지 가느다란 목소리로, 게다가 정중하게, 미야무라입니다——라고 자신을 소개했다.

자세한 것은 잊어버렸지만 교고쿠도의 설명으로는 그는 같은 고서점 주인으로, 가와사키 부근에 일본 책 전문의 작은 가게를 내고 있다고 한다. 그쪽에서는 교고쿠도도 상대가 안 되는 달인이라는 설명을 들었지만, 그쪽이 어떤 쪽인지, 그때의 나는 몰랐다.

여담이지만 그로부터 한 달 후에 일어난 하코네 산 사건에 교고쿠도와 내가 휘말리게 된 간접적인 원인은, 다름 아닌 그 미야무라 씨에게 있었다고 한다. 미야무라 씨가 자리를 비웠기 때문에 교고쿠도가 끌려 나왔다——는 것이 진상인 모양이다.

물론 그것은 나중에 들은 것이다.

전혀 설명이 없었는데도 불구하고, 미야무라는 내 정체를 알고 있었다.

작품은 거의 다 읽었습니다——라는 말에 나는 단숨에 얼굴이 빨개졌다.

미야무라는 그런 내 모습을 어린아이를 바라보는 할아버지 같은 시선으로 보며, 세키구치 씨는 번역하기 어려운 소설을 쓰시니까, 저 같은 사람한테는 그게 기뻐서요——하고 부드러운 말투로 말했다. 번역하기 어렵다는 말은 무슨 뜻일까. 나는 그의 본의를 잘 알 수 없었지만, 그래도 어딘지 모르게 칭찬하는 듯한 말투여서 모르는 채로, 고맙습니다——하고 인사를 했다.

정식으로 새해 인사를 하고, 한동안 환담을 나누었다.

미야무라는 첫인상대로 매우 사근사근하고, 그림으로 그려놓은 듯한 좋은 사람이었다. 대화도 능숙하고, 사소한 일이라도 열심히 손짓을 해 가며 전하는 자세에는 호감이 갔다. 또 결코 사교적이지 못한 내게도 말을 많이 시켜 주었고, 아무래도 소화불량 기미가 있는 내 말에도 정중하게 귀를 기울여 주었다.

그리고 미야무라는 말이 서툰 나의 재미없는 이야기에도 하나하나 맞장구를 치고, 그때마다 유쾌한 듯이 웃었다.

그러다가 나는 묘한 것을 깨달았다. 대화 중, 미야무라 쪽은 친구를 교고쿠도 씨라고 가게 이름으로 부르는데, 교고쿠도 쪽은 미야무라를 가게 이름으로도 성으로도 부르지 않고 항상 선생님이라고 부르는 것이었다.

내가 아는 한 친구가 스승으로 섬기는 인물은 한 명밖에 없고, 그 인물 이외에 그가 선생님이라고 부르는 사람은 없을 것이다. 그 외에는 나를 드물게 선생이라고 부르는 정도다. 물론 내 경우는 야유하는 것뿐이지만.

나는 수상하게 생각하고, 대체 미야무라는 무슨 선생님인지 교고쿠도에게 작은 목소리로 물었다. 미야무라는 그 물음을 귀 밝게 알아듣고, 별것 아닙니다, 저는 옛날에 교직원이었거든요, 세키구치 씨——하고 대답하고 나서 교고쿠도를 보며, 하지만 교고쿠도 씨, 제가 선생이라면 당신도 선생일 텐데요——하고 말을 이었다. 그러고 보니 교고쿠도도 옛날에 교사였다. 친구는 그 말을 듣자마자 씩 웃으며, 그건 아닙니다, 선생님——하고 말했다.

"학생 중에는 아직도 저를 선생님이라고 부르는 경솔한 사람도 있지만요. 미야무라 선생님의 경우는 다르지요. 애초에 제자도 아닌데 모두가 선생님이라고 부르지 않습니까. 그 야마우치 씨도 그렇게 부르고."

교고쿠도가 그렇게 말하자 미야무라는 머리를 긁적이며 말했다.

"아니, 선생님이라고 불릴 정도로 뭘 하는 것도 아니니까요. 별로 기쁘지는 않은데요——."

즉 미야무라가 선생님이라고 불리는 이유는 겉모습이나 태도가 교사 같기 때문이라는 뜻일까.

듣고 보니 분명히 교사 같기는 하다. 한편 교고쿠도는 비스듬히 보나 거꾸로 보나 교사로는 보이지 않는다. 두 사람 다 먼 옛날의 문사(文士) 같은 차림새인 것은 다름이 없는데, 이렇게나 달라 보일 수 있을까.

나이 때문은 아닐 것이다. 이것은 분명히 인덕이나 사람 됨됨이라는 것이다.

내가 그렇게 말하자 교고쿠도는 웬일로 솔직하게, 그렇군, 인덕이라, 하고 고개를 끄덕이더니,

“그것도 있을지도 모르겠군. 하지만 그것만은 아닐세. 이분한테는 선생님이라고 불리는 이유가 분명히 있거든.”

하고 말하며, 그렇지요, 미야무라 선생님——하고 돌아보았다.

미야무라는 공손하게,

“교고쿠도 씨는 사람이 나쁘군요.”

라고 대답했다. 그것은 옳은 말이다.

그러다가 교고쿠도의 아내가 머뭇머뭇 일어나며, 준비할 것도 있으니 그만 자리를 떠도 될까요——하고 말했다.

미야무라는 미소를 지으며, 벌써 많이 얻어먹었으니 신경 쓰지 마십시오——라고 대답했다. 교고쿠도의 아내는 내 쪽에도 양해를 구하기 위해 시선을 돌렸으나, 나는 요리를 입 안 가득 넣고 있었기 때문에 대답할 수가 없었고 대신 내 아내가, 저도 도울게요, 라고 말하며 일어섰다. 그리고 아내들 두 사람은 옷맵시가 어떻다는 둥 긴톤[111]이 어떻다는 둥 하는 이야기를 하면서 슬쩍 방을 나갔다.

사람이 줄자 갑자기 책이 눈에 띈다. 다섯 평 정도 되는 방의 벽은 출입구를 제외하면 모두 서가다. 미야무라는 끝에서부터 그것을 둘러보며, 꽤 장관이군요——하고 말했다.

나도 미야무라를 따라 책의 벽을 본다.

책투성이다.

“군시테이[薫紫亭]만큼 물건을 갖추어 놓지는 못했습니다, 선생님.”

교고쿠도는 그렇게 말했다.

미야무라의 가게 이름은 군시테이인가 보다.

---

111) 고구마 · 강낭콩 등을 삶아 가는 체에 으깨 설탕을 넣고 반죽하여 달게 조린 밤 · 강낭콩 등을 섞은 것.

"우리는 일본 책이나 고지도 같은 게 전문이라, 진열도 수수합니다. 그 점에서 여기는."

미야무라는 그렇게 말을 받으며 다시 서가를 보았다.

그리고 나를 보며, 그렇지요 —— 하고 동의를 구했다.

나는 예에, 하고 맥빠진 대답을 했다.

분명히 교고쿠도는 무엇이든 갖추어 놓고 있다. 우선 경향이라는 것이 없다. 재래식 장정도 있는가 하면 가죽 장정도 있다. 엔본[円本][112]에서 가스토리 잡지까지, 주인의 심금을 울린 것이라면 어떤 것이든, 대개 팔리지 않을 물건까지도 옥석의 구분 없이 진열되어 있다.

그 잡다한 서책의 산은 가게뿐만 아니라 거주 부분인 주인의 방이나, 예를 들면 이 방까지 사정없이 침식하고 있지만, 그러면서도 정연한 것이 내게는 아무래도 석연치 않다.

정신이 들어 보니 말이 끊겨 있었다.

아무래도 묘한 분위기가 된 것을 내가 깨달은 건 그때였다. 표정으로만 심중을 나타내는 것이 통하지 않는 둔한 나는 전혀 깨닫지 못했지만, 아무래도 교고쿠도의 아내가 중간에 자리를 뜬 것은 교고쿠도가 지시했기 때문이었나 보다. 아내는 그것을 알아채고 눈치 빠르게 함께 퇴석했을 것이다. 어쩌면 미야무라에게는 뭔가 복잡한 용건이라도 있는 것일까. 나는 약간 허둥거렸다.

미야무라의 질문은 갑자기 튀어나왔다.

"효스베라 하면 ——."

나는 당황했다.

---

112) 정가 한 권에 1엔짜리 총서본. 1926년, 가이조샤[改造社]가 '현대 일본문학 전집'을 간행한 것으로 시작되어, 한때 일본 출판계에 엔본 시대가 도래했다.

"효스베라 하면 —— 역시 갓파를 말하는 거겠지요."

엉뚱한 화제다.

그러나 교고쿠도는 동요하지 않고, 차를 끓이면서 약간 의아한 얼굴을 하더니, 그렇지 않습니다 —— 라고 말했다. 그리고 찻주전자를 내려놓고 차탁(茶托)을 밀어 나와 미야무라에게 차를 권하면서, 역시 효스베는 효스베겠지요 —— 하고 무뚝뚝하게 말을 이었다.

미야무라는 차를 양손으로 받으며,

"하지만 효스베라는 것은 갓파의 별칭이다, 라고 —— 네기시 야스모리[根岸鎭衛][113]도 적고 있지 않습니까?"

라고 말했다.

"아아, 〈미미부쿠로[耳袋]〉 말이군요."

"맞아요, 맞아. 아마, 으음, 효스베라 하는 것은 갓파이다 —— 였나요."

"스가와라와 연이 있다는 것도 의심스럽다 —— 라고도 썼습니다. 그러니 야스모리는 그 시점에서 이미 갓파란 무엇인가, 효스베란 무엇인가를 파악하지 못한 거지요. 그는 주문이나 주술을 좋아했을 뿐입니다."

무슨 말인지 모르겠다. 미야무라도, 말씀하시는 뜻을 모르겠습니다 —— 라고 말하며 고개를 갸웃거렸다.

그리고 천천히,

"게다가 그렇지, 아마 야나기타 옹[114]의 〈갓파 이야기〉였던가요

113) 에도 시대 중기에서 후기에 걸쳐 살았던 하타모토. '미미부쿠로[耳袋]'의 저자로 유명한데, 이 책은 네기시 야스모리가 사가 봉행으로 재임했던 1785년경부터 죽기 직전까지 30여 년에 걸쳐 모은 세상 이야기를 담은 수필집으로, 동료나 노인에게서 들은 기이한 이야기가 기록되어 있으며 전 10권, 천 편이나 되는 방대한 양이다.

114) 야나기타 구니오[柳田國男, 1875~1962]. 일본의 민속학자이자 관료. '일본인이란 무엇

── 거기에서 읽은 것 같은데요. 갓파는 홍홍 하고 울기 때문에 닛슈[日州][115] 근방에서는 그렇게 부른다거나, 그런 말이 적혀 있었던 것 같은 ── 그런 기억이 있습니다만. 홍홍이라는 것은 참으로 슬픈 목소리지요. 그 때문인지 왠지 인상에 남아 있어서, 똑똑히 기억하고 있습니다. 기억하고는 있었지만 진지하게 읽은 것은 아니니 틀렸을지도 모르겠습니다. 어쨌든 제 전문이 아니라서 ──."

라고 말했다.

그 논문이라면 나도 이전에 읽은 기억이 있었다. 분명히 그런 글이 었던 것으로 기억하고 있다.

그러나 교고쿠도는, 선생님, 그거라면 〈갓파의 도래〉 쪽이겠지요, 라고 대답했다. 듣고 보니 그럴지도 모른다. 매우 애매한 기억이다.

교고쿠도는 늘 그렇듯이 막힘없이 이야기하기 시작했다.

"지금 미야무라 선생님이 말씀하신 〈갓파 이야기〉 쪽에도 똑같은 내용이 적혀 있습니다. 하지만 이 페이지에서 야나기타 옹은 〈수호고략후편(水虎考略後篇) 3권〉을 인용하며 닛슈에서 갓파를 효스에라고 부르는 것은 울음소리가 효효 하고 들리기 때문이다. 하지만 아직 당장은 믿을 수 없다 ── 며 회의적인 의견을 늘어놓는 데 그치고 있습니다. 하지만 〈야조(夜鳥)〉에 실려 있는 〈갓파의 도래〉 쪽에서는 철새 신앙과 연결 지어서 이 울음소리 유래설을 지지하고 있지요. 여기에서 야나기타 옹은, 갓파를 새라고 생각하는 사람은 없지만, 어느 조류를 갓파라고 생각하는 사람은 있다 ── 고 머리말에서 일부러 설명하고 있습니다."

인가'에 대한 답을 찾아 일본 각지를 조사, 여행하고 많은 저작을 남겼다. 일본 민속학의 개척자로 꼽히며, 그의 저작은 오늘날까지 계속해서 중판되고 있다.

115) 휴가[日向] 지방의 다른 이름. 현재의 미야자키 현에 해당하는 옛 지명.

"잠깐만요, 교고쿠도 씨 ——."

미야무라는 손을 든다.

"아니, 교고쿠도 씨, 지금 어원은 아무래도 상관없습니다. 규슈에서 갓파를 효스베나 효스에라고 부르는 것은 틀림없는 것이겠지요. 효스베란 갓파가 맞지요?"

으음, 하고 젊은 고서점 주인은 고개를 갸웃거렸다.

그리고, 미야무라 선생님 —— 하고 부르더니, 요괴는 이름이 전부입니다, 그러니까 효스베는 역시 효스베입니다 —— 라고 알 수 없는 말을 했다. 그러고 나서 아무래도 설명하기가 어렵군요, 하고 말을 맺었다.

"갓파라든가 가와타로[川太郞]라든가 수호(水虎)라든가 —— 하긴 무엇이든 상관없지만, 그렇지, 그런 이름은, 아니, 요괴라는 것은 그것 자체가, 말하자면 윗물입니다."

"윗물이라니요?"

"예를 들면 —— 시코쿠는 너구리의 본고장인데요."

나는 한순간 당혹스러워졌다. 전혀 맥락이 없다.

그러나 미야무라는 잠시 뜸을 들이더니, 네, 네, 하며 크게 고개를 끄덕였다.

그렇다 —— 잘은 모르겠지만 듣고 있다 보면 조만간 알게 될 것이다. 교고쿠도는 늘 그렇게 이야기를 한다. 맥락 없는 전개는 이윽고 맥락을 갖게 되고, 언젠가 본론과 연결되는 것이다. 따라서 이때는 그냥 듣고 있는 것이 상책이고, 진의를 묻거나 해도 알 수 없게 될 뿐이다. 미야무라는 그것을 충분히 알고 있기에 고개를 끄덕인 것이다. 나도 그것을 알고는 있지만, 그래도 역시 대개는 당황하고 만다.

친구는 말을 이었다.

"——제 친구 중에서 중국의 요괴를 연구하는 다타라 군이라는 특이한 친구가 있지요. 그가 요전에 시코쿠에 다녀왔는데——."

"묘한 분이 다 있군요."

미야무라는 나를 힐끗 보고, 웃는 얼굴을 한 채 작은 목소리로 그렇게 말했다. 나는 대답하지 않고 그저 쓴웃음을 지었다.

면식은 없지만, 다타라라는 인물에 대해서는 교고쿠도에게서 몇 번인가 들었다. 요즘 같은 세상에 요괴 연구로 입신출세할 수 있을 것 같지도 않고, 하물며 중국의 요괴라면 더더욱 그렇다. 남의 걱정을 할 수 있는 처지가 못 되는 나조차, 들을 때마다 그 신상을 걱정하고 말 정도다.

그건 그렇고 유유상종이라고 할까, 요괴는 요괴를 부른다고 할까, 미야무라의 말대로 묘한 인간이란 적잖이 있는 법이다.

미야무라는 다타라에게 상당히 흥미를 느낀 모양이었지만, 더 이상 많은 것을 묻지 않았다. 물으면 물을수록 미궁은 깊어진다는 것을 알고 있는 것이다.

교고쿠도는 말을 이었다.

"——그런데 그 친구가 이런 말을 하더군요. 그렇지——선생님은 옷파쇼 돌이라는 기이한 돌의 전설을 아십니까?"

이야기가 계속 엉뚱한 곳으로 튄다.

미야무라는 글쎄요, 하며 고개를 갸웃거렸다.

교고쿠도는 곁눈질로 나를 보며, 세키구치 군, 자네는 어떤가——하고 물었다. 당연히 모른다고 대답했다. 그런 묘한 것을 일일이 알고 있을 수는 없다.

“옷파쇼 돌이란 도쿠시마의 모처에 전해지는 기이한 돌인데—— 원래는 유명한 파발꾼의 묘석이라고도 하지요. 이것이 옷파쇼, 옷파쇼 하고 말을 합니다.”

“옷파쇼라니요?”

“업어 달라는 뜻입니다. 옷파쇼.”

“흐음. 그건 그, 바킨의 〈석언유향(石言遺響)〉에 나오는, 엔슈[遠州][116]의 밤에 우는 돌 같은 겁니까?”

미야무라는 그렇게 물었다.

과연 그쪽이 전문인가 보다.

“예. ‘목소리를 내는 돌’ 계통의 뿌리를 더듬어 가면 그렇게 되지요. 비젠[備前][117]의 고소코소 돌 같은 것과 같은 계통의 괴이 현상으로 생각됩니다. 하지만 이건 다른 지방에서는 바우로 돌이라거나 우바리온이라고도 불리니, ‘어부바 요괴’ 계통의 요괴이기도 하지요. 업으면 무거워진다는 요괴입니다. 그럼 이것은 우부메의 요괴와도 무관하지는 않게 되고, 한편으로는 부를 가져다주는 마레비토[118]의 설화 같은 것과도 관련이 생기게 되는데, 그건 제쳐 두기로 하지요. 어쨌든 옷파쇼 돌이라는 건 길가에 있으면서 업어 달라고 조르는 돌입니다.”

“지금도 조르나?”

내가 그렇게 묻자 교고쿠도는 한쪽 눈썹을 치켜세우며,

---

116) 도토우미[遠江] 지방의 다른 이름. 현재의 시즈오카 현 서부를 가리키는 옛 지명.

117) 현재의 오카야마 현 동남부를 가리키는 옛 지명.

118) 마레비토는 ‘손님’이라는 뜻으로, 때를 정해 다른 세계에서 찾아오는 영적인 존재 또는 신의 본질적 존재를 정의하는 용어. 오리쿠치 시노부의 사상 체계에서 가장 중요한 개념 중 하나로, 일본인의 신앙 · 타계관념(他界觀念)을 찾기 위한 단서로서 민속학에서 중시된다.

"자네는 말이야——."

하더니 큰 한숨을 쉬었다.

"——지금은 그냥 돌일세. 언제쯤인가 어느 씨름꾼이 지나갈 때, 시건방진 돌이라며 업었다가 점점 무거워지니 견딜 수 없어서 내던졌는데, 그때 깨지고 말았다고 하네. 그 후로는 아무 말도 하지 않게 되었다고 전해지지. 그 깨진 돌은 지금도 거기에 있다나 뭐라나."

"그게 왜요?"

미야무라가 물었다.

당연한 질문이다.

"그 옷파쇼 돌이 너구리라는 겁니다."

"누가 그럽니까?"

"그 지방 사람들이랍니다."

"너구리, 였습니까?"

"뭐, 장소상 너구리와 무관하게 논할 수도 없지만, 이게 다른 지방이었다면 결코 너구리는 아닙니다. 목소리를 내는 돌도 어부바 요괴도, 너구리는 아니고요. 업어 달라고 부탁하는 돌 요괴를 설명하는데 너구리 같은 것을 끌어낼 필요는 없지요. 하지만 그게——아무래도 너구리가 되어 버린 모양이더군요."

"되었다?"

"네. 원래는 어땠는지, 그건 알 수 없습니다. 어쩌면 근본은 너구리가 홀린다고 일컫는 말이었는지도 모릅니다. 하지만 홀렸다, 가 둔갑했다로 바뀌었어요."

"어떻게 다른 겁니까."

하고 미야무라는 묻는다.

똑같게 들린다.

“홀린다, 라는 것은 홀려지는 대상, 우리들 인간이 묘한 일을 당하는 겁니다. 둔갑한다, 는 것은 홀리는 본체, 이 경우 너구리가 모습을 바꾸는 것이지요.”

아아, 하며 미야무라는 무릎을 쳤다.

“다시 말해서 씨름꾼의 묘석인지 뭔지는 알 수 없지만, 뭔가 그런 수상한 돌이 있고, 그게 말을 하거나 무거워지는, 그런 괴이 현상을 체험하게 되는 것이 홀린다, 너구리가 돌로 변하는 것이 둔갑한다는 말이로군요.”

“그렇지요. 홀리는 경우와 둔갑하는 경우는 의미가 미묘하게 다르잖습니까. 이 경우, 어느 시기부터 옷파쇼 돌은 옷파쇼 돌로 이해되고 있었던 겁니다. 애초에 너구리가 돌로 둔갑한 것이라면 깨진 후의 돌은 왜 남아 있는 것인지 전혀 설명할 수 없잖아요. 게다가 씨름꾼의 묘석이라는 유래에 대한 설명도 할 수 없지요. 너구리가 둔갑한 것으로는 완전히 설명할 수 없는 부분이 있는, 있다고 할까 생겨나 버린 겁니다. 하지만 최근에는 너구리가 둔갑했다는 것으로 되어 버렸어요.”

“왜?”

“그편이 잘 통하거든요. 너구리의 짓이라고 하는 편이 실감(實感), 즉 리얼리티가 있지요. 적어도 현대에는.”

너구리가 현실감을 가질 수 있습니까——하고 미야무라는 물었다.

가질 수 있습니다, 시코쿠니까요——하고 교고쿠도는 즉시 대답했다.

"하기야 시코쿠의 모든 사람들이 지금도 하나같이, 너구리는 사람을 홀린다고 믿고 있다는 뜻은 아닙니다. 요즘 같은 시대에 그런 것을 진심으로 믿는 사람은 시코쿠에도 그렇게 많지 않겠지요. 그러니까 이건 현대에서는 너구리라는 코드라면 그나마 허용 범위다, 라는 뜻이지요. 그것 이외의 명칭은 거의 효력을 잃은 겁니다. 공통 인식이 가능한 코드가 아니게 되고 만 겁니다. 그러니까 뭐, 통한다면 너구리가 아니더라도 여우든 갓파든 상관이 없고, 악마라도 화성인이라도 괜찮았던 거지만요. 무엇이든 괜찮지만, 시코쿠니까 너구리라는 것일 뿐."

이 경우는 말이지요, 이 너구리라는 게 윗물입니다, 하고 교고쿠도는 말했다.

"흐음."

윗물이란 무엇인가——라고 미야무라가 물었다는 것부터를, 나는 잊어버릴 뻔했다.

"그러니까 돌이 업어 달라고 말을 한다——업으면 무거워진다——는 괴이 현상이 너구리의 장난이라고 해 버리면, '옷파쇼 돌'이라는 괴이 현상은 소멸되고 마는 겁니다. 밤에 우는 돌도 어부바 요괴도 우부메도 상관없어지고 말지요. 요괴로서는 '너구리'라는 게 되는 셈입니다."

되겠군요——하고 미야무라는 말했다. 과연 이해가 빠르다.

"요괴 '옷파쇼 돌'이 아니라 요괴 '너구리'가 장난으로 돌로 둔갑해서 옷파쇼 옷파쇼 하고 말을 하고 있었다, 라는 게 되는 셈이군요. 거기에서 돌이 말을 한다는 불가사의는 사라져 버리고, 너구리가 돌로 둔갑한다는 불가사의가 바로 괴이 현상의 핵심이 되고 만다고요."

미야무라가 옷파쇼 옷파쇼라고 말하니 매우 정취가 있다.

"그렇습니다. 하지만 역시 이 옷파쇼 돌이라는 괴이 현상이 성립하는 과정에는, 아까 선생님이 말씀하셨듯이 말하는 돌, 우는 돌의 전승이나 업어 달라고 조르는 요괴라는 것이 확실히 관련되어 있는 겁니다. 계보를 거슬러 올라가 보면 그건 너구리만으로 성립하는 건 아니에요."

"홀리려 해도 둔갑하려 해도, 라는 뜻이군요."

"그렇겠지요. 다른 곳에서는 설령 너구리와 연관을 지으려고 해도, 적어도 '옷파쇼 돌 너구리' 정도의 특수한 고유명사가 붙어야 합니다. 그런데 그냥 너구리가 되어 버리지요. 뭐, 너구리가 더 잘 통하고, 사실 불편함 없이 통해 버리기 때문입니다만. 결과적으로 옷파쇼 돌로 둔갑한 너구리는 본래 너구리와 상관없는 내력도 끌어안게 되지만, 너구리는 너구리예요. 요괴로서의 이름은 너구리로 정리되지요."

"네네, 잘 알겠습니다. 그런 많은 배경이나 역사나 이런저런 것들을 전부 한데 묶고, 그 위에 올라타고 있는 것이 요괴의 이름——윗물이라는 거지요."

그렇습니다, 맞습니다——하며 교고쿠도는 고개를 끄덕였다.

"다만 옛날 사람들은 그 윗물인 이름을 들은 것만으로도 그런 내력을 포함한 일체를 알아차릴 수 있었지만, 현대인인 우리는 이름만 들어서는 아무것도 모르게 되어 버린 거지요. 윗물인 이름에서는, 마찬가지로 윗물인 현상밖에 알아챌 수 없는 겁니다. 그래서 현상으로서 똑같거나, 아니면 비슷한 것이면, 이름이 같아도 상관없다고 생각하고 말지요. 그래서 옷파쇼 돌도 그냥 너구리면 되는 겁니다. 너구리는 무엇으로든 둔갑하니 무엇이든 될 수 있고, 거기에 장황한 이유는 필요 없어요. 그래서 효스베나 갓파나 똑같아도 된다는 말이 되는 거지요. 하지만 효스베는 역시 효스베입니다."

"갓파와는 다르다."

"다릅니다. 같은 성질, 같은 역사, 같은 정체를 갖고 있지만 효스베와 갓파는 그 숨겨진 부분의 많은 것을 공유하는——다른 존재입니다."

"잠깐만."

나는 제지한다.

"같은 성질을 가진 별개의 존재라는 건 알겠네. 하지만 같은 역사를 가진 별개의 존재, 라는 건 성립하지 않지 않나. 더군다나 같은 정체라면, 그냥 같은 존재라고밖에 말할 수 없네. 이름이 다르다는 것뿐이라면, 그건 역시 단순한 별칭일 뿐이지 않나."

무엇이든 정체가 같다면 같은 존재다.

뭐, 보통은 그렇다네——하고 교고쿠도는 말했다. 그리고 미야무라를 힐끗 보고 나서 바보 취급하는 듯한 눈빛으로 나를 응시하며,

"자네는 신진기예 가인(歌人)[119] 기타지마 군토를 아나?"

하고 물었다.

"오늘은 엉망진창으로 이야기가 튀는군. 맥락이 전혀 없어. 뭐, 그야 나도, 이래봬도 글쟁이 나부랭이니까. 기타지마 군토 정도는 알고는 있네. 그렇지, 아마 작년이었나, 단가(短歌)의 세계에 혜성처럼 나타난 천재 여류 가인 아닌가?"

---

119) 시인, 특히 와카[和歌]의 작가를 일본에서는 가인이라고 부른다. 와카는 한시에 대비되는 개념으로, 일본 고유의 정형시를 가리키며 장가(長歌), 단가(短歌), 선두가(旋頭歌), 가타우타[片歌] 등의 총칭이지만 좁은 뜻으로 말할 때는 보통 31음을 정형으로 하는 단가를 말한다.

내가 그렇게 대답하자 교고쿠도는 입가를 일그러뜨리며, 천재 여류 가인이랍니다, 선생님——하고 장난스러운 말투로 말하고 나서, 마치 못된 꿍꿍이라도 꾸미고 있는 듯한 웃음을 담고 미야무라를 보았다.

미야무라도 역시 그냥 웃고 있다. 나는 부루퉁한 표정을 지으며 말했다.

"뭔가. 의미심장하지 않나. 신감각파라느니 신서정파라느니 하는 평을 듣는 여류 가인일세. 일상생활의 단면을 선명하게 잘라내어 싱그럽고 섬세한 말을 구사하여, 그것을 읊어내는 천재라는 평판이던데."

"마치 잡지를 그대로 읽는 것 같군."

하고 교고쿠도는 바보 취급하듯이 말했다. 확실히 그것은 그 말 그대로였다. 이것은 내가 기고하고 있는 〈근대 문예〉의 신년호에 실려 있던 촌평 그대로의 말이다.

기타지마 군토는 단가 동인지나 전문지로 세상에 나온 가인은 아니다. 어느 문예지에 어느 날 갑자기 연재 페이지를 갖게 된 것이다. 그것이 당장에 주목을 받았기 때문에, 그때까지 단가에는 눈길도 주지 않았던 다른 문예지도 일제히 다루게 되어 일약 화제의 인물이 되었던 것이다.

그리고 〈근대 문예〉도 예외 없이 특집 기사를 편성했다. 나는 우연히 그 기사를 읽었을 뿐이다.

교고쿠도가 알아맞힌 후에도 나는 일단, 무례하군——하고 항의의 자세를 보였다.

교고쿠도는 웃지도 않고,

"자네 같은 삼류 문사가 단가의 좋고 나쁨을 알 리가 없네. 그런 건 인도차이나의 물소도 알아차릴 수 있는 일이 아닌가. 어디에선가 들은 듯한 그런 시시한 강평이 듣고 싶은 게 아닐세. 그 정도의 강평이라면 말(馬)도 할 수 있을 걸세. 세상의 평판만 들으면, 작품을 한 수도 읽지 않아도 그 정도는 힝힝거릴 수 있지."

라고 말했다.

나는 체념했다.

"뭐 그럴 테지. 이건 잡지에서 읽은 걸세. 하지만 그렇지, 군토는 어디의 누구인지, 경력을 포함해서 신원이 일절 공표되지 않았다고 하지 않는가, 내력을 밝히지 않고 작품으로만 승부해서 그만큼 평가를 받으니 대단한 사람일 테지."

"확실히 자네 말대로 기타지마 군토는 복면 가인일세. 그래서——그렇지, 예를 들어 세키구치 군, 그 군토의 정체가 자네라고 해 보지 않겠나."

"어째서 내가. 나는 남자일세."

"뭐, 어떤가. 설령 거짓이라도 천재가 된 거니까 이건 영광스러운 일이 아닌가. 고맙게 생각하게. 그래서——말일세. 으음, 자네는 아마——소키 이쓰미인가 하는 웃기는 필명을 갖고 있었지?"

"아아. 장난으로 붙인 걸세."

본명을 숨기고 싶은 일을 할 때 쓰는 필명이다.

"이 경우는——자네가 군토였을 경우 말일세. 기타지마 군토와 소키 이쓰미는 역사를 공유하고 있네. 성질도 같지. 물론 정체도 같네. 양쪽 다 자네이니, 양쪽 모두 세키구치 다츠미의 별칭이라고 할 수 있지."

"그럴 테지."

"하지만――말일세. 기타지마 군토라는 이름은 나와 자네의 합작 필명이었다고 해 보지 않겠나. 그럴 수도 있겠지?"

"뭐, 있겠지."

"이 경우――소키 이쓰미와 기타지마 군토는 자네라는 정체는 같지만, 그래도 완전히 동일하지는 않다는 뜻이 되네. 세키구치 다츠미로서의 역사는 공유하고 있고, 그 부분에서는 성질도 같지만――군토 쪽에는 내가 섞여 있고, 소키 쪽에 나는 섞여 있지 않지."

"아아――."

"그래서――이번에는 내가, 자네와 합작 활동을 계속하면서 이미야무라 선생님과도 합작 활동을 했다고 치세. 그리고 그렇지, 게곤노 다키히코라는 다른 이름으로 하이쿠[俳句][120]를 발표했다고 해 보세. 물론 군토 쪽도 계속하고 있는 거지. 이 경우, 기타지마 군토와 게곤노 다키히코는, 나라는 정체는 똑같고 그만큼의 역사와 성질을 공유하고 있지만, 또 다른 존재지. 그리고 말일세. 자네의 단독 별명인 소키 이쓰미 쪽과는 전혀 상관없는 게 되겠지?"

"그렇군, 알겠네. 그럼 구성하는 요소의 일부에 약간의 차이가 있다는 건가?"

"결합 방식이 다르다는 것뿐이지 구성요소는 완전히 똑같은 경우도 있네. 하지만――."

하고 교고쿠도는 대답했다.

마치 화학 반응 같은 이야기다.

---

120) 5 · 7 · 5의 17음을 정형으로 하는 짧은 시. 단가(短歌)와 함께 일본 단시형 문학의 두 조류이다.

"——그러니까 말이지요, 미야무라 선생님. 지금의 비유로 말하자면 기타지마 군토라는 이름이 바로 윗물인 셈입니다. 그 내력도 성격도 성별도 우리는 모르지만, 군토도 인간일 테니 그런 것이 없을 리는 없어요. 공표되지 않았을 뿐이지요. 찾아보면 알 수 있어요. 하지만 그것은 정체인 누군가의 속성이지, 군토의 속성은 아닙니다."

"군토라는 이름을 쓰는 사람의 속성이라고요."

"기타지마 군토라는 가인은 있지만, 기타지마 군토라는 인물은 없습니다. 이름밖에 없어요. 하지만 이름밖에 없는데도 읊은 시는 있지요——."

"그렇군요——."

"현상으로서 천재 가인은 기능하고 있어요. 이름이 있기 때문입니다. 이름이 없으면 시만 있어도 누구의 시인지 알 수 없어요. 작자 미상이 되어 버리지요."

"네, 네."

"그러니까 우리한테는 기타지마 군토라는 이름만이 유효한 겁니다. 하지만 은폐된 부분, 그 정체인 누군가가 없으면 군토 또한 존재할 수 없는 셈인데——."

"만일 동일인이 정체를 숨긴 채 다른 명의로 작품을 발표했다고 합시다. 그러면 그건 다른 사람이 되어 버린다는 거군요."

"그렇지요. 그건 다른 사람이 되어 버리겠지요. 반대로 전혀 다른 이름의 누군가가 군토와 매우 비슷한 가풍(歌風)의 시를, 군토의 이름으로 발표했다고 합시다. 매일의 생활 속 소소한 마음의 움직임을 선명하게 잘라내어, 격조 높게 읊었다고 합시다. 이건 군토라고 아무도 의심하지 않았어요. 이 경우도 정체인 누군가가 잠자코 있으면——."

"이번에는 반대로 동일인이 되어 버린다?"

"될 가능성은 있다, 는 거지요."

"옷파쇼 돌이 너구리가 된 것처럼——이라는 뜻인가?"

"그런 것일세, 세키구치 군. 하지만 다른 사람은 다른 사람일세. 아무리 가풍이 비슷하다고 해도 동일인으로 쳐도 된다는 건 아니지 않나?"

"당연하지."

작풍이 비슷하다고 해서 작자까지 똑같은 게 되어 버린다면 엄벙덤벙 소설을 쓸 수도 없지 않은가. 그것이 통용된다면 만에 하나 내가 걸작을 쓴다 해도 그 세키구치가 이런 걸작을 쓸 수 있을 리가 없다며, 작풍이 비슷하니 분명 누군가 유명 작가가 쓴 걸 거라는——말을 들을지도 모른다.

나에 관해서 말하면 그것은 있을 법한 이야기이기는 하다.

그렇게 말하자 교고쿠도는 뺨을 경련시키며, 자네의 경우 걸작을 쓰는 일은 있을 수 없으니 걱정할 필요는 없을 걸세——하고 매우 얄밉게 말했다. 거듭거듭 무례한 친구다.

"자네의 경우는 특수한 예이니 제쳐 두기로 하고——요괴도 마찬가지일세. 현상으로서 똑같으면 같은 요괴라고 해 버리는 건 역시 잘못이지."

나는 어떻게 특수한데——라고 묻자, 내 질문은 무시되었다.

"덴구다오시[天狗倒し][121]라는 게 있지 않나?"

---

121) 산속을 걷고 있으면 큰 나무를 베는 듯한 소리가 들리고 이어서 땅울림과 함께 큰 나무가 쓰러지는 소리가 나는데, 그 소리가 난 쪽으로 가 보아도 나무가 베인 흔적은 없다는 현상. 돌풍이 부는 듯한 굉음이 갑자기 일어나는 것을 덴구가 갑자기 내려오는 것이라고 여겨 덴구다오시(다오시는 쓰러뜨린다는 뜻)라고 한다.

"아마 산중에서 들리는 환청 같은 거였지. 거목이 삐걱거리며 쓰러지는 소리만이 나는 것 아닌가? 찾아보아도 쓰러진 나무는 없다는 그런——."

"그렇다네. 이건 지방에 따라서는 소라키가에시[空木返し][122]라고도 부르지. 후루소마[古杣][123]라는 것도 비슷한 괴이 현상일세. 여우나 너구리의 짓이라고 하는 경우도 있고. 이것은 모두, 세키구치 군이 말한 대로 소리의 요괴이고, 다시 말해서 현상으로는 전부 똑같지만——다만 덴구다오시라고 하는 경우에는 그 배경에 덴구의 내력이 겹쳐지네. 수험도(修驗道)[124]니 아마쓰키쓰네[125]니 파계승이니, 그런 덴구를 구성하는 모든 요소가 그 지역에서 유효하기 때문에 그렇게 불리는 걸세. 후루소마라고 부르는 경우에는 죽은 나무꾼의 망념이라는 설명이 이루어지지. 이 설명은 나무꾼이 없는 곳에서는 통용되지 않네. 소라키가에시라는 건 그런 배경이 희박한, 지극히 현상에 의존한 이름일세."

흠흠 하며 미야무라는 감탄했다.

"이름이 다른 한 함께 취급해서는 안 된다는 거로군요. 당신이 요괴가 윗물이라고 말한 건 그런 뜻이군요, 교고쿠도 씨."

---

122) 덴구다오시를 후쿠시마 현, 가고시마 현에서는 이렇게 말한다. 도끼 소리, 나무가 쓰러지는 소리는 나지만 땅에 닿는 소리는 나지 않기 때문에 진위를 구분할 수 있다고 한다.

123) 시코쿠의, 특히 산을 생활의 터전으로 삼고 있는 지방에 전해지는 괴이 현상. 나무꾼들이 일을 마치고 산에서 내려온 후, 밤중에 산 쪽에서 나무를 베는 듯한 소리나 나무를 끄는 소리가 들리고, 이윽고 큰 나무가 쓰러지는 소리가 나는데, 날이 밝고 사람들이 산에 들어가 소리가 난 부근으로 가 보아도 나무를 벤 흔적이나 쓰러진 나무는 없다고 한다. '소마'에는 나무꾼이라는 뜻이 있고, 일부 지방에서는 쓰러진 큰 나무 밑에 깔려 죽은 나무꾼의 망령이 벌이는 짓이라고 전해진다.

124) 산속에서 고행하면서 주술을 닦아 영험을 얻고자 하는 불교의 일파.

125) 천호(天狐)라고도 하며 신령스러운 짐승 중 하나. 여우가 천 년을 살면 천호가 된다고 하며 천 리 밖의 일도 꿰뚫어본다고 한다.

"그렇습니다. 요괴의 이름은 중요하거든요. 지금 말씀드린 덴구다오시의 경우는 현상이 동일하고 이름이 다른 셈입니다. 이걸 현상면에서 보는 한은 똑같은 것이지만, 이름이 다른 이상 문화와 역사를 달리하고 있어요. 즉 아까 말씀드린 비유로 말씀드리자면, 작풍은 완전히 똑같지만 작자명이 다른 케이스지요. 물론 작자의 내력도 다릅니다."

"과연 잘 알겠습니다. 하지만 그――."

미야무라는 눈썹을 축 늘어뜨리며, 한심해 보이는 표정을 지었다. 교고쿠도는 그 얼굴을 마주 보며, 좋은 비유였습니까――하고 물었다. 미야무라는 웃었다.

"그 가인의 비유는 매우 알기 쉽습니다만, 그 비유로 따지자면 요괴의 경우는 대개 그, 정체가 하나가 아니라는――그런 뜻이 되겠군요?"

"그렇습니다. 군토의 정체는 합작이 아니라 한 사람의 개인이지만――효스베의 경우는 합작이고, 게다가 정체가 백 명쯤 있는 거지요. 요괴의 대부분은 그렇습니다. 그리고 대개 그 요괴의 정체라는 놈은 중복되어 있어요. 많은 요괴들은 공표되지 않은 부분, 은폐된 내력을 공유하고 있지요. 그러니까 현상이나 성질이나, 어딘가 하나가 같다고 해서 같은 존재라고 판단해 버리면 도깨비도 덴구도 갓파도 너구리도――전부 한 종류의 요괴라는 뜻이 되고 맙니다."

교고쿠도는 미야무라 쪽을 향해 그렇게 말한 후, 내 쪽을 보았다. 나는 어떤가 하면――알 것 같은 기분도 들었지만 모를 것 같은 기분도 들었다.

그렇다는 것은 결국 모르는 것이다. 나는 생각 끝에 물었다.

"덴구다오시 대목까지는 이해했네. 현상으로는 같더라도 이름이 다르면 다른 것이다, 뭐 그건 모르는 것도 아니네만——."

정체가 백 명쯤 있다거나, 게다가 중복되어 있다거나 하는 얘기가 나오면 대체 어떻게 정리해야 할지 짐작이 가지 않았다.

교고쿠도는 아니나 다를까, 엄청나게 싫은 얼굴을 했다.

"그래서 미리 말해 두지 않았나. 효스베와 갓파는, 아까 한 이야기로 말하면 소키 이쓰미와 기타지마 군토일세."

"아아——합작 쪽의."

"게다가 백 명의 합작이란 말일세."

"그런가——하지만 그럼 가령 갓파의 정체를 더듬어 가면——."

"효스베의 정체와 똑같은 것이 잔뜩 나오는 걸세."

"그렇다면."

"하지만 완전히 같지는 않네. 하지만 백 명 중에서 아흔 명 정도는 똑같지."

"거의 같지 않은가."

그렇지 않네——하고 교고쿠도는 손을 저었다.

"갓파는 말일세, 작자가 이백 명일세. 그중 아흔 명 정도를 효스베와 공유하고 있다고 생각하면 되네. 알겠나? 어쨌든 사물이란 대개 뿌리가 하나이고, 그 하나의 뿌리에서 줄기가 돋아나고, 점점 가지가 갈라져서 복잡하게 진화해 가는 것처럼 파악되곤 하지. 현상이란 가지, 잎, 말단 부분이고, 그것을 더듬어 가면 이윽고 본선에 다다르게 되고 그 본선을 더듬어 가면 근원——본질에 이르는 것이라고——뭐, 대부분 그렇게 생각되고 있지. 실제로 세상 대부분의 사물은 그런 사고방식으로 읽어낼 수 없는 것도 아니고, 알기 쉬운 탓도 있어서인지 많은 사람들은 그렇게 생각하고 있네. 하지만 요괴라는 놈은 완전히 반대일세."

반대라고 하시면——하고 미야무라가 물었다.

"글쎄요, 끄트머리가 붙어 있고 뿌리 쪽이 갈라져 있는 털이라고 생각하십시오."

교고쿠도의 비유는 대개 바보 같다.

미야무라는 웃으며, 그건 또 희한한 털이로군요——하고 말했다.

교고쿠도는 진지한 얼굴로 대답한다.

"그야 희한하지요. 요괴(妖怪)는 요사스럽고(妖) 괴이하다고(怪) 쓰는 것이니까요. 이 털이란 지금 말씀드린 윗물과 같은 뜻입니다. 즉 이름이지요. 이 털은 털끝에서 털줄기를 거쳐 근원 쪽으로 거슬러 올라가면, 털뿌리 쪽을 향해 가지가 나뉘어 있는 것입니다. 계속 더듬어 가면 언젠가 뿌리에는 다다르게 되지만, 그건 많은 뿌리 중 하나에 지나지 않지요. 그 뿌리에서는 몇 가닥이나 되는 털이 돋아 있고, 그 털은 다른 뿌리에서 돋아난 털과 융합해, 몇 개나 되는 털끝을 만드는 겁니다."

"과연——뿌리라는 게 아까의 비유에서 말하는 정체에 해당하는 것이군요."

"그렇습니다. 갓파라는 털끝에는 아주 많은 털뿌리가 있어요. 물의 요괴의 막연한 총칭으로까지 올라갔으니, 그건 막대한 겁니다."

"은폐된 부분이 엄청나게 많다고요?"

"그렇습니다. 그래서 많은 물의 요괴들은 그 대부분의 뿌리를 갓파와 공유하고 있습니다. 희미하게 다른 뿌리가 섞여서, 다른 털끝을 만들고 있는 것입니다."

"한 가닥이라도 다르면 달라진다?"

"완전히 같은 털뿌리로 이루어져 있다면 털끝도 완전히 같아져야 합니다. 다시 말해서 같은 이름이 되지요. 그 약간의 차이도, 예를 들어 지역성이라든가 하는 정도의 차이뿐이라면 좀 더 비슷한 이름이 되어야 합니다. 같은 규슈에서도, 예를 들어 가랏파니 가왓파니, 가와로니 가와노모노, 가와노히토 등——좀 더 갓파와 가까운 이름이 분명히 있습니다. 이것들은 효스베보다도 갓파와 공유하는 부분이 더 많지요. 하지만 결정적으로 다른 뿌리를 하나라도 가져 버리면, 세코니 가샨보니 하는 전혀 다른 이름을 갖게 돼요."

"아하. 다른 털끝이 된다는 거로군요."

"수용액의 부분이나 침전물 같은 것은 거의 같고, 윗물 부분만 달라진다는 건가?"

교고쿠도는 뭐, 그렇다네, 세키구치 군——하고 말했다.

미야무라는 감탄한 듯이 몇 번 고개를 끄덕이고, 그리고 잠시 생각하더니 양손을 움직이면서 이렇게 말했다.

"그러니까 교고쿠도 씨, 정리하면 효스베라는 것은 갓파지만, 갓파와 지나치게 동떨어진 이름인 이상 갓파라고 불리지 않는 나름의 이유가 있을 것이다——그런 뜻이군요."

교고쿠도는 선뜻, 그렇습니다——하고 말했다.

"뭐가 그렇습니다, 인가. 자네라는 사람은 늘 그래. 그렇다면 처음부터 지금 미야무라 씨가 말씀하신 것처럼 말하면 되었을 게 아닌가. 아주 이해하기 쉽고 간단한 결론일세. 옷파쇼 돌이니 기타지마 군토니 덴구다오시니, 게다가 윗물에 털끝이라니, 너무 빙 돌아가는 게 아닌가. 엄청난 시간 낭비일세. 그건 말의 낭비야."

세키구치 군——하고 친구는 지친 목소리로 말했다.

"내가 처음부터 지금 선생님이 말씀하신 것과 같은 말을 했다면, 자네는 틀림없이 왜냐, 왜냐고 귀찮게 물었을 게 아닌가. 그렇게 되면 결국 같은 이야기를 해야 하니, 처음부터 이야기해도 마찬가지겠지."

"그럴까?"

"그렇다네. 아니, 시간 낭비는커녕 자네 자신이 스스로 어디를 이해하지 못하는지를 정리할 시간도 절약해 준 게 되니 말이야. 시간은 크게 절약되지 않았는가."

"하지만 말일세——."

"보게. 그렇게 자네는 늘 시간을 낭비하지. 아시겠습니까, 미야무라 선생님. 효스베라는 이름 자체는 사가 현의 것이지만, 비슷한 이름은 미야자키 현에 집중되어 있습니다. 효스에, 효스베, 효즌보, 효즈보 등, 작은 차이는 있지만 거의 같은 이름으로, 각각 성질에 약간의 차이가 있어요. 하지만 이건 모두 미야자키 부근에서의 차이입니다. 오이타에서도 후쿠오카에서도, 효스베로 통하기는 하지만 그렇게 부르지는 않지요. 갓파에 가까운 이름이 분명히 있어요."

과연, 과연. 아주 잘 알겠습니다. 하지만 교고쿠도 씨, 그렇다면 그 효스베라는 것은——하고, 거기에서 미야무라는 무릎을 탁 쳤다.

"——과연. 아니, 이거 실례했습니다. 그래서 당신은 처음부터 어원 이야기를 하신 거로군요. 그게 갓파와 효스베의 결정적인 차이인 거겠지요. 아니, 당신의 이야기는 지름길인지 멀리 돌아가는 길인지 알 수 없지만, 아니, 지름길은 험하고 돌아가는 길은 완만하니 듣는 쪽이 해야 하는 일의 양은 같아진다는 거로군요. 길든 짧든, 가는 길에 낭비는 없네요."

"세상에는 쓸데없는 말이라곤 없습니다. 쓸데없다고 느낀다면 느끼는 사람이 무지할 뿐입니다."

교고쿠도는 그렇게 말했다. 왠지 그 말은 나를 향해서 하는 것처럼 느껴졌지만, 아마 그것은 피해망상일 것이다.

미야무라는, 그 말씀이 옳습니다——하고 말했다.

"그래서. 그, 제가 잘 이해하지 못해서 수고를 끼쳤군요. 그럼 그 효스베란 대체 무슨 뜻입니까?"

"모릅니다."

"당신도?"

"그야 그렇습니다. 제가 정한 것 외에는, 저는 추측밖에 할 수 없는 셈이고, 추측인 이상 이해했다고는 말할 수 없으니까요. 뭐, 세상에 도움이 되지 않는 요괴의 이야기이니, 이 자리에서 정해 버려도 아무도 불평은 하지 않겠지만——."

교고쿠도는 그렇게 말하면서 자리에서 일어섰다.

그리고 도코노마에 높다랗게 쌓여 있는 책 중에서 나한테는 이제 완전히 친숙해진 〈화도백귀야행〉이라는 재래식 장정의 책을 뽑아 들었다. 그것은 에도 시대의 요괴 도감 같은 것으로, 요괴를 좋아하는 사람이라고 자인하는 친구가 항상 가까이에 두는 책이기도 하다.

교고쿠도는 최근 이 녀석이 나설 일이 많아서 곤란하다느니, 귀중한 책이 상한다느니 뭐라느니, 짜증스러운 투덜거림을 늘어놓으며 페이지를 넘기더니, 좌탁 위에 펼친 채로 털썩 내려놓았다.

"이것이 효스베입니다만——."

들여다보니 수상쩍은 짐승의 그림이 그려져 있었다.

툇마루일까.

요정인지 여관인지, 어쨌든 그다지 구석구석 손질이 되어 있지 않은 건물이기는 하다.

초롱불 등롱은 복도에 떨어져 있고, 외벽의 판자는 갈라지고, 마당 여기저기에는 잡초가 돋아 있다. 그 마당에 면해 있는 대나무를 깐 툇마루 같은 것 위에, 묘한 모양으로 양손을 벌리고 한쪽 다리를 쳐든, 사람 모양의 짐승이 위태로운 자세로 올라가 있다. 온몸이 털투성이고 손톱은 길고 눈은 충혈되어 있고, 입은 귀까지 찢어져 있지만, 흉포해 보이지도 않는다.

굳이 말하자면 익살스러운 분위기이기는 하다.

그도 그럴 것이, 그 그림은 아무리 보아도――원숭이다.

이것은 익살스러운 원숭이의 몸짓이다. 다만――이상하게 동그란 머리에는 털이 한 가닥도 돋아 있지 않다. 그곳만 원숭이와는 다르다.

"――보시다시피 설명은 적혀 있지 않습니다."

분명히 이름 이외의 설명문은 적혀 있지 않다.

"설명 없이 알 수 있을 정도로 대중적인 요괴였던 겁니까?"

"그건 어떨까요. 오히려 당시에는 이미 설명이 사라진 상태였다고 생각하는 편이 좋을지도 모르지요. 어쨌든 이름은 남아 있었어요. 다만 아까 선생님이 말씀하신 네기시 야스모리뿐만 아니라 오타 젠사이[太田全斎][126] 같은 사람도 효스베는 갓파라고 말했으니, 그런 인식은 있었을지도 몰라요. 하지만 세키엔은 구분하고 있는 것이지요. 덧붙여 말하자면 세키엔의 갓파는 이쪽입니다."

---

126) 1759~1829. 에도 시대 후기의 유학자. 상세한 고증으로 유명하였으며, 음운학 분야에 뛰어난 업적을 남겼다.

교고쿠도는 같은 책의 다른 편을 펴 보였다.

그쪽에는 친숙한 갓파의 그림이 그려져 있다.

이쪽은 강가의 연잎 속에서 얼굴을 내밀고 있다. 분명히 수생(水生)이고, 얼굴 생김새는 지극히 양서류의 것에 가까우며 등딱지도 물갈퀴도 갖추고 있다. 헝클어진 머리카락 위에는 접시까지 얹혀 있다.

전혀 다른 그림이다.

"세키엔은 가령 야마비코[127]와 고다마[128]를 다른 요괴로 두기도 했고, 요괴에 관해서는 그 나름의 고집이나 기준이 있었던 셈이라 그것을 그대로 당시의 일반적인 인식과 겹치기는 약간 어렵습니다. 하지만 갓파가 가진 어떤 부분을 추출해서 효스베에 반영했을 수는 있을지도 모르지요."

"어떤——부분이라니요?"

"예를 들면 원숭이입니다. 갓파와 원숭이는 도저히 한 마디로는 설명할 수 없는 복잡한 인과관계에 있는데——하지만 원숭이를 갓파의 정체라고 해 버리면, 갓파가 가진 그 외의 이미지가 크게 손상되고 말지 않겠습니까? 원숭이는 거북이나 수달 같은 수생동물의 질감——특히 파충류나 양서류의 질감과 정합성을 갖는 생물은 아닙니다. 원숭이 같은 거북, 이라는 건 상상하기 어려우시겠지요. 하지만 원숭이는 갓파의 정체 중 하나이기는 해요."

"거기에서 효스베로 나뉘었다고요?"

---

127) 산에 사는 신이자 정령(精靈), 요괴. 산이나 골짜기의 경사면을 향해 소리를 냈을 때 그것이 반향되어 뒤늦게 돌아오는 현상을 야마비코가 대답하는 소리, 또는 야마비코가 일으킨 현상이라고 생각하고 야마비코라고 부른다.

128) 나무에 깃드는 정령. 또는 그것이 깃든 나무를 고다마라고 부르기도 한다. 또한 산이나 계곡에서 소리가 반사되어 뒤늦게 들리는 현상을 이 정령의 짓이라고 하여 고다마라고 부르기도 한다.

"그렇다고도——생각할 수 있어요. 하지만 효스베에 관해서 말하자면 이것은 세키엔의 기원 중 하나인 〈요괴도권(妖怪圖券)〉이나 〈바케모노즈쿠시[化け物盡くし]〉의 영향이 더 크겠지요. 〈바케모노즈쿠시〉에는 갓파와 헤우스베는 다른 것으로 그려져 있으니까요."

"오타 젠사이는 〈이언집람(俚言集覽)〉이지요? 하지만——글쎄요, 〈요괴도권〉이나 〈바케모노즈쿠시〉는, 들은 적이 없군요."

"그건 가노 파[狩野派]에 전해진다는 요괴의 그림을 그린 에마키[絵巻]입니다. 원래는 가노 마사노부가 그린 그림이라고도 하지만, 그것 자체는 현존하지 않습니다. 하지만 많은 제자들이 그것을 필사해서 후세에 전했지요. 이름도 제각각이고, 많은 이본(異本)이 있는 모양입니다. 세키엔은 이것을 참고로 했어요. 제가 들은 바에 따르면 도바 승정 친필이라고 기록된 것이 어딘가에 남아 있다고 하지만——뭐, 그건 거짓말이겠지요."

"도바 승정입니까, 그건 또 굉장하군요."

하며 미야무라는 웃었다.

"이 에마키에는 헤우스베 외에도 오도로오도로, 누라리효무, 하이라, 우한, 그리고——누리보토케[塗佛] 등, 현재는 이름 외에는 거의 아무것도 전해지지 않는 요괴들의 모습이 많이 기록되어 있습니다. 모두 어딘가 소박한 정취가 넘치는 상당한 역작이지요. 에마키에 따라 싣는 종목에 다소 변동은 있지만, 지금 꼽은 것들은 거의 실려 있는 모양입니다."

미야무라는 하아, 하고 숨을 내쉬었다.

기분은 잘 안다. 교고쿠도는 평소에 말이 많기는 하지만, 특히 요괴의 화제가 나오면 하나를 물으면 열을 대답하는 꼴이다.

그러나 미야무라도 지지는 않는다.

"그럼, 뭐 일반적이지는 않다고 해도, 당시 효스베라는 이름만은 일부 문화인 사이에서 통하고 있었던 것이 되는 셈이군요. 그게 무엇인지 아느냐 모르느냐는 별개로 하고. 그러고 보니 아까 〈미미부쿠로〉에도 뭐더라, 갓파를 물리치는 주문인지가 실려 있었지요?"

"예. 야스모리라는 사람은 주문을 좋아했던 모양이지요. 효스베야 약속을 잊지 마라, 헤엄을 잘 치는 남자 이름은 스가와라 —— 입니다."

"그건 가즈사 —— 지바에 전해진다고요?"

"그건 어떨까요 ——."

라고 말하며 교고쿠도는 고개를 갸웃거린다.

"—— 선생님은 기쿠오카 센료[菊岡沾凉][129]를 아십니까?"

"예에, 〈제국이인담(諸國里人談)〉이지요?"

"그래요. 센료도 비슷한 시를 적었습니다. 〈제국이인담 4권 요이부(妖異部)〉에 갓파의 노래라는 제목으로 게재되어 있지요. 이쪽은, 효스에에게 헤엄을 잘 친 것을 잊지 마라, 헤엄을 잘 치는 남자 나도 스가와라 —— 입니다."

"아아, 같군요."

"이쪽은 비젠 이사하야[130]에 전해져, 이 노래를 적은 종이를 물에 흘려보내면 갓파는 해를 끼치지 않는다고 하지요. 〈제국이인담〉은 〈미미부쿠로〉보다 백 년 가까이 오래되지 않았습니까."

---

129) 1680~1747. 에도 시대 중기의 시인이자 작가. 하이쿠 시인으로 활동하며 정력적으로 작품 활동을 했으나, 후세에는 오히려 '에도 스나코[江戸砂子]' 등의 지리지, '제국이인담' 등의 설화집 작가로 유명하다.

130) 나가사키 현 남동부에 있는 시.

"과연. 그럼 그쪽이 옳군요."

"옳다거나 그르다거나 할 것은 없습니다만. 야스모리라는 사람은 성실한 사람이고, 사도 봉행[佐渡奉行][131]에서 간조 봉행[勘定奉行][132], 나중에는 마을 봉행[町奉行][133]까지 맡았던 엘리트이니 거짓을 기록하지는 않았겠지요. 다만 백 년의 공백은 메우기 어려워요. 처음에 말씀드렸지만, 당시의 상식 틀 내에서 스가와라의 인연은 의심스럽다고 적고 말지요."

"그, 스가와라란 무엇인가?"

교고쿠도와 미야무라 사이에서는 통하겠지만, 나에게는 통하지 않는다.

나는 아까부터 무슨 소리인지 전혀 알 수가 없었다. 교고쿠도는 한쪽 눈썹을 치켜세우고 내게 경멸의 시선을 보낸다. 그것을 보고 미야무라가 역시 웃으면서,

"스가와라노 미치자네——덴진[天神] 님을 말하는 것이지요."

라고 말했다.

"덴진 님——이라고요? 아아, 그래서 이름은 스가와라? 어이, 교고쿠도. 그렇다면 스가와라 일족이라고 과시하면 갓파가 다가오지 않는다는 건가? 갓파라면 수신(水神)일 텐데. 천신과는 어울리지 않지 않나."

---

131) 에도 막부의 관직명. 로주[老中]에 속해 있고, 사도 지방 아이카와에 주재하면서 광산에 관한 일, 지역 내의 소송과 징세, 해상 경계 등을 담당했다.

132) 에도 막부의 관직명. 로주의 지배로 막부 직할지의 관리들을 감독하고 징세, 금전 출납 등 막부의 재정 및 영내 농민의 행정, 소송을 담당했다.

133) 전국 시대 말에 생긴 무가(武家)의 관직명. 에도 막부에서는 하타모토 중에서 등용했고 로주의 지배를 받았다. 에도, 교토, 오사카, 나라, 나가사키, 슨푸, 사카이 등에 설치되어 행정, 사법, 경찰 등을 담당했으며 특히 마을의 자치행정을 관할하고 소송을 맡았다.

"그렇게 생각했기 때문에 야스모리도 의심스럽다고 쓴 거겠지. 하지만 센료 쪽은 이렇게 쓰고 있네. 효스베는 효스에[兵揃]로 장소의 이름이며, 이 마을에 덴만구[天満宮][134]의 사당이 있다, 따라서 스가와라라고 해야 할 것이다——."

"이보게, 효스베라는 마을이 있나? 하지만 만일 있다고 해도 갓파——아니, 요괴 효스베와 무슨 관계가 있나?"

성급하군, 자네는——하고 말하며 교고쿠도는 턱을 긁적였다.

"그래서 자네와 이야기하기 싫은 걸세. 그런 마을이 있는지 없는지 나는 모르네. 조사하지도 않았고. 하지만 센료는 그렇게 쓰고 있네. 그리고 그 뒤에는 이렇게 되어 있지. 나가사키에 시부에 후미다유라는 자가 있는데, 역시 갓파를 물리치는 부적을 낸다——고."

"그게 뭔가?"

"센료는 〈화한삼재도회(和漢三才圖會)〉를 인용한 것으로 생각됩니다. 또 모모이 도우[百井塘雨]의 〈급애수필(笈埃隨筆)〉에도 비슷한 기사가 실려 있어요. 이쪽은 이름이 시부에 규다유로 되어 있고, 직업도 덴만구의 지킴이라고 되어 있지요. 〈급애수필〉을 인용한 〈사에즈리구사노하〉[135]에는, 이 덴만구는 비젠 이사하야 효스에 마을에——있다고 해요."

"역시 있는 거로군, 그 마을은."

---

134) 스가와라노 미치자네를 모신 신사. 덴진[天神]이라고도 부른다. 덴만구는 일본 여러 지역에 있지만, 그중에서도 특히 스가와라노 미치자네와 관계가 깊고 덴진 신앙의 중심적인 역할을 하는 것은 후쿠오카 현 다자이후 시에 있는 다자이후 덴만구, 교토에 있는 기타노 덴만구이며, 여기에 덴만구 중에서 가장 오랜 역사를 가진 야마구치 현의 호후 덴만구 또는 덴진 축제로 유명한 오사카 덴만구를 넣어 일본 3대 덴진이라고 부른다.

135) 사에즈리구사노하는 1910년에 발행된 견문록. 일본과 중국의 고사(故事), 지명과 인명의 유래, 연극배우의 전기, 동식물의 이름, 세간의 풍속, 지리 등을 적은 책이다.

"지금은 없으니 알 수 없네. 어쨌든 이 시부에 일족은 이상한 능력을 가지고 있어서, 아무래도 비젠 각지의 수신 신관과 친교가 있었던 모양일세. 시부에 가의 선조는 좌대신(左大臣) 겸 다자이노소쓰[大宰師][136], 비다쓰 천황[敏達天皇][137]의 피를 물려받은 다치바나노 모로에라고 하네. 그 손자인 시마다마루[嶋田丸]라는 사람이 시부에 가의 선조라고 전해지지. 역사적인 사실과 대응하는 인물은 다치바나노 시마다마[嶋田麻呂]가 아닐까 생각되네. 이 사람은 병부대보(兵部大輔)[138]로서 조정을 섬기고 있었네. 진고케이운[神護景雲][139] 시대에 가스가 대사[春日大社][140]를 히타치[常陸][141]의 가시마[鹿島]에서 미카사야마[三笠山]로 옮기게 되었고, 이 병부대보 시마다마루가 장인(匠人)의 감독을 맡았는데 ——."

하아, 알겠습니다 —— 하고 미야무라가 말했다.

"갓파 하면 목수지요. 그 직공이 사역한 인형이 더는 쓸모가 없게 되어 강에 버려져서 —— 라는 걸까요."

"바로 그렇습니다. 갓파 하면 목수입니다."

"어째서인가?"

정말 답답하군 —— 하며 교고쿠도는 이번에는 머리를 쥐어뜯었다.

---

136) 다자이후의 장관. 규슈 지방의 외교, 방어의 책임자였다.

137) 538~585. 일본의 30대 천황. 재위 기간은 572~585년.

138) 병부란 옛날에 있었던 국방을 담당하는 행정기관인 병부성(兵部省)을 말한다. 병부성의 장관인 병부경(兵部卿)은 정4위하에 상당하는 관직으로 친왕 등 황족이 취임하는 경우도 많았는데, 병부대보는 병부경 바로 아래의 직위였다. 정5위하에 상당.

139) 나라 시대 쇼토쿠 천황 시기의 연호. 767~770년까지 사용되었으며, 이 연호 이후로 네 글자 연호는 사용되지 않았다.

140) 나라 시 가스가노초[春日野町]에 있는 신사. 후지와라 씨의 씨족신을 모시기 위해 768년에 창건되었으며, 일본 전국에 약 천여 개 있는 가스가 신사의 총본사이다.

141) 현재의 이바라키 현 대부분을 가리키는 옛 지명.

"미야무라 선생님이 말씀하신 것은 각지에 남아 있는, 소위 갓파 기원에 대한 인형화생설(人形化生說)일세. 일손이 부족하고 공사 기간이 짧아서 고민하던 목수가 나무 부스러기 같은 것으로 인형을 만들어, 목수의 비법으로 생명을 불어넣고 일을 돕게 했다는 것이지. 공사가 완료된 후 그 인형은 강에 버려졌는데, 그것이 갓파가 되었다는 걸세. 목수는 다케다[竹田][142]의 도편수라고도 하고 히다리 진고로[左甚五郎][143]라고도 하는 등 여러 가지지만 말이야. 대개는 신사나 불각의 기원으로 이야기되곤 하네. 화생(化生)한 갓파를 진정시키기 위해 영험이 어쨌다는 둥 하는 이야기가 나오는 셈이네만——."

"교고쿠도 씨, 그, 시부에의 경우는요?"

"이것도 비젠 기시마 군 다치바나 마을에 있는 시오미 신사의 기원입니다. 시오미 신사의 제신은 다치바나노 모로에입니다. 아까 하던 이야기로 돌아가자면, 가스가 대사를 지을 때 목수의 우두머리가 역시 인형을 만들어 일을 시키고, 신사를 다 지은 후에 이 또한 역시 강인지 뭔지에 던져 버리지요. 그것이 사람과 가축에게 해를 끼쳐서, 감독을 맡았던 병부대보 시마다마루가 나서서 진정시켰어요. 이것과 연관해서 그 물의 요괴를 효스베[兵主部]라고 이름 지었고, 그 후 효스베는 다치바나 가의 권속이 되었다는——."

"효스베가 나오지 않나!"

교고쿠도는 선뜻, 나오네——하고 대답했다.

미야무라가 물었다.

142) 오이타 현의 다케다 시.

143) 에도 시대 초기에 활약했다고 하는 전설적인 조각 장인. 그의 실력을 질투한 인근의 목수가 오른팔을 잘라내는 바람에 왼손을 쓰게 되어 히다리[左]라는 성을 쓰게 되었다는 설도 있다. 히다리 진고로의 작품이라는 조각은 일본 전국 각지에 백 군데 가까이 남아 있으나, 그 제작 기간은 약 삼백 년에 걸쳐 있고 출신지도 제각각이다.

"그 이야기의 출전(出典)은 뭡니까? 구전이나 뭐 그런 겁니까?"

"이 이야기는 〈북비전지(北肥戰志)〉라는 책에 실려 있습니다. 그 외에도 〈기쿠치 풍토기[菊地風土記]〉 같은 데에는 가스가 대사를 지은 후에 쇼토쿠 천황이 시마다마루의 공을 치하하여 천지원수신(天地元水神)을 씨족신으로 부속하는 칙허를 내리고, 시마다마루는 그 후 수부(水部)의 주인으로 행동했다——는 기사가 있습니다."

"가스가 대사——라고요?"

"그렇습니다. 그러니까 뭐, 꼭 거짓말은 아닌 모양이더군요. 시부에 일족은 수신을 부렸던 거겠지요. 물의 요괴를 말하는 데 있어서 시부에 일족은 빼놓을 수 없습니다."

"잠깐만 기다려 보게."

나는 제지한다. 교고쿠도는 뭐냐고 말하며 노려본다.

"하지만 시부에 가의 선조는 다치바나 아닌가? 스가와라는 상관이 없지 않나. 이름이 다치바나라든가, 이름은 시부에, 라고 해서 위협한다면 이해가 가지만 스가와라라고 외는 것은 납득할 수가 없네. 게다가 병부와 연관을 짓는다면 어째서 효스베[兵主部]가 되는 건가? 병부라는 것은 그러니까, 관직 같은 게 아닌가. 연관을 지었다고 해서 그 병(兵)과 부(部) 사이에 스를 넣는다는 감각을 이해할 수 없군. 이상해."

"그렇게 떠들어대지 말게. 자 들어보게나. 이 시오미 신사의 사가(社家)인 모리(毛利) 가에도 갓파를 물리치는 주문은 전해지고 있지요. 그것은 어떤 주문이냐 하면, 효스베야 약속한 것을 잊지 마라, 헤엄을 잘 치는 남자, 다음은 스가와라——."

"또 조금 다르군요."

"다릅니다. 의미도 미묘하게 달라요. 그리고 부자연스러운 것은, 분명히 지금 세키구치 군이 말한 대로 갓파에 대해서 시부에라는 이름도 다치바나라는 이름도 모리라는 이름도 대지 않는다는 겁니다. 어디든 누구든, 항상 스가와라라는 이름을 대지요."

"항상 스가와라."

"그렇습니다. 이 노래는 〈화한삼재도회〉에는 두 종류가 실려 있는데 —— 우선 비젠 이사하야 효스에 마을 스가와라 다이묘진[大明神]의 주문이라고 되어 있는 주문으로 —— 이건 센료가 인용한 것과 완전히 같은 노래지요. 또 하나는 스가와라노 미치자네 본인이 읊은 것으로 기록되어 있고, 이쪽은 옛 약속을 잊지 마라, 헤엄을 잘 치는 남자 이름은 스가와라 —— 라고 합니다."

"다르군요."

"다릅니다. 야나기타 옹도 〈갓파가 말을 끌다〉에서 다루고 있습니다만, 이쪽은 효스에에게 약속한 것을 잊지 마라, 헤엄을 잘 치는 남자 나도 스가와라 —— 지요. 아무리 해도 스가와라입니다."

"이보게, 왠지 크게 다르지 않군."

일일이 적고 있었던 것은 아니니 앞의 주문은 기억나지 않는다. 다만 듣기만 해서는 거의 똑같이 들린다. 내가 그렇게 말하자 교고쿠도는 어이없다는 듯한 얼굴로 이렇게 말했다.

"매우 다르네. 효스에에게, 와 효스에야, 는 크게 다르지 않나. 말을 거는 상대가 물의 요괴이니 효스에야, 면 효스에 자체가 물의 요괴라는 뜻이 되고, 효스에에게, 면 물의 요괴와 효스에가 약속한 것이 되겠지."

"그런가. 헤엄을 잘 치는 남자, 라는 건?"

"강에서 자란 남자, 헤엄의 달인이라는 뜻일세. 다만 양쪽 다 말미는 스가와라로 통일이지. 즉 스가와라 가문이 물의 요괴인 효스베와 약속했다고 볼 수 있는 주문과 물의 요괴가 효스베와 약속했다고 볼 수 있는 주문이 있는 걸세. 전자의 경우, 스가와라 가문은 물의 요괴 효스베를 사역하는 일족, 후자의 경우는 스가와라 가문은 효스베를 모시는 일족——이라는 뜻이 되려나."

"시부에 가문은 어떻게 되나?"

"글쎄. 다치바나 일족이 어떻게 얽히게 되는지, 그건 좀 더 조사할 필요가 있겠지. 가스가 대사라는 것도 충분히 수상하네. 하지만 이 경우 우선은 스가와라일세."

"미치자네 공(公)과——갓파인가?"

"그렇지. 이 스가와라 일족이 효스베라는, 나아가서는 갓파라는 요괴의 중요한 구성 요소인 점은 우선 틀림없는 것 같네."

교고쿠도는 거기에서 말을 끊고, 재미있는 건지 재미없는 건지 판별하기 어려운 표정으로 나를 보더니 물었다.

"세키구치 군, 자네의 경우, 갓파의 성질이라는 말을 듣고 당장 생각나는 것이 뭔가?"

나는 잠시 생각하다가 생각나는 대로 말했다.

"어? 글쎄. 갓파라면 단발머리지. 그리고 접시. 아니, 그건 특징인가? 성질이라면——글쎄, 머리의 접시가 마르면 약해진다. 강으로 말을 끌고 들어간다. 시리코다마[尻子玉][144]를 뽑는다. 오이를 좋아한다. 씨름을 한다——는 것이려나."

144) 항문 끝에 붙어 있다고 상상되었던 구슬. 갓파에게 이것을 뽑히게 되면 물에 빠져 죽는다고 생각하였다.

"그렇군. 자네답네. 그것들은 모두, 각각 서로 다른 뿌리를 갖고 있는 특성인데, 뭐 효스베의 경우는 형태의 기술 자체가 적으니 어느 쪽이라고도 말할 수 없는 부분들이 많지만——적어도 단발머리라는 것은 이 그림에는 들어맞지 않지. 접시도 없네. 가샤보[145]를 비롯해서 게시보즈[芥子坊主][146] 머리를 한 물의 요괴는 많으니, 효스베는 그쪽 계통이려나. 하지만 자네가 꼽은 것 중에서 주목해야 할 점은—— 그렇지, 씨름을 좋아한다는 성질일세. 씨름을 좋아하는 것은 스가와라 씨와 관련되어 있거든."

"왜지? 덴진 님은 학문의 신이 아닌가. 씨름은 상관없네."

"그렇지는 않네. 스가와라 가문은 본래는 하지[土師] 씨라는 이름을 쓰고 있었네. 미치자네의 3대 전에 성을 바꾸었지만, 그전까지는 하지 일족이었지. 그리고 그 하지 가문의 조상은 바로 노미노 스쿠네[野見宿禰][147]일세."

"그건 누군가?"

"그건 그, 씨름의 원조인?"

미야무라는 작은 눈을 휘둥그렇게 뜨고, 조금 의외라는 듯이 그렇게 말했다.

아무래도 그것에 대해서 몰랐던 사람도 나뿐이었던 모양이다.

---

145) 와카야마 현 등에서 전승되는 요괴. 산으로 옮겨 가 살던 갓파가 진화한 것이라는 설이 유력하다. 예닐곱 살 정도의 어린아이만한 키에 머리에 접시를 쓰고 푸른 옷을 입고 있으며, 개는 그 모습을 볼 수 있지만 인간의 눈에는 보이지 않는다. 인간의 침을 싫어한다고 하며, 갓파와 마찬가지로 장난꾸러기이다.

146) 머리카락을 면도칼로 밀어 정수리 부분만 동그랗게 조금 남긴 어린이의 머리 모양.

147) 하지 가의 조상으로 '일본서기(日本書紀)' 등에 등장하는 인물. 이즈모 지방의 용사로, 스이닌 천황[垂仁天皇]의 명에 의해 다이마노 게하야[当麻蹶速]와 씨름을 하기 위해 이즈모에서 불려 와 게하야와 겨룬 끝에 그를 이기고 게하야가 가지고 있던 땅을 받게 되었다고 한다. 이후 스이닌 천황을 모시면서 하지라는 성을 받고, 대대로 천황의 장례식을 관장했다고 한다.

“그렇습니다. 다이마노 게하야와 일본에서 최초로 씨름을 했다고 전해지는 노미노 스쿠네입니다. 노미노 스쿠네를 모신 스모 신사가 있는 곳은 야마토[148]의 아나시 신사의 참배길 남쪽인데, 경내의 비문 등을 보고 유추컨대 노미노 스쿠네는 아마노호히노미코토[天穗日命]를 모셨고, 본래 아나시 신사의 대궁사(大宮司)였던 모양입니다. 그리고 ——이 아나시 신사라는 신사는 〈연희식(延喜式)〉 신명장(神明帳)[149]에 따르면——본래 아나시에 효즈 신사가 있다[穴師坐兵主神社], 라고 합니다.”

“효즈라고?”

“맞아요. 그곳은 효즈 신[兵主神]을 모신 효즈 신사입니다.”

“효즈 신?”

이쪽은 미야무라도 몰랐던 모양이다.

미야무라는 의아한 듯이,

“효즈 신이라니 들어보지 못한 이름이군요. 고사기(古事記)나 일본서기(日本書紀)에 실려 있는 신입니까?”

하고 물었다.

“고사기나 일본서기에 나와 있는 신은 아닙니다. 그렇지요, 효즈의 신이 일본에서 처음으로 보이는 것은 아마 〈삼대실록(三代實錄)〉일 거

148) 현재의 나라 현을 가리키는 옛 지명.

149) 연희식은 헤이안 시대 중기에 편찬된 격식(율령의 시행세칙)으로, ‘홍인식(弘仁式)’, ‘정관식(貞觀式)’과 함께 3대 격식 중 하나이다. 905년, 다이고 천황의 명에 의해 후지와라노 도키히라가 편찬을 시작했고, 후지와라노 도키히라가 죽은 후에는 후지와라노 다다히라가 편찬을 맡아 927년에 완성되었다. 연희식은 총 50권, 약 3300조로 이루어져 있는데, 1~10권에는 신기관(神祇官) 관련 세칙, 11~40권에는 태정관(太政官) 및 8성(八省) 관련 세칙, 41~49권에는 그 외의 관사(官司)에 관한 세칙, 50권에는 기타 세칙이 정리되어 있다. 이 중에서도 특히 신기관 관련 세칙을 정리한 1~10권을 ‘신기식(神祇式)’이라고 하며, 9권과 10권을 가리켜 특히 ‘연희식신명장(延喜式神名帳)’이라고 한다.

라고 생각하는데요, 이건 일본의 천신지기(天神地祇)[150]는 아닌 모양입니다. 하지만 이름 없는 신은 아닙니다. 효즈 신사는 〈연희식〉에 실려 있는 것만 해도 다지마[但馬][151]에 일곱, 이나바[因幡][152]에 둘, 하리마[播磨][153]에 둘, 이키[壱岐][154]에 하나——등 서쪽 지방을 중심으로 열아홉 개의 신사를 꼽을 수 있습니다. 제신은 대개 오쿠니누시[大国主][155]의 별칭인 하치호코[八千矛] 신으로 비교하여 정해질 때가 많은데, 아무래도 그건 표면상의 제신인 것 같아요. 그 정체는——치우(蚩尤)입니다."

미야무라는 어이없다는 듯한 얼굴을 했다.

"치우. 치우라면 〈사기(史記)〉의 오제본기(五帝本紀)에 나오는, 그 중국 무장인——그 치우를 말하는 겁니까?"

"무장이라기보다는 괴물이지요. 황제(黃帝)와 끝까지 싸웠다고 전해지는 괴물입니다. 치우는 쇠를 먹는 인면수신(人面獸神)의 괴물로, 이마에 뿔이 있었고 씨름으로는 아무도 당해내지 못했다고 합니다."

미야무라는, 씨름이라고요——라고 말하고 나서, 그렇다고 해도 터무니없는 것이 나왔군요——하고 중얼거리듯이 말하며 나를 보았다.

나는 무엇이 터무니없는 것인지도 잘 알 수 없어서 그저 쓴웃음을 지을 뿐이었다.

---

150) 하늘의 신과 땅의 신. 모든 신이라는 뜻으로도 사용한다.
151) 현재의 효고 현 북부를 가리키는 옛 지명.
152) 현재의 돗토리 현 동부를 가리키는 옛 지명.
153) 현재의 효고 현 서부를 가리키는 옛 지명.
154) 현재의 나가사키 현 일부를 가리키는 옛 지명.
155) 일본 신화의 이즈모 지방의 주신. 스쿠나비코나노카미[少彦名神]와 협력해 천하를 다스리고 주술, 의약 등의 길을 가르쳤다고 하며, 지금은 이즈모타이샤[出雲大社]에 모셔져 있다.

"확실히 터무니없는 것이지요. 하지만 효즈는 치우입니다. 효즈에 관한 일본의 문헌은 적지만, 선생님도 말씀하신 〈사기〉의 봉선서(封禪書)에서는 그 이름을 볼 수 있습니다. 팔신(八神) —— 천주(天主), 지주(地主), 병주(兵主), 양주(陽主), 음주(陰主), 월주(月主), 일주(日主), 사시주(四時主) —— 중 하나로 꼽히고 있는데, 거기에 병주는 치우이다, 라고 기록되어 있습니다. 이건 한(漢)의 고조(高祖)가 병사를 일으킬 때 치우를 군신(軍神) —— 병주로 모신 것에서 유래한다고 하지요. 무신입니다. 뭐, 병(兵)의 주(主)라고 쓰니 알 수 있을 것 같기는 합니다만 —— 게다가 효즈 신사에 대해서는 신라의 왕자 천일창(天日槍)과의 관계도 무시할 수 없는데요."

"그 효즈 신이 바로 —— 효스베라고요?"

미야무라가 물었다. 핵심에 가까워진 것 같다. 적당히 듣고 있던 나도, 저도 모르게 귀를 쫑긋 세운다. 그러나 교고쿠도는 부정했다.

"그렇지 않습니다. 효즈 신과 효스베의 관계에 대해서 처음으로 언급한 건 오리쿠치 시노부[折口信夫][156) 선생님인데, 그는 무신(武神)이자 산신(山神)이기도 한 효즈 신이 수신(水神)이 되고 밭의 신이 됨으로써 영락(零落)했다고 생각하지요. 저는 이 사고방식에는 편들 수 없습니다. 한편 야나기타 옹은, 치우가 그랬던 것처럼 효스베도 본래는 갓파가 아니라 갓파 퇴치를 전문으로 했던 마를 쫓는 신이 아니었을까, 하고 유추하고 있습니다. 약속이라도 한 듯 그게 영락해서 —— 가 되는 것인데, 저는 아무래도 그 신의 영락이라는 발상만은 받아들일 수 없어요."

156) 1887~1953. 일본의 민속학자, 국문학자, 국어학자. 야나기타 구니오의 제자로 민속학의 기초를 쌓았다.

이것 참, 하고 미야무라는 눈을 동그랗게 떴다.

"그건 정설이 아닙니까?"

"정설은 아닙니다. 오리쿠치 시노부는 효즈 신을 떨어뜨리고, 야나기타 옹은 효스베를 높이 올려 동일시하는데, 제 생각에는 신은 떨어지거나 올라가거나 하는 존재가 아니거든요. 신성(神性)이 없어지면 사라질 뿐입니다."

"잠깐, 교고쿠도."

일일이 멈추지 말게, 하고 친구는 한쪽 눈썹을 치켜세운다. 납득할 수 없는 것은 어쩔 수 없다.

"분명히, 야나기타 구니오는 효스베 울음소리설이 아니었나?"

"아아. 야나기타 옹이 효스베 울음소리설을 지지한 건 효즈 신을 수신으로 인정하고 싶지 않았기 때문일 거라고 생각하네. 효스베가 갓파라면 그건 울음소리에서 명명된 것이고 효즈 신과는 무관계, 만일 그렇지 않다면——즉 효스베가 효즈 신이라면——효즈는 수신이 아니니, 효스베 또한 갓파가 아니다——라는 주장이 있지 않겠나. 야나기타 옹의 효스베 요괴퇴치설이 실려 있는 것은 〈삼도민담집(三嶋民譚集)〉인데, 같은 책 안에서 야나기타 옹은 〈오우미 여지지략[近江輿地誌略]〉 등을 인용하고 있네. 이 기사를 읽어 보면 효즈 신은 갓파적인 성격을 가진 수신이라는 것을 쉽게 엿볼 수 있는데, 그것을 인용했음에도 불구하고 야나기타 옹은 효즈가 수신이라고는 결코 인정하지 않는 걸세. 고집을 부리고 있지. 뭐, 어쨌든 이 부분의 고증은 하면 할수록 재미있네만——그건 제쳐 두지. 효즈라는, 틀림없이 외래(外來)의 신이 신앙의 대상이 되고 있었다, 이 자리에서는 그것만으로도 충분하겠지요."

"그럼 어떻게 됩니까?"

"아나시 효즈 신사의 아나시라는 것도 하리마의 이다테 효즈 신사의 이다테라는 것도 지명인데, 동시에 아나시 신, 이타테 신이라는 외래신의 이름이기도 해요. 세트로 되어 있는 효즈 신도 외래의 신이니 당연히 모신 사람은 외래인이겠지요. 아까 말씀드린 천일창이 일본에 건너온 것과 합쳐 보아도 이건 틀림없어요."

교고쿠도는 거기에서 갓파 페이지를 효스베로 넘겼다.

"치우——효즈 신을 일본에 들여온 것은 하타[秦] 가라고도 하지요. 불명료한 부분이 많고 복잡하게 얽혀 있는 데다 해석에도 혼란이 있는 모양입니다. 하지만 효즈라는 외래의 신이 있고, 과거에 그것을 모시는 남다른 능력의 집단이 있었던 것만은 우선 틀림없어요. 외래인의 대부분은 기능 집단입니다. 갓파의 상당수가 직인으로 되어 있는 점과 관련이 없는 것 같지도 않지요. 더 말하자면, 이 효즈 신은 아나시 신과 세트로 이야기되는 경우가 많고, 거기에서 아무래도 제철 기술자와의 관계가 예상됩니다."

"제철——이라고요?"

"그렇습니다. 그리고 본래 하니와[埴輪][157]를 만드는 일에 종사하고 있던 씨족인 하지 가——훗날의 스가와라 가도 제철에 종사하고 있었습니다. 하니와를 굽는 가마가 용광로로 전용(轉用)된 것이지요. 하지 가가 세력을 확대하는 건 제철에 관여하고 나서예요. 그 하지 가도——역시 효즈 신을 신앙하고 있었던 모양이고요."

"그 후예가——미치자네입니까."

157) 고분 위나 주위에 나란히 놓은 토 제품. 원통 하니와와 형상(形象) 하니와가 있는데, 형상 하니와는 인물, 동물, 기재, 가옥 등을 본떠서 만든 것이다.

"그렇지요. 미치자네 하면 덴만구입니다. 실은 다자이후 덴만구에도 효즈 신은 모셔져 있지요. 그러니 역시 스가와라 일족은 효즈 신을 모시고 있었던 걸 겁니다. 그리고 갓파를 물리치는 주문에 반드시 효스베라는 말과 스가와라라는 이름이 세트로 나오는 이상, 효즈 신과 물의 요괴 —— 효스베는 무관할 수가 없습니다."

잠깐만 기다려 보게 —— 나는 재삼 손을 든다.

"하지만 교고쿠도. 자네는 아까 효즈 신은 효스베가 아니라고 말하지 않았나. 분명히, 그렇지, 신은 영락하지 않는다면서?"

"효즈 신이 효스베일 리는 없네. 다만 나는 무관하지 않다고 말한 걸세."

그렇게 말하고 교고쿠도는 조금 초조한 듯한 얼굴을 한다.

"—— 으음, 그렇군. 예를 들어 야마토의 효즈 신은, 다른 산신과 마찬가지로 일 년에 한 번 산에서 마을로 내려오네. 이건 드문 일은 아니야. 봄에 산신이 내려와 밭의 신이 되고, 또 가을이 되면 산으로 돌아간다는, 그런 종류의 전승은 전국적으로 남아 있네. 그리고 갓파도 겨울에는 산에 올라가 야마와로[山童]가 된다고 하지. 이것도 규슈를 중심으로 각지에 전해지는 걸세. 갓파는 봄과 가을에 도래하는 걸세. 이것이 야나기타 옹이 말하는 갓파의 도래지. 산에 있는 동안의 갓파는 산타로니 세코니 가샨보니, 대개는 이름도 성질도 바뀌네. 하지만 산에 있으면서도 이름도 성질도 바뀌지 않는 녀석이 있지. 그 이름은 —— 효슨보라고 합니다."

"효슨보?"

"역시 미야자키의 물의 요괴입니다. 이건, 그렇지, 효스베의 아종이라고 생각해도 되려나요."

"이름이 비슷하다고요?"

"거의――같으니까요. 이건 일 년에 한 번, 큰 무리를 지어 산에서 강으로, 하늘을 날거나 해서 대이동을 한다고 합니다. 이게 바로 야나기타 옹이 채집한 새 같은 갓파입니다. 하지만 실제로는 홍홍 하고 울기만 하는 것이 아니라 구왁구왁이라든가, 울음소리 쪽은 여러 가지지요."

"그건 그, 효즈 신과 같은 게 아닌가?"

"같지 않네. 규슈에서는 단독으로 존재하는 효즈 신사는 이키에만 있어. 미야자키에 효즈 신사는 없고, 효즈 신사가 있는 장소로 건너가는 갓파도 없네."

"무슨 뜻인가?"

"자네도 이해력이 나쁘군. 음――그렇지. 오리쿠치 시노부는 〈옹(翁)의 발생〉에서 이렇게 적고 있네. 야마토에서는 산사람의 마을이 여기저기에 있고, 그것을 아나시 산에서는 아나시베[穴師部] 또는 효즈베[兵主部]라고 한다."

"효즈――베, 라."

과연 그렇다면 납득할 수 있다.

병부와 연관을 지어 효즈베다, 라고 해도 고개만 갸웃거려질 뿐이지만 효즈의 베[部][158] 사람들이라 해서 효즈베라고 하면 이치가 맞는다.

나는 매우 후련한 얼굴을 보였다고 생각했는데, 교고쿠도는 고개도 끄덕이지 않고 그저 나와 미야무라의 얼굴을 번갈아 바라보며,

---

158) 야마토 정권하에서의 인민 지배의 한 방식. 인민을 거주지나 직업에 따라 새로운 집단으로 편성하여 지배하고 이를 '베'라고 불렀다.

"예를 들면——스가와라 가문이 효즈 신을 모시는 신직에 있었다고 합시다. 그 수하에는 대륙에서 건너온 기능 집단이 있었다고 하고요. 그 경우, 스가와라 일족이 사역한 자들은 뭐라고 불렀을까요. 효즈의 신을 모시는 베의 사람들——효즈베라고 불리지 않았을까요."

미야무라가 무릎을 탁 쳤다.

"그렇군요. 그래서 아까의 노래——갓파를 물리치는 주문도 읽는 방법이 두 종류가 생겨나고 만 것이군요. 모시는 신과, 부리는 베의 사람들의 이름이 비슷해서 혼동되었다는——."

그럴 겁니다——하고 교고쿠도는 고개를 끄덕였다.

"효즈 신에게 약속했지 않느냐는 협박과 효즈의 베 사람들아, 라는 부름——입니다. 스가와라 일족이 신의 뜻을 섬기는 중개자였다면, 그건 양쪽 다 성립하는 겁니다."

"그럼——효스베라는 건."

"효스베는 효즈베[兵主部], 즉 효즈 신을 모시는 기능 집단을 말하는 것이었겠지요. 시부에 가문에 전해진다는, 병부와 연관 지은 명명——이라는 것은 세키구치 군이 의아하게 여긴 대로 후세에 갖다 붙인 걸 겁니다. 이사하야에 있었던 효스에 마을이라는 건 아마 그들이 옛날에 살았던 장소겠지요. 그들은 직인이고, 금속 정련 기술을 갖고 있었어요. 그래서 산과 강을 오가고 있었던 겁니다. 고대의 제철은 사철을 원료로 합니다. 이 경우, 산에서 사철을 포함하고 있는 토사(土砂)를 파다가 강에 흘려보내서 침전된 사철을 건진다는 작업이 필요합니다. 광맥 찾기와 수맥 찾기는 같은 작업이지요."

산에서 강으로——산사람이기도, 강의 백성이기도 한 이인(異人).

분명히 공동체에서 보면 그것은 요괴다.

"그래서 그들이 모시는 효즈 신은 산의 신이고, 물의 신이고, 제철의 신이고, 무기를 만드는 무신(武神)이기도 합니다. 기원이 된 치우는 사철을 먹고, 무기를 만들고, 우사풍백(雨師風伯)을 거느린 신입니다. 아나시는 바람의 신이라고 되어 있는데, 이건 풀무의 바람입니다. 아나시와 효즈를 연결해서 제철은 완성되지요. 하지만——."

교고쿠도는 거기에서 말투가 강해졌다.

"——효즈도 아나시도 어디까지나 신입니다. 신앙의 대상이 되지 않는 타향의 신이 요괴시되는 일은 왕왕 있지만, 신이 영락하는 일은 없습니다. 요괴화한 주체는 그 신을 모시는 인간 쪽이고, 그들의 행위이고, 그들이 일으킨 현상입니다. 씨름을 좋아하는 것도, 산에서 강으로 옮겨 사는 것도, 신 자체가 아니라 그 신을 모시는 인간입니다. 신이란 관념입니다. 요괴 또한 관념이지요. 관념인 신이 변용되어 관념인 요괴가 되는 일은 없습니다. 하지만 신이라는 관념은 사람을 통해 현상을 낳지요. 그 현상이 다른 관념이 되어 요괴가 생겨나는 경우는 있습니다."

"하지만 교고쿠도, 자네의 이야기로는 그, 효즈 신사라는 것은 각지에 있다고 하지 않았나. 분명히 열아홉 곳이라고 했지. 하지만 규슈에는 없다면서? 그리고 그 효즈 신사가 있는 곳 전부에 요괴 효스베가 전해지고 있다면 모를까, 전해지는 것은 신사가 없는 규슈의 일부분뿐일세. 이건 이상해."

교고쿠도는 즉시, 이상하지 않네——라고 말했다.

"규슈에 없기 때문에, 효즈베의 사람들은 요괴 효스베가 되어 버린 게 아니겠나."

"이해가 안 가는군."

"거기에 본인이 있는데, 어떻게 그 본인이 요괴가 되겠나. 예를 들어 이 미야무라 선생님이 기타지마 군토였다고 해도, 여기에 본인이 있는 이상 미야무라 선생님은 미야무라 선생님일세. 기타지마 군토라는 이름을 가진 미야무라 선생님일 뿐이야. 복면 천재 여류 가인으로는 어떻게 해도 기능하지 않네. 하지만 여기에서 본인이 사라지면, 기타지마 군토는 실체를 잃고 복면 천재 여류 가인으로서 기능하기 시작하는 걸세."

그러니까 이런 뜻입니까, 미야무라가 손짓을 해 가며 끼어들었다.

"효즈베의 사람들은 그 땅에서 쫓겨났거나, 아니면 어떤 이유로 스스로 다른 땅으로 옮겨 갔다――그리고 그 후, 그들의 발자취가 요괴화되었다고요?"

대충 그런 겁니다――라고 말하고, 교고쿠도는 어깨의 힘을 빼듯이 앉은 자세를 고쳤다.

"규슈에는 단독으로 효즈 신을 모신 신사는 없지만, 이사하야의 효스에 마을이라는 것을 많은 문헌에서 볼 수 있는 것을 보면, 지금은 없어도 옛날에는 있었던 거겠지요. 그렇다면 과거에 그곳에서 살았던 자들은 효즈의 사람들입니다. 마을은 없어지고――전설만 남은 것이지요."

"그들은 어디로 옮겨 갔을까요?"

"이동한 건 효즈의 신 본체이고, 권속이 전부 옮긴 건 아니었겠지요. 나중에 다른 주인에게 사역되었어요. 그게 시부에 가문이었을지도 모르고요. 시부에 가문 외에도 가네마루[金丸]라는 신관(神官)의 일족도 효스베를 사역했던 모양이에요."

주인을 잃은 외래의 직인 집단은 재취직했을 것이다.

마찬가지로 수면의 일정한 구역을 맡아 주관하는 다른 신직(神職) 밑으로——.

“사역된 외래인들이란 시공을 뛰어넘어 대개 요괴가 되고 맙니다. 한편 각지로 이동한 효스베들은 그 땅에 전해지는 물의 요괴의 전승과 자신들의 전승을 습합(習合)시켜 갔어요. 북쪽의 하백(河伯)과 남쪽의 효스베가 만나서 갓파가 태어나지요. 그리고 갓파는 많은 속성을 가진 물의 요괴의 총칭으로 팽창해 갑니다. 덧붙여 말하자면 효즈의 지명이 남아 있는 곳은 오우미[159] 지방의 효즈 신사가 있는 일대이고, 그곳은 효즈십팔향[兵主十八鄕]이라고 불리고 있습니다. 각지의 효즈 신사 중에서 가장 신위(神位)가 높은 건 그곳입니다.”

그렇군요——하고 신음하더니, 미야무라는 고개를 틀어 좌탁 위를 바라보며 검은콩을 하나 집어 입에 집어넣고 나서,

“처음에 효스베는 갓파가 아니냐고 내가 여쭈었을 때 당신이 의아한 얼굴을 하신 이유를 이제야 알겠습니다. 뭐, 간단한 것은 아니었군요——.”

하고 말했다.

그리고 완전히 식은 차를 마시며,

“——저는 가벼운 마음이기는 했지만, 효스베는 갓파고 이삭을 먹는다거나, 이것을 보면 고열이 난다거나, 또는 죽는다거나, 그렇게 기억하고 있었으니까요. 그런 갓파가 있으려나, 그렇게 생각했습니다.”

하고 말을 이었다.

159) 현재의 시가 현을 가리키는 옛 지명.

"이삭을 먹는다는 건 사쓰마나 휴가 지방에서 벼 이삭을 한 솥 남겨서 수신에게 바친다는 풍습이 섞인 거겠지요. 보면 죽는다거나 병에 걸린다는 것은, 원래는 가로막으면 천벌을 받는다는 뜻일 겁니다."

"가로막으면?"

"가로막으면. 효즈 신이 산에서 강으로 이동하는, 그 행군을 가로막으면 죽는다——입니다. 이건 꼭 효즈 신만 그런 건 아니고, 이동 중인 산신의 모습을 목격하는 건 전국적으로 터부니까 전국적으로 죽지요. 산에는 엄한 계율이 있어요. 입산을 엄하게 금하는 기일(忌日)을 두는 산도 많은데, 그건 산의 신이 이동하는 날이기 때문입니다."

"그럼 그건 효즈 신이 남긴 금기만이 신이 떠난 후에도 살아남아서, 그 후 그 잔당에 의한 현상이 요괴화될 때 흡수되었다, 이렇게 보아야 하겠군요?"

그렇겠지요——하고 말하면서 교고쿠도는 마른 멸치를 집었다. 기분이 좋아졌다. 미야무라의 이해력이 좋기 때문일 것이다. 하지만 그 미야무라 쪽은 왠지 곤란해 보이는 얼굴을 하고 우물거렸다.

"어떻게 해야 할까요."

"미야무라 선생님——."

미야무라가 이야기를 망설이고 있는 것 같은데 교고쿠도는 전혀 물으려고 하지 않아서, 나는 안절부절못하며 질문했다.

"——왜 그, 효스베 이야기를?"

"하아, 그게 말이지요——."

미야무라는 한 번 더 검은콩을 먹었다.

"효스베를 보았다고——합니다."

"네?"

나는 내 귀를 의심했다. 아무렇지도 않게——미야무라는 엄청난 말을 한 것 같았다.

"제가 신세를 진 어떤 여자분이, 효스베를 보았다는 겁니다. 그래서 저는 효스베라고 해도 그게 어떤 건지 실감이 나지 않아서 이것저것 생각하다가, 아아, 갓파였던가 하는 데까지 생각이 미쳐서요, 그래서 뭐——."

요괴라면 교고쿠도가 전문이다 싶어 새해 인사도 할 겸 이곳을 찾아왔다, 그런 것이리라.

그건 그렇고——나도 가스토리 잡지에 수상쩍은 기사를 쓰기도 하는 터라 그런 이야기를 듣는 일도 많다. 게다가 최근에는 나 자신 부근에서도 요괴 같은 사건이 연달아 일어나고 있다. 그 때문인지 이것저것 생각하게 되는 일도 많지만——.

그래도 실제로 요괴를 보았다는 사람의 이야기는 들은 적이 없었다.

"조금——자세히 이야기해 주실 수는 없을는지요——."

내가 그렇게 청하자 교고쿠도는 차가운 시선을 보냈다.

"미야무라 선생님, 조심하시는 게 좋을 겁니다. 이 친구는 그런 이야기를 들으면 곧장, 깊이 생각도 하지 않고 대개는 재미있는 꼬리를 붙여서 되는 대로 지어낸 기사를 쓴답니다. 양심도 지성도 없지요. 조심하지 않으면 선생님께 상담하신 여자분의 인권이 유린되고 말 거예요. 제 생각에——그 여자분은 가토 여사님 아닙니까?"

미야무라는 젓가락을 멈추고, 놀란 듯한 얼굴을 했다.

"용케 아시는군요."

"알지요. 선생님께 그런 상담을 꺼내는 이상, 선생님과 동년배인 분은 아니겠지요. 말투로 추측건대 오래 알고 지낸 사이도 아닌 것 같고요. 그러면서도 선생님이 신세를 졌다고 하신다면, 그녀밖에 없지요. 아마 가토 씨는 작년 부로 출판사를 그만두었지요?"

잘 아시는군요——하고 미야무라는 다시 한 번 감탄한 듯이 말하고, 그래요, 그녀는 그만두었습니다——하고 말을 이었다.

"왠지 미안한 기분이 들어서요."

"선생님 탓이 아니지 않습니까. 그녀의 공적을 전혀 인정하지 않는 편집부에도 잘못은 있고, 그렇다고 해서 본래 단가 잡지는 아니니 너무 지나친 것도 좋지 않고요."

"무슨 소린가. 내가 알 수 있게 이야기해 주게."

나는 금세 뒤에 혼자 남겨진다.

교고쿠도는, 자네는 됐네, 그건 은폐된 부분이니까——라고 말했다. 철두철미하게 나를 바보 취급하고 있다. 미야무라는, 내가 어떻게든 반격을 하려고 번민하는 것을 보다 못해서인지 쓴웃음을 지으며,

"아니, 대단한 이야기는 아니니 말씀드리겠습니다. 애초에 세키구치 씨가 제재로 삼으실 만한 이야기는 아닙니다——."

라고 말했다. 교고쿠도가 기사로 쓸 거라고 말한 것을 소설의 제재로 삼는 것으로 착각한 것이리라. 내 경우, 부업으로 정말 저속한 기사를 쓰고 있기도 한데, 그 부분을 미야무라는 모르는 것이리라.

"교고쿠도 씨가 말씀하신 대로, 제가 신세를 진 여자분은 가토 마미코 씨라는 분으로, 작년까지 〈소설 창조〉의 편집자로 있었던 부인입니다. 그분이, 그렇지, 작년 연말이 다 되었을 무렵에 저희 가게에 오셨는데——."

미야무라는 교묘한 화술과 손짓으로 이야기했다.

군시테이를 찾아온 가토 마미코는 성미에 맞지 않게 가라앉아 있었다고 한다.

마미코는 기골도 있고 정력도 있는 여성 편집자로, 미야무라는 평소 그녀가 약한 소리를 하는 모습은 본 적이 없었다고 한다.

미야무라는 갑자기 걱정이 되어, 이야기하기 어려워하는 듯한 마미코를 속이기도 하고 달래기도 하며 간신히 그녀가 울적해하는 이유를 들었다고 한다.

마미코는,

——할아버지가 이상하세요.

라고 말했다고 한다.

"할아버지가——이상하다니요?"

"예에, 그게, 기억이 빠져 있다고 하시더군요."

이해가 안 가는군요——라고 말하면서 나는 교고쿠도의 눈치를 살폈다. 교고쿠도는 다시마말이[160]를 먹고 있다. 마치 듣고 있지 않은 것 같지만, 그래도 귀에는 들어가고 있을 것이다. 그런 친구다.

미야무라는 말을 이었다.

"그녀는 어릴 때, 그, 할아버지와 함께 효스베를 목격했다고 합니다. 그런데 최근에 할아버지는 그런 건 모른다, 전혀 기억이 없다고 말하기 시작했답니다."

"잊어버렸다고요?"

그런 게 아닌 모양입니다——하고 미야무라는 대답했다.

---

160) 머리와 꼬리를 자르고 등뼈를 따라 두 쪽으로 가른 다음, 뼈는 버리고 햇볕에 말린 청어 등을 다시마로 말아 익힌 것.

"할아버지는 이제 여든이 다 되어 가는 고령이시라고 하지만 정정하시고, 도저히 그, 노인성 치매던가요, 그런 기미는 없다고 합니다."

미야무라는 그렇게 말했지만, 노인이 아니어도 잊어버리기는 한다. 그것은 나 자신이 누구보다도 잘 알고 있는 일이다. 나는 학생 시절, 기억력이 너무나도 나빠서 치매를 막아 준다는 신사에 끌려간 적까지 있다.

"그건 —— 언제의 일입니까? 효스베를 보았다는 건."

"그녀는 아주 똑똑히 기억하고 있더군요. 1933년 6월 4일이었다고 합니다. 그러니까 그렇지 그럭저럭 ——."

20년 전의 일이군요, 하고 미야무라는 대답했다.

"2, 20년 전이라고요? 그럼 할아버지가 아니더라도 잊어버리겠군요. 기억하고 있는 쪽이 이상합니다."

나는 오늘 아침 식사의 반찬조차 기억하지 못한다.

"저도 그렇게 생각했어요. 누구라도 그렇게 생각하겠지요. 저도 20년 전의 일이면 그렇게 기억하지는 못하거든요. 몇 월 며칠에 무엇을 했는지, 어지간히 인상에 남는 일이 아니면 생각나지 않지요. 하지만 세키구치 씨, 이것에 관해서는 사정이 좀 다른 모양입니다."

"어떻게 다릅니까?"

"흐음. 세키구치 씨는 효스베라는 단어를 평소에 사용합니까?"

"사용하지 않지요."

우선 사용할 이유가 없고, 그러니 사용할 수도 없다.

"그녀도 마찬가지입니다. 아니, 그녀는 제가 효스베란 갓파라고 —— 뭐 갓파가 아니겠지만 —— 어쨌든 요괴의 이름이라고 설명할 때까지, 효스베가 무엇인지조차 몰랐습니다."

"그건——."

무슨 말일까——.

"하지만 그 여성은 효스베를 보았다고 말했잖습니까. 그런데 모른다고 해 봐야 통하지 않아요. 그 사람은 대체 뭘 본 겁니까?"

미야무라는 조금 곤란한 듯한 웃음을 띠었다.

"본 건 인간입니다. 몸집이 자그마하고 원숭이 같은 얼굴을 한 남자였다나요."

"원숭이——라고요?"

"그건 이 녀석 아닙니까, 미야무라 선생님."

교고쿠도가 나를 가리키며 바보 취급하는 듯한 발언을 했다.

아무래도 다시마말이를 다 먹은 모양이다.

분명히 나는 키가 작고, 학생 시절부터 원숭이다, 잔나비다 하며 욕을 먹었다. 그렇다고 해도 너무하다. 그러나 미야무라는 진지한 얼굴로, 세키구치 씨는 20년 전에 시즈오카의 니라야마에 가셨습니까——하고 물어 왔다. 진지한 얼굴로 물으면 어쩔 수 없다. 나는 가지 않았습니다——하고 진지하게 대답했다. 그러자 미야무라는 진지한 얼굴을 한 채, 그렇습니까, 그것참, 그것참——하고 말했다.

"자, 순서대로 다시 말씀드리면 말이지요, 그 20년 전——마미코 씨가 할아버지와 함께 밤에 산길을 걷고 있는데 수상쩍은, 그 원숭이를 닮은 남자가 겅둥겅둥 걷고 있었다고 하더군요. 왜 그런 밤에 그런 산길을 걷고 있었는지, 그건 모른대요. 어쨌든 소녀였던 마미코 씨는——아마 여섯 살 정도였겠지요. 그 어린아이였던 그녀는, 그 남자의 걸음걸이가 기묘했기 때문에 저도 모르게 자세히 보고 말았다고 합니다——."

그러자 할아버지는 마미코의 얼굴을 손으로 덮으며 이렇게 말했다고 한다.

——보면 안 된다.

——저건 효스베야.

——저걸 보면 천벌을 받게 된다.

"그래서 무서워졌어요. 그 뒤의 일은 기억나지 않는다고 합니다. 아까 그 이야기는 아니지만, 제 생각에 이 경우는 효스베라는 특수한 이름이 문제지요. 그녀가 기억하고 있었던 것은 갓파나 너구리라는 흔해빠진 이름이 아니라 효스베라는 특수한 것이었어요. 그녀는 시즈오카 출신이니 효스베라는 것은, 교고쿠도 씨나 그——다타라 씨 같은 친구라도 있지 않은 한은 알 수가 없습니다. 만일 과거에 그런 상황이 있었다고 해도, 예를 들어 도깨비라든가 덴구라고 했다면 곤란하지 않습니다. 그녀는 효스베가 어떤 건지 모르는 채, 이름만 기억하고 있었어요. 그러니까 적어도 그녀는 과거에 누군가에게서 그 이름을 들은 것만은 틀림없습니다."

"하지만 할아버지는 모른다고 하셨다고요."

"예. 그런 상황——손녀딸과 밤에 산길을 걷는 상황 말이지요. 그건 있었을지도 모른다, 아니, 분명히 있었을 거라고 해요. 그런 기억은 있지만, 결단코 그런 묘한 말은 하지 않았다는 겁니다."

"그렇다면 장소나 시기가 달랐다거나? 그 여자분의 착각이나, 아니, 잘못 기억하고 있다거나."

미야무라는 가슴 앞에서 작게 손을 저었다.

"그렇지도 않습니다. 그녀가 효스베라는 이름을 들은 건 그, 1933년 6월 4일이 우선 틀림없는 모양입니다."

"그건 —— 뭔가 증거라도 있나요?"

예. 아마 —— 하고 말하며 미야무라는 약간 미간에 주름을 짓고 얼굴을 비스듬히 기울였다.

"뭐, 그런 것보다 그 할아버지, 다다지로 씨라는 분은 애초에 효스베라는 묘한 것은 모른다, 본 적도 들은 적도 없다고, 그렇게 우긴다고 합니다."

—— 그렇다면.

"그럼 그 여자분에게 그렇게 말한 건 할아버지가 아니었던 게 아닐까요? 예를 들어 아버지라든가 큰아버지라든가 ——."

그게 말이지요 —— 하며 미야무라는 생각에 잠겼다.

"그럴 가능성도 없습니다. 그날, 그녀는 할아버지와 종일 함께 있었다고 합니다. 아침에 일어나서 곧장 나란히 집을 나와, 밤이 되어 집으로 돌아갈 때까지."

나는 팔짱을 낀다. 아무래도 지나치게 잘 만들어진 이야기다.

"그건 —— 사면초가로군요. 그렇다면 그 이야기를 가져온 사람도 들은 일시도, 양쪽 다 그 여자분의 기억이 잘못된 것이라고밖에 제게는 생각되지 않습니다. 대체 왜, 그건 그 —— 6월 4일입니까? 그날의 일이라고 한정할 수 있습니까? 뒷받침할 근거라도 있습니까?"

미야무라는 기묘한 표정이 되었다.

그러나 미야무라가 말을 하기 전에, 교고쿠도가 천천히 말했다.

"그 —— 효스베를 본 후, 실제로 천벌이 있었던 거로군요?"

"예에."

미야무라는 얼굴을 돌리더니 눈을 크게 뜨고 잠깐 간격을 두고 나서, 그렇습니다, 그렇습니다 —— 하고 기쁜 듯이 말했다.

"있었던 겁니다. 그래서 그녀는 명확하게 기억하고 있었던 거지요. 그 다음날, 그녀의 아버지가 돌아가셨다고 합니다. 그녀가 날짜까지 기억하고 있었던 것은 아버님의 기일 전날이었기 때문이겠지요."

——그것은.

"살해되었나요?"

내가 그렇게 묻자 미야무라는 과장되게 손을 저으며 설마요, 설마, 하고 되풀이해서 말했다.

"이번에는 그런 위험한 이야기가 아닙니다. 아버님은 병사하셨다고 하더군요. 뇌출혈이라고 합니다. 30대에 뇌출혈이니 가엾긴 하지만, 사인(死因)에 수상한 점은 없었대요."

교고쿠도는, 세키구치 군——하고 동정하는 것 같기도 하고 바보 취급하는 것 같기도 한 목소리로 말했다.

"작년부터 피비린내 나는 사건이 계속해서 일어났으니 마음은 알겠네. 하지만 죽었다는 말을 들으면 살해되었다, 사건이라는 말을 들으면 살인사건이라고 해서는, 인격과 품성이 의심받을 걸세. 그래서 미야무라 선생님, 가토 씨는 왜 20년이나 지나고 나서 할아버지에게 그 일을?"

그거지요, 그겁니다——하고 미야무라는 노래하듯이 말했다.

"그녀는 또 보았다고 합니다."

"무엇을."

"효스베를, 말입니다. 똑같은 남자였다고 합니다. 그 후——교고쿠도 씨는 아십니까? 그녀의 아기가 태어나자마자 죽었습니다. 작년에——."

"알고 있습니다. 그것 때문에 이혼도 하셨다고요."

"맞아요, 맞아. 그리고 이번에는 퇴직이잖아요. 아무래도 견딜 수 없지요. 뭐 그건 그렇고, 그 아기가 죽기 며칠 전에, 그녀는 몸집이 작고 원숭이 같은 남자를 목격했어요. 그랬더니 또——."

"설마."

그런 바보 같은 일이 있을까.

"뭐, 그 남자가 효스베인지 아닌지는 다른 문제고, 잘못된 생각인지, 잘못 본 것인지, 일어난 불행도 우연인지, 천벌이라고 받아들여야 할지 어떻게 받아들여야 할지, 그건 그녀 안에서 결론을 지을 문제일 테니까요. 그건 그녀도 알고 있어요. 그녀가 정말로 신경 쓰고 있는 건——그 할아버지 쪽이지요."

"할아버지의——무엇을 걱정하는 겁니까?"

"그녀의 말로는 그 할아버지——다다지로 씨라고 하시는데, 다다지로 씨는 기억이 지워진 게 아니겠느냐고."

"기억이 지워졌다?"

"예에. 중공 같은 데서 하는, 뭐라고 하더라."

"세뇌 말입니까?"

"맞아요, 맞아, 그 세뇌입니다."

"누구한테 그런——."

예——하며 미야무라는 머리를 긁적였다.

"새해 벽두니까요. 말씀드리기를 망설이고 있었는데——뭐, 복과는 거리가 먼 화제라서——하지만 이렇게 되어 버렸으면 마찬가지겠지요."

라고 말하고, 미야무라는 수줍은 듯한 표정을 보이더니 약간 자세를 바로 했다.

“실은 말입니다, 교고쿠도 씨. 그 가토 마미코 씨의 할아버지 가토 다다지로 씨는 재작년에 수상한 종교 단체에 입교한 모양입니다. 그래서 마미코 씨는 꽤 걱정하고 계셨어요. 그러다가 그, 효스베에 관한 기억이 맞지 않는 게 발각된 거지요. 그리고 사소한 일이기는 하지만 아무래도 석연치 않았고요——.”

미야무라는 품에서 부채를 꺼냈다.

“——그래서 이것저것 생각하다 보니 세뇌되어서 부분적으로 기억이 지워져 버린 것이 아닐까——하는 데 생각이 미친 겁니다.”

“하지만 그런 기억을 지운다고 무슨 소용이 있습니까?”

종교 단체가 노인의 추억을 지워서 무슨 이득이 있는 것일까. 게다가 20년이나 전에 손녀딸과 수상한 남자를 목격했다——그것뿐인 기억이다. 그런 기억을 지워도 이득이 될 것은 아무것도 없다. 있을 리가 없다.

“그건 모르지요. 다만 그건 빙산의 일각이 아닐까——하고 그녀는 걱정하고 있습니다. 그런 기억의 개찬(改竄)이 가능하다면, 마음대로 할 수 있는 거잖습니까. 할아버지의 인격은. 사실 자산가인 다다지로 씨는 시주 이외에 상당액의 기부도 하고 있는 모양이니까요.”

“무슨 단체입니까?”

교고쿠도가 물었다.

미야무라는 양쪽 소매를 잡아당겨 정돈하고 나서,

“으음, 아마 〈길의 가르침 수신회〉라나요.”

하고 말했다.

그건 종교가 아닙니다——하고 교고쿠도는 즉시 대답했다.

비뚤어진 친구는 그런 것에 대해서는 엄청나게 자세히 안다.

“그건 연수회 같은 겁니다. 훈련이나 강연으로 인격을 개조한다는 단체로——뭐, 수상쩍은 거로는 신흥종교 이상이지만——신앙의 대상이 될 만한 것은 아니고, 종교 법인도 아닐 겁니다.”

미야무라는, 아아 그렇습니까——하고 말했다.

“하지만요, 마미코 씨가 다다지로 씨에게 효스베 이야기를 한 순간, 그곳 사람들이 그녀에게 권유하러 왔다고 합니다. 그게 엄청나게 끈질겨요. 게다가 그런 효스베 따위는 환각이다, 그런 것을 보는 건 당신의 인격이 약하고 일그러져 있기 때문이라면서 귀찮게 군다고 하더군요. 다다지로 씨도 열심히 권유한다고 하고요. 그녀는 단호하게 거절하고 있는 모양이지만, 권유를 받으면 받을수록 그녀의 걱정은 더해 가는 겁니다.”

싫다.

나는 그런 권유하는 종교에는 아무래도 익숙해질 수가 없다.

교고쿠도는 교의에 따라서는 상당히 관용적이지만, 나는 안 된다.

교의를 듣기 전에 혐오감이 앞서 버려서 냉정해질 수가 없게 된다.

효스베를 본 여자——.

그 후 교고쿠도는 미야무라의 청을 받고 그 수상쩍은 연수회에 대한 강의를 시작했지만, 내 귀에는 들어오지 않았다.

나는——그저 기묘하게 걷는, 자그마한 남자의 모습을 몽상하고 있었다.

2

두 번째로 미야무라와 만난 것은 3월 초순이었던 것 같다.

그 전달――나는 하코네에서 큰 사건에 휘말렸다. 뒤처리는 비교적 오래 끌었고, 마음을 정리하는 것이 남들보다 몇 배 느린 나는 그때도 아직 사건에서 벗어나지 못하고 있었던 것 같다고 생각한다. 아니, 솔직히 말해서 그 무렵의 나는 기운도 근성도 바닥나서 완전히 무기력해져 있었다.

그리고 바닥난 것은 기운과 근성만이 아닌, 지갑 사정 쪽도 또한 바닥나고 말아서, 나는 어쩔 수 없이 정지한 뇌를 혹사해 짧은 소설을 썼다. 어쨌든 일을 하지 않으면 내일 먹을 쌀도 없는, 물러설 데가 없는 경제 상태였던 것이다.

그래서 어쨌든 그냥 썼다.

쓴 것은 좋은데, 다 써낸 순간 나는 갑자기 불안해졌다.

과거에 내 작품은 모두 희담사에서 발행하는 잡지 〈근대 문예〉에 게재되었다. 그 작품도 물론 〈근대 문예〉에 실어 달라고 할 생각으로 쓴 것이다. 그러나 쓰고 있을 때는 아무것도 생각하지 않았지만, 그냥 썼다고 해서 실어 줄 거라는 보장도 없는 것이다.

애초에 나는 의뢰도 받지 않았는데 썼으니 실으라고 말할 수 있을 정도의 대가(大家)는 아니다. 부탁하자니 자신 있는 작품이라고도 말하기 어려웠기에 아무래도 창피했다——기보다 얼빠진 상태에서 쓴 것이라 그때는 확실히 완성도가 낮다고 생각하고 있었다. 애초에 작품의 좋고 나쁨조차 판단할 수 없었다. 그렇게 생각하니 담당자에게 전화하기가 무서워졌다. 게재가 거부될 가능성은 크다.

생각하고 또 생각한 끝에, 결국 나는 신인 작가도 아닌데 편집부에 원고를 가져가기로 했다. 직접 만나면 조금은 통하는 것이 있지 않을까 하는 생각이라도 했던 것일까.

지금 생각하면 그저 어리석은 행동일 뿐이다. 전화로 이야기하든 직접 만나든, 상황은 전혀 달라지지 않는다. 그런다고 작품이 좋아지는 것도 아니고, 지면에 자리가 나는 것도 아니다. 그렇다면 연락도 하지 않고 대뜸 찾아가는 실례를 저지르는 것이, 훨씬 더 불리하다고 할 수 있다.

하지만 그때는 그렇게는 생각하지 않았다.

나는 아무런 방책도 없이 더러운 글씨가 휘갈겨진 오십 매 정도의 원고지를 닳아빠진 보자기에 싸서, 수염도 깎지 않고 〈근대 문예〉 발행처인 희담사로 향했다.

희담사 빌딩은 간다에 있다. 1층은 창고처럼 되어 있고 〈근대 문예〉 편집부는 2층이다. 나는 좁은 계단을 올라가면서 몇 번이나 되돌아가자고 생각했고, 문 앞에 서서도 꽤 오랫동안 망설였다.

반쯤 자포자기 상태가 되어 문을 열었다.

다행히도——랄까 뭐랄까, 나를 담당해 주고 있는 고이즈미 여사는 자리에 있었다.

야윈 여성 편집자는 내 얼굴을 보자 크게 놀라며, 어머나 선생님 무사하셨어요——라고 말했다. 하코네 사건의 경위를 알고 하는 말이다. 그러고 보니 하코네 사건에는 희담사도 회사 관련으로 적잖게 연관되어 있었다는 것을——그때가 되어서야 나는 떠올렸다.

곧 편집장 야마사키가 거구를 흔들며 달려와, 어서 오십시오, 어서 오십시오 하고 간살을 떨었다. 그리고 영문을 모른 채, 나 같은 것은 평소에는 우선 안내되지 않을 빈객용 응접실로 안내되어 기다리라는 말을 들었다.

어찌 된 셈인지 차에 양갱까지 나왔다.

기다리고 있는 동안에는 왠지 바늘방석에 앉아 있는 듯한 기분이 들어서, 양갱의 맛은 알 리도 없었다.

10분쯤 지나 야마사키에 고이즈미, 그리고 희담사의 간판 잡지인 〈희담월보〉의 편집장 나카무라와 그 부하이자 교고쿠도의 누이동생인 추젠지 아츠코 네 사람이 와서 정중하게 사과했다. 나는 당황하고, 또 매우 곤혹스러웠다. 아무래도 하코네의 일 때문에 사과하는 것 같았다.

분명히 내가 그 사건에 깊이 들어가게 된 것은 〈희담월보〉 때문이라고——말하자면 말하지 못할 것은 없다. 그러나 내 쪽에는 그런 의식은 전혀 없었기에 사과를 받아도 그저 곤란할 뿐이다. 그래서 나는 할 말을 잃고 있었다.

하코네에서의 나는, 말하자면 철두철미하게 방관자일 뿐이었고, 곰곰이 생각해 보면 실제 피해는 없는 것이나 마찬가지였고, 추젠지 아츠코는 하코네에서 다치기까지 했으니 오히려 가엾을 정도다. 그것보다도——.

우선은 쓴 원고를 게재해 달라고 의뢰하는 것이 중요하다. 그렇게 사과한다면 용서해 줄 테니 이걸 실으라——고 말하기라도 하면 될 것 같기는 하지만, 그렇게 되면 또 그렇게 되는 대로 한층 더 말을 꺼내기 어려워져 버리기에 나는 덥지도 않은데 이마에 땀을 줄줄 흘리며, 그저 끊임없이 그것을 닦았다.

결국 나는 땀이 밴 손으로 보자기의 매듭을 움켜쥐고 어쩔 줄 몰라 하고 있었다.

——그건 원고인가요?

눈썰미 좋은 추젠지 아츠코가 낡은 보자기를 알아차려 주지 않았다면, 나는 아마 그대로 잠자코 돌아왔을 거라고 생각한다. 그때 그녀의 한마디에, 나는 얼마나 구원받은 기분을 느꼈는지 모른다.

그리고——나의 형편없는 단편 〈개가 가는 길〉은 경사스럽게도 다음 달의 〈근대 문예〉에 게재되게 된 것이다.

원고를 재빨리 훑어본 야마사키는, 사쿠타로[161]가 소설을 쓴다면 이럴까요——하고 나는 잘 알 수 없는 감상을 늘어놓았다. 고이즈미는 미안한 듯한 웃음을 지으며, 그런 일이라면 저희 쪽에서 찾아뵈었을 텐데요——라고 말했다.

결과적으로 은혜를 입힌 듯한 모양새가 되어 버린 셈이니, 역시 순순히 고이즈미에게 전화해 두는 편이 뒷맛이 좋았을 거라고——나는 아니나 다를까, 뒤늦은 후회를 했다.

나는 우물우물 불명료한 발음으로 잔소리를 늘어놓았다.

원고를 맡기고, 돌아가려고 일어섰을 때였다.

161) 하기와라 사쿠타로[萩原朔太郎 1886~1942]. 다이쇼 시대에 근대시의 새로운 지평을 열어 '일본 근대시의 아버지'라고 불리는 시인.

“기타지마 선생님, 그럼 잘 부탁드립니다——.”

하는 목소리가 들렸다. 쳐다보니 이름은 모르지만 낯익은 얼굴의 편집자가 일어서서 깊이 인사를 하고 있다. 나를 전송하려고 일어서던 야마사키가 그것을 알아차리고 갑자기 거구를 돌리더니, 칸막이 맞은편을 향해 여어여어, 하는 소리를 내고는, 이번에는 정말 고맙습니다——하고 말하며 역시 깊이 인사를 했다. 이어서 칸막이 뒤편에서 여성이 나왔다.

——기타지마——라고 했다.

본 적이 없는 얼굴이었다.

나는, 신출내기이기는 하지만 그래도 대충 〈근대 문예〉와 관련이 있는 작가들의 얼굴은 안다고 생각하고 있었다. 하기야——그쪽은 내 얼굴은 고사하고 작품조차 모를 거라고는 생각하지만. 내 경우 작가라기보다 우선 독자이다. 안다는 의미로는 독자 쪽이 압도적으로 우위다. 작가에게 독자의 얼굴은 보이지 않지만, 독자는 작가의 얼굴을 많이 알고 있기 때문이다.

——기타지마 군토.

틀림없을 것이다.

나는 움츠러들었다. 내가 안내되고 나서 지금까지 사람이 드나든 기척은 없었다. 문은 여닫히지 않았다. 그렇다면 그녀는 내가 안내되기 전부터, 내가 있던 방 안에 있었던 것이 된다. 아무래도 그녀는 다른 편집자와 이 빈객용 응접실에서 내내 뭔가 회의를 하고 있었던 모양이었다. 다시 말해서 내가 맛도 나지 않는 양갱을 입 안 가득 집어넣고 있는 그때에, 저 복면 여류 가인은 손이 닿을 정도로 가까운 곳——칸막이 한 장을 사이에 두고 바로 옆——에 있었던 셈이다.

회의 자리에서 침묵하고 있지도 않았을 테니, 그렇다면 처음부터 이야기 나누는 소리 정도는 들리고 있었을 텐데 어찌 된 셈인지 내게는 전혀 기억이 없었다. 나는 같은 방에 사람이 있는 것조차 알아차리지 못했던 것이다. 기척조차 느끼지 못했다.

나는 보아서는 안 되는 것을 훔쳐보듯이, 머뭇머뭇 시선을 향했다. 야마사키가 몇 번이나 목례하고 있다. 그 커다란 몸 너머에——.

아기사슴 같은 여자였다.

선이 가늘고 신경질적인, 그러면서도 어딘가 꿈꾸는 것 같고 넋이 빠진 것 같은——무례한 이야기지만 정말로 그렇게 생각했다——자그마한 여성이 우는 듯 웃는 듯한 얼굴을 하고 서 있었다. 보아하니 달갑잖다는 표정이다.

야마사키 편집장은 6척이 넘을 것 같은 커다란 남자고, 게다가 동작이 크고 붙임성도 매우 좋아 익숙하지 않은 사람은 약간 곤혹스러워한다. 나는 몇 번을 만나도 어떻게 대응해야 할지 고민된다.

그러나 그녀의 경우, 야마사키에게 어떻게 대응해야 할지 곤란해하고 있다기보다는——.

——박복해 보인다고 할까.

그런 인상이었다. 그러나 그것은 단순히, 약간 슬픈 듯이 찌푸린 눈썹과 외꺼풀이 진 눈의 간격이 벌어져 있기 때문인지도 모르고, 먼 곳을 바라보는 듯한 독특한 눈빛 때문인지도 모른다. 하지만 그런 인상으로 무언가를 알 수 있는 것도 아니니 어떻게 변명해도 그것은 무례한 감상이다. 나는 스스로를 부끄러워하며 시선을 피하고, 고이즈미와 아츠코에게 작은 목소리로 인사하고 살금살금 물러났다.

왠지 스스로가 지저분하게 여겨져서 견딜 수가 없었다.

등을 웅크리고 계단에 발을 내디뎠을 때,

"세키구치 씨, 세키구치 씨 맞으시지요——."

하고 높은 목소리로 누가 불러 세웠다.

돌아보니 거기에는.

미야무라가 있었다.

"이거, 정월에는 실례가 많았습니다. 교고쿠도 씨도 세키구치 씨도, 큰일을 당하셨다고 하더군요——."

미야무라는 늘 그렇듯이 기분 좋은 목소리로 그렇게 말하고, 눈을 가늘게 뜨며 웃었다. 교고쿠도에서 만났을 때와는 달리 노타이셔츠에 재킷 차림이다. 같은 고서점 주인이라도 만년 기모노인 것은 교고쿠도 정도인 모양이다.

나는 생각도 하지 못한 인물의 등장에 또 할 말을 잃고, 어깨의 힘을 빼지 않은 채 목만 움츠리며 인사를 했다. 그리고 아래쪽에서 미야무라를 올려다보다가 그 뒤에 아까 그 여성의 모습을 확인하고——다시 경직했다.

"미, 미야무라 씨, 그, 그분은 혹시, 그——."

나는 잘 돌아가지 않는 혀로 간신히 그렇게만 말했다.

미야무라는 만면에 웃음을 띠고,

"이런, 눈치가 빠르시군요. 그녀가——."

하고 말하더니 옆으로 물러나, 등 뒤에 있던 여성에게 손을 내밀어 앞으로 끌어내고는,

"——가토 마미코 씨입니다."

하고 말했다.

——가토——마미코?

그리고, 이쪽이 소설가 세키구치 선생님——하고 나를 소개했다. 여성은, 어머나, 그 〈현기증〉의 세키구치 다츠미 선생님이신가요, 하고 말했다. 나는 잠시 동안 인사도 하지 않고 멍하니 서 있다가, 그러다가 천천히 상황을 이해했다.

가토 마미코란——그렇다, 효스베를 본 여자의 이름이 아니었던가. 다시 말해서 그 효스베를 본 여자가 바로 기타지마 군토였다——는 뜻인 걸까.

——그래서인가.

나는 혼자서 납득했다. 1월 3일, 교고쿠도가 전혀 맥락 없이 기타지마 군토를 화제에 올린 이유는 그것이다.

녀석은 복면 가인의 정체를 알고 있었을 것이다. 그리고 사람 나쁜 친구는 미야무라가 군토 본인에게서 상담을 받을 만한 입장에 있는 사람이라는 것 또한 알고 있었던 것이다. 그래서 군토는 화젯거리가 되었던 것이 아니었을까. 그러고 보니 이야기에 가토 여사의 이름이 나왔을 때, 단가가 어쨌다는 둥 하는 말을 했던 것 같기도 하다. 분명히 정당하게 평가하지 않는 편집부도 나쁘지만 단가 잡지가 아니니 어쩔 수 없다——는 식의 말을 그 친구는 흘렸던 것 같다.

그렇다면——과연 납득이 간다.

분명히. 그녀는 작년까지 〈소설 창조〉의 편집자였다고——그때 미야무라는 말했던 것 같다. 기억은 흐릿하지만, 군토를 세상에 내놓은 잡지도 〈소설 창조〉가 아니었을까. 그렇다면——가토 마미코가 기타지마 군토였다면——무명의 가인이 갑자기 연재를 시작한 것도 고개가 끄덕여지는 일이 아닌가. 편집자 자신이 복면 가인의 정체였다면, 아무것도 이상할 것은 없다.

광고가 떨어졌다거나, 누군가의 원고 매수가 부족했다거나, 소설지에는 어중간한 구멍이 뚫리는 경우가 종종 있다. 편집자는 이런저런 방법으로 그 구멍을 메운다. 처음에는 단순히 여백을 메울 생각으로 시작한 단가 페이지가 우연히 평판을 얻고 말았다——는 전개는, 쉽게 상상할 수 있지 않은가.

그렇다면, 설령 그 페이지가 좋은 평가를 받게 되었다고 해도 편집부가 좋은 얼굴을 할 리가 없다.

하물며 다른 잡지에서도 모두 다룰 정도로 높은 평가가 이루어지고 만 경우에는 더더욱 그럴 것이다. 평가받고 있는 것은 실은 일개 편집자다. 결과적으로 퇴직에 이를 만한 갈등도 생겨날 법하다.

나는 멋대로 상상하고 멋대로 결론을 내리고 나서야 말을 되찾고, 처음 뵙겠습니다, 하고 인사를 했다. 기타지마 군토——아니, 가토 마미코는 역시 조금 불행해 보이는 얼굴로, 잘 부탁드려요, 하고 대답했다.

미야무라는 몇 번인가 고개를 끄덕이더니, 차라도 한 잔 같이——하고 강하게 권했다.

나는——아무 근거도 없이——거의 어깨의 짐이 내려가 버린 듯한 착각을 느끼고 있었기에, 우유부단한 나치고는 드물게, 쾌활하게 그 권유를 승낙했다. 원고를 맡겼다고 해서 그 시점에서 살림이 나아진 것도 아니고, 가토 마미코가 기타지마 군토였다고 해서 뭐가 어떻게 되는 것도 아니었지만.

단것을 파는 가게인지 찻집인지 확실하지 않은 가게에 들어갔다.

미야무라와 가토 마미코가 나란히 앉고, 나는 허술한 탁자를 사이에 두고 두 사람의 맞은편에 걸터앉았다.

가토 마미코는——보면 볼수록 불행해 보이는 얼굴을 하고 있었다.

울고 있는 것도 울적해하는 것도 아니다. 태도도 지극히 평범하고, 야마사키만큼은 아니지만, 사회인으로서의 예절에 부족하지 않을 정도로 붙임성도 좋은 편일 것이다. 지적이고, 오히려 활달한 직업여성이라는 태도다.

그럼에도 불구하고——.

아무래도 내게는 그녀가 행복해 보이지는 않았다.

대체 무엇이 그렇게 생각하게 하는 것인지, 물론 아무런 근거도 없는 선입견이라는 것은 그때도 충분히 알고 있었지만, 한 번 품어 버린 선입관은 좀처럼 씻어낼 수 없어서, 나는 아마 나보다 훨씬 세간의 평가도 높을 여성을 목전에 두고 동정하는 듯한 시선을 던지고 있었다.

"저어——."

나는 매우 멍청하게 말을 걸었다.

내가 기타지마——라고 말하려고 하자 미야무라가 오른손을 펴며 막았다.

"그 이야기는——뭐, 상관없지 않습니까, 세키구치 씨. 들켜 버린 건 어쩔 수 없지만, 가능하다면 희담사에서의 일은 잠시 덮어둬 주셨으면 좋겠습니다. 지금으로써는요, 그렇지요——."

미야무라는 마미코에게 동의를 구했다.

마미코는 미야무라의 말이 완전히 끊기고 나서,

"그러게요——선생님. 괜찮으실까요?"

하고 말했다.

그렇게 분명하게 말하는 것을 듣고도 계속 캐물을 수 있을 정도로 지속력이 있는 남자는 아니다 보니, 나는 알겠습니다, 잊어버리지요——라고 대답했다.

"잊었다고 하고 보니 세키구치 씨——아, 이건 좀 억지스러운 연결이지만 말입니다. 실은 차를 함께 하자고 말씀드린 건 요전에 하던 이야기 때문입니다. 자백하자면 근일 중에 찾아뵙고 싶다고 생각하고 있었지요. 하지만 그 왜, 하코네 일이 있었지 않습니까. 그래서 조심스러워서요."

"왜 저 같은 사람을?"

"예. 요전에 교고쿠도 씨에게, 세키구치 씨가 심리학에 매우 깊은 조예가 있다는 말씀을 들었거든요."

"조예——라고요?"

잠깐 깔짝거린 정도다. 나는 오히려 환자 쪽이다. 그러나 늘 그렇듯이 그런 주장은 할 수 없었다. 미야무라는, 그런 곳에서 우연히 뵌 것도 뭔가 하늘의 뜻입니다, 다행이에요, 하며 끊임없이 기뻐했다. 나는 왠지 다시 땀이 나서 물을 마셨다.

"잘 속아요——."

마미코는 갑자기 그렇게 말했다.

"——사람이 좋다고 할지, 바보라고 할지."

"누, 누가요?"

"——저요."

"그건 무슨."

"——집안 내력, 이에요."

쓴웃음을 지으며 미야무라가 덧붙인다.

"세키구치 씨, 이 마미코 씨라는 분은 말이지요, 이래봬도 꽤 야무진 분입니다. 요즘 세상에 부인이 사회에서 독립하려면, 그야말로 보통이 아닌 노력이 필요하지 않습니까. 이 사람은 아주 야무지지요. 제가 아는 한 이렇게 적극적인 분은 없어요. 딱히 추켜올리는 건 아닙니다만. 그래서 더더욱, 그, 뭐라고 할까요——."

"——속는 거예요."

마미코는 다시 그렇게 말했다.

실제로 봉이 되기 쉬운 타입이기는 할 것이다.

우둔한 내가 그렇게 생각하는 것이니 틀림없다.

게다가 아무래도 마미코는 아주 약간 템포가 느리다. 바로 반응이 있는 성격은 아닌 것 같았다. 한 박자 뜸을 들인다고 할까, 반응에 약간 느린 데가 있는 것 같다. 이것은 치명적이다. 즉시 대답하지 못하는 체질은 응수 화법에서는 큰 마이너스가 된다. 계획적이지 않은 침묵은 위험한 것이다. 그게 늘 그렇다면, 연속해서 상대에게 파고들 틈을 주는 것이나 마찬가지다. 교고쿠도처럼 능변인 사람과 어울리다 보면 그것은 매우 잘 알 수 있다.

이렇게 말하는 나도 그러하기 때문이다.

이전에 억지로 밴드 연습을 하게 되었을 때도, 박자를 못 맞추는 데에도 정도가 있다——며 호되게 꾸중을 들었다. 생각해 보면 나는 베이스기타를 치고 있었으니 다른 연주자는 참을 수 없었겠지만, 그렇다 하더라도 심한 욕설이어서 그때 나는 내 천성인 느린 기질을 지겨울 정도로 깨달았던 것이다.

아무래도 다른 사람이 열을 세는 동안에 나는 여덟이나 여섯 정도밖에 세지 못하는 모양이다. 분명히 마미코도 나와 동류일 것이다.

마미코는 어딘가 얼빠진 말투로 말했다.

"그러니까 이번만은 무슨 일이 있어도 믿어 주지 않겠다고, 그렇게 생각하고 있어요. 할아버지도 저를 닮아서——아니, 제가 할아버지를 닮은 거겠지만, 어쨌든 잘 속는 분이니까 분명히 속아서——."

"자, 잠깐만요. 그건 그러니까——."

"아아——죄송합니다. 아무 설명도 없이 멋대로 이야기해 버려서. 그, 이전에 미야무라 선생님에게서, 세키구치 선생님께는 사정을 말씀드렸다고, 그렇게 들어서요——이건 할아버지가 입회하신 수상한 단체의 이야기예요."

"아아——그."

"예——그."

반응이 둔한 사람들끼리 이야기하니 아무래도 대화가 바보 같아진다.

미야무라가 쓴웃음을 지으면서 끼어들었다.

"길의 가르침 수신회 이야기지요. 일전에 교고쿠도 씨한테 여러 가지 말씀을 듣고 큰 참고가 되었습니다. 그때 들은 이야기를 그 후 곧 마미코 씨한테 말씀드렸더니, 이분도 크게 납득하셨고요. 그래서 집요한 권유에도 약해지지 않고 공방을 계속하면서, 할아버님께도 탈퇴를 권하고 있습니다. 그렇지요, 마미코 씨——."

마미코는 한 박자 쉬고, 예, 하고 말했다.

"아직도——그 사람들은 권유해 옵니까?"

이야기를 들은 지 벌써 두 달 이상 지났다.

"아무리 거절해도 들은 척도 하지 않아요. 당신이 불행한 건 진정한 당신을 당신 자신이 모르기 때문이다——라나요."

"네?"

잘 이해할 수 없었다. 다만 적어도 불행한 것은 인상 때문이라고는 말하지 않은 것 같다.

"그 사람들 말로는, 저는 사실은 무녀인지 뭔지 그렇대요. 그게 천직이라고요."

"천직?"

"그렇다더군요. 저는 오봉[162] 같은 건 싫어하는데——."

"네?"

"아니, 그, 경(經)이라든가——그런 게."

"그래서요?"

이분은 종교 전반에 전혀 흥미가 없고 오히려 싫어한다, 이런 말씀을 하시는 거지요——하고 미야무라가 해설했다. 마미코는 고개를 끄덕였다.

"그런데 그 사람들은——할아버지도 그렇지만, 그런 말을 하는 거예요. 저는 제 의지를 갖고 이 나이까지 살아왔어요. 그래서 지금의 제가 있는 거니까, 남이 갑자기 너는 무녀라고 말해도 어떻게 생각해야 좋을지 모르겠어요. 바보 같다고 생각해요. 너무 집요해서, 선생님께 상의를 드렸더니——."

"그게 뭐, 상투 수단——수법이라고 교고쿠도 씨가 가르쳐 주셨거든요. 세키구치 씨도 듣고 계셨지요?"

듣고 있지 않았다.

---

162) 우란분재. 선조의 혼령을 사후의 괴로운 세계로부터 구제하기 위한 불사(仏事)로 음력 7월 13일~15일을 중심으로 행해지며, 여러 종류의 공물을 조상의 혼령 · 죽은 지 얼마 안 되는 사람 · 연고자 없이 죽은 사람 등에게 공양해 명복을 기원한다. 일반적으로는 성묘를 하고, 승려가 경을 읽으러 돌아다닌다. 지방에 따라 양력 7월 · 8월 등 날짜가 다르다.

나는 분명히 그 자리에 있었다. 그러나 전반의 효스베 이야기만 인상에 남아 있고 후반의, 특히 종교가 어쨌다느니 강습회가 어떻다느니 하는 교고쿠도가 장기로 하는 강연 쪽은 전혀 기억에 없었다. 늘 듣고 있는 종류의 내용이어서 건성이었던 것이 틀림없다. 다만 마미코가 있는 앞에서 모른다고 말할 수도 없어서, 나는 기억을 쥐어 짜내어 아주 조금 떠올리고는 횡설수설 이렇게 말했다.

"하지만 그——길의 가르침인가요? 그건 종교가 아니라고."

그 정도는 기억하고 있었다.

"맞아요, 맞아요. 종교가 아닌 모양이더군요. 뭔가 기도하라거나 믿으라거나, 그런 말은 하지 않습니다. 강습회인지 공부 모임인지, 그런 거라고 하더군요."

"그래서——천직은 무녀라느니 하는 말씀은 무슨 뜻입니까?"

결국, 질문하고 만다.

"그건 말이지요——."

미야무라는 부드러운 말투로 이야기하기 시작했다. 분명히 내가 아무것도 기억하지 못한다는 것을 간파했을 것이다. 눈치가 빠르고 친절한 남자다.

그 길의 가르침 수신회는 인생을 깊이 생각하고, 밝고 건강하게 사회에 공헌하며 적극적으로 살기 위한 공부 모임——이라고 한다. 그것만 들으면 좋은 일투성이다. 인생을 얕게 생각하기만 해도 암담한 생각에 빠지고, 건강하지 못하게, 마치 사회에서 고립된 것처럼 소극적으로 살고 있는 나 같은 사람은 꼭 참가해야 할 강습이다.

"이게 잘 만들어져 있어서요——."

하고 미야무라는 말했다.

강습은 초심자용에서 중급, 상급의 몇 단계로 나뉘어 있고, 중급 이상은 더 자세히 몇 개의 코스로 나뉘어 있다고 한다. 우선 처음에는 〈자신을 이야기하는 모임〉이라는 집회가 있고, 거기에서 회원은 현재 안고 있는 불만이나 불평을 차례차례 서로 이야기한다고 한다.

"이 단계에서는 뭐, 서로 불평을 말하는 거나 마찬가지지요. 불경기다, 돈이 없다, 여자가 생기지 않는다, 시어머니와 사이가 나쁘다, 그런 거라면 그나마 나은 편이고 털이 많다느니 키가 작다느니 어제 발을 밟혔다느니, 뭐든지 좋은 모양이더군요──."

"하지만 미야무라 씨, 그 모임은 돈을 받잖아요? 이런 불경기에 돈을 내면서까지 불평을 하는 사람이 있습니까?"

있겠지요──하며 미야무라는 눈을 크게 떴다.

"불평이라는 건 좀처럼 말할 수 없는 법입니다. 입장상 말할 수 없다, 체면이 있다, 배짱이 없다 등 여러 가지겠지요. 친구가 없다, 가족이 없다, 불평을 들어줄 상대조차 없다는 분도 세상에는 많이 있으니까요. 그런 사람들에게 그런 걸 서로 말할 수 있는 자리를, 길의 가르침 수신회는 제공해 주는 겁니다. 이 단계에서는 금액도 싼 것 같고, 울분을 풀기에는 딱 좋아요."

그건 그럴지도 모른다. 하지만 왠지 소극적이군요──하고 마치 고는 성미에 맞지 않는 적극적인 감상을 끼워 넣자, 연령 미상의 고서점 주인은, 그건 말이지요, 입구입니다──라고 말했다.

회원은 우선 당장의 울적함은 풀리기 때문에 대개 몇 번은 다닌다. 하지만 횟수를 거듭하다 보면 역시 그런 미지근한 모임으로는 만족할 수 없게 된다고 한다. 발본적인 해결은 이루어지지 않으니 당연할 것이다.

하지만 그다음엔 그런 회원을 대상으로 〈자신을 찾는 모임〉이라는 것이 준비되어 있다고 한다. 2단계는 푸념——불평불만, 번민과 불행——의 원인을 회원들끼리 철저하게 찾는다는 모임이라고 한다. 그리고 회원들끼리 대응책을 생각한다. 나아가 그것을 실천한다.

——싫다.

나는 그 단계에서 이미 견딜 수 있을 것 같지 않다.

그렇게 말하자, 그건 누구나 그렇게 생각합니다——하고 미야무라는 말했다.

"——뭐라고 해도 자신이 가진 불만의 원인을 찾는 거니까 좋은 것도 있고 나쁜 것도 있겠지요. 불만이라는 건 바깥에 원인이 있다는 보장은 없고, 그것을 서로 찾는 것이니 자칫하면 치부를 드러내게 될 수도 있는 겁니다."

그 말이 옳을 것이다. 불만이라는 것은 대개 자신 안에 원인이 있는 법이다. 싫다고 생각하면 어떤 환경에서도 불행하고, 좋다고 하면 대개의 상황은 행복해진다. 그것은 보편적으로는 상대적일 것이고, 결정하는 존재는 개인이다. 외적 요인을 개선하고 제거함으로써 경감되거나 해소되는 불행은 생각 외로 적고, 그 경우에도 자신 안의 원인을 외적 요인에 거짓 핑계를 댐으로써 해결한 것 같은 착각을 하고 있을 뿐이다.

내가 그렇게 말하자, 미야무라는,

"그것도 그렇겠지요. 그러니까, 아니, 그래서 고민 대부분은 그런, 약간 하기 어려운 대화만으로도 해결되어 버리는 겁니다——."

라고 말을 이었다.

즉 이런 것인 모양이다.

인간이라는 존재는 편리하게 되어 있어서, 자기 자신의 일에는 눈이 흐려지게 되어 있는 법이다. 자신의 불행에 한해서는 자기 탓으로 하지 않고 대개 외부에서 원인을 찾고 마는 것이다. 그러나 남의 일이 되면 달라서, 그런 얼버무림은 금세 풀린다. 따라서 불행하다, 불운하다고 심각하게 굴지만, 그것은 결국에는 너 자신이 잘못한 게 아니냐——고 회원들끼리는 서로 지적하게 된다. 서로에게 그런 말을 함으로써 서로 깨닫고, 깨닫게 한다. 그것으로 불행의 싹은 어느 정도 뽑아낼 수 있다——.

"본래 그렇게 절박한 불행을 짊어진 회원은 없는 거지요. 푸념으로 끝날 만한 거니까, 그냥 마음가짐만 바꾸면 해결된 것 같은 기분이 들고요. 불경기니 돈이 없느니, 그런 고민에 대해서는 경영 방침을 바꿔 보라거나 성실하게 일하라는 정도의 조언도 유효하겠지요."

"뭐 그렇겠지만——지적을 받는다고 해도 부질없는 일도——있을 텐데요."

"털이 많다, 키가 작다, 그런 고민의 경우에는 애초에 외부 요인이 있는 건 아니고, 생각하기에 따라서 어떻게든 된다고 말하면 되는 것이지요. 왜소한 체구가 더 편리하다거나 털이 많은 쪽이 겨울에는 좋다거나, 시시한 것으로도 격려는 돼요."

"하지만 그런 거라면 굳이 그런 모임에 참가하지 않아도."

"그렇지요. 보통은 그렇게 생각해요. 부모가 자식을 꾸짖는다, 말 많은 숙모가 잔소리를 늘어놓는다, 참견쟁이 친구가 쓸데없는 의견을 말한다——그런 것과 다르지 않거든요. 하지만 말입니다, 세키구치 씨. 아까의 푸념과 똑같이, 그런 말을 해 주는 사람이 전혀 없다면 어떨까요?"

“예에, 푸념 다음은 잔소리인가요——.”

“——유료의.”

마미코가 낮게 덧붙였다.

“그렇습니다. 돈을 들여서 잔소리를 듣는 거잖습니까. 글쎄요. 확실히 마음가짐 문제겠지만 대개 그런 건 무의식중에 자각하고 있고, 새삼스럽게 남이 마음먹기에 달려 있다고 지적해도, 그런가요, 라고 생각할 수는 없잖아요? 마음먹기에 달려 있으므로 더더욱, 간단하게 해결될 일이 아니지 않습니까? 게다가 가령 회사가 연쇄 도산한다거나 불의의 사고를 당한다거나, 그런 종류의 불행——정말로 외부에서 초래되는 불행이라는 건 막을 수가 없는 거지요. 그것도 마음먹기에 달려 있다고 한다면, 그런 건 남의 일이기 때문에 그렇게 말할 수 있는 거라고——저라면 분명히 그렇게 생각할 겁니다.”

“물론 그렇습니다.”

하고 미야무라는 말했다.

서로 불만을 늘어놓고, 서로 해결법을 이야기하고, 일단 실천해 본다——그런 일을 되풀이하면 분명히 나름의 성과는 나온다. 그러니 그 시점에서 많은 회원들은 모임에 감사하는 모양이다.

그것은 모임의 가르침이라기보다 실은 당연한 일이지만, 그래도 감사하고 싶어지기는 할 것이다. 그 단계에서는 드는 금액도 적고, 말하자면 양심적인 보살핌 대회다.

하지만——.

아무리 고민이 줄어들어도 인간이 그렇게 단순하게 행복을 붙잡을 수 있는 것은 아니다. 어떻게 해도 고민은 남는다. 불행의 씨앗은 실제로는 끝이 없다. 그래서——.

"그래서 다음 스텝이 마련되어 있는 거지요."

다음 3단계는 〈진실한 행복을 밝히는 모임〉이라는 것이라고 한다.

"이건 말이지요, 지금까지의 우물가 회의형과는 달리 지도원 같은 사람이 들어가는 겁니다. 길잡이라고 불리는 모양인데, 이 클래스가 되면 서로의 불행이나 불행의 뿌리――치부까지 서로 찾아내던 사이가 된 셈이니 회원끼리 비밀을 공유하는, 일종의 연대감이 싹터 있는 거지요. 거기에 지도원이 들어가서 물어요. 당신들은 왜 불행한가――."

"그건 그전 단계에서 서로 알아낸 것 아닙니까?"

"그렇지 않습니다. 그들은 결국 왜 불행한지 생각한 것만으로는 발본적 해결이 불가능했던 셈이잖아요. 그러니까 이번에는 행복이란 무엇인가를 묻는 겁니다. 명제의 주지(主旨)는 이렇습니다. 당신들이 불행한 이유는 행복이란 무엇인가를 잘못 생각하고 있기 때문이 아닙니까――."

"네에?"

"멱살을 잡고 가치관을, 이렇게, 흔들흔들 흔들어요. 돈을 벌면 행복한가, 출세하는 것이 행복인가, 돈이 있는 건 좋은 일인가, 지위가 올라가는 건 좋은 일인가――."

"그런 건――."

"네. 그건 별로 좋은 일도 나쁜 일도 아니지요. 실은 아무래도 상관없는 일이기도 한 셈이지만, 뭐, 그렇게는 생각하지 않는 겁니다. 돈이 있는 것이 행복이라는 게 만일 거짓이라면, 가난하다는 불행은 근본적으로 성립하지 않게 되지 않습니까."

"그렇지만."

"실제로 가난해도 행복한 사람은 있지만, 가난이 이유가 되어 발생하는 불행도 확실히 있는 셈이지요. 그러니까 본래 그런 이치는 성립하지 않는 건데요——."

"성립해 버린다?"

"맞아요. 이 단계에 다다른 회원은 이제 얕은 곳에서 꽤 깊은 곳까지, 행복과 불행에 관해서 철저하게 생각한 셈이지요. 반쯤 자발적으로. 그래서 회원은 그런 논리의 바꿔치기는 더 이상 신경 쓰지 않게 됩니다. 오히려 자신의 사고 변환을 믿고 싶다, 거기에 합치하는지 아닌지가 판단 기준이다, 그런 상태가 되는 거지요, 분명히. 거기에서 스마트한 지도원은 실로 정곡을 찌르는 강의를 하는 겁니다."

"정곡을 찌르는——이라면?"

그러니까, 하고 미야무라는 부드러운 말투로 말을 잇는다.

"지도원은, 예를 들면 금전이나 경제력 같은 것을 행복이라는 틀 안에서 쫓아내 버리는 겁니다. 그것만이 아니에요. 애정이나 명예나, 그런 것도 쫓아냅니다. 이건 말이지요, 잘 생각해 보면 아주 무서운 일인 겁니다——."

확실히 무섭다.

그것은 출세하지 않는다거나 가족 관계가 잘되지 않는다는 마이너스——불행을 없애기 위해 명예와 근면을 귀하게 여긴다거나, 가족을 아낀다거나 하는 플러스——행복 또한 없애 버린다는 뜻이다.

그것은 어쩌면 그 인간의 패러다임, 즉 토대를 흔드는 것이 될 수도 있다.

그런 것이 흔들린다면——아니, 부서진다면. 아니, 없어져 버린다면——.

"어——어떻게 됩니까?"

"곤란해지겠지요? 하지만 이게 중급인 만큼 철저하게 이루어진다고 합니다. 돈에 집착하는 사람용 외에 여러 가지 코스가 설정되어 있어서 재산, 이성, 명예, 가족——삶의 보람을 전부 빼앗기고 말아요."

삶의 보람. 내 경우는——.

——뭘까.

나는 곧 그런 생각을 하고 만다.

소중한 것. 흔들리지 않는 무언가. 버릴 수 없는 것.

그런 무게나 단단함이나 크기를 가진, 무언가 훌륭한 것이 보통은 누구 안에나 있을 것이다. 그것이 크면 클수록 그 사람은 행복할 테고, 단단하면 단단할수록 안심이 되고, 무거우면 무거울수록 안정되어 있는 걸 거라고 생각한다.

그것이——제거되어 버린다면.

크면 클수록 구멍은 커진다. 단단하면 단단할수록 상처는 깊어진다. 무거우면 무거울수록 안정감은 사라진다. 그리고——.

내 경우는 어떨까.

그렇다, 내 경우는 처음부터 그런 확고한 것은 아무것도 없다. 내 마음에는 항상 구멍이 뚫려 있다. 내 머리는 텅 비어 있고, 나는 늘 부유하고 있다. 결국 그 중급 단계를 수강한 회원들은,

——나처럼 되는 것이다.

마음에 구멍이 뻥 뚫리는 것이다.

머릿속이 텅 비게 된다.

미야무라는 페이스를 무너뜨리지 않고 담담하게 말한다.

"중급편의 마무리는 <잘못된 세계관을 장사지내는 합숙>이라고 하는데, 이레 동안인지 열흘 동안인지 숲 속에서 명상 합숙을 하고, 그, 지금까지의 자신이 얼마나 잘못된 세계관을 갖고 있었는지를 재확인하는 거라고 합니다. 아니, 재확인이라기보다——."

"——촌극이에요."

마미코가 낮게 말했다. 마치 혼잣말 같았다.

"명상이라면 요가라든가 그——좌선은——."

선(禪)은 명상이 아니라고, 그것만은 나도 하코네에서 배웠다.

그런 대단한 게 아니에요——하고 마미코는 말했다.

"——단식하거나 정좌하거나, 그, 풍혈(風穴) 같은 굴에 들어가기도 한다고 하지만, 어린아이도 아닌데 훌륭한 신사나 노인이 줄줄이 집단으로 산에 틀어박히다니——바보 같아요."

"교고쿠도 씨의 이야기로는 이게 특별히 기억해야 할 부분이라고 하더군요. 구속하고, 반복하고, 끊임없이 그걸 되풀이해서 회원들로부터 가치관뿐만 아니라 스스로 생각할 힘 자체를 박탈해 버리는 거지요. 자아를 훔쳐 가는 겁니다. 그것이야말로——종교의 어떤 수법이기는 하다고, 그는 그렇게 말했어요."

미야무라는 그렇게 말했다. 확실히——극한적인 상태에 장시간 구속함으로써 강제적으로 신비체험을 일으킨다——는 방식은 실로 일부 종교의 수법이기는 한 모양이다.

신비체험은 분명히 사람을 바꾸는 힘을 가지고 있다. 믿을 수 없는 일, 생각할 수 없는 일, 그때까지의 경험치로는 잴 수 없는 일을 실제로 체험해 버림으로써, 사람은 그때까지의 경험 자체를 의심하게 되고 대신 새로운 견지를 손에 넣는 것이다.

그러나 신비체험이라는 것은 체험한 것처럼 인식되기는 하지만 정확하게는 실제 체험이 아니다.

모든 것은 뇌의 속임수다.

그래서 신비체험은 통상의 생활 속에서도 환경만 갖추어지면 쉽게 일어날 수 있는 것이기도 하고, 자주 일어나는 일이기도 하다. 다만 정합성이 없는 기억은 평소에는 시정(是正)되기 때문에, 통상은 인생을 바꿀 정도는 되지 않을 뿐이다.

사람이라는 존재는 원래 그런 위태로운 밸런스 위에 모르는 척하는 얼굴로 서서 살아가고 있는 생물이다. 다만——어떤 종류의 종교는 그런, 통상의 의식조차 되지 않는 당연한 일을 특별하게 여김으로써 권위를 획득한다. 결국 우연으로밖에 일어나지 않는 그런 상황을 인위적으로 일으킴으로써 기적을 연출하는 것이다. 예를 들면——감각기관을 차단하고 음식도 먹지 않고 외부에서의 자극을 끊은 채 일정 이상의 시간을 보내면, 어떤 종류의 뇌내 물질의 분비가 정상치와 달라진다. 그렇게 하면 환각이 보이고 환청이 들린다. 상식은 뒤집히고 세상은 일변한다. 그리고 사람은 어떨 때는 신과 만나고, 또 어떨 때는 다시 태어난 듯한 기분이 되고, 또 어떨 때는 다른 세계를 느낀다.

내 생각에는 종교자란 결국 당연한 일에 당연하지 않은 의미를 부여하는 사람이다. 신자의 마음에 텅 빈 구멍을 만들어 놓고, 거기에 신앙이나 이념을 심는 침략자다.

얼마쯤은 정곡을 찌르는 것일지도 모르고——교고쿠도 같은 이는 화낼지도 모르지만——종교 전반에 대해 필요 이상으로, 게다가 막연하게 편견을 가진 나는 대개 그런 견해를 갖고 있다.

하지만.

"하지만――종교는 아니지 않습니까?"

"아닙니다. 이 합숙은 이것으로 끝. 회원은 자아를 도난당하고, 아무것도 믿을 수 없게 되어 세상에 휙 내던져지는 거지요. 이건 비참할 거예요."

"비참――으로 끝입니까?"

뚫린 구멍이 메워지지 않으면――어떻게 될까.

텅 빈 머리에 교의를 주입한다, 마음의 구멍에 신이나 교주를 던져 넣는다, 그리고 신비체험은 종교체험이 되는 것이 아니었던가.

만일 그것이 없다면――.

의미가 부여되지 않는다면――.

구멍이 메워지지 않는다면――.

그때까지 자신이 믿고 있던 것은 전부 거짓이었다는 것을 깨닫고, 인생을 통째로 버리고, 그대로 휙 내던져지는 것이다. 그것은 자기를 온전히 부정하는 것과 같지 않을까. 자신도, 세계도, 아무것도 믿을 수 없고 매달릴 것도 없이, 그리고――.

――그것은 나다.

내가――종교적인 것 일체를 경원하는 이유는 매우 단순하다.

나 같은 인간은 무슨 처치를 할 것까지도 없이, 실로 간단히, 틀림없이 그들에게 구슬려지고 말 것이기 때문이다. 아무것도 믿지 못하는 나는, 아마 항상 무언가를 믿고 싶다고 바라고 있고, 언제나 믿어도 된다는 다정한 말을 기다리고 있는 것이다. 그러니 의기양양한 얼굴의 교주님이 나타나서서 믿어도 된다고 말해 준다면, 그때 나는 분명히 믿는 것에 의문을 품을 여지조차 가지지 않을 것이다.

그래서 나는 전부 믿지 않는다며 눈을 감고, 귀를 막고, 아무것도 보지 않고 아무것도 듣지 않고, 그것들 일체로부터 멀어지고 있는 것이다. 그렇게 하지 않고서는 나는 나일 수 없다.

——잘 속아요.

마미코도 나와 동류일지도 모른다.

나는 제멋대로 그렇게 생각한다.

시선을 들자 미야무라가 약간 걱정스러운 듯이 나를 보고 있었다. 나는 서서히 당황한다.

나는——금세 당황하는 것이다.

"그것으로 끝이라면——인격이——붕괴됩니다."

그렇겠지요——하고 온화한 고서점 주인은 고개를 끄덕인다.

"거기에서 탈락한 분은 뭐 그렇게 되겠지만, 웬걸요, 탈락하는 사람은 거의 없다고 합니다."

"왜지요?"

"그건 뭐, 세키구치 씨의 말씀대로 거기에서 끝이면 기분이 나쁘지요. 해결되지 않은 탐정소설 같은 거니까요."

"해결편이 있단 말입니까?"

"예. 물론 있습니다. 실제의 세상이란 말이지요, 세키구치 씨. 아시다시피 시작도 없지만, 끝도 없어요. 즉 인생에서 결론이니 결과니 하는 것은, 실은 통과점에 지나지 않습니다. 이쯤에서 매듭을 지어 둘까 하는, 뭐 표시 정도의 것이겠지요. 인생에는 매듭은 있을지도 모르지만, 종착은 없어요. 죽어 버리면 다르겠지만요. 하지만 우린 바보라서 뭔가 결론 같은 것을 원하는 것이지요. 너는 틀렸다, 틀렸다, 안 된다, 안 된다고 실컷 불어넣어 놓고 그럼 안녕히——라는 일은 없을 거라고 생각해 버려요. 적도 그런 건 내다보고 있어서, 아니나 다를까, 상급 강좌가 있는 겁니다. 중급의 경우는 합숙 같은 것도 있고, 금액도 커져서, 그래서는 밑천을 찾을 수 없다는 마음도 있어서인지도 모르지만, 거의 전원이 그쪽으로 나아간다고 합니다."

"구멍을——메우는 겁니까?"

"구멍? 예, 뭐 그, 이게 재미있어요. 재미있다고 하면 경솔한 거겠지만요. 저는 그걸 듣고 매우 놀랐지요."

"뭔가 숭고한——아니, 기묘한 교의라도?"

기존의 종교에는 없는 기발한 가르침이라도 있는 것일까.

"종교가 아니니까 교의는 없지요. 아시겠습니까, 세키구치 씨. 상급이 되면 말이지요, 처음으로 회장——이름은 이와타 준요라는 사람이라는데, 그 사람의 강의가 있습니다. 거기에서 말이지요, 그때까지 실컷 안 된다, 틀렸다고 말해 놓고 말입니다. 회장이 선뜻 모두를 허용해 버려요."

"허용?"

"그래도 된다고요."

"무슨 뜻입니까?"

대체 뭐가 되는 것일까.

미야무라는 왠지 몇 번인가 고개를 끄덕였다.

"당신들이 부정한 세상은, 사실은 옳은 거라고요."

"예?"

"욕망을 가지십시오, 남을 원망하십시오, 질투하십시오, 미워하십시오, 슬퍼하십시오, 우십시오, 괴로워하십시오, 그건 자연스러운 겁니다——하고 한바탕 연설을 하는 겁니다. 처음으로 되돌리지요."

"그런——."

"아니, 이건 꼭 교고쿠도 씨의 의견을 듣고 싶은 부분입니다만. 어쨌든 뭐든지 몽땅, 하여간 전부 옳다고 하는 모양이에요."

"그럼 처음부터."

"처음부터 그렇게 말했다면——뭐냐 그건, 이라는 게 되지 않겠습니까. 그것으로는 아무도 납득하지 않습니다."

"하지만——어차피, 뭐야 그건, 이지 않습니까. 원래대로라면."

"단 하나, 당신들이 그래도 처음에 불행했던 건, 그런 자신의 존재가 옳다는 것을 몰랐기 때문입니다——라고 해요."

"아아——."

"회원들은 모두 눈물을 흘리며 안심한다고 합니다. 뭐야, 그래도 되었던 건가, 간단하잖아——하고. 뭐 마음은 알지요. 아무것도 믿지 못할 만큼 무참해진 상태니까요."

"하지만 그러면——안심한다고 해도 결국 아무 해결도 되지 않을 텐데요."

"됩니다."

"어떻게요?"

"아니, 바로 거기서부터가 그들의 장사입니다. 출세를 하고 싶으면 이렇게 해라 저렇게 해라, 남에게 지고 싶지 않으면 이것을 해라 저것을 해라, 라고 하는, 요컨대 각자의 욕구에 맞춰서 설정된 인격 강화 강좌를 듣게 하는 겁니다. 긍정적으로 살자, 남들보다 앞으로 나가자, 좋은 기회는 놓치지 말아라——세상에 공헌하고, 한껏 삶을 구가하자——."

긍정적이 되는 강의라는——그 얘기는 처음에 들었다.

"교고쿠도 씨의 이야기로는, 아무래도 그, 이 강좌야말로 길의 가르침 수신회라는 단체의 본래 장사였다고 합니다. 그러니까 역시 종교는 아닙니다. 다만 그대로 해서는 손님이 생기지 않으니까, 회장은 전 단계를 설정한 거지요."

"과연——."

기가 막혔다. 결국——사회인을 위한 도덕 강좌다. 다만 한 번 수강자를 폐인으로 만들어 놓고, 재활의 일환으로 그것을 실시하는 것이다. 이것은 비겁하다. 더없이 비겁하다. 나는 왠지 부글부글 화가 나기 시작했다. 어찌 된 셈인지 그때, 나는 자신이 바보 취급을 당한 것 같은 기분이 들었다.

조금 늦게 마미코가 말했다.

"——큰 소리를 지르거나 뛰거나, 배짱을 길러라 근성을 길러라 하고, 결국 정신론이지만요. 자신의 욕구는 옳다, 달콤한 거짓말에 현혹되지 않는다, 강한 정신을 만들어야 한다거나, 잘못된 일에는 큰 소리로 잘못되었다고 말하라거나. 어쨌든 큰 소리로——."

"큰 소리?"

"큰 소리예요. 할아버지도 목소리가 커져서——."

귀에 거슬려요——하고 마미코는 불쾌감을 드러냈다.

그 마음은 잘 안다.

시원시원한 태도는 나쁜 것이 아니겠지만, 때로는 불쾌한 것이기도 하다. 우선 지나치게 옳다. 옳기만 하면 된다는 것은 아니다. 어쨌든 아무것도 의심하지 않고 자신감에 가득 찬 인간이라는 것은 실로 대하기 어렵다. 그건 나와 반대쪽 극에 있는 사람들이기 때문이다.

"그래서요, 세키구치 씨——."

미야무라는 즐거워 보인다.

"——그, 회원은 많이 있잖습니까. 개중에는 아무 희망도 없는 사람도 있습니다. 첫 번째 단계에서부터, 그냥 왠지 모르게 불행하다는 사람들은 중급 합숙 후에도 아무것도 그, 원하는 게 없어요. 원래부터 없었던 거지요. 그런 사람한테는 말이지요, 마지막 수단으로 신탁이 내리는 겁니다."

"신탁이라니요?"

"그러니까 당신은 본래 그런 일을 해야 하는 사람이 아니다——라든가, 당신의 인생은 따로 있다——라든가, 그런."

"아아, 그래서 진짜 당신은 다르다고요?"

"——제 경우는 무녀래요."

그제야 납득이 갔다. 눈치가 너무 없다.

"하지만 어떻게 그런 것을 압니까?"

"회장은 관상학의 대가이기도 하다나요."

관상학이라고 하면 듣기는 좋지만, 말하자면 인상을 보는 것이다. 코가 높든 피부가 검든, 그런 외견상의 차이는 그 인간의 평가와 직결되는 것도 아니고, 그런 아무래도 상관없는 사소한 특징에서 도출된 결론은 믿을 만한 것이 못 된다는 것은 불을 보는 것보다도 뻔하다.

도대체가 그런 말이라면 문외한도 할 수 있다. 나도 마미코를 한 번 보고 박복해 보인다는 인상을 받았다. 뻔한 것이다.

"하지만 그렇게 되는 대로 하는 말을 들어도 보통은 납득하지 않잖아요."

내가 그렇게 말하자 미야무라는 가느다란 눈을 아주 약간 크게 뜨고, 그렇지도 않습니다——하고 말했다.

"아뇨. 마미코 씨의 경우는 지극히 이례적이겠지만, 대개의 경우는 괜찮습니다. 왜냐하면, 그 사람의 개인의 기호에서부터 성질, 지위, 대우까지, 꼼꼼한 조사는 되어 있지 않겠습니까. 초급 강좌 때에. 그에 준하는 직업이나 인생을 생각하는 것일 테니까요. 그러니까 뭐 대개는 맞는다고 믿고, 무턱대고 믿어 버립니다. 게다가 회원은 그 합숙을 한 후라서, 머리가 새하얀 상태지요. 거기에서 신뢰해야 할 회장에게 신탁을 듣는 거니까요——."

"으음——."

정말 잘 만들어져 있다. 그것을 위한 전 단계이기도 한 것이다. 처음에는 회장인지 뭔지가 나오지 않는 것도 전부 계산된 일일 것이다.

"——할아버지도 그렇게 빠진 거예요."

"할아버님은 애초에, 어째서 그런 모임에?"

"——할아버지는 원래 임업을 하셨는데, 지금도 회사 임원이고 이즈의 니라야마에 산림도 갖고 있었기 때문에 경제적으로는 아무 문제도 없고, 특별히 곤란한 일도 없었던 모양이에요. 저 말고 혈연인 가족은 없지만, 옛날부터 모시는 고용인이나 회사 사람들이 늘 주위에 있어서 불편한 것도 없었어요. 그런데——."

불안해진 것이리라.

삶의 보람이 엷어지고 만 것일까. 끝까지 올라가고 나면 더 이상 갈 곳은 없다. 그 이후의 성취감 없는 생활을 견딜 수 없었던 것일까. 정신이 아득해질 정도로 긴 시간 동안 땀 흘리며 일해서, 대체 무엇을 얻을 수 있었던가——얼마 남지 않은 여생에 무엇을 해야 할까——결국 의문을 가졌을 것이다.

"——할아버지는 소문을 들었어요. 수신회의. 후지의 산기슭에서 하는 훈련이라든가, 숲 속 합숙이라든가, 아무래도 수신회는 후지산에 집착하고 있는 것 같고, 그 때문인지 시즈오카에서는 비교적 유명하답니다. 그래도 처음에 할아버지는, 바보가 하는 짓이라면서 처음부터 바보 취급하고 있었어요. 하지만——아마 할아버지는 잡지를 보셨나 봐요."

마미코의 말투가 약간 강해지며, 입을 삐죽거렸다.

"잡지라니요?"

"본가 응접실에, 회장의 담화가 실린 옛날 잡지가 있었어요. 분명히 그것을 본 거예요."

"그 기사에 뭔가 멋진 말이라도 적혀 있었습니까?"

"아뇨. 다만 거기에는 회장의 이름이 나와 있었어요."

내가, 그게 무슨——하고 묻자, 미야무라가 즉시 설명했다.

"실은요, 세키구치 씨. 아무래도 그 회장——이와타 준요라는 사람은 할아버님——가토 다다지로 씨의 소학교 동창이었던 모양입니다."

"그건, 세상에."

바람직하지 않은 우연의 장난이다.

"——처음에는 흥미 본위였던 모양입니다. 어르신은 심심해서 못 견디겠다며 외출했고, 돌아왔을 때는 젊은 사람과 교류를 가질 수 있어서 좋다고 말했다고 합니다. 그것이 서서히 빠져들어서, 숲 속 합숙에서 돌아왔을 때는 할아버님은 이미 혼이 빠진 사람처럼 되어 있었다고 합니다. 그 후입니다. 사람이 완전히 바뀌었어요. 신탁이 있었던 모양입니다."

"어떤."

"당신은 사람을 이끌 상이다——꼭 길잡이가 되어 달라고——."

"그럼 당신 할아버님은 회원이 아니라 모임 쪽에?"

"——회원이기도 하고, 모임 사람이기도 해요. 길잡이는 무상으로 하고 있는 모양이고, 그래서 여전히 기부나 모금 같은 것은 아끼지 않고요. 게다가 아직도 한 번에 수만 엔 이상 하는 수강료를 지불하면서, 회장 본인의 인격 향상 특별 강의를 한 달에 몇 번이나 듣고 있어요."

"그, 그건 뻔뻔스럽군요. 틀림없이 재산을 노리는 거예요."

하지만요——미야무라는 말한다.

"할아버님은, 그야말로 못 알아볼 만큼 활달해지시고 건강해지셨다고 합니다. 정정해지시고, 피부의 윤기도 좋아지고——."

그만하세요, 선생님——하고 마미코가 드물게 기민하게 반응했다.

"그런——그런 사기꾼들의 편을 드는 듯한 말씀을——."

"하지만 일전에 설명해 드린 대로, 그런 건 본인이 행복한지 아닌지로 판단할 수밖에 없다니까요."

행복한 걸까요——마미코는 가시 돋친 말투로 그렇게 말하고, 물을 한 모금 마셨다. 그러고 나서 나를 향해, 약간 호소하는 듯한 말투로,

"——행복하다고 해도 속고 있는 건 틀림없어요. 저한테는 그렇게 보여요. 세키구치 선생님이 말씀하신 대로, 재산을 노리는 거예요."

라고 말하며 토라진 듯이 몸을 약간 흔들었다.

화내고 있다.

"——할아버지는 아무래도 회사를 처분하고, 그 돈을 모임에 기부할 생각인가 봐요. 그뿐 아니라 니라야마의 산림도 모임에 제공하겠다고."

"제공한다고요?"

"네. 그 광대한 부지를 이용해서 무슨 도장을 만든다나요."

"하아, 도장이라고요."

그것은 틀림없이 속고 있는 것이리라. 마미코가 분개하는 모습을 곁눈질로 보면서, 미야무라는 더욱 부드러운 말투로 이렇게 말했다.

"그래도 행복하다면 좋지 않은가 하고, 저는 마미코 씨에게 그렇게 말했습니다만. 이것에 대해서는 교고쿠도 씨도 그렇게 말했어요. 애초에 말이지요, 일의 보람이나 삶의 보람이라는 건 이렇게 생각해 보면 원래 단순한 착각이 아닌가 싶거든요, 그건 그렇지 않습니까. 누군가에게 속고 있거나, 스스로 자신을 속이고 있거나, 그건 어차피 큰 차이가 없지요. 그렇지요, 세키구치 씨."

"네?"

그렇게 말한다면 그럴지도 모른다.

아니, 아마 그럴 것이다. 평소의 나라면 그것으로 납득했을 것이 틀림없다. 애초에 행복은 착각에 지나지 않는다는 것은, 내가 평상시부터 생각하고 말해 온 것이 아니었던가. 그러나——그때는 왠지, 그래도 좋다는 기분이 들지 않았다.

마미코의 분노가 감염된 것일까. 아니면 이야기를 듣다 보니 내가 희롱당하고 있는 듯한 기분이 들었던 것일까. 분명히 나는 마음대로 다루어지고 있는 회원들과 어리석은 자신의 모습을 겹치고 있었던 것이다.

나는 미야무라에게 동의를 표하지 않고 마미코 쪽을 향해 물었다.

"당신은——상속인이지요."

마미코는 고개를 갸웃거리며, 아아——하고 말했다.

"할아버지의 재산 상속인——이라는 뜻인가요? 그건 뭐 그렇지만——."

잠깐 침묵이 흘렀다.

"——저는 결혼해서 집을 나왔고, 실패해서 이혼한 현재도 본가로 돌아가지 않았고, 할아버지를 모시고 있었던 것도 아니라서——그, 재산을 상속받을 마음은 없어요. 다만——."

"다만?"

"아무것도 하지 못하는 할아버지의 생활을 전부 보살펴 주고 있는 가정부가 있어요. 가정부라고 해도 벌써 30년 이상이나 집에 들어와 살고 있어서 가족이나 마찬가지고, 할머니와 어머니가 돌아가시고 나서는 집안일은 전부 혼자서 처리해 주고 있고, 저한테도 부모님이나 마찬가지고——이제 내연의 처라고 해도 좋을 정도라고, 손녀인 저도 생각할 정도인데요——."

"그분께?"

"네. 저로서는 할아버지의 유산은 그 가정부——기무라 요네코 씨라고 하는데, 요네코 씨한테 상속했으면 좋겠다는 마음은 있어요."

"유산을——전부 말입니까?"

"전액은 아니더라도 어느 정도 상속받을 권리는 있다고 생각해요. 하지만 수신회에 입회하고 나서, 할아버지의 요네코 씨에 대한 태도가 아무래도 매정해서요. 그렇게 신세를 져 놓고, 해고하겠다는 식의 말까지 한다니까요. 그것도 그, 요네코 씨가 수신회에 대해서 호의적이지 않기 때문이에요. 사기다, 속지 마라, 그만두라고 요네코 씨는 충고하지요. 당연하다고 생각해요. 하지만 할아버지는 이미——."

"이야기가 통하지 않나요?"

"——네. 요네코 씨가 그만두지 않는 것도 재산을 노리고 있기 때문일 거라는 말까지 하세요. 그건 너무 심하잖아요."

"그렇지요."

그런 경위 때문에, 마미코는 할아버지를 설득하기 위해 본가에 드나들었다고 한다. 다다지로는 완고해서 말을 붙일 틈도 보이지 않았다고 한다.

"그래서요, 세키구치 씨."

미야무라가 말했다.

"마미코 씨는 옛날의 다정했던 할아버지로 돌아와 주었으면 좋겠다고——."

거기에서 미야무라는, 아아 지금이 다정하지 않다는 뜻은 아닙니다, 하고 변명을 했다.

"인격적으로는 지금도 다정한 분이라고 합니다. 고생을 많이 하신 분이고, 남의 아픔을 모르는 분도 아니에요. 다만 수신회를 나쁘게 말하는 것만은 용서하지 않겠다며, 그것만은 굽히지 않아요. 그 얘기가 나오면 사람이 달라지지요. 이런 변화입니다. 그래서 마미코 씨는, 옛날부터 자신들이 얼마나 그, 요네코 씨한테 신세를 졌는지를 절절하게 설명했다고 합니다——."

미야무라는 조금 한심한 표정의 얼굴을 마미코 쪽으로 향했다. 마미코는 보지 않고도 그것을 눈치챘는지, 눈을 내리깐 채 이야기를 계속했다.

"——저희 집은 역연(逆緣)의 연속이었습니다. 우선 20년 전, 외아들인 아버지가 급사하고 그 2년 후에 어머니도 돌아가셨어요. 반쯤 은퇴를 준비하고 있던 할아버지는 아버지의 몫까지 일을 해야 해서, 어렸던 저는 할머니와 요네코 씨의 손에 자란 거나 마찬가지랍니다. 그 할머니도 10년쯤 전에 타계하셨어요——."

박복해 보이는 얼굴의 여자는 아무렇지도 않게 가족의 죽음을 말했다.

"——할아버지는——지금은 사업에도 그럭저럭 성공해서 산림 등 부동산도 많이 갖고 있는 유복한 생활을 하고 계시지만, 지금에 이르기까지는 꽤 고생을 많이 하셨어요. 아버지가 돌아가신 직후에는 그야말로 힘들었다고 기억하고 있습니다. 돌아가시기 직전에 아버지가 일으킨 회사는 엄청난 경영난에 빠져 있었고, 또 거액의 빚이 있었던 모양이라, 가계도 곤궁했어요. 할아버지는 그야말로 죽도록 일하셨지요."

"고생이 많으셨겠군요."

"하지만 그건 할아버지만의 고생이 아니에요. 할아버지가 일에 몰두할 수 있었던 건 가정을 할머니와 요네코 씨가 지켜 주었기 때문이에요. 그것을 떠올려 주기를 바랐어요."

그때 마미코는, 할아버지에게 아버지가 죽었을 때의 이야기를 했다고 한다.

"아아, 그때, 그——."

마미코는 옛날이야기를 한 것이다.

아버지가 돌아가시기 전후 무렵의 이야기를.

1933년. 나치가 정권을 획득한 해다.

나는 그 무렵, 아직 10대 초반이었을 것이다. 어렴풋한 기억이지만, 고바야시 다키지[小林多喜二][163]가 검거되고 특고(特高)[164]의 심문 끝에 옥사한 해가 아니었던가.

비(非)사회적인 나와는 인연이 없는 세계의 이야기지만, 아버지가 난리였던 것을 기억하고 있다. 요컨대 비상시였다.

만주사변, 상해사변, 만주국 건국 등 어린아이는 잘 이해하지 못하는 불온한 사건이 연달아 일어났다. 국제사회 속에서 일본이라는 나라는 점점 나쁜 방향으로 그 얼굴을 향하기 시작하고 있었던 것이다. 아버지의 영향이 있었는지도 모르지만, 나는 그 시기에——지금과는 다른 이유로——불안해서 견딜 수 없었던 것 같다.

"저는——그 무렵에는 할아버지하고만 지내고 있었던 것 같아요. 어머니는 몸이 허약해서, 저를 낳고 나서 줄곧 앓아누웠다 일어났다를 되풀이하고 있었어요. 제 추억 속의 어머니는 반드시 잠옷 차림으로 침상 위에 있지요——."

마미코가 눈썹을 일그러뜨리며 말했다.

"——집안일은 할머니와 요네코 씨가 하고 있었고, 아버지는 일으킨 지 얼마 안 된 사업이 궤도에 잘 오르지 않아 거의 일만 하고 있었던 것 같아요. 또래 아이들도 가까운 곳에는 없어서, 저를 신경 써 주는 사람은 할아버지뿐이었어요. 그래서 자주 산에——주위에는 산밖에 없었으니까요——산에 갔어요. 할아버지는, 그래요, 몇 번이나 철도 창가(鉄道唱歌)[165]를 불러 주어서, 저는 전부 외워 버렸지요."

---

163) 아키타 현 출신의 소설가. 1903~1933. 처음에는 인도주의적 소설을 쓰다가 나중에 프롤레타리아 작가로 활동하였으며 관헌의 고문에 의해 학살되었다.

164) 특별 고등 경찰.

165) 메이지 시대에 작사된 창가. 전 6집, 374번으로 이루어져 있다. 1집의 도카이도[東海道] 편 1번 가사인 '기적 소리 한 번에 우리 기차는 신바시를 떠나……'가 널리 알려

"기적 소리 한 번 운운하는 그거 말입니까?"

그 노래는 아마 몇 번, 몇 번으로 끊임없이 이어질 것이다. 도카이도 편만 해도 엄청난 수가 아니었던가. 내가 그렇게 말하자 마미코는 맞아요, 하고 말했다.

"지금도 외우고 있어요."

마미코는 묘하면서도 단호하게 그렇게 말했다. 그 말을 받아 미야무라가, 맞아요, 맞아요, 마미코 씨, 25번 다음은 어떻게 되었습니까——하고 나는 이해할 수 없는 것을 물었다.

마미코는 문득 표정이 없어지더니 곧,

"아아, 틀림없이 기억하고 있어요——."

하고 말했다.

"——어쨌든 정신이 아득해질 정도의 몇 절이나 이어지는 철도창가를 전부 다 외워 버릴 정도로, 저와 할아버지는 시간을 함께 보내고 있었던 거예요——."

그것에 대해서는 다다지로도 인정한 모양이다. 마미코가 그 무렵의 일을 이야기하자 눈을 가늘게 뜨며, 그랬지, 그랬지, 하고 그리워하는 것 같았다고 한다.

"——그 무렵의 저희 집 살림살이가 그렇게 쪼들렸던 것이나, 어머니의 병이 폐병이었다는 건 오히려 최근에 할아버지에게서 들었어요. 제가 뱀을 밟은 일이나, 털벌레에 물려서 얼굴이 부었던 일 등, 제가 잊어버린 것도 기억하고 있었어요. 그런데——."

"효스베 이야기만은 모른다고요?"

져 있다. 1987년에 기록이 깨질 때까지, 일본에서 가장 가사가 긴 노래의 자리를 오랫동안 차지하고 있었다.

"——네. 전혀 모른다고 하셨어요. 제 쪽도 지금 말씀드렸다시피, 그 무렵의 일은 기억하는 것도 있고 기억하지 못하는 것도 있고요."

"그건 당연하겠지요."

"네. 묘하게 생생한 기억도 있고, 아무리 해도 생각나지 않는 것도 있지만, 다만 그건 오래되어서가 아니라 제가 어렸기 때문이라고 생각해요. 적어도 할아버지는 그 무렵에 이미 쉰 살이 넘었던 셈이니까, 제가 똑똑히 기억하고 있는 걸 전혀, 조금도 기억하지 못한다는 건 아무래도 부자연스럽다는 생각이 들었어요."

그것은 그럴 것이다.

특히——.

——저걸 보면 천벌을 받게 된다.

특수하다면 더없이 특수한 추억이다.

얼룩조릿대가 가득 우거져 있었다고 한다.

마미코는 다다지로에게 손을 잡혀, 야트막한 언덕의 경사면을 내려가고 있었다.

"이웃 마을에 볼일이 있어서 나갔다가 돌아오는 길이었을 거예요. 몇 번이나 지났던 길은 아닌 것 같아요. 이렇게, 산길을 나아가다가 시야가 확 트이고, 그곳이 바다 같은 조릿대 밭이었어요."

"거기에 효스베가?"

"똑똑히——기억나요. 주름이 진 헐렁헐렁한 양복을 입고, 취한 듯한 갈지자걸음으로. 왼쪽 뺨에는 QQ 반창고[166]를 붙이고——."

"QQ 반창고라니 그 구급 반창고 말입니까? 한가운데가 거즈로 되어 있는 그거?"

166) 일본 최초의 거즈 반창고.

산중에서는 전혀 어울리지 않는 모습이다. 하지만 적어도 요괴는 반창고를 붙이지 않을 테니, 그것은 인간이기는 하다.

“네. 자그마한 얼굴이라서 엄청나게 눈에 띄었어요. 머리카락은 거의 없고, 매끈하고 빨갛게 벗겨져 있었지요. 흰자 부분이 노랗게 탁한 커다란 눈을 하고, 눈꺼풀에는 주름이 잔뜩 지고. 마치 태어난 지 얼마 안 된 일본원숭이 같은 얼굴이었어요. 어디를 보고 있는 건지 전혀 안정되지 않는 시선으로 실실 웃으면서——.”

——보면 안 된다.

——저건 효스베야.

——저걸 보면 천벌을 받게 된다.

“할아버님은 그렇게 말씀하셨지요?”

“네——그 자리에는 나와 할아버지밖에 없었으니까, 할아버지 이외의 누군가가 한 말의 기억이라고는 생각되지 않아요. 보지 말라고 해도, 저는 이미 보아 버렸으니까요——그리고 그 후, 집에 돌아갔더니 아버지가 쓰러져서 난리가 나 있었어요. 아버지는 그대로 돌아오지 못할 사람이 되고 말았지요. 저는 아버지와 말도 나누지 못했어요.”

아버지의 죽음이 효스베의 벌이냐 아니냐 하는 천박한 논의는 지금은 문제가 되지 않는다.

마미코의 말대로라면 그 일은 다다지로에게는 외아들의 죽음이라는, 아마 평생 잊을 수 없을 사건의 서막이었던 에피소드다. 그런 특별한 날의, 그렇게 인상적인 일을 깨끗이 잊어버릴 거라고는 생각할 수 없다.

“할아버님은 그 부분에 대해서는?”

"네, 할아버지는 분명히 아버지가 죽기 전날에 이웃 마을에 볼일을 보러 갔던 것 같기는 하다――고 하셨어요. 그리고 거기에서 돌아왔을 때 아버지가 쓰러져 있었던 일에 대해서는 똑똑히 기억하고 있고, 대단히 당황했다고 했어요. 하지만 그래도 그런 남자는 보지 못했다는 거예요."

"당신이 그――날짜를 틀린 건 아닐까요?"

"아버지의 죽음과 연동해서 기억하고 있으니까――그건 아닐 거예요. 하지만 만일 다른 날이었다고 해도, 그런 건 본 기억이 없다, 효스베라는 말은 모른다고――."

나는 후우, 하고 숨을 내쉬었다.

뭐가 뭔지 잘 모르겠다. 잘 생각해 보면 그게 어쨌다는 거냐는 이야기이기는 하다.

정신이 들어 보니 가게에 들어온 지 꽤 시간도 지났다. 컵의 물도 비었다. 우리는 각각 커피를 한 잔씩 주문했을 뿐이었기 때문에, 약간 창피해져서 꿀콩[167)]을 추가로 주문했다.

"어떻습니까, 세키구치 씨."

미야무라가 말했다.

"그, 기억을 말이지요, 형편에 맞게 부분적으로 지우거나 하는 건, 과연 가능할까요? 저는 문외한이라서 그, 요술이라든가 환술이라든가, 황당무계한 이야기책 같은, 그런 것밖에 생각나지 않거든요. 아무래도 현실적이지 않습니다."

"교고쿠도는――뭐라고 하던가요?"

어차피 뭔가 말했을 것이 틀림없다. 물론 나는 기억나지 않는다.

---

167) 삶은 완두콩에 과일과 한천을 네모지게 썰어 넣고 당밀을 친 식품.

"교고쿠도 씨는, 그런 것은 불가능할 일도 아니지만 들은 바로는 그런 짓을 해도 의미가 없을 거라고, 그저 그것뿐이었습니다."

"왠지 무책임하군요. 그것뿐입니까?"

그 정도라면 나도 말할 수 있다. 아니, 말한 것 같은 기분도 든다.

"뭐, 오히려 좀 더 자세히 사정을 조사해야겠지요——라고 하셨어요. 예를 들어, 그런 짓을 했다면 한 대로, 할 만한 이유가 있을 거라면서요. 그건 지극히 당연한 의견이니까, 그래서 이렇게 저도 돕거나 하면서 수신회에 대해서 조사도 했습니다만. 그 외에는, 어쨌든 권유에는 곤란하거나 싫으면 단호하게 거절하라고 하셨지요. 다만 할아버님 쪽은, 본인이 행복한 것 같으면 너무 간섭하지 않는 게 좋을 거라고요."

"그 녀석치고는 당연한 조언이군요."

어라, 그분은 당연한 말씀밖에 하시지 않지 않습니까——하고 미야무라는 말했다. 그 말을 듣고 보니 분명히 그렇지만.

"하지만 말입니다, 조사해 보니——들으신 대로지요. 아무래도 그, 종교가 아니라고는 하지만 그렇게 다른 것 같지도 않고요, 아무래도 수상해요. 마미코 씨의 이야기를 들어 보아도, 듣기만 해도 수상하지요?"

"수상하군요."

"그, 수법으로는."

"뭐, 일종의 세뇌이기는 할 겁니다."

"그렇지요. 그럼 역시——라고 생각했던 겁니다."

"기억을 지우는——술법 말입니까?"

나는 팔짱을 낀다. 큰 의미는 없다. 깊이 생각하는 것도 아니다.

다만 막연하게 서툰 생각을 굴리고 있을 뿐이다. 지금의 의학으로는——기억의 구조라는 것을, 실은 잘 알지 못할 것이다.

매우 복잡한 것 같기도 하고, 엄청나게 단순한 것인지도 모르고, 대체로 구조를 모르더라도 사람은 사물을 기억하니 그런 구조는 몰라도 될 것 같기도 하고, 그래도 잊는 것이 싫다는 사람 또한 많으니 학자들은 밤낮으로 뼈를 깎아 가며 연구하고 있는 것이다.

그런 연찬(硏鑽) 덕분에 뇌의 연구는 어지러운 속도로 나아가고 있다.

예를 들면 언어 분야라는 뇌의 말을 담당하는 부분을 파괴하면, 확실히 말은 불편해진다. 그러나 그것은 언어 기능이 정지할 뿐 기억되지 않는 것도 기억이 사라지는 것도 아니다. 말에 의한 입력이 불가능해지고, 또 말로 변환할 수 없게 될 뿐이다. 그렇게 규명해 나가면, 대뇌생리학만으로는 기억의 구조를 풀어낼 수 없을 가능성이 있다. 그러다 보니——적어도 현재 시점에서는, 외과 수술이나 약물 투여 등의 외적 처치로, 자의적으로 기억을 고치는 것은 불가능하다.

만일 억지로 그런 종류의 처치를 한다고 해도, 통째로 기억이 없어진다거나 또는 전혀 효과가 없다거나, 착란을 일으킨다거나 발광한다거나, 그 정도가 한계일 것이다. 만에 하나——라고 할까 운 좋게라고 할까, 피험자가 부분적으로 기억을 잃는 예가 있다고 해도 어떤 기억을 잃게 될지는 미지수이고, 의도적으로 했다고 해도 잃어버린 부분이 과연 실험자가 설정한 그대로일지 어떨지, 그런 것은 해 보기 전까지 알 수 없다는 것이 현재의 상황이다.

몇 월 며칠의 기억을 없애는 것은——불가능하다. 인체실험 같은 것은 할 수 없기 때문이다.

게다가 본래 기억이라는 것은 사라지지는 않는 것이라고 한다. 재생되지 않게 될 뿐이다. 따라서 기억상실이라는 말은 잘못이라고 하니, 그렇다면 기억재생 불량이라고나 불러야 할까.

하지만.

"아아."

——방법은 있나.

"최면술——일까요."

"최면술이라면, 당신은 점점 졸려진다——라든가 하는?"

뭐, 그렇습니다——하고 나는 대답했다.

"최면술은 마법이나 환술은 아닙니다. 뭐, 일종의 기술이지요. 미국 의사회 등은 그 효과를 어느 정도 인정하고 있고, 그쪽에서는 적극적으로 치료에 도입해 나가자는 움직임도 있다고 합니다."

호오, 하고 미야무라는 기쁜 듯한 얼굴을 했다. 그러나 이것은 모두 내 주치의에게서 들은 이야기를 그대로 옮긴 것이다. 사실인지 아닌지, 나는 모른다.

"최면 상태라는 건 수면 때와 달리 의식은 있지요. 겉모습은 잠들어 있는 것과 다름이 없지만, 판단력도 있어요."

"자는 듯한 인상이 있군요."

"자는 것과는 다릅니다. 글쎄요——취했을 때나, 무언가에 집중했을 때나, 어떤 것에는 반응하는데 평상시에는 알아차릴 수 있는 것을 이해하지 못하게 되거나 하지 않습니까. 그것과 비슷해요. 그런 상태에서는 평상시에 이성으로 덮여 있어서 드러나지 않는, 본능 같은 것이 드러나게 되지요."

"네, 네."

"거기에 말을 거는 게 최면술입니다. 잠에서 잘 깨지 못하는 사람 ——뭐 저 같은 사람이 그런데요, 아침에 이성으로는 일어나야 한다는 걸 알면서도 아무리 해도 일어나지 못할 때가 있잖습니까?"

저도 그래요——하고 마미코가 말했다.

"이건 이성적인 행동은 아닙니다. 자고 있으면 지각할 게 틀림없어요. 하지만 졸린다는 본능이 이기지요. 하지만 의식은 있어요. 벌써 시간이 이렇게 되었다는 인식도 판단도 가능하고요. 다만 행동을 할 수가 없지요. 이게 최면 상태입니다."

"그게——."

"아아."

아무래도 나는 설명이 서툴다.

"그런 상태의 인간은 강한 암시를 줌으로써 조종할 수 있다고 합니다."

"조종?"

"예. 일어서라고 명령하면 일어서고, 팔이 구부러지지 않게 된다고 암시를 걸면 구부러지지 않게 되지요."

"그건——왠지 알 것 같아요. 하지만 그, 최면 상태에서 풀려나면 그때는 그걸로 끝이잖아요? 최면 상태가 영원히 계속되는 것도 아닐 테고, 설마 풀린 후에도 영원히 그 사람은 최면술을 건 사람이 시키는 대로 하는 것도——그럼 마법이지요."

"그건 그렇습니다. 아니, 그——."

한심한 나는 마미코의 지적에도 우물거린다. 파고들기 쉽다거나 이야기 사이에 빈틈이 있다고 멋대로 생각하고 있었지만, 내 쪽이 훨씬 더 빈틈투성이다.

"후최면이라는 게 있거든요."

"예에."

"이건 말이지요, 최면 상태에서 건 암시가 최면이 풀린 후에 효력을 나타내는 거라고, 뭐 이렇게 생각해 주십시오. 예를 들면——그렇지, 당신은 최면이 풀린 후에 손뼉을 치면 뛰어오른다는 암시를 걸어요. 그리고 최면을 풀지요. 최면술에 걸린 본인은 그런 암시에 대해서는 기억하지 못해요. 생각나지 않습니다."

"의식하지 못한다는 건가요?"

"예, 전혀. 그래서 평소대로 행동합니다. 그러다가 잠시 후에 손뼉을 치면——."

"뛰어오르나요?"

"뛰어오른다고 합니다. 본인은 왜 뛰어올랐는지 전혀 몰라요. 그래도 손뼉 치는 소리가 나면."

"뛰어오르고 마는 건가요?"

"뛴다고 합니다."

그건 무섭군요——하고 미야무라가 말했다.

"뭔가 범죄에 사용되면 말이지요."

"예, 뭐."

멍청한 대답이지만, 실제로 그런 대답밖에 할 수 없다. 그런 범죄는 들은 적이 없으니 역시 불가능한 일인지도 모르고, 반면 교묘하기 때문에 알 수 없을 뿐인지도 모른다.

다시 말하지만, 우선 실험하려고 해도 할 방법이 없는 것이다. 물론 실패하면 본전도 못 찾게 되지만, 만일 실험해서 성공하는 경우에도 그 실험은 절대로 공표할 수 없다.

애초에 최면 상태에서는 이성은 손상되지만 의식은 있는 셈이고, 다시 말해 사회적 윤리관이 어느 단계에 속하느냐로 범죄성이 있는 암시가 유효한지 아닌지는 결정되고 만다. 본능적으로 자기에게 불리하다고 판단되면 암시는 효과가 없을 것이다. 사람을 죽이라거나 자살하라거나 하는 암시는, 그래서 효과가 없는 것 같기도 하다.

"그래서——."

마미코가 말했다.

"——그래서 기억이?"

"예. 최면 상태에는 심도(深度)가 있어서 얕은 상태면 운동 기능, 조금 더 깊어지면 정서를 자극, 지배할 수 있다고 합니다. 그래서 깊은 최면 상태에 들어가면 이성의 억제가 거의 없어지므로 평상시에 떠올리지 않는 기억까지 의식으로 올라오지요. 기억이 드러나는 겁니다. 그렇게 되면 기억도 조작할 수 있다는 겁니다."

"조작——이라면."

"대부분은 생각나지 않게 한다——는 겁니다. 인간의 기억이란 사라져서 없어지지는 않는다고 합니다. 다만 여러 가지 이유로 생각나지 않게 되지요. 긴장해서 이야기하는 내용을 잊어버린다, 깜짝 놀라서 할 말을 잃는다, 싫은 추억은 봉인된다——."

그렇다. 기억은 봉인되는 것이다.

마미코는 눈썹 꼬리를 늘어뜨리고 한심한 목소리로 말했다.

"그럼——아까 그 후최면으로?"

"그렇지요. 이건 교고쿠도에게서 들은 이야기인데, 숫자 5를 잊어버리라는 암시를 거는 경우, 5라는 개념 자체가 봉인되고 만다고 해요. 1, 2, 3, 4, 하고 세다가 아무리 해도 그다음이 나오지 않지요.

다음다음은 6이라는 걸 알아요. 7, 8, 9, 10, 그다음도 알고요. 수의 개념 자체는 있고, 십진법도 이해할 수 있지만, 아무리 해도 4 다음이 있다는 생각이 들지 않게 됩니다. 하지만 4 다음이 6이 아니라는 건 알지요."

"그건 곤란하네요——."

미야무라는 자기 일처럼 곤혹스러운 얼굴을 했다.

"——아주 불편해요."

"하지만 이건 자주 있는 일입니다, 미야무라 선생님. 그렇게, 의도적인 기억의 개찬은 가능합니다. 다만 대부분은 단기적인 효과밖에 확인되지 않고, 지속성이 얼마나 있는지는 알 수 없어요. 하지만 아까 말씀드린 대로 미국 등에서는 그것을 심리학적인 치료에 응용하려는 움직임이 있습니다. 이건 가령 극단적인 불안신경증——고소공포증 같은 건데요, 이런 환자에게, 높은 곳은 무섭지 않다——고 암시를 거는 거지요. 불안을 없애는 거예요."

"그것도 왠지 무섭네요. 그 사람은 위험한 높은 곳에도 아무렇지도 않게 가게 되는 거잖습니까?"

"그건——말이지요, 뭐 저도 남에게 들은 이야기이니 뭣하지만, 그런 사람은 높은 곳은 무조건 무섭다, 라는 자기암시에 걸려 있는 거나 마찬가지라고 합니다. 그러니까 무조건 무서운 게 아니라고, 다시 암시를 거는 거겠지요. 하지만 이건 최면술을 거는 쪽의 윤리관에 의존할 수밖에 없을 겁니다."

"그렇군요. 하지만 치료에 응용할 수 있다고 주목되고 있는 이상은, 장기적인 효과도 물론 있을 거라고, 그렇게 생각되고 있다는 말씀입니까?"

그렇습니다, 하고 내가 말하자 마미코는 더욱 덧없는 표정을 지으며, 대체 언제냐고 말했다.

"그런 최면술 같은 걸 어떻게——."

마미코는 완전히 그런 걸 거라고 생각하고 있다. 나는 약간 뒷걸음질 쳤다. 모든 것은 그저 생각난 것일 뿐 확증은 없고, 실제로 증명할 수도 없기 때문이다. 마미코는 왠지 슬픈 듯이, 전부 그 효스베가 나쁜 거라고 영문을 알 수 없는 말을 지껄이더니, 최면술에는 언제 걸린 걸까요. 그런 걸 당해도 알 수 없는 걸까요——하고 되풀이해서 말했다.

"최면술에는 굳이 특별한 장치나 환경이 필요한 건 아닙니다. 언제든 어디에서든, 상대를 최면 상태로 만들 수만 있으면 되는 셈이고, 가벼운 거라면 음악을 사용한 집단 최면이라는 것도 있다고 하니까, 강습 중에라도."

"하지만 세키구치 선생님, 기억을 조작하려면 깊은 최면이 필요하다고——."

"그건 말이지요. 으음, 분명히 그렇긴 하지만, 옛날에 유행한 것 중에 경동맥법이라는 게 있는데요, 이건 목을 가볍게 졸라서 머리에 피가 올라가는 걸 막고 잠깐 동안 정신이 아득해졌을 때 암시를 주는 거지요. 이건 어려운 데다 위험하기 때문에 매우 문제가 있는 방법이지만, 다만 순식간에 걸려요. 그리고 뭔가 급격하게, 왁 하고 깜짝 놀라게 해서 순간적으로 깊은 최면으로 이끄는 방법도 있다고 합니다. 그러니까 1대 1이 될 기회만 있으면 가능성은——없다고 단언할 수도——없지 않을까요."

뒤로 갈수록 점점 목소리가 작아진다.

발언하고 있는 사이에 더욱 자신이 없어진다.

"다만 가토 씨도 미야무라 선생님도 그, 제가 말하는 건 가능성이지――예, 무엇보다 우선 그런 기억을 지우는 의미가――없을 것 같은데요."

"그게요, 세키구치 씨. 이게, 의미가 있을지도 모릅니다."

"무슨 말씀이신지?"

"그러니까요, 그, 효스베의 기억을 지울 이유가 수신회 측에는 있을지도 모른다, 이런 말씀입니다. 그것을 알았기 때문에 그, 기억 개찬의 방법은 있는 거냐고 세키구치 씨에게――."

미야무라는 몇 번인가 고개를 끄덕이고 수줍은 듯한 말투로 말했다.

"――처음에 말씀드릴까도 생각했지만, 역시 순서대로 말씀드리는 편이 좋을 것 같기도 해서, 교고쿠도 씨의 흉내를 좀."

"빙 둘러 가는――겁니까."

미야무라는, 네, 하고 대답했다.

"실은 효스베의 정체를 알게 되어서요."

"효스베의 정체?"

"네, 제대로 말씀드리자면 다다지로 씨가 효스베라고 불렀던 남자의 이름입니다."

"그건――."

"네. 이와타 준요. 길의 가르침 수신회의 회장입니다."

미야무라는 매우 의외의 말을, 웃는 얼굴을 한 채 간단히 하고는 다음으로 안주머니에서 종이를 꺼냈다.

사진 같았다.

"사진이 좀처럼 없습니다, 이와타 회장은. 이건 교고쿠도 씨가 소개해 주신, 도리구치 씨라는 청년에게——."

"아아, 도리구치."

나도 잘 아는 남자다.

"예. 그 도리구치 씨에게 부탁했는데, 그도 하코네에 가 있었다더군요. 게다가 다치셨다고요. 몰랐던지라 대단히 놀랐지만, 어쨌든 겨우 어제 손에 넣었어요. 그랬더니——."

미야무라는 사진을 내밀었다.

카비네판[168]의 희부옇게 바랜 사진이었다.

연단 위에서 주먹을 휘두르고 있는, 특출난 데도 없는 남자가 찍혀 있었다. 모습만은 씩씩하지만 우선 옷이 꽤 크다. 고급인지도 모르지만, 전혀 어울리지 않는다. 게다가 얼굴이——확실히 마미코의 설명대로——매우 특징적인 얼굴이다.

머리는 둥글게 벗겨져 있다.

사진으로는 알기 어렵지만 화상이라도 입었는지, 아마 붉게 벗겨져 있는 것 같다.

꼼꼼하게 뺨에는 구급 반창고까지 붙어 있다.

"만약을 위해서 말씀드리면요, 세키구치 씨——."

미야무라는 검지로 사진을 가리켰다.

"그, 뺨의 QQ 반창고에 대해서 말입니다, 그녀는 그 사진을 보기 훨씬 전부터 저한테 언급했으니까 우선 그——."

상처라도 숨기고 있는 건지, 뺨에는 분명히 구급 반창고가 붙어 있었다. 꽤 눈에 띈다.

---

168) 사진 감광(感光) 재료의 규격의 하나. 약 12㎝×16.5㎝ 정도.

그러나 마미코가 본 효스베가 정말로 이 남자라면——같은 장소에 우연히 상처를 만들었다는 걸까. 그렇지 않다면 이 남자는 이런 것을 20년이나 내내 붙이고 있었다는 뜻이 된다. 만일 그렇다면 트레이드마크라고 해도 좋을 것이다.

"그건 그러니까——이 남자가."

"틀림없어요. 이 녀석이에요. 이 녀석이 두 번이나 제 앞에 나타나서 아버지를 죽이고, 딸을 죽인 거예요. 그리고 할아버지도——."

"하지만 가토 씨, 그건."

그것은 누명이 아닐까. 설령 20년 전 산중에 있던 남자가 이 이와타라는 남자였다고 해도 이 남자에게 그런 마력이 있을 리가 없다.

"그러니까 말입니다, 이런 겁니다."

내가 말하고 싶은 것을 알아챈 듯 미야무라가 끼어들었다.

"가령 이 이와타 씨가 20년 전에 산중에서 남에게 보여서는 안 되는 일을 하고 있었다고 합시다. 뭔지는 모릅니다. 장소가 장소이니 보물을 파묻고 있었다거나, 현실적인 선으로는 범죄 행위라든가, 남의 눈을 꺼리는 일을 하고 있었다고 가정해 보자고요. 거기에 다다지로 씨와 마미코 씨가 나타났어요. 다다지로 씨는 이와타 씨와 옛날부터 알던 사이이니, 무언가를 눈치채고 어린 마미코 씨에게는 보지 마라, 요괴라고 말했어요——."

"과연."

"왜 효스베라고 불렀는가 하는 건 일단 접어 두지요. 그리고 이와타 씨 쪽은 목격당한 것을 지금껏 모르고 있었다고 합시다. 10여 년이 지나서, 다다지로 씨는 이와타 씨의 소식을 우연히 알고 접촉하게 돼요. 그리고 그 사실을 말해 버리지요."

"놀란 이와타는 할아버님을 세뇌하고, 후최면으로 기억을——지워 버렸다고요?"

"그래요, 그래요. 그리고 다음은 마미코 씨지요. 어렸을 테니까 괜찮을 거라고 얕잡아 보고 있었겠지만, 아무래도 기억하고 있는 것 같아요. 그것도 명확하게 기억하고 있는 것 같단 말이지요. 그래서 이건 곤란하다 싶어 집요하게——."

"입회 권유를 하는 거라는 말씀입니까? 그러니까 이쪽의 기억도 지워 버리자는 속셈이고요. 뭐, 앞뒤는 맞습니다만——미야무라 선생님. 하지만 20년 전의 남이 보면 곤란한 일이란 뭡니까? 제게는 짐작도 가지 않아요. 그게 엄청난 비밀, 얼마나 무거운 죄인지 모르겠지만, 만일 살인이라고 해도 이미 시효를 맞이한 게 아닐까요?"

"사회적으로 지위가 있는 사람에게는 시효 같은 건 무의미하겠지요. 설령 법률상으로는 무죄라고 해도 세상 사람들에게는 마찬가지일 테니까요. 이 이와타라는 사람은 공직에 있는 건 아니고, 무대 위에 서 있는 사람도 아니지만, 적어도 과거의 큰 죄가 발각되면 신용을 잃고 장사는 여의치 않게 되겠지요."

그건 그럴 것이다.

게다가. 예를 들어 목격자의 기억을 지워 버릴 수 있다면——완전범죄도 꿈은 아니다.

굳이 직접적으로 범죄와 연결 짓지 않아도 된다. 최면술을 유효하게 사용함으로써 범행을 은폐하거나, 범죄 자체를 무효로 한다면 그것은 충분히 가능할지도 모른다. 나는 생각에 잠기고 말았다.

"그——효스베——아니, 이와타의 모습을——분명히 가토 씨는 한 번 더 보았습니까?"

마미코는 고개를 끄덕였다.

볼 때마다 불행의 정도가 더해 가는 기분이 든다.

"봤어요. 작년 4월 7일이에요."

"그쪽도 날짜까지 기억하십니까?"

"딸의——기일 이틀 전이니까요——."

대꾸할 말이 없다.

"완전히 똑같은 모습이었어요. 조금도 다르지 않은——."

"반창고도, 복장도 완전히 똑같았습니까?"

마미코는 크게 고개를 끄덕였다.

"하지만——옷은——."

동일인이라고 해서 20년의 세월이 지났는데 똑같은 옷을 입을까.

이와타는 분명히 한창 자랄 나이의 어린아이는 아니고, 상당한 노인이다. 쉰 살이 넘어서 체격이 변하는 일도 그리 없을 테니 입을 수 없는 것도 아니겠지만, 20년 동안 계속 입었다면 상당히 물건을 오래도록 잘 쓰는 사람이다. 그 외에도 많은 옷을 가지고 있고, 이것저것 바꾸어 입다가 우연히 같은 옷을 입었을 때 마미코와 마주쳤다——는 가능성도 없지는 않다. 없지는 않지만, 그것은 엄청나게 낮은 확률이다. 혹시 같은 디자인의 옷을 셀 수 없을 정도로 몇 벌이나 갖고 있었던 것일까. 반창고와 똑같이, 이와타 회장의 트레이드마크——제복일지도 모른다.

내친김에 사진의 옷도 그때와 똑같은지 물어보니, 마미코는 역시 똑같다고 대답했다. 그렇다면 그럴 가능성은 높다.

사진을 본다.

키 작은 남자가 열변을 토하고 있다.

아마——그는 이래봬도 일류 선동자일 것이다. 개인과 무리, 개인과 사회, 자아와 세계의 관계에 질려서 지친 사람들을 부추기고, 칭찬하고, 꾸짖고, 치유하고, 분기하게 하고——돈을 받는다.

실제로 좋지 못한 일도 많이 하고 있을 테고, 돈도 실컷 받고 있을 테니 결코 칭찬받을 장사는 아니지만, 그래도 계속하고 있는 이상 구원받은 사람은 있을 것이다.

돈만 내면 이 자그마한 남자는——,

——나도 구해 줄까.

속을 뿐이라고 해도——.

끝까지 속여 준다면——.

신불보다 나은 기분이 들었다.

바닥을 알 수 없는 신비보다 교묘한 사기가 더 효과적이다.

세키구치 선생님——마미코가 불러서 나는 제정신으로 돌아온다. 이와타의 사진을 들여다보고 있었던 것이다.

"그렇게 보시면 사진으로도 좋지 않은 일이 일어나요."

"그럴 리가."

"아뇨. 이 남자는 마물이에요. 벌을 내린다고요."

——진심일까.

"저어, 이건——당신을 의심하는 건 아니지만 으음, 저 자신은 잘못 보거나 착각할 때가 많은 사람이라서."

교고쿠도의 말에 따르면 내 언동은 착각 2할, 잘못 2할, 거짓 1할에 오해가 5할이라고 한다. 진실은 1할도 없다.

그러나 마미코는 깜짝 놀라며, 그 얼굴은 잘못 볼 수가 없잖아요——라고 말했다.

"그렇긴 하지만, 다만, 그, 환각이라든가."

"그것도——아닐 거라고 생각해요. 왜냐하면 그것을 본 직후에, 저는 지인에게 본 것을 똑똑히 이야기했거든요. 환각이라면 그런 냉정한 행동은 취할 수 없을 것 같은데요. 뭣하면 그 지인에게 확인해 보셔도 괜찮아요."

"아니, 그럴 것까지는 없겠습니다만——그 지인은?"

"상비약 행상을 하는 분인데, 오구니 씨라는 분이에요."

"행상이라고요? 남성인가요?"

"네. 아주 친절한 분이고, 지금도 친하게 지내고 있어요. 아, 물론 그, 이상한 관계는 아니에요. 친구라고 할까요, 그 무렵에는 남편도 친하게 지내고 있었고, 랄까 남편이 더 친했던 것 같았으니까, 집이 가깝다나 하면서 자주 들러 주셨고——."

"그분이 마침 거기에 계셨던 겁니까?"

"네. 너무 이상한 남자였기 때문에, 그만 이야기해 버렸어요. 분명히——."

——어?

뭘까. 뭔가 잘못된 것 같은 기분이 들었다.

물론 기분 탓일 것이다. 나는 착각이 5할인 사람이다.

"그, 보신 곳은 어디였습니까?"

"아사쿠사바시 다리 근처예요. 시간은 대충 네 시 반쯤이고요. 딸을 업고 장을 보러 나갔다가 돌아오는 길이었어요. 집은 오가와마치였으니까요. 그 무렵에는 딸이 태어난 지 얼마 안 되었던 때라, 저는 일도 휴직 중이었어요. 그렇다기보다 딸이 죽지 않았다면 일에 복귀하지 않았을 것 같아요. 그러면 기타지마 군토는——."

거기에서 마미코는 미야무라를 보았다. 미야무라는 가느다란 눈을 극한까지 가늘게 뜨며,

"그렇군요. 기타지마는 세상에 나오지 않았겠지요. 왠지 안타까운 이야기라 가슴이 아프네요——."

하고 말했다. 나도 복잡한 기분에 사로잡혔다.

아이의 죽음을 계기로 부부 사이도 싸늘해지고, 결국에는 이혼했으며, 그대로 그녀는 재혼하지 않았다고 한다. 그 덕분에 천재 가인이라고 떠받들어지게 될 줄은——마미코 자신이 가장 놀라고 있지 않을까. 예기치 못한 정도가 아니라 상상도 하지 못한 전개일 것이다.

"자녀분은——."

쓸데없는 질문이다. 하고 나서 그렇게 생각했다.

그래도 마미코는——상당히 번민한 끝이기는 하지만——비교적 담담하게 대답했다.

"딸은——대야에서——익사했어요. 완전히 저의 부주의였어요. 목욕 중의 일이었으니까요——변명은 할 수 없어요. 할 수 없지만."

목욕 중에 익사.

무슨 일이 있었던 것일까.

"그건 그——."

이제 와서 수습하려 해도 늦었다. 역시 언급되고 싶지 않은 화제였을까. 마미코는 갑자기 입을 다물고, 결국 가방에서 손수건을 꺼내 눈두덩을 눌렀다.

어떤 경위이든, 어차피 싫은 추억이기는 할 것이다.

"그래서——미안합니다, 가토 씨. 자녀분에 대해서는 더 이상 묻지 않을 테니 용서해 주십시오. 그보다 그, 이와타 말인데요."

교묘한 화술과는 인연이 없는 서툰 나는, 억지로 화제 복원을 시도했다. 마미코는 몇 번인가 작게 흐느끼고, 헛기침을 하더니, 아마 일부러 의연한 태도를 가장하며 대답했다.

"네, 뒷골목의 어둠 속에 겅둥겅둥."

"보았을 때는 어떻게 생각하셨습니까?"

"——이상한 사람이라고."

——어?

"이상한 사람? 효스베라고는 생각하지 않았습니까?"

"네? 그건, 하지만——효스베예요. 맞아요, 맞아요, 오구니 씨도, 효스베는 보면 나쁜 일이 생긴다——고 말했던가 그랬어요. 그래서 저는, 역시 그렇게 말씀드렸을 거예요. 분명히."

"잠깐만요. 그 사람은——효스베를 알고 있었습니까?"

미야무라가 되물었다.

미야무라도 그 이야기는 몰랐던 모양이다.

"네, 분명히 알고 계셨을 거예요. 다만 선생님이 말씀하신 것처럼 갓파라고는 하지 않았던 것 같아요. 그래서 저는, 효스베라는 건 보게 되면 천벌을 내리는 불길한 인간이라고, 그렇게 인식하고 있었어요. 그래서 선생님께서 요괴니 갓파니 하셨을 때는 놀랐지요. 갓파라면 귀엽잖아요."

그때였다.

탕탕, 하고 창밖에서 파열음이 났다.

그 소리는 아마 간샤쿠다마[癎癪玉][169]일 것이다.

169) 금강사(金剛砂)에 화약을 섞어 종이에 감싸서 구슬 모양으로 만든 장난감. 땅바닥에 던지면 폭발하여 소리를 낸다.

창밖으로 시선을 던져 보니 교성을 지르며 달려가는 아이의 뒷모습이 보였다. 이어서 쨍강하는 소리가 났다. 창밖에서 소리가 난 쪽으로 시선을 옮겨 보니, 더러운 카펫 바닥에 꿀콩의 잔해가 흩어져 있었다. 놀라서 떨어뜨리기라도 한 것일까.

마미코에게 시선을 돌려 보니——.

가토 마미코는 굳은 얼굴로 가늘게 경련하면서,

양손을 뻗은 채 굳어 있었다.

3

세 번째로 미야무라와 만난 것은, 그것은 아마 4월 하순이었을까.

그것이 마지막 회견이었다.

한 달 반 후——나는 체포되었던 것이다.

대면 장소는 다시 교고쿠도의 방이다.

그날 나는 웬일로 비뚤어진 친구의 호출을 받았다. 연락을 받은 나는 늘 그렇듯이 몸부림을 치며 한가로움을 주체하지 못하고 있었기 때문에, 왜 부른 것인지도 제대로 묻지 않고 얼른 집을 나서 현기증 언덕을 올라갔다.

그 며칠 전에도 나는 교고쿠도를 찾아갔다.

그때 나는 친구를 졸라, 일하러 가는 그를 멀리 지바 촌구석까지 따라갔다. 그것도 봄의 도쿄를 벌벌 떨게 했던 연쇄 눈알 살인마 사건의 소용돌이 속의 여자를 만나보고 싶다고 생각했기 때문으로, 다른 뜻은 없이, 말하자면 단순한 호기심이었다.

그러나 아무래도 그때의 어리석은 행동이 이번 흉사의 간접적인 원인이 되었다는 모양이다.

사실은 몹시 바보 같은 짓을 했다고 생각했다.

하지만 그때는 설마 이런 사태가 될 거라고는 상상도 하지 않았기 때문에——뭐, 내 경우 언제나 상상대로 일이 진행되는 경우는 없는 셈이지만——지극히 느긋했다. 대량으로 피해자가 나온 연쇄 눈알 살인마 사건의 치열한 결말을 알고도, 나는 태연했던 것이다.

그때는——전부 남의 일이었다.

현관 앞에는 교고쿠도의 아내가 있고, 내 모습을 알아보자 웃는 얼굴로 인사하더니, 세키구치 씨 오늘은 대체 무슨 모임인가요——하고 물었다. 나는 불려 왔을 뿐이라고 대답하자, 안주인은 곤란한 듯이 웃으며,

"그럼 세키구치 씨, 억지로 노래하시는 일이 없도록 조심하세요."

하고 말했다.

안주인의 안내를 받아 복도를 걸어가니, 귀에 익은 목소리가 들려왔다.

게다가 그 음성은——.

아무래도 노래하고 있는 것 같다.

안주인은 다시 소리 내지 않고 웃더니, 가창 교실이라도 시작하는 걸까요——하고 말했다.

노래하고 있는 자는 도리구치 모리히코였다. 도리구치는 나도 기고하는 가스토리 잡지의 청년 편집자로, 사진도 찍는다. 성격이 밝고 체력이 좋은 것이 자랑거리인 솔직한 남자로, 직업상 사건이 있는 곳에는 강동강동 얼굴을 내밀고, 그때마다 험한 일을 당하고 있다.

도리구치가 부르고 있는 노래는 철도 창가다.

내가 장지문을 여는 것과 거의 동시에 도리구치가 노래를 마쳤다.

"천천히 불러도 고작해야 20초로군."

교고쿠도는 그렇게 말했다. 그는 회중시계를 노려보고 있었다. 마치 아시아가 전부 침몰해 버린 듯한 시무룩한 얼굴이다.

"——그렇다면 7분인가. 아니, 먼 길이니까 좀 더 빨리 부르려나."

"제가 부를 때 부르기 쉬운 박자는 그 전전 거네요. 으음, 16초. 이 정도가 좋습니다."

"그럼 6분 24초. 어차피 그런 정도인가."

"어이, 뭘 하고 있나?"

완전히 무시하고 있다. 내가 말하자 그제야 친구는 얼굴을 들었다.

"뭐야, 왔나?"

"자네가 불렀지 않은가. 불러 놓고 그 말투는 뭔가."

내가 항의하면서 방에 발을 들여놓자, 도리구치가 마치 자신의 집인 양 허물없이 방석을 권하며 평소처럼 농담했다.

"아니, 선생님. 요전에 뵌 후로 스승님과 함께 지바까지 가셨다면서요? 거참, 취향이 독특한 거로는 따라갈 사람이 없겠습니다. 대단한 속물이시네요."

그러고 보니 그때도 도리구치는 이 집에 있었던가.

"자네한테 그런 말 듣고 싶지 않네, 도리구치 군. 그보다 자네들은 뭘 하고 있나? 가수라도 될 셈인가? 형편없는 노래를 들려주어서 나를 괴롭히기라도 하려는 속셈인가?"

"바보 같은 소리만 하지 말고 앉지 그러나, 세키구치 군. 자네는 그렇게 엉거주춤하니 어정버정하니까 침착하지 못해서 안 되는 걸세. 아니, 본래는 자네에게 부탁해도 될 일이지만, 듣자 하니 자네는 유명한 음치고, 음치일 뿐만 아니라 리듬감이 전혀 없다고 해서 말이야. 그래서 이렇게 도리구치 군에게 부탁하고 있지 않은가."

"꽤 심한 말이로군. 어차피 에노키즈가 악담을 했겠지. 그 사람은 내가 싫다, 싫다는 걸 억지로 끌어들여 놓고, 그러고는 못한다, 무능하다고 하니 너무하네."

에노키즈라는 자는 탐정 일을 하고 있는 친구로, 내게 밴드를 하자고 권한 장본인이다.

내가 그렇게 말하자 교고쿠도는,

"나는 가즈토라에게 들었네, 그는 거짓말은 하지 않지."

하고 말했다. 가즈토라라는 자는 에노키즈의 탐정 조수 같은 일을 하고 있는 남자다. 에노키즈처럼 되는 대로 말을 지어내는 남자는 아니지만, 그 가즈토라도 억지로 연주를 했었고, 나와 똑같이 못한다며 꾸중을 듣곤 했으니 화풀이로 무슨 말을 했는지는 알 수 없다.

"아니, 지금은 내 음악 재능이 있고 없고는 아무래도 상관없네. 자네들은 지금 여기에서 뭘 하고 있느냐고 나는 묻고 있는 걸세."

"보면 알지 않나. 회중시계로 온도를 잴 수 있겠나? 시간을 재고 있었네."

"무슨?"

"성가시군. 노래 말일세. 그만 좀 따지게."

"따지다니. 자네가 오라고 해서 나는."

"부르지 말 걸 그랬지. 생각해 보면 자네를 불러도 전혀 도움이 되지 않는 것을. 호기심 많은 자네의 성질을 생각해서 친절한 마음을 발휘한 게 잘못이었네. 부탁이니 얌전히 좀 있어 주게."

교고쿠도는 내 얼굴도 보지 않고 그렇게 말한 후, 다짐이라도 하듯이, 그리고 오늘은 당분간 차도, 찻물에 만 밥도 안 나올 걸세 ―― 하고 말했다.

내가 반론을 생각하고 있는 사이에 보다 못한 도리구치가 그제야 자백했다.

"실은 말이지요, 선생님. 제가 이전부터——이전이라고 해도 하코네에서 돌아온 후니까 아직 한 달 정도밖에 안 되었지만——그, 늘 그렇듯이 찾고 있는 영매사가 있어서요."

"영매? 도리구치 군, 자네는 아직도 그런 묘한 것에 관여하고 있나? 질리지도 않는 친구로군. 작년 사건 때 실컷 고생했던 걸 잊었나? 그런데 그 영매와 철도 창가의 창가 시간이 무슨 상관이 있나?"

성질도 급하군——하고 교고쿠도는 말했다.

"늘 그렇듯이 그 영매사를 모시는 영리 집단이 있는 모양인데, 도리구치 군의 이야기로는 아무래도 그 집단의 행위에는 범죄성이 있다고 하네."

"범죄 영매? 자네도 참 그런 걸 좋아하는군."

"이보게, 이보게, 도리구치 군은 좋아서 하고 있는 게 아닐세. 상사의 명령으로, 하코네에서 입은 상처도 낫기 전에 취재를 하고 있는 것이지. 안 그런가?"

"네, 네. 뭐 세상 사람들의 눈이 눈알 살인마니 교살마니 하는 것으로 향하고 있어서, 기동력도 없고 돈도 없는 우리 〈실록범죄〉로서는 기사회생을 노리고 경쟁이 적은 기삿거리를 좇으려고——."

"그러니까 그——."

"자, 들어 보게. 이 철도 창가가 어쩌면 그 범죄성을 폭로하는 계기가 될지도 모른다——뭐 이런 걸세. 나는 애초에 그런 건 아무래도 상관없지만, 피해를 당한 사람이 지인인 것 같아서. 알고 나니 내버려 둘 수도 없고——."

그것은 늘 있는 일이다. 따라서 딱히 놀랄 만한 일은 아니다. 교고쿠도는 싫다, 싫다 하면서도 결국 알아 버린 이상 내버려둘 수 없다며 엉덩이를 드는 것이다. 이제 슬슬 운명이라고 생각하고 포기해야 한다.

그러나 교고쿠도는 거기에서 음울한 눈을 했다.

"하지만 말일세. 본인에게 자각이 없는데, 확증도 없이 밝히는 건 좀――."

친구는 보기 드물게 말을 흐리며 턱을 문질렀다.

그 모습을 보고 도리구치 또한 보기 드물게 적극적인 발언을 했다.

"아니, 스승님, 그건 아니지요. 분명히 그 사람도 모르는 편이 행복할 겁니다. 하지만 이대로 가다간 그 사람은 자식의 원수에게 계속 돈을 뜯기게 됩니다. 게다가 본래 그런 사기꾼 영매와 관여하지 않았다면 불행은 일어나지 않았을 거고, 그것도 원해서 관여한 것도 아니지 않습니까. 부탁도 하지 않았는데 상대방이 멋대로 쳐들어와서, 그 결과 그렇게 된 거니까요. 잠자코 있으면 안 됩니다. 제 조사는 틀림없거든요. 전부 스승님이 생각한 그대로였지 않습니까. 우연이 아니에요."

평소에는 버드나무가 바람에 나부끼는 듯이 가벼운 도리구치가, 말투까지 묘하게 시원시원하다. 한편 교고쿠도는, 뭐 그렇지――하고 뜨뜻미지근한 말을 한다.

"이보게, 그럼 지금부터 자네는, 그――그 요괴 퇴치를 하는 겐가?"

교고쿠도의 또 하나의 직업은 사람에게 씐 여러 가지 악한 것을 떼어내는 기도사――요괴 퇴치사다.

그렇다고 해도 주문을 외는 것은 아니고——외는 경우도 있지만——떼어내는 것도 원령이나 여우 같은 것은 아니다. 말로 잘 표현할 수는 없지만 내 생각에 그것은 관념의 정화 같은 작업이 아닐까. 그렇게 말하면 아마 전혀 아니라고 야단을 맞을 것 같지만, 내게는 그것을 표현할 만한 어휘가 없다.

교고쿠도는 그저 한 마디, 아닐세——라고 말했다.

그때——.

안주인의 안내를 받아, 미야무라가 가토 마미코와 함께 찾아왔다.

전혀 예측하지 못했던 얼굴의 등장에 나는 매우 당황했다. 3월에 희담사에서 만났을 때는 결국 잘 알지 못한 채 이야기는 정리되고, 이렇다 할 결론도 내지 못한 채 헤어졌던 것이다. 그 후로 만난 적이 없었다.

미야무라는 나를 보자 몹시 기뻐하며, 일전에는 바쁘신 중에 감사했습니다——하고 정중하게 인사를 늘어놓았다. 마미코도 공손하게 인사를 했다. 나는 그 이상으로 공손하게, 우물우물 어중간한 인사를 했다.

미야무라는 이어서 도리구치에게도 고맙다고 인사하고, 마지막으로 마미코를 교고쿠도에게 소개했다. 교고쿠도는, 잘 와 주셨습니다——라고 말했다.

"가토 씨의 소문은 진작부터 선생님을 통해 듣고 있었습니다. 상당히 수완이 좋으시다고요. 그건 그렇고 당신 같은 인재를 쉽게 놓아주다니, 창조사 사람들도 제정신이 아니군요."

교고쿠도는 입에 발린 말을 하는 친구가 아니니 이것은 진심일 것이다.

마미코 쪽은 매우 황송해하며, 제가 원한 일인걸요——라고 말했다. 교고쿠도는 그 모습을 물끄러미 바라보고, 당신이 원하신 거라면 어쩔 수 없지요——하고 의미심장하게 말했다.

"그럼 짧게 끝내지요. 어차피 즐거운 이야기도 아니고. 그."

"저어——."

늘 그렇듯이 한 박자 늦게 마미코가 목소리를 낸다.

"——할아버지의, 기억이——정말로——."

"예. 아마 알 수 있을 겁니다. 제가 지금부터 여쭙는 것에 대답해 주신다면——말입니다만. 제가 상정한 답과 당신의 대답이 전부 일치한다면, 우선 틀림없겠지요. 다만 그 경우는 당신에게 별로 좋은 결과가 나오지 않는다는 뜻이기도 해요. 그래도——."

"괜찮습니다."

하고 마미코는 말했다.

나는 그때도 역시 혼란스러워하고 있었다.

그 영매사 사건인지 뭔지에, 마미코가 관련되어 있기라도 하다는 뜻일까.

아까 교고쿠도는 지인이 피해를 당해서 운운——하는 말을 했었다. 그러나 지금의 말투로 미루어 보아, 그 마미코의 할아버지의 기억 결손 건인 모양이다.

그렇다면——영매가 대체 어떻게 관련되어 있다는 것일까. 도리구치가 찾고 있는 영매사란, 혹시 길의 가르침 수신회의 이와타 회장인 것일까. 그러나 수신회는 종교 단체가 아닌 모양이고, 이와타 준요는 영매가 아닐 것이다. 관상을 본다고 하지만, 그것은 영감(靈感)이나 계시와는 다른 것이다.

다른 사람이라면 모를까, 특히 교고쿠도에 관해서는 그런 것의 구분은 엄밀하고, 신경질적일 정도로 혼동을 싫어한다. 따라서 만일 이와타를 가리켜 말하는 거라면 영매라고는 하지 않았을 테고, 그랬다면 이와타가 영매로도 활동하고 있었던 것이 된다.

그것은 생각하기 어려운 일일 것 같았다.

교고쿠도는 잘 울리는 목소리로, 우선 이렇게 물었다.

"당신이 두 번째로 효스베——아니, 이와타 준요의 모습을 본 건 작년 4월 7일 오후 4시 30분이 틀림없지요?"

마미코는 압도된 듯이 자세를 바로 하며, 틀림없어요——하고 대답했다.

"분명히 그날 그 시간, 이와타는 아사쿠사바시 부근에 있었던 모양입니다. 그건 이 도리구치 군이 조사해 주었어요. 그랬지?"

도리구치는 고개를 끄덕였다.

"이와타를 목격한 후, 당신은 집으로 돌아갔어요. 그 무렵 분명히 당신은 오가와마치의 아파트 가와이소[河合莊]에서 남편과, 돌아가신 따님과 셋이서 살고 있었지요. 으음——102호실이었나요?"

"네. 맞아요. 이혼할 때 방을 뺐지만요."

"옆집인 101호실에 사시던 분을 기억하십니까?"

"아마——시모자와 씨——였던가요."

"맞아요. 시모자와 후토시 씨와 아내 가요 씨. 두 분은 지금도 거기에 살고 계십니다. 어제 도리구치 군이 만나고 와 주었지요."

"시마자와 씨를?"

마미코는 의아한 듯 눈썹을 찌푸렸다. 당연할 것이다.

"그 시모자와 씨가 무슨——."

"다시 앞으로 돌아가지요. 당신이 집으로 돌아가 보니 마침 아파트에는 상비약 행상 일을 하는 오구니 씨라는 분이 계셨다고요——."

"네. 오구니 씨가 막 도착한 참이었어요. 입구에서 마주쳤지요."

"그렇습니까. 시모자와 씨의 이야기로는, 오구니 씨는 그 한 달쯤 전부터 자주 댁에 드나들게 되었다고 하더군요."

"네. 아이가 태어날 때까지는 맞벌이였기 때문에 낮에는 집을 비웠지만, 작년 초에 아이가 태어나고——시댁에서 낳았거든요. 그래서 한 달 정도는 거기에서 지내다가 2월 중순에 아파트로 돌아왔어요. 그때부터는 저는 일을 쉬고 줄곧 집에 있었으니까——그렇지, 3월이 될까 말까 하는 무렵일까요. 오구니 씨가 처음으로 오신 건."

"처음에는 상비약을 팔러?"

"네. 아이가 태어나면서 지출도 늘었고, 저도 휴직하고 있었기에 수입은 반으로 줄어 있었어요. 그래서 가계도 힘들어지고, 그러니까 상비약 같은 건 필요 없다고 말했지만, 아기가 태어났다면 더더욱 무슨 일이 있을지 모르고, 있으면 편리할 거라고 하시면서요. 그래도 거절했지만, 어쨌든 남편과 상의해 보라고, 쓴 만큼만 돈을 받는 거니까 쓰지 않으면 공짜라고, 두고 가겠다——면서."

"약상자를 두고 갔군요."

"네. 일요일이면 남편은 집에 계시느냐고 물으셔서, 있다고 대답했더니, 그럼 일요일에 다시 오겠다고 하셨어요. 그리고 진짜 오셨는데, 이야기하다 보니 결국 남편과 의기투합해 버려서."

"의기투합한 이유는 아십니까?"

"글쎄요——네, 그러고 보니 남편은 학생 시절에 규슈에 있었고, 오구니 씨는 그, 남편이 있던 동네 출신이라고 했었어요."

"그렇습니다. 오구니 세이이치 씨는 사가 출신입니다."

"오——오구니 씨를——아시나요?"

"네. 조사해 보니——쉽게 나오더군요."

"조사했다고요? 무엇을요?"

마미코의 물음은 무시당했다.

"지금도 교류가 있으시지요?"

"네."

"전남편과는 어떻습니까. 현재도 교류가 있습니까? 남편과도 친했지요? 오구니 씨는."

"글쎄요. 물어본 적이 없어서요."

"당시, 오구니 씨는 얼마나 자주 댁에?"

"네?"

마미코는 눈썹을 일그러뜨렸다. 새삼 생각한 적도 없었을 것이다.

"글쎄요. 오구니 씨는 아마 전에 살던 아파트에서 겨우 네다섯 집 건너편에 있는 셋집에 사셨을 거예요. 그러니까——글쎄요, 이틀에 한 번 정도 꼴로 오셨으려나요. 여자 혼자 사는 집은 이래저래 위험하다고 하시면서——과일이나, 진주군이 갖고 다니는 것 같은 과자라든가, 선물을 가져오기도 하시고——맞아요, 그분은 아이를 좋아하세요. 올 때마다 기쁜 얼굴로 아이를 봐 주셨어요."

"그럼——한 달 동안 열다섯 번은 오셨군요."

"그 정도는——더 오셨나?"

"오는 시간은 정해져 있었습니까?"

"제각각이었어요. 정해져 있지는 않았어요."

"오구니 씨의 방문을 귀찮게 생각한 적은 없었습니까?"

"귀찮――다고요? 친절한 분이고, 지금도 교류가 있을 정도니까 그렇지는――아아, 하지만 아이를 목욕시키고 있을 때나, 수유 중에 오셨을 때는 조금 곤란했어요."

"그렇군요――그런데 당신은 시간에 꼼꼼한 분이지요? 생활은 규칙적인 편이고요. 선생님께는 그렇게 들었는데요."

교고쿠도는 쏘는 듯한 시선으로 마미코를 보고 있다.

"네? 뭐, 별로 생각한 적은 없지만 대개 같은 시간에 같은 일을 해요. 편집 일을 하다 보면 그렇게도 되지 않지만, 일이 없으면 일어나는 시간도 자는 시간도 대개는 똑같지요."

그렇군요――하고 교고쿠도는 크게 고개를 끄덕였다.

"수유나 목욕도 정해진 시간에?"

"네? 네, 맞아요. 아아, 그래서 오구니 씨한테는, 이 시간은 젖을 주는 시간이니까 다음부터는 삼가 달라고――그렇게 말씀드린 기억이 있어요. 만일 그 시간에 맞춰 와 버리면, 모처럼 와 주셔도 차도 대접할 수 없고, 세 시간 정도 간격으로 주곤 했으니까 오시려면 그 이외의 시간에 와 달라고 부탁드렸지요. 그리고――맞아요, 목욕 시간도 삼가 달라고――그렇게도 말씀드렸어요."

"목욕은 몇 시에?"

"대개 저녁 다섯 시――정도일까요."

"매일 다섯 시에?"

"예에, 다른 집은 어떤지 모르겠지만, 우리 집은 남편이 집에 들어오는 게 매일 오후 여덟 시 정도였기 때문에 저녁 식사가 좀 늦었어요. 그래서 저녁 식사 준비를 하기 전에 목욕을 하는 습관이――그런데 그게 왜요?"

"아니오. 그럼 오구니 씨는 그 후, 당신이 삼가 달라고 말한 시간대에는 오지 않았군요?"

"네. 오시지 않았어요. 굉장히 성실한 분이거든요."

호오——교고쿠도는 심술궂은 얼굴을 한다.

"하지만 그——당신이 이와타 준요를 본 날은 어떻습니까? 네 시 반 경에 이와타를 보았다면, 아파트에 도착한 시간은 다섯 시 경이 아니었습니까? 오구니 씨는 그때 오셨지요?"

"아, 네——뭐. 하지만 그건——우연이에요. 오구니 씨가 오셔서 목욕은 하지 않았고요."

"그날의 목욕은 몇 시에?"

마미코는 생각에 잠기고 말았다.

대체 무엇을 들으려는 것인지, 나는 전혀 알 수가 없다.

마미코도 대강 대답하면 될 것 같은데, 의도를 모르니 신중해지는 것이리라.

"아마——일곱 시 넘어서일 거예요. 목욕을 마치고 나서 식사 준비를 하느라 몹시 서둘렀고——남편의 귀가 시간에 맞추지 못했던 기억이 있어요. 남편은 아까 말씀드렸다시피, 여덟 시에 귀가하는 습관이었으니까——."

마미코는 분명하지 못한 말로 띄엄띄엄 말했다.

생각나지 않는다기보다 떠올리고 싶지 않을 것이다.

그녀의 아이는 죽었다.

그것도 목욕 중의 사고로——.

일전에 내가 물었을 때도 마미코는 비장한 표정을 보였다. 괴로운 추억일 것이다.

나는 남자고 아이도 없으니 아는 척 말할 수는 없지만, 젖먹이와 어머니의 관계는 나 따위는 헤아릴 수 없을 정도로 친밀한 것일 거라고 생각한다. 만일 그녀가 자신의 부주의로 자기 아이를 죽게 하고 말았다면——더 이상 그 일에 대해서 캐묻는 것은 잔혹하다고 생각했다.

잘 알겠습니다——하고 교고쿠도는 말했다.

"그 사이에——당신은 오구니 씨에게, 목격한 효스베의 이야기를 했지요?"

"맞아요."

"20년 전의 이야기도?"

"네?"

마미코는 분명히 당혹스러운 표정을 보였다.

"그건——아뇨, 어쨌든 아사쿠사바시 뒷골목에서 본 걸 똑똑히 말했어요. 저는 그때는 꽤 으스스해서——그, 인상이 선명해서요."

"다시 말해서——."

교고쿠도는 목소리를 약간 크게 했다.

"다시 말해서 당신은——그게 20년 전과 똑같은 광경이었다는 희한한 사실보다, 그때는 그 이상한 용모가 더 인상적이었다——이런 말씀이시군요?"

마미코는 눈썹을 치켜세우며 눈을 휘둥그렇게 떴다.

"네? 네, 좀 흥분해 있었을지도——아니, 생각난 게 그 후였나——맞아요. 이야기하면서 생각났어요. 지금 생각났네요. 오구니 씨한테 이야기하던 도중에, 20년 전의 일이 퍼뜩 생각나서, 그래서 아버지가 돌아가셨을 때의 일도 생각난 거예요. 그래서——."

"그래서."

"그래서 제가 그것에 관해서 이야기했더니, 오구니 씨가 효스베라는 것은 보게 되면 나쁜 일이 일어난다고 들었다, 누군가 친척이 죽는다——는 말을 하셨어요. 저는 왠지 불안해져서——하지만 그건 제가 할아버지의 말을 기억하고 있었기 때문이고——왜냐하면 제가 이야기하지 않았다면 오구니 씨도 그런, 효스베라는 말을 꺼낼 리가 없었을 거예요."

그것은 그럴 것이다.

이와타의 용모는 분명히 그림에 나오는 효스베와 닮지 않은 것도 아니지만, 그 용모에서 아무것도 없이 효스베를 끌어내는 것은 역시 불가능할 거라고 생각한다.

아무리 효스베를 알고 있다고 해도 보통 그렇게는 생각하지 않는다. 앞서서 마미코의 할아버지가 한 말이 있어야 비로소 이와타와 효스베는 연결되는 것이다.

교고쿠도는 말투를 바꾸지 않고 말했다.

"오구니 씨와는 몇 분 정도 그 이야기——이와타를 본 이야기나 20년 전의 이야기——라기보다, 효스베의 이야기를 하셨습니까?"

"그건——아마 30분 정도일까요——."

아무리 기이해도 그렇게 오래갈 화제는 아닐 것이다. 아무리 이와타가 이상한 모습이었어도, 단지 보았을 뿐이니 고작해야 그런 정도일 것이다.

교고쿠도는 팔짱을 끼었다.

"그렇군요. 당신의 감각으로는 30분입니까——그런데——당신은 철도 창가를 전부 외우고 계신다면서요?"

갑자기 화제가 바뀌자 마미코는 입을 딱 벌리고 한층 더 눈을 휘둥그렇게 떴다. 물론 나도 헛물을 켰다. 그리고 그 후 곧 도리구치의 얼굴을 보았다.

도리구치는 태연하다.

——철도 창가.

그것은 도리구치가 조금 전에 부르고 있던 노래다.

그것이 범죄를 폭로하는 계기——라고 교고쿠도는 말했다.

나는 말재주가 좋은 친구의 입가를 보았다. 무엇을 꾸미고 있는 것일까.

"아니, 가토 씨, 그렇게 놀라시지 않아도 됩니다. 그 이야기는 선생님에게 들었습니다. 도카이도 편, 산요 편, 규슈 편, 도호쿠 편, 호쿠리쿠 편, 간사이 편을 전부 외우고 계십니까?"

마미코는 한 번 미야무라를 보았다. 미야무라는 머리를 긁적이며,

"아니, 자랑할 만한 일인 것 같아서, 내 일처럼 떠벌리고 말았습니다."

하고 말했다. 마미코는 다시 덧없는 듯한, 박복한 듯한 얼굴로 돌아와,

"어릴 때 할아버지가 불러 주셨어요. 할아버지가 젊었을 때, 메이지 후반이지요. 그 무렵 크게 유행했다고 하는데, 완벽주의였던 할아버지는 차례차례 발표되는 그 노래를 열심히 외워서 암송할 수 있게 되어 버렸대요. 할아버지는 젊은 시절에 외운 건 잊어버리지 않는다고, 그렇게 말했지만——저는——."

하고 말하더니 입을 다물었다.

"잊어버리셨다——는 이야기도 들었습니다. 으음, 아마."

"도카이도 편의 24절 부근까지는——."

"그다음은?"

"네? 글쎄요——산요 편이나 규슈 편은 전혀——도호쿠 편이라면 조금."

"호쿠리쿠와 간사이는 어떻습니까?"

"글쎄요, 떠올리려고 한 적이 없어서——."

마미코는 거기에서 천장 쪽을 보더니, 잠시 목소리를 내지 않고 외어 보는 것 같았지만 이윽고 가볍게 고개를 끄덕이며,

"——아아. 네, 하지만 기억하고 있어요."

하고 말했다.

교고쿠도는 도리구치와 얼굴을 마주 보았다.

"실은 자료를 갖고 있지 않아서 전부 몇 절까지 있는지는 모릅니다. 하지만 당신은 적어도 처음과 후반은 기억하고 있는 셈이군요."

"그렇게——되나요."

"당신이 대체 몇 절을 잊어버린 건지——실은 그걸 알고 싶은데요——뭐, 상관없겠지요."

"이보게 교고쿠도, 대체 그건 뭔가?"

내가 참다못해 그렇게 묻자 친구는 한쪽 눈썹을 치켜세우며,

"아까 그 실험이 정확한지를 실증하고 싶었네. 하지만 이제 됐어. 대충 알았으니까——응? 이보게. 쓸데없는 말 하지 말게. 자네는 잠자코 있으면 돼, 세키구치 군."

하고 말했다. 본래 같으면 대답할 필요가 없는 나 따위의 질문에, 저도 모르게 대답해 버렸다는 뜻인가 보다. 교고쿠도는 다시 시작하듯이 말했다.

"실은 말입니다 —— 옆집의 시모자와 씨 부부가, 그날 —— 당신이 이와타를 보았던 날 말인데요. 그날의 일을 똑똑히 기억하고 있었어요. 그들의 이야기에 따르면 말이지요, 당신은 분명히 다섯 시 정각쯤에 돌아왔고, 그때는 오구니 씨와 함께 있었다고 하더군요."

"그러니까 현관에서 마주쳐서."

"네. 그래서 시모자와 씨 부부의 기억에 따르면, 평소는 30분 정도면 돌아가는데 그날따라 꽤, 느긋하게 있다 간 것 같다 —— 는 겁니다. 오구니 씨가."

"네? 그런 —— 그러니까 30분 정도 ——."

"하지만 그날의 목욕은 일곱 시가 넘었지 않습니까. 통상의 시간보다 두 시간 가까이 지나지 않았습니까? 오구니 씨가 돌아가시고 나서 한 시간 반이나, 당신은 뭘 하고 있었습니까?"

마미코는 다시 멍한 얼굴이 되었다.

"아니 —— 아뇨, 분명히 저는 다섯 시에 돌아와서, 그렇군요, 오구니 씨가 돌아가신 게 —— 아아, 여섯 시 반 정도였을까요. 더 늦었을지도 모르겠네요. 그런 계산이 나오는군요. 그럼 그렇게 오랫동안 이야기하고 있었던 거네요. 저는 —— 그 화제밖에 이야기한 기억이 없는데 —— 하지만 그럼 분명히 그럴 거예요. 그럴 것 같은데요."

"시모자와 씨는, 뭐 훔쳐 들을 만한 사람은 아니지만, 그날은 뭔가 —— 뭐였지?"

감자지요 —— 하고 도리구치가 덧붙였다.

"그런가. 감자를 좀 나눠 드릴 생각이었는지, 당신의 기척을 살피고 있었다더군요. 아니, 오구니 씨와 얼굴을 마주치면 약을 팔려고 할 것 같아 가까이 가지는 않았다고 하지만요. 그렇지, 도리구치 군?"

"그렇습니다. 그리고 오구니 씨가 너무 오래 있어서 저녁 식사 시간이 되고 말았어요. 시모자와 가에서는 여섯 시가 넘으면 저녁 식사 시간이라고 하니까요. 그래서 부부가 감자를 먹고 있는데 총소리가 들렸어요——."

"총소리?"

"기분 탓이었던 모양입니다. 허둥지둥 밖으로 나갔지만 아무 일도 없어서, 설마 오구니 씨가 당신을 쏘아 죽일 일도 없을 테지 하고——뭐 당연하지만, 그렇게 생각하고 있는데 오구니 씨가 싱글벙글 웃으며 나왔어요. 당신도 아기를 안고 배웅하러 나왔고요——나가셨지요?"

"나갔어요——아아, 그러고 보니 그때 감자를."

"그래요. 그때 감자를 드렸다고 시모자와 씨는 말했다고 합니다. 그런데 가토 씨, 그다음 날도——오구니 씨는 왔지요?"

"네? 네. 어떻게 그걸? 그것도 시모자와 씨인가요?"

"아닙니다. 시모자와 부부는 그다음 날은 집에 없었던 모양입니다. 그러니까 이건 상상입니다. 뭐, 상상이니까 아닐지도 모르지만——오구니 씨는 다시 와서, 당신에게 어떤 사람을 소개하겠다고 했어요. 아닙니까?"

"네에."

마미코는 아래를 향했다.

"이야기해 주시면 안 될까요, 가토 씨. 오구니 씨는 당신에게——영매사 가센코 오토메를 소개하지 않았습니까?"

"영매사——."

나도 모르게 입 밖에 내고 말았다.

"어이, 교고쿠도. 기타——아니, 가토 씨는 그런 종교는 싫어한다고 했네. 오봉도 경도 싫어한다고——그렇지요?"

내 물음에 마미코는 대답하지 않았다. 경직되어 있다.

"영매는 종교와는 다르네. 어쨌든 자네는 입 좀 다물고 있어 달라고 아까 부탁했지 않았나. 부른 걸 후회하게 만들지 말게. 그보다 어떻습니까? 가토 씨, 당신은 그때, 가센코를 소개받으셨지요."

"어——어떻게 그걸——."

"그렇지요?"

마미코는 작게 고개를 끄덕였다.

"호오, 영매라고요——."

잠자코 듣고 있던 미야무라가 깜짝 놀란 듯이 말했다.

"이거, 이거, 마미코 씨답지도 않네요. 세키구치 씨가 말씀하셨듯이, 당신은 그런 것은 싫어했잖습니까?"

"그분은 종교가 아니에요, 선생님. 딱히 뭔가 믿으라고는——."

"그분?"

"어——."

"가토 씨."

교고쿠도는 매우 단호하게 말했다.

"당신은 지금도——그 가센코를 믿고 있군요. 그리고 비싼 돈을 내면서 여러 가지를 묻고 있지 않습니까?"

마미코는 말없이 고개를 숙였다. 그리고 작은 목소리로 네, 하고 말했다.

"호오, 그렇습니까, 이건——놀랍군요."

미야무라도 몰랐던 모양이다.

마미코는 그런 미야무라를 보고, 그러고 나서 일동을 둘러보았다. 그리고 조용히, 그러나 강하게 주장하기 시작했다.

"딱히 숨기고 있었던 건 아니에요. 소문낼 일도 아니고, 그분은 그런 것을——남의 입에 오르내리는 것을 특히 싫어하세요. 가센코 님은——무슨 수상한 종교나, 할아버지가 들어간 것 같은 수상쩍은 자기 계발 강습회와는 근본적으로 달라요. 앞을 내다보고 좋은 말을 해 주시는 착한 분이에요——."

"믿으십니까?"

"물론이에요. 믿지 않을 수 없는 일이 있었으니까요. 그분은 진짜예요. 진짜라고요. 그때 오구니 씨의 조언대로 했다면, 딸은 죽지 않았을 거예요. 제가 그분의 말만 들었다면——그러니까——그러니까."

흥분하고 있다.

"그래서 남편과도 이혼하셨고요. 회사도 그만두셨어요. 그건 전부 가센코의 의지였군요."

교고쿠도는 조용히, 그러나 단호하게 말했다.

"마미코 씨, 당신."

사실입니까, 하고 미야무라가 걱정스러운 듯이 들여다보았다.

마미코는 잠자코 고개를 끄덕였다.

"가토 씨, 당신은 그 후로 가센코의 신탁대로 살고 있지요? 길의 가르침 수신회에 대해서도, 가센코가 안 된다고 지시했어요. 그건 사기라고——아닙니까?"

"맞아요——."

하고 마미코는 말했다.

"어떻게 아셨는지 저는 모르겠지만——추젠지 씨의 말씀대로 효스베를 본 다음 날, 오구니 씨가 다시 찾아왔어요. 그리고 이렇게 말씀하셨어요. 당신이 본 건 역시 좋지 못한 남자다, 조심하지 않으면 머잖아 따님께 화가 있을 것이다——라고."

마미코의 목소리가 희미하게 진동하고 있다. 동요하고 있는 것이리라. 심장 박동 수가 올라간 것을 옆에서 보아도 알 수 있었다.

"——무슨 말이냐고 물었더니, 알고 지내는 영매에게 점을 쳐 달라고 했다는 거예요. 그랬더니 효스베는 물의 요괴다, 따님께 수난(水難)의 상이 나온다고."

"수난이라고요?"

"네, 홍수가 있는 것도 아니고, 가까운 곳에 강도 없고, 기지도 못하는 아기에게 무슨 수난이냐고, 저도 그렇게 생각했지만, 아버지의 일도 있고, 조금 불안해서 어떻게 하면 액을 피할 수 있는지 물어보았지요. 그랬더니 오구니 씨는, 그 영매에게 부탁해서 기도해 달라고 할 수밖에 없다고 했어요. 그 사람은 장사로 그런 일을 하는 게 아니니까 부탁하기는 꽤 어렵지만, 자신이 말하면 힘이 되어 줄 거라고요. 다만 사례는——강력한 마물이라고 하니까 만 엔은 내야 한다고."

그건 비싸군요——하고 미야무라가 말했다.

"——공무원의 한 달 급료는 되겠네요."

"하지만 사람의 목숨과는 바꿀 수 없어요. 만 엔으로 목숨을 살 수 있다면 싼 거지요. 하지만 그때는 그렇게 생각하지 않았어요. 우선 그런 돈은 없었고——하지만 빚을 내서라도 퇴치해 달라고 해야 했어요. 왜냐하면, 그 아이는——그 아이는 정말 죽어 버렸으니까요——그 아이는——."

마미코는 고개를 숙이고 아래를 향한 채, 흐느껴 울었다. 그리고 울면서 말을 이었다.

"오구니 씨는 열심히 권해 주었어요. 시간이 별로 없다, 오늘이나 내일이라도 불행이 찾아올지 모른다고——하지만——하지만 저는 대수롭지 않게 여겼어요. 모처럼 조언해 주셨는데——친절을 무시하고——그다음 날이었어요. 그 아이는——."

양손으로 얼굴을 덮고, 마미코는 울고 있다.

나는 시선을 피한다. 그녀의 모습을 직시할 수가 없다. 교고쿠도는 동정과도 위로와도 다른, 고요한 시선을 마미코에게 던지며 낮고 침착한 목소리로, 타이르듯이——잔혹한 말을 했다.

"마음은 알겠습니다. 듣자 하니 당신은 당신의 부주의로 따님을 죽게 하고 말았다고요——."

마미코는 울면서 작게 고개를 끄덕였다.

"목욕 중의 사고——라고 들었습니다."

"어떻게——된 일인지——잘 모르겠어요. 제가——제가 죽인 거나 마찬가지예요. 그 아이를——평소처럼 목욕시키고 있었는데——팔이——."

"팔이?"

"팔이 저려서——저는 큰 소리로 사람을 불렀어요."

——팔이——저렸다.

나는 상상한다.

그리고 가슴이 아파졌다.

만일. 내 아이를 따뜻한 물에 담근 그 순간 내 두 팔이 경직돼 버린다면——.

아기가 버둥거리며 괴로워하는 모습을 보면서도 아무것도 할 수 없다.

그뿐만 아니라 그것을 지켜보는 자신의 팔이——.

가장 사랑하는 작은 생명을 자기 자신의 손으로——.

어머니인 그녀의 팔 앞에서, 아이는——.

——싫다.

"시모자와 씨의 부인이 달려왔다고 하더군요. 당신은 아이를 대야에 담근 채 비명을 지르고 있었어요. 아이는 시모자와 씨가 구해내서 곧 병원으로 옮겼지만——이미 늦었지요. 유감스러운 일입니다."

대야에서 익사——라고 마미코는 말했다.

그런 것이었던가.

"일단 변사라서, 경찰이 왔어요. 사실 제가 죽인 거나 마찬가지니까요——하지만 동기도 없고, 간질 등의 발작일 거라는 걸로 처리되었지요. 과실치사——인가요——."

비참하다. 자신의 아이를——자신의 손으로. 싫다.

"떨어뜨렸다거나, 손이 미끄러졌다거나——그런 게 아니에요. 따뜻한 물속에, 짓누르듯이——어째서 그렇게 된 건지 전혀 모르겠어요. 신벌이나 뭐 그런 거라고밖에 생각할 수가 없어요."

울음 섞인 목소리. 미야무라도, 도리구치도 눈을 내리깔고 있다.

——수난.

예언은 적중한 것이 된다.

그래서——그 후로 마미코는 그 어쩌고라는 영매사에게 귀의(歸依)했을 것이다. 예언을 성취시키기 위해 제삼자가 죽인 것이 아니다. 사고를 가장하려고 해도 그럴 수도 없다.

누구의 탓도 아니고, 전부 자신이 저질러 버린 짓이니 의심할 여지는 없다. 불행한 예언은 완전히 적중했다.

게다가 그 이상한 상황으로 생각해 볼 때, 마미코가 그 불행을 신벌이나 저주라고 받아들였다고 해도——그것은 어쩔 수 없는 일이라고 생각한다. 상식으로는 생각하기 힘든 일이지만, 그것은 역시 효스베——이와타 준요가 내뿜은 독기 같은 것을 쐰 것이라고 생각할 수밖에 없을 것이다. 마미코의 경우는 아버지도 죽었고 하니, 우연으로는 끝낼 수 없을 것이다.

본 사람의 친족에게 재앙이 미친다——그런 마력을 이와타는 가지고 있는 것일까.

사실이 어떻든 간에, 적어도 마미코에게 그것은 사실이다. 그렇다면 더욱, 같은 편이 되어 주는 영매사는 든든하다. 신벌이나 저주에 맞설 수 있는 것은 그런 인종 이외에는 없는 것이다.

잠시 동안, 흐느껴 우는 소리만이 방에 울렸다.

"저는——오구니 씨한테 부탁해서 가센코 님을 뵈었어요. 그분은 제게 다정한 말을 해 주셨어요. 다만, 남편과는 헤어지게 될 거라고——그렇게 되면 순순히 이혼하는 게 좋다고 하셨어요——그 후 남편과는, 당연히 잘되지 않게 되었어요. 그분은 그것도 예언하셨어요. 형편없어질 뻔한 제가——일에 복귀해서 나름대로 성과를 올릴 수 있었던 것도, 전부 그분 덕분이에요. 선생님의 페이지를 연재하자는 결단도——."

"하지만 퇴직하기로 결심한 것도 가센코의 신탁이지요."

"어——네. 그것도——그만두길 잘했다고 생각하고 있어요."

"왜지요?"

"그분의 말씀이니까요——아마 그대로 제가 그 회사에 계속 있었다면, 분명히 재앙을 당했을 거예요."

——이래도 되는 걸까.

거기에 이르러, 나는 갑자기 불안해진다.

나는——이러니저러니 해도 영매의 예언은 믿지 않는다. 이성적으로 생각하면 이번 일도 우연의 일치일 거라고 생각한다. 다만 인생의 기로에 서서 갈 곳을 정하지 못해 망설이는 경우는 많고, 그럴 때 점술에 판단을 맡기는 것은 누구에게나 종종 있는 일일 거라고 생각한다. 내게도 있다. 그러니 그것은 괜찮다. 하지만 그 기로 자체를 점쟁이가 만들고 있다면 그것은 허용되는 일일까.

예를 들어 마미코 자신이 회사를 그만두어야 할지 말아야 할지 망설이고 있었다——는 이미 이루어진 사실이 있고 나서 들은 조언이었다면, 그것은 상관없다. 조언이라면 어디까지나 판단하는 것은 마미코 자신이기 때문이다. 하지만 그게 아니라, 그저 갑자기 그만둬야 한다는 신탁을 듣는다면——.

그랬다면 그 단계에서 마미코는 이미 판단력을 잃은 것이 된다.

그녀의 의지도, 주위의 상황도 상관없이, 점쟁이의 의지로만 모든 일이 결정되어 가는 것이다. 그것은 옳지 않다고 생각한다.

——하지만.

이와타의 존재는 어떻게 설명하면 좋을까.

보기만 해도 재앙을 일으키는 괴물의 존재를 믿지 않을 수 없는 상황에서, 영매의 예언은 믿지 말라고 말하는 게 무리 아닐까. 그러니 오직 마미코만 나무랄 수는 없다.

보니 교고쿠도는 혼자 태연자약하다.

——왜——이 남자는——늘.

"어이——교고쿠도. 자네는——."

"세상에는 말일세——이상한 일이라곤 아무것도 없다네, 세키구치 군."

교고쿠도는 그렇게 말했다.

그리고 슬픈 듯한 눈으로 마미코를 보고는 한 번 시선을 내렸다가 뭔가 결심이라도 하듯이 다시 시선을 들고, 마미코의 얼굴을 정면에서 응시했다.

"잘 들으십시오, 가토 씨. 가센코라는 여자는 악질적인 사기꾼입니다. 다다지로 씨가 입회한 수신회도 자랑스러운 건 아니지만, 적어도 신자를 모으기 위해서 사람까지 죽이지는 않아요."

"사람을——죽여요——?"

"그렇습니다."

교고쿠도는 도리구치에게 눈짓을 했다.

"가토 씨, 미야무라 선생님도 들어 주십시오. 결론을 말하지요. 실은 말이지요, 기억을 조작당한 사람은 가토 씨——당신 쪽입니다."

"뭐라고요——그건."

"거짓말이에요. 저는——."

"당신은 20년 전, 효스베 같은 건 보지 못했어요. 할아버님의, 다다지로 씨의 기억은 옳습니다. 당신이 효스베——이와타 준요를 본 건 작년 4월이 처음이에요. 당신은 그 이상한 풍채가 인상에 남아서, 그래서 정찰하려고 와 있던 오구니 세이이치에게 자세히 이야기했지요. 그게 잘못이었습니다."

"정찰 —— 이라니."

"당신이 다섯 시 정각에 아기를 목욕시키는지 어떤지, 확인하기 위한 정찰입니다. 하지만 당신은 그 시간에 집에 없었어요. 돌아가려고 했을 때 마침 당신이 돌아온 겁니다. 그리고 그 이야기를 했어요. 거기에서 ——."

"거기에서?"

"당신에게 그는 후최면을 건 겁니다."

"그런 바보 같은 —— 어째서 그 사람이 ——."

"그, 오구니라는 사람은 가센코의 수하입니다. 돈을 뜯어내기 위해서 호구를 찾아 속이고, 가센코가 시키는 대로 하게 만드는 —— 사역마이지요."

"믿을 수 없어요. 그 사람이 —— 그런."

"오구니 세이이치는 여러 번 방문하면서 기회를 노리고 있었던 겁니다. 물론 당신을 함정에 빠뜨릴 기회지요. 아시겠습니까, 그는 당신의 몸에, 인상에 남을 만한 일이 일어나기를 기다리고 있었던 겁니다. 그게 불길의 전조라고, 그렇게 믿게 만들 수 있다면 검은 고양이든 나막신 끈이든 무엇이든 좋았어요. 이와타 준요는 실은 상관없습니다."

"하지만 ——."

"사실은 무엇이든 상관없었을 거예요. 하지만 좀처럼 그런 편리한 일이 일어나지 않았기에 조바심을 내고 있었겠지요. 당신이, 우연히 본 이상한 남자의 이야기를 열심히 하자, 이거 잘됐다 싶어 요괴로 만든 거예요. 이와타는 —— 누명을 쓴 겁니다."

"거 —— 거짓말이에요. 하지만, 제 기억은 ——."

"당신의 기억 쪽이 가짜입니다. 다다지로 씨의 기억이 봉인된 게 아니라 당신의 기억이 어지럽혀졌을 뿐이에요. 당신은 아마 작년 4월 7일 5시 36분이나 37분에 그의 손에 의해 최면 상태에 빠졌을 거예요. 상황으로 생각해 보건대 경악법을 썼겠지요. 당신이 걸리기 쉬운 체질이라는 걸, 몇 번의 방문으로 그는 꿰뚫어보고 있었을 겁니다. 그래서 순식간에 당신은 깊은 최면에 빠졌어요. 거기에서 그는 당신에게 이렇게 물었을 겁니다. 당신이 지금까지 중에서 가장 슬펐던 건 언제인가——하고. 그때 당신의 내면은 이렇게 대답했어요. 아버지가 돌아가셨을 때예요——."

"그런——아버지의 죽음은 분명히 굉장히 슬펐지만——."

"그렇겠지요. 당신은 할아버지를 더 좋아했어요. 아버지는 일만 하느라 당신과의 접촉도 적었을 테고, 어릴 때 돌아가셨으니까요. 당신과 아버지의 결속은 의외로 얕았겠지요. 하지만."

"하——하지만?"

"하지만 아버지의 죽음은 동시에 당신에게서 좋아했던 할아버지도 빼앗아 버렸습니다. 할아버지는 아버지 대신 일을 해야 하게 되었어요. 그때까지처럼 당신에게 신경을 써 줄 수 없게 되어 버렸지요. 어렸던 당신은 이중으로 슬펐을 거예요. 거기에서——그는 당신에게 이렇게 암시를 걸었어요. 당신의 불행은——전부 오늘 본 이상한 남자 때문이다, 아버지가 죽은 것도 저것 때문이다, 저것을 보아서는 안 된다, 저건 효스베다, 저것을 보게 되면 신벌이 내린다——."

"그건 할아버지의."

"아니, 그건 오구니의 말입니다."

교고쿠도는 단정했다.

“효스베는 규슈의 요괴입니다. 오구니가 자란 곳의 요괴지요. 이름만이면 어떨지 몰라도, 보면 병에 걸린다거나 죽는다거나, 다른 지방 사람 중에 그런 걸 알고 있는 사람은 우선 없어요. 오구니는 순간적으로 그걸 떠올린 거겠지요. 보면 불행해진다는 주물(呪物)은 그렇게 많지 않으니까요. 딱히 이와타의 용모에서 연상한 건 아닐 겁니다.”

“하지만——.”

“오구니의 입장에서 보자면 시간을 들일 수는 없고, 갑작스러운 전개라 임시변통의 애드립으로 교묘하게 넘겼다고 생각했겠지만, 다만 그건 오구니가 생각하고 있는 만큼 대중적인 요물이 아니었던 겁니다. 하지만 이 경우, 이름은 무엇이든 상관없었습니다. 그것을 보면 불행해진다고, 당신이 믿게 할 수 있다면 되는 거였으니까요. 그래서 그것을 당신의 생애에서 가장 불행하다고 인식된 사건과 연결지었어요. 그러면 당신은 효스베 이퀄 불행이라는 도식을 망설임 없이 받아들일 거라는 계산이었습니다.”

“그런——하지만.”

“아버지의 죽음은 그 남자를 보았기 때문이다——당신은 그런 암시에 걸렸어요. 효스베라는 이름이 붙은 그것——이와타를 불행의 원흉으로 당신에게 인식시키기 위해서는, 당신의 불행한 기억, 아버지 죽음의 기억 직전에 이와타의 기억을 삽입할 필요가 있었던 거지요. 아버지의 죽음 직전——그건, 어렸던 당신과 다정한 할아버지의 추억의 마지막 한 장면이기도 한 셈입니다. 그렇게 해서——1933년의, 당신이 가장 소중히 여기고 있던 정경에, 바로 한 시간 전에 본 기분 나쁜 남자는 겅둥겅둥 들어와 얼룩조릿대 속을 꼴사납게 걸어 다니게 된 겁니다. 당신의 기억은——새로 쓰였어요.”

"왜——그런 짓을."

마미코는 경직해 있다.

그 눈동자는 지금, 무엇에도 조준이 맞지 않는다.

"물론——당신의 몸에 조만간 비슷한 불행이 찾아올 거라고——그렇게 믿게 하기 위해서입니다. 효스베의 기억을 인생 최대의 불행 앞으로 가져옴으로써, 또다시 그것을 본 당신은——실은 처음 본 것이었지만——이후에 다시 자신에게 지난번에 지지 않을 정도로 큰 재앙이 내려오게 될 거라고 생각하게 되지요."

"그럴 수가."

"그것을 보았기 때문에 다시 불행이 되풀이될 거라는 강박관념을 부추기기 위해, 거슬러 올라가 당신의 기억을 개찬한 겁니다. 그리고 그건——어느 정도 성공했습니다."

믿을 수 없어요——하고 마미코는 말했다. 그러고 나서 눈동자의 조준을 교고쿠도에게 맞추고, 단호하게 말했다.

"그런 꿈같은 이야기는, 저는 믿지 않겠어요. 저는 제 기억을 믿어요."

"사람은——자신의 일에서만은 눈이 흐려지는 법입니다. 애초에 할아버님의 기억이 개편된 것이 아닌가 하고 의심한 건 당신이에요. 그런 당신이, 자신의 경우만은 그건 인정하지 않겠다고 말하는 건 이상하잖습니까. 그러면 이치에 맞지 않아요."

"그런——가요."

마미코는 다시 아래를 향했다.

교고쿠도는 눈을 가늘게 뜨고 도리구치에게 시선으로 신호를 보낸다. 도리구치는 곧 알아채고, 좌탁 위로 사진을 슥 내밀었다.

"이게 —— 사진만 봐도 나쁜 일이 있을 거라고 가센코가 말했다는, 길의 가르침 수신회 회장, 이와타 준요 씨의 사진입니다. 당신이 작년에 아사쿠사바시에서 목격한 남자지요. 어떻습니까, 틀림없지요?"

마미코는 대답하지 않았다.

"당신은 —— 아직도 이 남자의 모습을, 정말로 1933년에 보았다고 주장하시는 거지요?"

"네 —— 맞아요."

봤어요, 똑똑히 기억하고 있어요 —— 하고 마미코는 격렬하게 말했다.

"그때도 이와타는 뺨에 구급 반창고를 붙이고 있었습니까?"

"—— 붙이고 있었어요."

"구급 반창고 —— 흔히 말하는 QQ 반창고가 개발, 발매된 시기는 1948년입니다."

"—— 네?"

"그때까지 반창고라고 하면 좀 더, 고약 같은 것이었습니다."

"아 ——."

"그리고 이와타 준요 씨는 도쿄 대공습 때 큰 화상을 입었습니다. 머리가 지금처럼 벗겨져 버린 건 그때의 화상 때문이고, 그전까지는 머리카락이 있었습니다. 내친김에 —— 이건 1938년 당시의 그의 사진입니다 ——."

교고쿠도는 또 한 장의 다른 사진을, 이번에는 품에서 꺼냈다.

나는 들여다보았다. 얼굴은 역시 원숭이 같지만, 머리카락이 더부룩하게 나 있었다. 복장도 촌스러운 것은 변함없지만, 양복이 아니라 스웨터 같은 옷을 입고 있다.

"그러니까 당신이 이 남자를 두 번 보았다면 그건 두 번 다 전쟁 후, 그것도 1948년 이후의 일이 아니면 이상합니다. 1933년 당시, 그는 이런 모습이 아니었거든요."

"그럴 수가――."

마미코는 망가진 것 같은 얼굴을 했다. 실제로 어딘가가 망가져 버렸을 것이다.

그런 기분은――.

나는 잘 안다.

미야무라도 할 말을 잃고 있다.

이것으로 끝――그거면 충분하지 않을까.

이제 의심할 수 없는 증거가 있다. 그것이 있는 이상, 더 이상 말은 필요 없지 않을까.

그러나 교고쿠도는 사정없이 말을 이었다. 그것은 그의 본의는 아닐지도 모르지만, 그것이 그의 역할인 것이다.

"분명히――작년 4월 7일, 그는 아사쿠사바시에서 어슬렁거리고 있었을 겁니다. 이와타는 그날 폭한의 습격을 받았어요. 사기꾼 놈이라고 고함치면서, 옛 회원이 덤벼들었지요. 작게나마 신문에도 났습니다. 당신이 본 건 얻어맞은 직후의 그였겠지요."

그렇다면 비틀비틀 이상한 발걸음――이 되는 것도 납득이 간다.

"당신이 본 건 이와타가 틀림없고, 그 이와타의 용모가 1933년 당시와는 크게 다른 이상, 당신의 기억 쪽이 사실이 아니라고 생각할 수밖에 없습니다."

"그러니까――그래서――."

그래서, 그래서――하고 마미코는 다음 말을 계속 찾았다.

교고쿠도는 미동도 하지 않고 그녀의 말을 기다리고 있다. 이윽고 마미코는 눈물로 꽉 메인 목소리로, 떨쳐 버리듯이 말했다.

"그래서 어떻게 하겠다고——제 과거에 현재의 기억을 이식해서 대체 어떻게 된다고——의미가 없어요."

"당신은 가센코가 시키는 대로 하게 된다——오구니가 노리는 건 그것뿐이에요."

"그건——."

그건 납득할 수 없어요——하고 마미코는 격앙했다.

"아까부터 듣자 하니, 추젠지 씨는 가센코 님을 비방하는 듯한 말씀만 하시네요. 말씀하신 대로 악질적인 방식의 점쟁이도 많다고 들었고, 영매 같은 것을 믿지 않는 사람들에게는 다 매한가지일지도 몰라요. 그건 상관없어요. 하지만 적어도 제게 가센코 님은 훌륭한 분입니다——."

망가지기 시작한 격앙——마미코는 말을 잇는다.

"게다가 저는 그——효스베의 기억이 있었기 때문에 그분을 믿었던 건 아니에요. 효스베는 상관없어요. 그러니까——."

교고쿠도는 흐트러진 마미코를 손으로 제지했다.

"잘 들으십시오. 당신이 효스베를 두려워해서 영매사에게 의존하는 약한 인간이었다면——어쩌면 불행은 일어나지 않았을지도 모릅니다. 오구니의 입장에서 보자면, 그래서 당신이 효스베를 두려워하고, 도망치기 위해 가센코에게 의존해 준다면——그것으로 이미 충분했겠지요. 하지만 당신이 지금 말씀하셨다시피, 그렇게 되지 않을 가능성도 많았어요. 그가 노린 대로 당신이 효스베를 두려워한다고 해도, 당신이 가센코를 믿느냐 마느냐는 또 다릅니다. 당신은 종교를 싫어한다고 공언할 정도이니, 그런 일에 돈을 쓰는 데에는 저항을 보였을지도 모르지요. 사실, 이틀날의 권유에는 난색을 표했고요. 그래서——."

그때, 마당 쪽에서 큰 소리가 났다.

나는 나도 모르게 소리를 질렀다. 미야무라도 놀란 모양이다.

보니, 어느새 도리구치가 마당에 내려가 있었다.

"놀라셨습니까? 걱정 마십시오, 간샤쿠다마입니다."

"뭐가 놀라셨습니까, 인가! 대체 뭘 하는 거야, 자네는——응?"

나는 도리구치의 뜻을 알 수 없는 행동에 항의하려고 한쪽 무릎을 세웠지만, 곧 다시 주저앉게 되었다.

마미코가 양손을 뻗은 채 떨고 있었다.

"아, 아, 이, 이건——."

마미코의 팔은 소리에 반응해 반사적으로 펴지고——아무래도 그대로 경직된 것 같다. 경련하고 있는 것은 아마 자신의 의지로 그것을 움직이려고 필사적으로 힘을 주고 있기 때문일 것이다.

교고쿠도는 매우 슬픈 듯한 얼굴을 하고, 조용히 이렇게 말했다.

"간샤쿠다마 소리가 나면 당신의 두 팔은 구부러지지 않아요. 당신은——아직도 후최면에 걸려 있는 겁니다. 실례가 아닐까 생각하기는 했지만——시험을 좀 해 보았습니다. 죄송합니다."

"네? 무, 무슨——이, 이건."

교고쿠도는 잠시 말없이 마미코를 보고 있었다. 마미코는 고통스러운 듯이 양손을 버티며 경련하고 있었지만, 이윽고 힘이 빠져 축 늘어졌다. 이마에는 살짝 땀이 배고, 어깨를 들썩거리며 숨을 쉬고 있다.

"아무래도 1분간은 지속되는 모양이군요. 정말 죄송했습니다, 가토 씨. 골탕 먹일 생각은 없었지만, 이것을 해 보기 전에는 저도 확증을 가질 수가 없었습니다. 그래서 지금까지 차도 대접하지 않은 겁니다. 미야무라 선생님께도——사과드립니다."

"그런——겁니까."

미야무라는 울 것 같은 얼굴을 했다.

"틀림없을 겁니다. 오구니는, 제가 지금 말했듯이 후최면을 그녀에게 건 게 틀림없어요. 효스베의 기억 지배와 간샤쿠다마의 육체 지배입니다. 시모자와 부부가 들은 총소리의 환청은, 최면술을 걸 때 오구니가 낸 간샤쿠다마 소리입니다——."

——그런가.

그때——그 찻집에서도 같은 일이 일어났을 것이다. 가게 밖에서 어린아이가 낸 간샤쿠다마 소리에, 마미코는 민감하게 반응했다.

"오구니는 가토 씨에게 두 가지 장치를 하고 일단 철수했다가, 다음 날 다시 나타나서 가센코의 예언을 전했어요. 그 단계에서 가토 씨가 돈을 내는 걸 망설이면——다시 그다음 날, 정각 다섯 시에 찾아가서——간샤쿠다마를."

"그런——바보 같은——."

마미코는 두세 번 머리를 좌우로 흔들었다.

"시모자와 씨가 기억하고 있었습니다. 옆집 아기가 죽었을 때, 탕탕하는 소리가 들렸다고."

"그럼."

마미코는 큰 소리로 말했다.

"그럼 그 아이는——."

그리고 크게 숨을 들이쉬었다.

"그 아이는 살해된 거나 마찬가지잖아요."

몹시 고요한 절규——였다.

"그렇습니다. 당신의 아이는 오구니에게, 그리고 가센코에게 살해된 거나 마찬가지입니다."

나는 할 말을 잃고 있었다. 그런 결말은 실제로 예상도 하지 않았던 것이다.

"이보게——교고쿠도, 이——이건——살인사건이 아닌가."

"그렇다네. 입건은 매우 어렵지만——이건 살인사건입니다. 그걸 두고 예언이라니——바보 같아요. 이래서야 당연히 들어맞겠지요. 악질적인 영능력 사기, 아니, 아기까지 죽이는 무도한 살인자예요. 그런 놈은——역시 용서하지 말아야겠지요. 적어도 가토 씨, 당신만은 이제 가센코와는 인연을 끊어야 해요. 당신은 따님을 죽인 원수를 은인으로 모시고 있었던 겁니다. 인생도 희롱당했어요. 당신은 지금까지 대체 얼마나 바쳤습니까?"

마미코는 양손을 얼굴에 대고 엉엉 울었다.

교고쿠도는 눈썹을 찌푸린 채 침묵하며 그 모습을 보고 있었다.

나는 쓴 것을 씹은 듯한 기분이 든다.

미야무라도, 아무래도 견딜 수 없다는 얼굴로 마미코를 지켜보면서 낮게 물었다.

"어떻게——아셨습니까?"

"철도 창가입니다."

교고쿠도는 그렇게 말했다.

마미코는 눈물로 더러워진 얼굴을 들었다.

미야무라가 이어서 물었다.

"철도 창가라니 —— 이건 또 —— 모르겠군요. 무슨 뜻입니까?"

"도리구치 군이 어제 시모자와 씨 댁에 가서 이것저것 묻고 왔는데요, 아무리 사소한 거라도 떠올려 달라고, 이 청년은 끈질기게 물었습니다. 그래서 이것저것 알게 되었는데, 그때 시모자와 씨는 어떤 흥미로운 일을 기억하고 있었어요. 그때 철도 창가가 들리고 있었던 것 같다는 겁니다. 그래서 조사해 보니 ——."

"작년은 철도 개통 80주년이었지요."

도리구치가 툇마루에 걸터앉아 교고쿠도의 말을 받았다.

"그래서, 뭐 무엇이든지 장삿거리로 삼는 놈은 있지요. 철도 창가의 모든 절을 부르는 상이군인이 있었던 모양입니다. 사거리에 서서 말이지요, 1번부터 쭉 부르다 보면 점점 사람들이 모여들지요. 계속해서 불러요. 이렇게 ——."

도리구치는 차렷 자세를 취했다.

"—— 경례라도 하듯이 자세를 바로 하고, 낭랑하게 부르는 겁니다. 그 노래는 기니까요. 듣는 쪽도 이 녀석이 어디까지 알고 있나, 이렇게 생각하는 겁니다. 그리고 점점 인파가 생겨나고, 발치의 낡은 냄비에 잔돈이 쌓이는 거예요 —— 저는 시모자와 씨에게 이야기를 듣고, 그런 사람이 있었던 게 아닐까 싶어서 찾아보았습니다. 그 녀석을."

"있었습니까?"

"없었어요. 그렇게 쉽게 발견되지는 않지요."

다만 이웃 사람들은 기억하고 있었습니다, 하고 도리구치는 말했다.

"작년 4월경, 대부분 날짜는 잊었다고 하지만, 하기야 보통은 잊겠지요. 그런데 말입니다, 아무래도 정각 5시 30분에 시작한 것 같다는 사실을 알았어요."

"도리구치 씨."

미야무라가 말을 막았다.

"그, 날짜도 잊어버린 거잖아요. 그런 분들이, 어째서 그렇게 정확한 시간을 안단 말입니까?"

"네, 그건 뭐 당연한 질문이지요. 그 말입니다, 시간을 증언한 그 사람은 바로 시계가게 주인이거든요. 게다가 그때 라디오까지 듣고 있었다고 하면서, 시간도 정확하게 기억하고 있었던 모양이에요. 그리고 주위에 탐문해 보니, 아무래도 그날이었어요. 장소도 가와이소 아파트 대각선 맞은편이니까요. 이거야 쩌렁쩌렁하게 들리겠지요."

도리구치는 그렇게 말하며 신을 벗고 툇마루에 정좌했다.

교고쿠도가 덧붙였다.

"다섯 시 반 정각부터 부르기 시작하면 24번 부근까지 거의 5시 36, 7분이 되는 모양이더군요. 거기에서 마미코 씨는 최면술에 걸린 거겠지요. 깊은 최면을 걸어서 오래된 기억을 불러내고, 의식 아래에 암시를 걸고, 다시 운동 기능에 후최면을 거는 데 3, 40분은 걸렸어요. 거기에서——."

"거기——에서."

"후최면의 경우는, 최면 중에 들은 것은 각성 후에는 잊어버리도록 암시를 걸어야 합니다. 그것을 기억하고 있으면 암시가 되지 않아요. 그래서 깨어나면 지금 들은 건 전부 잊는다——는 암시도 거는 겁니다."

"전부 —— 잊는다."

—— 그런가.

"아하, 그래서 실제로는 두 시간 가까이 되는 접견 시간이, 마미코 씨의 기억으로는 30분 정도의 길이로 줄어들고 만 거군요. 시간을 스킵해 버린 거나 마찬가지입니까."

그렇지요, 미야무라 선생님다운 표현입니다 —— 하고 교고쿠도는 말했다.

미야무라는 복잡한 표정을 한 채, 무릎을 탁 쳤다.

"그래서, 마미코 씨가 각성했을 때, 상이군인이 부르는 창가는 도카이도를 마치고 산요 규슈를 지나 도호쿠의 중반에 접어들어 있었다고 ——."

"그렇습니다. 그사이에 들은 것은 전부 잊는다 —— 잊는다기보다 떠올릴 수 없게 되지요. 아니, 의식의 표층에 떠오르지 않게 할 뿐이고, 계속 기억은 하고 있는 셈입니다만. 통상 같으면 술사의 말과 음악 등 배후의 잡음은 구별되는 법인데, 가토 씨의 경우는 키워드가 되는 할아버지와 철도 창가가 깊은 곳에서 연결되어 있어서 혼동되고 만 거겠지요. 그리고 —— 최면 중 오구니의 말과 함께, 그동안 내내 듣고 있던 철도 창가의 부분도 봉인되고 만 겁니다."

교고쿠도는 그렇게 말하고 일어서더니, 안쪽을 향해 차를 가져다 달라고 말을 걸었다.

미야무라는 팔짱을 끼고 잠시 생각에 잠겼다가 마미코를 부드러운 눈빛으로 바라보며,

"교고쿠도 씨, 그 꺼림칙한 최면술을 ——."

하고 말하고는 교고쿠도 쪽을 보았다.

"원하신다면——후최면을 풀어 봐도 좋지만——아니, 저는 어차피 문외한이에요. 아직 할 수 있을지 어떨지 좀 불안합니다. 날을 잡아서 전문가를 소개해 드리지요. 지금 여기에서 할 수는——."

마미코는 양손으로 눈물을 닦고, 눈꺼풀을 누르고 나서 눈을 떴다.

"추젠지 씨——그."

"예. 아까도 말했지만, 현재 단계에서는 이 일을 형사사건으로 입건하기는 매우 어려운——아니, 우선 무리겠지요. 아무 증거도 없어요. 저주 때문이라고 하는 편이 그나마 통할 겁니다. 그러니까 마음은 아플 정도로 알겠지만, 경솔한 행동만은 삼가시는 게 좋아요. 뭐라 해도 상대가 나쁘니까요."

"그건——알고 있어요. 누구의 의지든, 딸을 죽인 건 저 자신이에요. 이 손이 그 아이를 죽였어요. 그 죄는 사라지지 않겠지요. 하지만 저 같은 일을 당하는 사람이 더 이상 늘어나는 건——."

"그렇습니다. 이대로 둘 수는 없어요. 피해자는 가토 씨만이 아닐 겁니다. 사람의 마음에 성큼성큼 흙발로 들어가 소중한 것으로 장난치고, 게다가 살인까지 저지르다니 못 본 척할 수는 없습니다. 반드시 밝힐 겁니다."

도리구치는 보기 드물게 성실하게 그렇게 말했다.

교고쿠도는 그런 도리구치를 보고 나서 머리카락을 쓸어 올렸다.

"가토 씨. 이 도리구치 군은 경솔하지만 믿을 수 있어요. 게다가 아무래도 사회정의에 눈을 뜬 모양이지요. 앞으로도 집요하게 가센코를 쫓겠다고 말하고 있어요. 만일 가센코가 꼬리를 드러내고, 도리구치 군이 그 꼬리를 잡는다면——그때는 꼭 협조해 주십시오. 따님을 위해서도."

물론이에요――라고 마미코는 말했다.

"다만 가토 씨. 미야무라 선생님도 들어 주십시오. 저는 몇 가지 신경 쓰이는 점이 있어요. 왜 가토 씨를 노린 것일까. 만일 거기에 특별한 이유가 있다면――저는 그것을 알고 싶어요. 그리고 가센코는 왜 할아버지를 수신회에서 탈퇴시키라고 당신에게 끈질기게 말하는 것일까. 그리고 수신회는 왜 당신에게 집요하게 권유하는 것일까――이건 모두, 공통된 무언가에 기인하는 것이 아닐까. 가센코와 수신회 사이에 관련성은 전혀 찾아낼 수 없지만――저한테는 그 둘이 같은 뿌리를 갖고 있는 것처럼 생각되어서 견딜 수가 없습니다."

――같은 뿌리.

예를 들면 갓파와 효스베처럼――이라는 뜻일까.

길의 가르침 수신회와 이와타 준요.

그리고 영매사 · 가센코 오토메와 오구니 세이이치.

준요도 가센코도 요괴 같은 존재가 아닐까. 그렇다면 그들도 털끝에 지나지 않는 것이 아닐까. 그 뿌리는 여러 개로 갈라져 있고, 그리고 놈들은 많은 뿌리를 공유하고 있는 것이다.

준요가 효스베에 비유된 것은 어쩌면 우연이 아닐지도 모른다――그런 기분마저 든다.

그리고――나는 생각한다. 윗물인 것은 요괴만이 아니다. 모든 현상은 윗물에 지나지 않는다. 은폐된 부분은 가속도적으로 사라져 간다. 그래서 우리는 세계의 무엇인가를, 이제 전혀 알아차릴 수 없는 것이 아닐까.

나는 안정을 잃었다.

마미코는 실컷 울고, 이제 울음을 그쳤다.

마미코라는 사람은 보기와 다르게 강한 사람일지도 모른다. 강하기 때문에 나 같은 남자의 눈에는 오히려 박복하게 보이는 것일까.

"아니, 생각도 하지 않은 결과였지만, 교고쿠도 씨. 걱정하실 필요는 없습니다. 이 사람은 이래봬도 꽤 야무지거든요. 이번에 동생분네 회사——희담사의 새 잡지 편집자로 채용되게 되었다고 합니다. 무슨 단가 페이지도 만든다고 하니까요."

미야무라가 격려하듯이 그렇게 말하자 마미코는 눈썹을 찌푸린 채,

"그때는 잘 부탁드립니다. 기타지마 선생님——."

하고 말했다.

나는 그것을 끝으로——그 후 잠시 동안——아무 말도 할 수 없게 되었다.

기타지마 군토 즉 미야무라 가나오는 그런 나를 보고 붙임성 있게 웃었다.

그리고——나는 문득 생각나서 혼자 웃는다.

나는 언제나 아무것도 모르고 있었구나——하고.

*

그렇다——나는 아무것도 모르고 있었다.

——아직도.

아직도 모른다. 어디까지가 현실이고 어디서부터가 망상인지 경계는 몹시 애매하고, 떠올려도 떠올려도 몽롱하고 난잡한 혼돈에 삼켜지고 만다.

네가 했어 네가 했어 네가 했어.

네가 했다고——.

——나는 대체 뭘 했다는 것일까.

나무 아래의 나는 알몸의 여자를 매달고 도망쳤다.

내가 본 것은 그것뿐이다. 나는 나를 쫓아갔지만 내 도망치는 걸음은 빨라서, 느릿느릿한 나는 따라잡을 수 없었다.

나는 나를 놓쳤다.

따라서 질문을 받아도 대답할 수는 없다.

네가 했다고 말했잖아——.

했다——했다니.

——죽였다?

살인 혐의일까.

——살인. 살인. 내가——.

내게는 살인 혐의가 걸려 있다.

쏴아 하는 소리를 내며 혼흑(昏黑)이 내 주위를 돌았다.

나는 시야가 끊어진 어둠 속인데도 눈을 감았다.

살인. 내가 죽였다.

——누가 죽었지?

그렇다, 많은 사람이 죽었다. 시체. 시체 시체. 내 주위에는 시체뿐이다. 이 닫힌 방은 겹겹이 쌓인 시체의 산으로 가득 차 있다. 미안해요 미안해요 용서해 주세요 어머니 어머니 그 안이 상자 안이 보고 싶었을 뿐이에요 들여다봐서는 안 돼 그 상자 안만은 결코 들여다봐서는 아아 나갈 수 없게 된다 여기는 이 안은 어두운 어두운 우리 안이다 여기에서는——나갈 수 없다.

마치 꿈같군. 아니, 이건 꿈이다.

기억이 어둠에 상(像)을 맺는다. 저 여자도, 저 남자도.

그 녀석도 그 녀석도 그 녀석도 보인다.

——아니다.

그것은 추억이다.

단순한 현기증이다. 기억의 녹이다.

실제로 깨닫고 있는 현재의 인식에 지금 내가 경험한 많은 슬픈 사건의 기억이 사정없이 섞인다. 구별이 되지 않는다. 각성해 있을 텐데 머릿속은 마치 혼수상태 같다. 나는 지친 것이다. 아직 혼란스러운 것이다. 이것은 나쁜 꿈이다. 그런 것이 틀림없다.

몇 번인가 머리를 흔들었다.

무거운 문이 열렸다.

누군가 내 팔을 세게 잡아당겨 끌어낸다.

여기가, 이 어두운 방이 좋은데.

그리고 아마——다섯 번째 심문이 시작되었다.

담당자는 처음부터 초조해하고 있었다.

내 얼굴 따위는 보기도 싫다고, 온몸의 털구멍에서 혐오감을 독기처럼 뿜어내고 있었다.

나는 이 정도까지 더러운 존재일까, 더러운 존재일까 하고, 찰나 그런 생각을 하고, 그럴지도 모른다고 납득했다.

생각해내 생각해내 생각해내——.

제대로 생각해——.

담당자는 고함친다.

생각해 생각해 생각해——.

그렇다, 나는 체포된 후로 이성적으로 사고하는 것을 포기하고 말았다. 이치를 버린 인간은 짐승보다도 못할 것이다. 그렇다면 그냥 쓰레기일 뿐이다. 얕보여도 버려져도 어쩔 수 없다.

탕, 하고 책상을 두드리는 소리가 난다.

나는 몸으로만 반응한다. 내 정신은 이미 흐물흐물 썩어 버렸을 것이다. 어떤 진동에도 둔감하고 몹시 안정되어 있었다. 이제 흔들리지도 않는다.

심하게 얻어맞아 눈앞이 어지러워졌다.

후——하고 의식이 날아가고 아무래도 상관없어진다.

생각하지 않는 것은 얼마나 편한 일일까.

나라는 존재는 생각하기 때문에 있는 걸까. 내가 생각하지 않으면 나는 없다는 걸까.

그렇다면 생각하는 나란 어디에 있을까.

그 나야말로——.
내게서 도망쳐 갔을 것이다.

*

〈하권에 계속〉

[전2권]

차가운 학교의 시간은 멈춘다

츠지무라 미즈키 지음

이윤정 옮김

5시 53분
학교의 시간은 멈춘다

눈이 내리는 어느 겨울날. 수험 준비가 한창인 3학년 2반 학생들은 평소처럼 등교한다.
하지만 그날 학교에 온 사람은 평소에 사이가 좋았던 여덟 사람뿐.
수업 시작종도 울리지 않고 여덟 명 외에는 인기척도 없다. 눈이 많이 와서 휴교가 된 것일까.
돌아가려던 학생들은 학교 문이 열리지 않는다는 사실을 깨닫는다. 창문도 열리지 않고,
심지어는 깨지지도 않는다. 휴대전화는 불통, 그리고 어느 순간 학교 안의 모든 시계가
5시 53분을 가리키며 멈춘다.
혼란에 빠지는 학생들. 갇힌 거나 다름없는 텅 빈 학교 안에서 그들 중 한 사람이 두 달 전에 자살한
급우 이야기를 꺼낸다. 그리고 그들은 이내 깨닫는다.
자신들 중 어느 누구도 자살한 친구의 이름을 기억하지 못한다는 것과
지금 이곳에 있는 자신들이 원래 7명이어야 한다는 사실을…….

옮긴이 | 김소연

한국외국어대학교에서 프랑스어를 전공하고, 일본어를 부전공하였다. 현재 출판기획자 겸 번역자로 활동하고 있으며 옮긴 책으로 다카무라 가오루의 〈리오우〉, 교고쿠 나쓰히코의 〈백귀야행 음, 양〉, 〈우부메의 여름〉, 〈망량의 상자〉, 〈광골의 꿈〉, 〈철서의 우리〉, 〈무당거미의 이치〉 등 백귀야행 시리즈와 〈서루조당 파효〉, 〈웃는 이에몬〉, 〈싫은 소설〉, 유메마쿠라 바쿠의 〈음양사〉 시리즈와 하타케나카 메구미의 〈샤바케〉 시리즈, 미야베 미유키의 〈마술은 속삭인다〉, 〈드림버스터〉, 〈외딴집〉, 〈혼조 후카가와의 기이한 이야기〉, 〈괴이〉, 〈흔들리는 바위〉, 덴도 아라타의 〈영원의 아이〉 등이 있으며, 독특한 색깔의 일본 문학을 꾸준히 소개, 번역할 계획이다

도불의 연회

연회의 준비 (上)

1판 1쇄 발행 2015년 11월 25일
1판 2쇄 발행 2018년 7월 10일

지은이 교고쿠 나쓰히코
옮긴이 김소연

발행인 박광운
편집인 박재은

발행처 손안의책
출판등록 2002년 10월 7일 (제25100-2011-000040호)
주소 서울 성북구 화랑로 214, 102동 601호
전화 02-325-2375 팩스 02-6499-2375
카페 http://cafe.naver.com/bookinhand
이메일 bookinhand@hanmail.net

ISBN 979-11-86572-05-4 04830

정가는 뒤표지에 있습니다.
파본이나 잘못된 책은 구입하신 곳에서 교환해 드립니다.

* 이 도서의 국립중앙도서관 출판예정도서목록(CIP)은 서지정보유통지원시스템 홈페이지 (http://seoji.nl.go.kr)와 국가자료공동목록시스템(http://www.nl.go.kr/kolisnet)에서 이용하실 수 있습니다.(CIP제어번호: CIP2015029546)